◎湖南省教育厅科学研究项目"玛丽安·摩尔与中国文化"(18C0084)成果
◎湖南省教育厅教学改革项目"《文学翻译》课程思政教学实践研究"(HNKCSZ)成果
◎湘潭大学项目"《非洲英语文学》课程中的乌干达英语文学与文化研究"成果
◎湘潭大学项目"玛丽安·摩尔诗歌中的中国元素研究"成果

想象与真实

——玛丽安·摩尔的视觉诗学研究

Imagination and Genuineness: A Study of Marianne Moore's Visual Poetics

◎ 刘海燕 著

厦门大学出版社
XIAMEN UNIVERSITY PRESS
国家一级出版社
全国百佳图书出版单位

图书在版编目（CIP）数据

想象与真实：玛丽安·摩尔的视觉诗学研究／刘海燕著．—厦门：厦门大学出版社，2021.12

ISBN 978-7-5615-8458-3

Ⅰ．①想… Ⅱ．①刘… Ⅲ．①玛丽安·摩尔－诗歌研究 Ⅳ．①I712.072

中国版本图书馆 CIP 数据核字 (2021) 第 260664 号

出 版 人　郑文礼
责任编辑　高奕欢
封面设计　李惠英

出版发行　厦门大学出版社
社　　址　厦门市软件园二期望海路 39 号
邮政编码　361008
总 编 办　0592-2182177　0592-2181406（传真）
营销中心　0592-2184458　0592-2181365
网　　址　http://www.xmupress.com
邮　　箱　xmup@xmupress.com
印　　刷　湖南省众鑫印务有限公司

开本　880 mm×1 230 mm　1/32
印张　12.5
字数　298 千字
版次　2021 年 12 月第 1 版
印次　2021 年 12 月第 1 次印刷
定价　78.00 元

本书如有印装质量问题请直接寄承印厂调换

厦门大学出版社　　　厦门大学出版社
　微信二维码　　　　　微博二维码

刘海燕　女，湖南大学英语语言文学博士，中国英汉语比较研究会诗歌研究专业委员会理事，施耐德研究中心研究员，现任教于湘潭大学外国语学院。长期从事美国现当代文学与绘画诗学的教学与研究，先后主持省级课题、校级课题多项，在《英美文学研究论丛》、*ANQ: A Quarterly Journal of Short Articles, Notes and Reviews*（A&HCI）等刊物上发表论文10余篇。喜爱文学，部分诗歌作品散见于各大网站。

前　言

很庆幸，在我最美的年华，遇见美国现代派作家玛丽安·摩尔。摩尔灵魂有趣，诗情盎然。要批判她，研究她，非得水平相当才行。可纵使我百般努力，摩尔就是摩尔，我就是我，我们之间横亘着一条难以逾越的鸿沟。摩尔仿佛对此早有预见，或许她生前也遇相似困境，她在诗歌《我也许，我能够，我必须》中告诫我要有直面困难的勇气，由此我得到了无畏，"只要我尝试，这并非不可能"。渐渐地，在关照与判断摩尔的某些顷刻，我渺小的心灵偶尔和她这颗伟大的心灵合二为一，妙不可言，即便这种心灵的碰撞转瞬即逝，我也像得着了奖励，多日阴霾一扫而光。不管我的判断是金玉之言，还是固执之语，遇见终归是美好的。

摩尔既是一位慧心巧思的诗人，又是一位极具个性的批评家。她坚持自我，不惑于流派，在其丰赡的诗歌与批评作品中始终把探究语言艺术与视觉艺术之间的关联当作恒定的主题，其作品蕴含丰富的视觉诗学思想。"真实"与"想象"这对悖论是摩尔视觉诗学的本质矛盾，在其诗学里构成了对立统一的辩证关系，它们既各得其所，又互为呼应。本书在全面梳理、品读、诠释摩尔诗歌文本、文论集与书信集的基础之上，重点围绕其诗学的生成语境、诗歌观、诗人观、观物之所、诗体创新、画韵艺术，以及伦理意蕴等方面，探讨其真实与想象并蓄的视觉诗学。

本书从诗歌传承、艺术影响与时代特征三方面对摩尔视觉诗学的生成语境进行了详细的分析，指出摩尔的视觉诗学是摩尔个人学养与欧美诗歌思潮更迭共同作用的产物，体现了个人与历史两个维度上的必然性。摩尔对所处时代诗学弊病进行了积极的回应，其视觉诗学所倡导的"真实"实质就是救赎的良方。具体而言，在诗歌观方面，摩尔执着于把诗歌与艺术当作主题对待，采取"以诗论诗"的诗评方式，兼用散文评述，提出"有真实蟾蜍的想象花园"的诗歌思想，揭示"真实"是"想象花园"的诗歌园地中的栖息之物，强调值得信赖的真实与丰盈的想象力在诗歌中互为条件、彼此协调。在诗人观方面，摩尔表达了艺术家是"想象的写实者"的观点，认为诗人写作时应恪守"个人化"与"非个人化"之间的度，力求保持个性化表达与"真实"两者之间的平衡。摩尔的诗学观为艺术家在创作中正确处理情感问题提供了可供操作的范式，有助于艺术家实现理性思维与情感表现的交融，进而达到主观与客观、想象与现实、自我与他者、意象与语词之间的平衡，由此彰显作品的内在张力。

摩尔的视觉诗学是一个由见到知的过程，激发读者做出智力、伦理与审美的回应，从而展现不可见的真理，标志着视觉与文学的复杂关系在现代派诗歌运动中的觉醒。这主要体现在三个方面：其一，摩尔以一位收集者的姿态与整个西方社会的现代化进程进行互动。博物馆与图书馆作为智性生活的核心空间，成为摩尔独特的观物之所，体现了其视觉诗学物质、艺术、精神融为一体的特征。这不仅揭示了摩尔视觉诗学话语的广阔来源与艺术感染力，而且这个观物之所也成为了摩尔书画作品的最终归宿。其二，摩尔为了呈现所观之物，采用艺格敷词诗体进行创作，探讨视觉艺术与语言艺术相互转化的创新范式，即无声召唤有声的想象与静止流淌运动的想象，阐明语言艺术与视觉艺术是一种亲缘与互惠的关系。艺格敷词诗体的运用不仅使摩尔的诗歌艺术具备视觉怡情的作用，而且给予读者教化和启迪的功能。其三，摩尔在创作中运用拼贴、

前　言

照片蒙太奇以及盒子艺术等视觉艺术技法营造诗歌的画面感，增强诗歌的视觉表现力，从而使诗作透露出画韵之美，展示了诗歌艺术的现代性与后现代性品质。这三个特点表明，摩尔的视觉诗学不仅是现代艺术与现代主义文学的伟大遗产，同时也是后现代主义艺术的显著表征，对开创后现代主义诗学之路有着重要的启示意义。

摩尔的视觉诗学还呈现出对其所处时代和社会境遇的真实反映，体现了文学的责任与诗人的担当。摩尔通过"盔甲"隐喻向读者展示了伦理的内在源泉，通过"水晶"的反射原理体现了观看伦理之价值，继而倡导"谦卑"伦理美学。"谦卑"既是一种美德，又是一种生态人格，反映了摩尔对现代资本工业反生态一面的批判，同时也体现出摩尔对生命的敬畏之感，以及摩尔积极探索人与人、人与自然、人与社会和谐共生的生态伦理旨趣。

摩尔成功形成了一种融真实与想象于一体的视觉诗学，其本质是视觉艺术、诗学思想以及美学与伦理学的有机融合，具有可视、可触、可悟等特征，她通过对"真"持之以恒的求索，不仅实现了她对"现代性"的救赎，而且也奠定了她在现代美国文学史上的重要地位。

本书得以出版，归功于家师谭琼琳教授与张跃军教授的悉心指导。琼琳师温婉雅致，治学严谨，博学多才；跃军师厚德博学，温文尔雅，利物不争，风度翩然。也特别感谢胡强教授、刘正光教授、邓颖玲教授、罗良功教授、陈红教授等专家的批评与指正。

谨以此书献给我的家人，正如摩尔所言，"爱，是唯一坚固的堡垒"。书中若有纰漏之处，敬请批评指正，谢谢！

刘海燕

2021年6月

缩略词

缩略词

BMM   *Becoming Marianne Moore: The Early Poems*, 1907-1924. Edited by Robin Schulze, California UP, 2002.

CP   *The Complete Poems of Marianne Moore*. Edited by Marianne Moore, Macmillan, 1981.

CPMM *The Complete Prose of Marianne Moore*. Edited by Patricia C. Willis, Penguin, 1987.

SL   *The Selected Letters of Marianne Moore*. Edited by Bonnie Costello, Celeste Goodridge and Cristanne Miller, Knopf, 1997.

CRMM *The Critical Response to Marianne Moore*. Edited by Elizabeth Gregory, Praeger, 2003.

目　录

第一章　摩尔批评概观 ································· 1
　　第一节　何谓诗学，何谓视觉诗学 ················ 3
　　第二节　国外摩尔批评 ··························· 9
　　第三节　国内摩尔批评 ·························· 28

第二章　摩尔视觉诗学的生成语境 ····················· 35
　　第一节　诗歌传承：文学大师的滋养 ············· 36
　　第二节　艺术影响：艺术大师的启迪 ············· 47
　　第三节　时代语境：诗歌的视觉转向 ············· 68

第三章　"有真实蟾蜍的想象花园"：摩尔的诗之辩 ····· 87
　　第一节　"一方真实"：诗歌意蕴之真 ············· 88
　　第二节　"诗是具有高度意识的散文"：诗歌形式之新 ····· 114
　　第三节　"浓缩是典雅诗风之首"：诗歌文风之朴 ····· 126

第四章　"想象的写实者"：摩尔的诗人观 ·············· 151
　　第一节　"英雄"：个人化的艺术追求 ············· 153
　　第二节　"度"：个人化与非个人化的平衡 ········· 165
　　第三节　"文字魔术师"：想象与真实的合一 ······· 176

第五章 "观物之所":真实与想象的博物馆与图书馆…………… 185
　　第一节 "获得体验":缪斯光顾之地 ………………………… 186
　　第二节 "想象如此完美":作品陈列之妙 …………………… 204
　　第三节 "想象的拥有":书画藏身之所 ……………………… 217

第六章 "称奇的情谊":摩尔的艺格敷词艺术………………… 233
　　第一节 跨艺术融合:艺格敷词的语义流变 ………………… 235
　　第二节 视语联姻:无声召唤有声的想象 …………………… 250
　　第三节 化美为媚:静止流淌运动的想象 …………………… 268

第七章 "我只在图画里见到过":摩尔的画韵抽象艺术……… 285
　　第一节 "杂志的书页":立体主义拼贴 ……………………… 286
　　第二节 "我闯进来了":摄影蒙太奇 ………………………… 302
　　第三节 "内在幸福造就的艺术":盒子艺术 ………………… 319

第八章 "可见之物的力量是不可见的":摩尔视觉诗学的伦理意蕴… 331
　　第一节 "筑起了她薄薄的玻璃壳":内在伦理之源泉 ……… 332
　　第二节 "解释了兄弟情谊":观看伦理之价值 ……………… 347
　　第三节 "谦卑是一种美德":生态伦理之道 ………………… 363

结论………………………………………………………………… 379

第一章

摩尔批评概观

我们不会解释自己的出生,但我们证明。

——摩尔(CP 80)①

---

① 诗行引自摩尔的《猴谜树》(The Monkey Puzzle),为笔者自译,请参见 CP 80。文中援引摩尔的诗歌,如未作特别说明,均为笔者自译。

美国现代派作家玛丽安·摩尔（Marianne Moore，1887—1972）被公认为美国文学史上最重要的诗人之一，与艾米莉·迪金森（Emily Dickinson，1830—1886）及其门徒伊丽莎白·毕晓普（Elizabeth Bishop，1911—1979）并称为美国最伟大的三位女诗人。摩尔一生诗作丰赡，出版诗集数十部，其诗歌以意象奇特、想象力丰盈、观察精微、表达精准、形式多样、情感克制、哲思充沛以及去自我化等特征著称。正因如此，摩尔斩获了日晷奖（Dial Award）、普利策奖（Pulitzer Prize）、国家图书奖（American National Book Award）、波林根奖（Bollingen Prize）等美国各大文学奖项。此外，摩尔在散文创作与翻译方面也成就斐然。摩尔的文学成就为欧美新诗运动，也为世界文学，尤其后现代派文学的发展树立了一种烛照的言说风格。

摩尔博采众长、融贯古今，既汲取各位前辈与各大流派之真谛，又能结合自身艺术特征而自成一体。在其丰赡的诗歌与批评作品中，她始终把探究语言艺术与视觉艺术之间的关联当作恒定的主题，因而其作品蕴含丰富的视觉诗学思想。"真实"与"想象"这对悖论是摩尔视觉诗学的本质矛盾，在其诗学里构成了对立统一的辩证关系，它们既各得其所，又互为呼应。本书在全面梳理、品读、诠释摩尔诗歌文本、文论集与书信集的基础之上，重点围绕其诗学的生成语境、诗歌观、诗人观、观物之所、诗体创新、画韵艺术以及诗学的伦理意蕴等方面，论析其真实与想象并蓄的视觉诗学。

第一节 何谓诗学,何谓视觉诗学

作为现代主义文学鼎盛时期的代表人物之一,摩尔有意识地走上诗人之路,其作品持续反映诗歌创作动态过程中的诸多问题,如诗人的想象与主体体验、经验事实之间的联系,语言被看作是自我与外部世界相勾连的一种知识模式。然而,摩尔却从未被视为现代派文学理论大师,而其同时代但凡有贡献者都位列其中,如庞德被公推为意象派的开山鼻祖,艾略特的非个人化诗学备受推崇。究其实质,这是因为摩尔对任何概念的一般定义持审视态度,其诗学观潜藏在诗篇与散文中,若隐若现,没有形成显而易见的理论体系。诚如卡罗尔·雷尼(Carol Ann Rainey)所言,摩尔的大部分诗歌"在很多方面阐明了她对艺术的一般理念"[1]。因此,本书不是从一般意义上评价摩尔文学作品的艺术成就与影响力,而是力图剖析其作品,尤其是诗歌作品所指涉的一些本质命题:何谓诗歌?诗人何为?本书旨在从摩尔的诗歌作品、文论和书信等维度勾画其视觉诗学观的全貌。摩尔对诗艺的探索过程不仅具有个体性意义,更可视作一个文化事件。

何谓诗学?英语 poetics(诗学)一词源于拉丁文"poeticus"与希腊文"poietikos",意指"关于诗的艺术"(pertaining to poetry),其本意为"富有创造力与生产力"(creative, productive)。poetics 的动词形式为 poietos,意为"产生"(made),形容词形式为 poiein,意为"即将产生的"

---

[1] RAINEY C A. The poetic theory of Marianne Moore[D]. Cincinnati: University of Cincinnati, 1975: 5.

(to make)。①

该词最早出自亚里士多德的文艺理论名作《诗学》(Poetics)。《诗学》虽冠以"诗"名,但此处的"诗"并非单指诗歌,而是包括悲剧、喜剧与史诗等各类文体。亚里士多德认为,"诗学"属于"创制性科学"②,是对各类文体起源、特点、功能,以及情节安排、体裁特征、人物性格、写作原则、批评方法等一系列文学问题进行的研究理论。在历史发展中,该术语的外延与内涵均有所变化与发展。中西学者曾在不同历史时期和不同文化语境中给"诗学"下过定义,因此有必要对这个术语的界定作一个回顾。首先,西方词典对"诗学"的界定如下:

> "诗学"从传统意义上讲,是指关于诗的系统性理论或学说。它给诗、诗的分支、诗的细分文类、诗的形式和创作、诗的技巧下了定义,探讨诗的创作原则并且把诗与其他的创造性活动区分开来。这个术语来源于亚里士多德的文艺理论名著《诗学》(希腊语意为"关于诗的艺术")。
> ——《普林斯顿诗歌与诗学百科全书》③(Princeton Encyclopedia of Poetry and Poetics)

> 探讨诗的本质及规律的文学批评;关于诗歌的形式或体系研究;亚里士多德的"诗学"。④
> ——《世界百科全书辞典》(The World Book Encyclopedia Dictionary)

---

① 参见网址:https://www.etymonline.com/word/poetics. 2018-01-25。
② 罗念生. 论古希腊戏剧 [M]. 北京:中国戏剧出版社,1985:145.
③ 词条来自《普林斯顿诗歌与诗学百科全书》,译文转引自:刘延超. 诗学 [J]. 中外文化与文论,2009(1):145-150。
④ BARNHART C L. The world book encyclopedia dictionary[M]. [S.l.]: A Thorndike-Barnhart Dictionary Published for Field Enterprises Educational Corporation, 1963: 1500.

> 探讨诗歌本质与规律的文学批评；韵律学研究；诗论；亚里士多德关于美学的论述或笔记。①
> ——《兰登书屋英语辞典》(The Random House Dictionary of the English Language)

> 写诗的艺术；诗及其技巧的研究。②
> ——《牛津百科全书辞典》(The Oxford Encyclopedic English Dictionary)

由上观之，"诗学"的概念有广义和狭义之分：广义的诗学是指一般的文艺理论研究，狭义的诗学则是指研究诗歌的学问。两者彰显出普遍性与特殊性的关系。

"诗学"一词并非西方独断术语。据学者杨乃乔考证，在我国，"诗学"一词最早出现于唐人郑谷《中年》一诗："衰迟自喜添诗学，更把前题改数联"③。此处"诗学"与"学诗"同义，意指"学习作诗"。元代学者刘祁、明代学者周晖、清代学者翁方纲等人既沿用"诗学"一词，又在语义上对此有所拓宽，论述涉及诗的创作、诗的批评、诗话及诗话学研究的学问：

> 其论诗，以为世人皆知作诗，而未尝有知学诗者，故其诗皆不足观。诗学当自三百篇始，其次《离骚》，汉魏六朝、唐人，近皆置之不论，

---

① STEIN J. The Random House dictionary of the English language[M]. New York: Random House, 1987: 1493.
② JOYCE M. Hawkins and Robert Allen[M]//The Oxford encyclopedic English dictionary. Oxford: Oxford University Press, 1991: 1118.
③ 杨乃乔. 论中西学术语境下对"poetics"与"诗学"产生误读的诸种原因[J]. 天津社会科学, 2006, 4(4): 106-111.

  盖以尖慢浮杂，无复古体。①   ——刘　祁

  嘉靖中司寇顾公华玉，以浙辖在告，倡诗学于清溪之上。②

                      ——周　晖

  海盐张氏刻有《带经堂诗话》一编，于渔洋论次古今诗，具得其概，学者颇皆问诗学于此书。   ——翁方纲

  "诗学"一词从"学诗"的含义发端，逐渐发展成对于诗歌创作、诗歌品评和诗歌观念进行理论探讨的重要概念。这一点与西方狭义的"诗学"高度契合。概括而言，中西传统诗学研究均是指在对大量文学文本综合分析的基础上，从理论的高度和宏观的视野阐释文学（诗歌）本质和一般规律的学问。它侧重一般性与普遍性，是对个性化的消解。

  本书所要探讨的"摩尔的视觉诗学"中的"诗学"是以狭义的"诗学"为理论基点的，也就是局限于对诗歌创作和批评的分析，而非泛指对文学属性和规律的研究。摩尔是一位美国诗人，诗歌是其主要创作体裁。当然，鉴于特殊性和普遍性的关系，它应该是符合文学理论的一般特征和规律的。

  厘清诗学概念之后，有必要探讨何谓视觉诗学。视觉诗学概念最初由荷兰理论家米柯·鲍尔（Mieke Bal，1946—）提出。鲍尔1988年在《文风》(*Style*)专刊发表了一篇文章《引论：视觉诗学》(*Introduction: Visual Poetics*)。鲍尔在文中表达了3个观点：一是视觉诗学既是一种研究文学的方法，也是一种研究视觉艺术的方法；二是语词和图像之间存在一些可能的联系，鲍尔强调了视觉体验的重要性，并建议在讨论文学

---

① 刘祁. 归潜志 [M]. 台北：台湾商务印书馆，1983：6.
② 周晖. 金陵琐事 [M]. 南京：南京出版社，2007：27.

时使用视觉艺术的一些概念，比如透视、构图和颜色等；三是主张打破语词与图像之间的二元对立关系。鲍尔指出："虽然没有人能否认这些艺术之间的本质区别，但合作研究可以使文学和视觉艺术受益。"① 不仅如此，鲍尔在其著作《论伦勃朗》（*Rembrandt*，1991）与《论普鲁斯特》（*Proust*，1997）中将其视觉诗学付诸实践，倡导"文学中真正的视觉时刻"② 的诗学理念。进入21世纪，视觉诗学研究在文学领域与图像学领域人才辈出。文学领域的主要代表人物包括默里·克雷格（Murray Krieger，1923—2000）、詹姆斯·赫菲南（James A. W. Heffernan）、瓦莱丽·坎宁安（Valerie Cunningham）等；图像学领域的主要代表人物首推米歇尔（W. J. T. Mitchell）。

综合文学领域与图像学领域的研究成果，我们可知文学领域的视觉诗学一般探讨的是作者"看什么""怎么看"以及如何使"观看方式"（a way of seeing）与"写作方式"（a way of writing）做到相互融通等问题。

首先，回答诗人"看什么"这个问题。总体而言，摩尔诗歌中的视觉对象包括两个方面：日常生活中的视觉经验与结构化的、正式的观看。前者指在日常生活中的观看行为，可以是摩尔在起居室所看到的挂在墙上的图片，也可以是其诗友赠送给她的礼品，如纸鹦鹉螺的摆件等，还可以是摩尔在杂志上看到的图片。后者主要指的是旅游手册上的广告，艺术画廊、博物馆、展览馆以及电影院、剧院等空间的艺术体验。

其次，摩尔视觉诗学的"观看"方式是怎么建构的，具有什么样的特征？"观看"不是一种纯粹的生理和物理运动。诗人能看到什么，或

---

① BAL M. Introduction: visual poetics[J]. Style, 1988, 22(2): 177-182.
② BAL M. Poetics, today[J]. Poetics today, 2000, 21(3): 475-482.

者说什么东西能被诗人看见,这取决于两个方面的因素:其一,特定时代的视觉模式,换言之,诗人的观看方式很大程度上取决于社会和文化的建构走向;其二,诗人自身的视觉能力与诗人头脑中的一套相对固定的价值和意义系统。通过综合分析以上两个因素,摩尔视觉诗学的"观看"方式具有如下特征:一是科学与诗歌艺术的融合,二是去自我化,三是去性别化。

最后,摩尔是如何做到"观看方式"与"写作方式"互为一体的?这主要体现在两个方面:一是摩尔的文学话语本身折射出作为创作认知理据的视觉思想,二是摩尔对西方视觉艺术的批评与吸收。前一种属于文学本体研究,解决的是摩尔视觉诗学发生的内在逻辑问题,努力实现艺术与文学的对话;后一种属于影响研究,解决的是摩尔视觉诗学发生的外在语境问题,尝试实现文学与时代的互动。

摩尔的视觉诗学主要聚焦诗歌文本与视觉对象在想象力之间的互动与转化,强化文学艺术与视觉艺术之间的关联,探讨两门艺术之间的疆界。这种方式,一方面,允许摩尔对某一特定的道德或美学问题提出不同的观点,另一方面,有助于完成诗人这一特殊身份的文学任务。

研究摩尔的视觉诗学,有必要将其诗歌创作理论与实践置于多元文化并存的总体语境中进行解析和考察,从宏观上把握其诗歌文本所凸显的诗学价值,把摩尔诗歌创作的诗学特征与现当代诗歌理念有机地联系在一起。走出"就摩尔论摩尔"的误区,不仅体现了研究诗人一般创作策略的微观需要,而且更为重要的是,摩尔的创作本身昭示了现代视觉诗学理论的一连串核心议题。换言之,对摩尔的诗歌创作理念的探讨,为重新审视和诠释当代诗歌提供了一个有效的切入口。由此切入口进入,便可使摩尔诗歌研究所引发的诗学话题摆脱"只见树木,不见森林"或

"微观不宏，宏观不微"的两难境地。

第二节 国外摩尔批评

摩尔是欧美文学现代派阵营里最重要的诗人之一，其诗学成就对推动和丰富西方现代派文学，尤其对美国文学的发展产生过重大影响。与此同时，摩尔诗歌意象的建构与美学思想也在一定程度上弥合了中美文化的差异，有助于促进中美文艺间的良性互动与平等对话。由此，本书分别从国外与国内两个向度对摩尔研究进行梳理，并着重探讨国内外摩尔视觉艺术研究，既为本书研究的开展指明了方向，又为今后国内的摩尔研究提供了借鉴。

西方摩尔批评始于1916年，至今百年有余。在欧美历史文化语境与文学传统中把握摩尔研究的过去、现在及未来发展趋势，对全面深入研究摩尔诗学观点、美学思想，对其诗学贡献、历史地位与当下价值的判定都至关重要。纵观摩尔诗歌百年接受史，西方摩尔研究呈现出鲜明的阶段性特征，总体上是一个逐渐拓展、深化与体系化的过程，可归纳为四个阶段：20世纪初至20世纪50年代初的诗名确立期、20世纪50年代中到20世纪70年代初的沉淀期、20世纪70年代中到20世纪90年代前的文本开凿期以及20世纪90年代至今的文化研究转向，呈现多元化研究态势。

第一阶段，20世纪初至20世纪50年代初：诗名确立期

20世纪上半叶在人类发展史上是一个极其重要的历史时期，科技迅猛发展，国际形势动荡，作为映照人类生活的文学艺术领域也随之发生了根本性的变革。肇因于该时期文化与文明的焦虑和矛盾，一批文化和思想巨人应运而生。摩尔诗歌恰好孕育于这个时代。此阶段的批评可根据其创作的曲线分为两个时期：创作早期，即20世纪30年代前的批评；创作高峰期，即20世纪30年代至20世纪50年代初的批评。

对摩尔早期作品的批评主要以好评与恶评相交织的印象式批评为特色。希尔达·杜利特尔（Hilda Doolittle, 1886—1961）、埃兹拉·庞德（Ezra Pound, 1885—1972）、斯科菲尔德·萨尔（Scofield Thayer, 1889—1982）等人属于褒扬的一方。杜利特尔是摩尔批评第一人。1916年，她在先锋杂志《自我主义者》（*Egoist*）上就摩尔1915年在该杂志上发表的两首诗，即《哺育我，河神》（Feed Me, Also, River God）与《他制造了此屏风》（He Made This Screen）而展开评论，认为摩尔在美国"正在进行一场反对肮脏与商业化的战斗。我们在进行同一场战斗，在这绝对的纽带里——我们对美丽英语的热爱，应提高彼此的能力"（CRMM 21）。蜚声英美诗歌界的杜利特尔视摩尔为同一战壕中的战士，其评论犹如一盏航灯，既坚定了摩尔诗歌写作的信念，又照亮了摩尔的批评之路。诗坛巨擘庞德评价摩尔的诗歌"是典型的民族产物，写出了本民族独有的品质"（CRMM 23）；伊沃·温特（Yvor Winter, 1900—1968）称赞摩尔是"自阿尔蒂尔·兰波（Arthur Rimbaud）以来，除史蒂文斯（Wallace Stevens）先生之外，唯一的既知识博大精深，又能掌控声音的了不起的诗人"（CRMM 36）；威妮弗蕾德·布莱尔（Winifred Bryer, 1894—1983）赞扬摩尔的《诗》（*Poems*, 1921）这本集子是"美国文学乃至整个世界现代文学的一个重要补充"（CRMM 36）。《日晷》（*Dial*）杂志的主编斯科菲尔德·萨尔也是摩尔忠实的拥趸。1925年1月至4月，他在《日晷》杂志连续发文4篇，周详地介绍了摩尔多首诗的意蕴与特征，并指出"发掘出摩尔小姐非凡的文学品格是1924年《日晷》杂志对美国文学的杰出贡献"(CRMM 34)。同年,该杂志授予摩尔"日晷"奖。

尽管如此,该时期对摩尔诗歌持负面批评的也大有人在。贬损的声音围绕摩尔的作品是否属于诗歌还是只具备"才智"(wit)而展开,抱怨其诗歌过分"博识"(well-informed)与"考究"(fastidiousness),缺乏情感,属于"阳春白雪"(highbrow)。海伦·霍伊特(Helen Hoyt,1887—1972)认为摩尔的一些诗"因过度凝练、尖锐、考究而使人难受"(CRMM 22);马克·多伦(Mark Van Doren,1894—1972)更是断言摩尔"在与美、感知离婚后,只好嫁与智识。其举止荒诞不经,其'考究'让人不堪忍受,发表在《他者》(*Others*)上的几首诗致使整个选集很难被认真看待"(CRMM 34);《诗刊》(*Poetry: A Magazine of Verse*)的副主编玛丽恩·斯托贝尔(Marion Strobel,1895—1967)批评摩尔诗歌的主题"干涩,表达方式过于学究"(CRMM 37)。甚至支持者如格伦韦·威斯考特(Glenway Wescot,1901—1987)也认为摩尔的诗歌艺术是一种"贵族艺术"(aristocratic art,CRMM 42)。

之所以出现这种毁誉参半的局面,主要原因是摩尔原创性的诗歌在一定程度上超出了普通读者的阅读期待,如:大胆采用音节诗、行间轻韵、引语以及诗内用典诗外标注等别具一格的形式;利用非文学素材模糊"高雅"(high)文学与"大众"(low)文学的界限;选题独具匠心,从异域文化汲取灵感,异国情调浓厚等。可以说,摩尔在创作之初显露的实验性与先锋性品格对受众极具挑战性,或许只有有一定鉴赏力的评论家兼诗人才能真正领略其诗作的魅力。

20世纪30年代至20世纪50年代初是摩尔的创作高峰期,这个时期,两个重要集子《诗选》(*Selected Poems*,1935)与《诗歌集》(*The*

Collected Poems，1951）面世，其作品开始被认真对待，评论文章大量增多，赞誉也纷至沓来。T. S. 艾略特（Thomas Stearns Eliot, 1888—1965）在《诗选》序言中盛赞摩尔的诗，认为它们是"我们这个时代少量不朽诗中的一部分；正是这部分诗，在诗歌的传承中，其原发的感受性、警觉的智识和深沉的情感维持着英语语言的生命"（CRMM 9）。艾略特的评论直面诗歌本质，从语言的高度给予全面肯定，这无疑成为这个时期摩尔批评的风向标，使得早期的印象式批评开始退场，评论家开始更多地关注摩尔诗歌的内核，包括形式、语言、主题、手法等，对摩尔的评价也更客观、公允。华莱士·史蒂文斯（1879—1955）通过仔细分析《鱼》（The Fish）与《尖顶作业工》（The Steeple-Jack, 1932）的语言特色，称赞摩尔"是一位重要的诗人"（CRMM 113）。W. H. 奥登（W. H. Auden, 1907—1973）则坦言自己10年前读不懂摩尔的诗，通过持续不断地阅读，才明了摩尔的诗是一种别出心裁的"新诗"（New Poems），其《质疑美德》（In Distrust of Merits）是一首表现战争题材最好的诗（CRMM 138）。

除了上述同时代诗人兼评论家的肯定外，年轻一代诗人与评论家也对其诗歌大加推崇，如 R. P. 布莱克默（R. P. Blackmur, 1904—1965）、兰德尔·贾雷尔（Randall Jarrell, 1914—1965）与伊丽莎白·毕晓普等。布莱克默通过分析《英雄》（Hero）、《一只章鱼》（An Octopus）以及《婚姻》（Marriage）三首诗的韵律特征，指出采用行内听觉韵（internal auditory rhyme）与轻韵（light rhyme）是摩尔诗歌的"一种独特方法"（CRMM 118）。贾雷尔则指出摩尔的诗歌具有散文品质，认为摩尔是一位"盔甲诗人"（armored animal），也是"最伟大的在世女诗人"（CRMM 150）。毕晓普依据埃德加·爱伦·坡（Edgar Allan Poe, 1809—1849）的《写作原理》(*Philosophy of Writing*)考察摩尔的诗歌《大象》(*Elephants*, 1944)与《英雄》等,指出摩尔"跟坡是美国两位最具原创性的作家",而且认为摩尔是"理想化的诗人"(Poe's Ideal Poet,CRMM 142)。

简而言之,时势造英雄,摩尔与"史蒂文斯以及威廉姆斯(William Carlos Williams)并称为在开拓美国现代诗歌中资格最老、最活跃与最具成效的三位大师"(CRMM 155)。可见,作为现代主义文学思潮开拓者之一的摩尔,凭借坚持不懈的耕耘,最终收获了实至名归的认可及声誉。其诗歌跨行连续、新颖的诗行排列、奇特的异国情调、个性化的节奏等品格不仅奠定了她在美国现代派文学中的重要地位,而且使她在英语文学史上占有一席之地。

第二阶段,20世纪50年代中期到20世纪70年代初期:沉淀期

20世纪50年代中期以后,黑山派、垮掉派、自白派等纷纷登上诗歌舞台,格局多元的后现代诗潮逐渐取代现代主义思潮。在此期间,摩尔仍然笔耕不辍,热衷于把自己塑造成名人与大众诗人的形象,诗歌较之以往更加凝练、易懂,但对其的批评和研究却波澜不惊,这个时期属于沉淀期。在这个时期,"三角帽"和"黑斗篷"成为她在公共场合的个人标志;她常被邀请去大学朗读诗作;其肖像特写刊登在《生活》(*Life*)、《纽约时报》(*The New York Times*)和《纽约客》(*The New Yorker*)等时尚杂志上;福特汽车公司曾邀请她为一系列新汽车起名字;在81岁高龄时,她甚至为洋基队(The Yankees)在该年度的棒球季赛投球开局等。这一切表明,摩尔如愿以偿地成为一位美国家喻户晓的名人。

事实上,摩尔的名人身份并未掀起对其诗歌的批评热潮。尽管如此,这一时期仍不乏严肃的读者与仰慕者,如詹姆斯·迪基(James Dickey,

1923—1997)、兰德尔·贾雷尔与约翰·阿什贝利（John Ashbery，1927—2017）等。迪基通过分析《告诉我，告诉我》(Tell Me, Tell Me)整本诗集，指出"爱就是力量"是该诗集的主题，并高度赞扬摩尔正义与博爱的品行给其诗歌增添了光芒，具有道德担当的品质，认为"摩尔正在给我们的大地塑形"（CRMM 221）；贾雷尔则从其诗与先锋艺术的关联出发，指出其"下笔具有绘画般的准确，诗中的比喻具有真实的摄影效果"（CRMM 117）；阿什贝利更是大胆地评价摩尔可能是"除庞德与奥登外，最伟大的在世英语诗人"（CRMM 223）。

这段时期最值得一提的是唐纳德·霍尔（Donald Hall，1928—2018）的研究，主要包括他的一个重要访谈《诗歌艺术：玛丽安·摩尔》(The Art of Poetry: Marianne Moore，1963)与一部专著《玛丽安·摩尔：笼与动物》(Marianne Moore: The Cage and the Animal，1970)。其中，访谈不仅管窥摩尔作为一个诗人的成长历程，而且对深入理解其诗学特征大有助益，尤其在引人瞩目的"引语"与"音节诗"的使用上。对于"引语"，摩尔指出，她使用"引语""是为了表达对原作者的尊重，不愿剽窃他人的东西。如果一件事情已经被别人以最佳的方式表述出来，你又岂能表达得更好？"[1] 关于"音节诗"，摩尔表示她从没"安排"（plan）过任何诗节，"词群决定写作过程就像染色体那般自然而为。我有时干扰它的排列顺序，有时稀释它，然后设法写出与起首诗节一模一样的其他诗节。最初自发的原创性——创作的动力——似乎很难在之后被刻意仿效"[2]。不仅如此，该访谈同时还是我们反观现代诗歌史的一面镜子，

---

[1] HALL D. The art of poetry: Marianne Moore[J]. The Paris review interviews, 1969(2): 20-45.

[2] 同[1]52.

因为它包含大量有关摩尔与同时代诗人、摩尔与现代派先锋杂志互动的史料。

概言之，自20世纪50年代起，美国老牌现代主义诗人受到了新崛起的后现代主义诗人的猛烈冲击，摩尔批评处于一个相对平静的时期。造成这种现象的主要原因如下：首先，摩尔在该时期的创作虽不乏经典之作，但大多旨在拉近与读者的距离，因此在主题选择与形式应用上失去了早期诗歌的开创性；其次，在更具表现力的年轻一代诗人如艾伦·金斯堡（Allen Ginsberg）与希薇亚·普拉斯（Sylvia Plath）等的作品的比照下，摩尔的诗过于传统与说教；最后，也是最重要的一个原因，摩尔的诗歌不符合当时的主流批评兴趣，如火如荼的性别政治学批评要求女诗人表达原始的性欲与女性气质，"垮掉的一代"看重诗歌中歇斯底里的控诉等。摩尔则一贯秉承文以载道的理念，坚持操守与美德，既对诗歌中粗犷语言的使用不甚苟同，也不欣赏自白式的吸毒与同性恋描写，显然其风格与主流批评格格不入。

第三阶段，20世纪70年代中期到20世纪90年代前期：文本开凿期

自1972年摩尔辞世后，美国评论界对她的缅怀，加之出版界和评论界对其作品的关注，掀起了摩尔研究的第一个高潮。这段时期对摩尔诗歌研究者而言是一件文学大事——对摩尔遗稿、遗物的整理不可不提。1970年，摩尔把所有资料卖给了费城的罗森巴赫博物馆与图书馆（Rosenbach Museum & Library）。资料除手稿与书信外，还包括存留下来的所有日常物件。帕特丽夏·威利斯（Patricia C. Willis）与众多学者对浩如烟海的东西进行整理，统计如下：236首未发表的诗，224篇散文，44箱家信（数量达3 000封），约3 000本书（至少一半的书有注解），文件材料垂直堆放达250英尺高，包括500张照片、50个年记事簿、80个普通的笔记本（包括财务记录、剪贴簿、地址簿、采访、讲座等）、出版物的复印品，另有12抽屉瓷器、雕像与工具等，一顶三角帽，一件黑色斗篷。①

　　正因为资料的完备，该时期诞生了三部权威之作，包括1981年由数十位研究者校对后再版的《玛丽安·摩尔诗歌全集》(The Complete Poems of Marianne Moore, 1981)，以及由威利斯负责编辑的两部专著：《玛丽安·摩尔散文全集》(The Complete Prose of Marianne Moore, 1986)与《女性兼诗人》(Women and Poet, 1990)。针对1967年版修订的《玛丽安·摩尔诗歌全集》被认为是研究摩尔诗歌最具权威的核定本。《玛丽安·摩尔散文全集》则悉数收录了摩尔生前发表的随笔与评论，思想内涵丰盈。《女性兼诗人》收录了邦妮·霍倪格斯布朗姆（Bonnie Honigsblum）的《研究摩尔的参考书目：1977—1990年》一文。该文资料翔实，依据现代语言协会国际书目（MLA International Bibliographies）中1976年到1988年的数据，全面考察了《美国文学研究》(American Literary Scholarship)、《美国文学》(American Literature)、《当代文学》(Contemporary Literature)、《二十世纪文学》(Twentieth Century Literature)、《现代文学杂志》(The Journal of Modern Literature) 以及《玛丽安·摩尔通讯》(Marianne Moore Newsletter, 1977—1983) 等杂志上有关摩尔研究的文章，并进行归纳与总结，做出精当评注。因此，这三部书自问世以来即被公推为摩尔研究的必备宝典。

---

① WILLIS P C. Woman and poet[M]. Orono: National Poetry Foundation, University of Maine, 1990: 16.

与之相应，系统研究摩尔的著述也相继出现。这些著述主要从两个方面对摩尔的诗歌展开研究：一是渊源考据，致力摩尔诗歌的版本研究，明辨其诗歌创作所受到的影响；二是形式美学内涵研究，采用新批评的文本细读方法，从心理学、后现代性等多个维度探寻其诗歌文本所蕴含的思想，出版了各种文本个案研究专辑。

采用渊源考据的第一部代表著作是劳伦斯·斯坦莱顿（Laurence Stapleton）的《玛丽安·摩尔：诗人的发展》（*Marianne Moore: The Poet's Advance*，1978）。斯坦莱顿基于对罗森巴赫博物馆与图书馆里收藏的资料的整理，从传记的角度对摩尔其人其诗进行考证，指出"解读摩尔生平主要基于诗歌本身，也还要依赖从笔记、诗歌草稿与通信中所得来的知识"[1]。这本专著材料充实，读来亲切，趣味横生，是解码摩尔生活与创作谜团的一把钥匙，但斯坦莱顿得出的结论，即摩尔最好的诗篇都创作于20世纪40年代与20世纪50年代，却受到众多摩尔研究者的诟病与质疑。

对于一向以修改诗歌为乐的摩尔来说，对其单篇诗歌各版本的考据一直是评论的热点。邦妮·科斯特洛（Bonnie Costello）的《玛丽安·摩尔：想象的拥有》（*Marianne Moore: Imaginary Possessions*，1981）对诗歌版本的考据最为全面扎实。科斯特洛年轻时就熟识摩尔，她亲临罗森巴赫博物馆与图书馆整理遗稿、书信等，对摩尔诗歌的不同版本进行比较分析，聚焦"特质"（idiosyncracy）、"真诚与热忱"（sincerity and gusto）等关键词，指出亨利·詹姆斯（Henry James）是摩尔的文学导师。

这段时期不容忽视的另一重要渊源考据的论著是约翰·斯拉丁

---

[1] WILLIS P C. Woman and poet[M]. Orono: National Poetry Foundation, University of Maine, 1990: 486.

（John M. Slatin）的《野蛮人的浪漫：玛丽安·摩尔的诗歌》(*The Savage's Romance: The Poetry of Marianne Moore*，1986）。与上述研究不同，该书独辟蹊径，从文学现代主义的宏大角度来考察摩尔的诗歌，通过聚焦于摩尔在20世纪头20年的诗歌生涯，追述其诗歌中展现的从清教徒主义到拉尔夫·沃尔多·爱默生（Ralph Waldo Emerson，1803—1882）、纳撒尼尔·霍桑（Nathaniel Hawthorne，1804—1864）以及亨利·詹姆斯的文学传统，并从韵律的新颖性、诗歌与散文的区别以及欧洲传统文学的价值三个方面探讨摩尔在现代派作家中的地位。与斯坦莱顿的研究相左，斯拉丁认为摩尔的最佳作品创作于1915—1936年，并把这个时期分成三个阶段：1915—1920年是摩尔对诗人身份的抵制期，通过创作音节诗凸显独特性；1921—1925年是诗人身份适应期，倚重自由体诗与"引语"保持独特性；1926—1936年是诗人诗艺的娴熟期，摩尔担任《日晷》杂志编辑的职业经验提升了她对现代诗的审美力与批判力，诗艺愈发成熟，诗路更加开阔，进一步焕发了音节诗的魅力。斯拉丁的这一划分法得到了多数学者的认同，这也表明摩尔诗歌所蕴含的开放性和不确定性的多重意指。

  这一时期采用新批评文本细读法的主要代表作包括帕拉·哈达斯（Pamela White Haxdas）的《玛丽安·摩尔：诗人之情感》(*Marianne Moore: Poet of Affection*，1977）、玛格丽特·霍莉（Margaret Holley）的《玛丽安·摩尔的诗歌：声音与价值研究》(*The Poetry of Marianne Moore: A Study in Voice and Value*，1987）、太妃·马丁（Taffy Martin）的《玛丽安·摩尔：颠覆性的现代主义者》(*Marianne Moore, Subversive Modernist*，1986）、格蕾丝·舒尔曼（Grace Schulman）的《玛丽安·摩尔：约会诗歌》(*Marianne Moore: The Poetry of Engagement*，1987）以及帕

特丽夏·威利斯的《玛丽安·摩尔：视觉入诗》(*Marianne Moore: Vision into Verse*, 1987）等。其中，《玛丽安·摩尔：约会诗歌》是一部较为全面论述摩尔诗歌文学性特质的专著。在这部书中，舒尔曼从形式、音韵、技法、隐喻等层面对摩尔的早期诗歌包括《评论家与鉴赏家》(Critics and Connoisseurs）与《新手》(Novices）等诗逐一展开文本细读，有力地回应了有些评论家认为摩尔诗歌缺乏修辞的观点。不仅如此，舒尔曼还从心理学的角度论述摩尔晚期的诗歌如《想象是迷人的》(The Mind is an Enchanting Thing）、《质疑美德》等，正是通过使用修辞转换的手法聚焦客体的一种心理活动，实现了想象层面上对经验的拥有。

《玛丽安·摩尔：颠覆性的现代主义者》则是随着20世纪70年代中期以解构主义为代表的后现代理论的崛起，首部运用解构主义理论系统阐发摩尔诗学的论著，所论涉及米歇尔·福柯（Michel Foucault）、雅克·德里达（Jacques Derrida）等解构大师的批判话语。该书通过考察摩尔研究常被忽视的三个方面——诗人精心筹划的职业之路、早期的散文作品与《日晷》杂志的编辑身份，细致地分析了摩尔诗学中的语言、隐喻、不确定性、想象的创造、激进的模糊等特征，旨在表明其"想象""精确""互文"等诗学思想，既是"后现代"美学的充分体现，又是对传统逻辑话语的解构，并认为摩尔诗人身份的构建其实质就是对传统意义上欧美现代主义的一种解构。

综上可知，这个时期以文本的开凿为立足点，探讨了摩尔作品的创作渊源、文学立场、形式表征、诗学思想、身份建构等多个议题，表明摩尔研究逐渐走向系统与深入，研究视野呈现出日益开放的态势。

第四阶段，20世纪90年代至今：多元化研究态势

20世纪90年代至今，随着资料的完备、学术视野的拓展、研究方法的变化、研究角度的更新，当代西方摩尔研究进一步走向广泛和深入，勃发出强劲的生命力。除上述提到的摩尔研究必备的三部宝典之外，这个时期又产生了四部摩尔研究的必备参考书目，包括由科斯特洛·古德里奇（Celeste Goodridge）和克莉丝丹·米勒（Cristanne Miller）共同编撰的《玛丽安·摩尔书信选集》（*Selected Letters of Marianne Moore*，1997）、舒尔兹（Robin G. Schulze）编撰的《成为玛丽安·摩尔：早期诗歌，1907—1924》（*Becoming Marianne Moore: The Early Poems*，1907—1924，2002）、格雷戈莉（Elizabeth Gregory）编撰的《玛丽安·摩尔批评文集》（*The Critical Response to Marianne Moore*，2003）以及格雷丝·舒尔曼编撰的《玛丽安·摩尔的诗歌》（*The Poems of Marianne Moore*，2004）。《玛丽安·摩尔书信选集》收录了摩尔现存3 000多封信中最能反映时代风貌、诗人生活与诗人创作历程的信件，为研究摩尔的诗歌提供了一条新的路径。两本诗歌集《成为玛丽安·摩尔：早期诗歌，1907—1924》与《玛丽安·摩尔的诗歌》则是对《玛丽安·摩尔诗歌全集》的补充，既满足了读者对不同版本的需求，又能一窥摩尔诗歌的风格全貌。《玛丽安·摩尔批评文集》悉数收录了摩尔生前的批评文章，以历时的方式呈现出摩尔诗歌的接受史。这四部书的出版激发了新的批评热情，使得摩尔研究进入一个多元化时期，除理论解读外，具体表现在四个方面：传记研究、比较研究、性别研究与文化研究的外部转向。

理论的不断出新使得摩尔研究出现生机勃勃的景象。里维尔（Linda Leavell）、米勒与舒尔兹共同编撰的《评论家与诗人论摩尔：恰到好处的"百犬齐吠"》（*Critics and Poets on Marianne Moore*: "*A Right Good*

Salvo of Barks",2005)一书的副标题"百犬齐吠"(salvo of barks)十分贴切地突显摩尔研究百花齐放的盛况。承袭此前形式美学的研究成果,这部书收集了20世纪90年代以来12篇最具代表性的批评文章,分别从政治、宗教、伦理、性别、生态、民族主义,甚至优生学等多个角度对摩尔诗歌进行细读与阐释。不仅如此,这部书最重要的价值是从审美的层面指出摩尔创作采用的不是传统意义上的"情感诗学"(poetics of sensibility)而是"可理解性诗学"(poetics of intelligibility)。可以说,该书是对摩尔文本细读式研究的又一项引人注目的成果。

自摩尔逝世之后,其传记研究一直是评论界关注的焦点之一。如前所述,劳伦斯·斯坦莱顿的《玛丽安·摩尔:诗人的发展》开启了摩尔传记研究之路。继她之后,较具影响力的传记研究当推查尔斯·莫尔斯沃思(Charles Molesworth)的《玛丽安·摩尔:文学生涯》(*Marianne Moore: A Literary Life*,1990)与琳达·里维尔的《在倒立中坚持》(*Holding On Upside Down*,2013)。这两部传记各有千秋,莫尔斯沃思侧重对摩尔外部资料的考据,以摩尔的生平为主线,把其文学创作、艺术理念、作品主题与社会、历史、文化背景融合在一起,详实地勾勒出摩尔创作的全貌。但是,由于"大多数的证据都聚焦于摩尔生平的外部事实"[①],因此,该传记并未把摩尔的生活阅历、情趣与其诗歌创作结合起来,虽然增进了读者对其诗的了解,但对其人仍然所知不多。里维尔则从心理层面聚焦摩尔的诗歌创作,试图透过摩尔诗作的棱镜解读摩尔隐秘的私人生活,指出其诗是其思想自由驰骋的空间,诗中那些穿戴盔甲、飘忽不定的动物与其几易其所的生存模式,实际上映射出摩尔在家中的角色,

---

① MOLESWORTH C. Marianne Moore: a literary life[M]. [S.l.]: Atheneum, 1990: xxii.

庇佑她建造出坚固且富于创意的世界。里维尔的这部评传使读者对摩尔其人其诗有了真正意义上的了解，具有划时代的意义。

　　这段时期，摩尔研究的另一主流方向是比较研究，既有平行研究又有影响研究。标志性的著作有：西莱斯特·古德里奇（Celeste Goodridge）的《暗示与伪装：玛丽安·摩尔与同时代的人》（*Hints and Disguises: Marianne Moore and Her Contemporaries*，1989）、杰瑞狄丝·梅林（Jeredith Merrin）的《一种行之有效的谦卑：玛丽安·摩尔、伊丽莎白·毕晓普及传统的运用》（*An Enabling Humility: Marianne Moore, Elizabeth Bishop, and the Uses of Tradition*，1990）、《读自然与自然写作：弗罗斯特、史蒂文斯、摩尔及毕晓普的诗歌》（*Reading and Writing Nature: The Poetry of Robert Frost, Wallace Stevens, Marianne Moore, and Elizabeth Bishop*，1991）、琼内特·迪尔（Joanneit F. Diehl）的《毕晓普与摩尔：创造力的精神动力学》（*Elizabeth Bishop and Marianne Moore: The Psychodynamics of Creativity*，1993）、罗宾·舒尔兹的《友谊之网：摩尔与史蒂文斯》（*The Web of Friendship: Marianne Moore and Wallace Stevens*，1995）、安德鲁·拉克莉特兹（Andrew M. Lakritz）的《现代主义与史蒂文斯、弗罗斯特及摩尔诗歌中的他者》（*Modernism and the Other in Stevens, Frost, and Moore*，1996）、克丽丝丁·佐拉（Kirstin Hotelling Zona）的《摩尔、毕晓普、斯温森：自我克制的女性主义诗学》（*Marianne Moore, Elizabeth Bishop, and May Swenson: The Feminist Poetics of Self-Restraint*，2002）、贝斯妮·西柯克（Bethany Hicok）的《自由的程度：1905—1955年的美国女性诗人与女子学院》（*Degrees of Freedom: American Women Poets and the Women's College, 1905—1955*，2008）等。纵观比较研究的丰硕成果，可以归纳为两个方面：一方面集中探讨摩尔与同时代诗人的互

动关系，尤以史蒂文斯为代表；另一方面聚焦于摩尔对后辈诗人尤其是女性诗人毕晓普的影响。概言之，该类研究进一步夯实了摩尔作为欧美现代主义核心人物之一的地位。

摩尔是一位女性诗人，针对其作品展开性别研究自然是研究热点之一。颇具特色的著述包括：达莲娜·威廉姆斯·埃里克森（Darlene Williams Erickson）的《想象比精确更精确：玛丽安·摩尔的诗歌》（*Illusion Is more Precise than Precision: The Poetry of Marianne Moore*，1992）、让·何优文（Jeanne Heuving）的《省略不是偶然：摩尔艺术中的性别》（*Omissions Are not Accidents: Gender in the Art of Marianne Moore*，1992）、克莉丝丹·米勒的《玛丽安·摩尔：权威问题》（*Marianne Moore: Questions of Authority*，1997）等。其中，《想象比精确更精确：玛丽安·摩尔的诗歌》以伯格森的时间理论为理据，对摩尔的多首诗歌包括长诗《婚姻》展开文本细读，论证了摩尔诗歌中的理性与直觉、科学理性与想象，以及现实与想象的紧密关系，进而指出其诗歌体现出一种济慈式"消极能量"（negative capability）的"女性认知方式"（woman's way of knowing）[①]。《省略不是偶然：摩尔艺术中的性别》以法国女性主义者露丝·伊利格瑞（Luce Irigaray）提出的"反射镜"（specularity）观点为切入点，聚焦性别差异的各类表征：多样性高于单一性、断裂性高于统一性、流动高于静止、转喻高于隐喻、喜剧高于悲剧、开放高于封闭、作为他者的他者高于他者。她指出摩尔不事流派、自有风骨的写作风格归因于她所处的文化语言大环境。《玛丽安·摩尔：权威问题》更

---

① ERICKSON D W. Illusion is more precise than precision: the poetry of Marianne Moore [M]. Tuscaloosa: Alabama University Press, 1992: 13.

是直面摩尔作为女性诗人身份构建所面临的种种问题，进而指出摩尔凭借其独特性脱颖而出，走出了影响的焦虑。

进入21世纪，越来越多的学者开始关注摩尔的作品与外部世界的联系，致力挖掘作品的社会文化意蕴。这一类作品的内容可大致分为三类：第一类是摩尔与自然的关联，第二类是摩尔与现代主义的关联，第三类是摩尔与视觉艺术的关联。

在环境日益严峻的当代社会，对摩尔"自然"主题的研究是该时期最具有现实意义的成果之一。这一时期有代表性的成果包括：兰迪·马拉默德（Randy Malamud）的专著《诗性的动物与动物的灵魂》（*Poetic Animals and Animal Souls*，2003），克里斯托弗·托德·安德森（Christopher Todd Anderson）的博士论文《物无卑贱：美国自然诗中的非如画表征》（*Nothing Lowly: The Anti-Picturesque in American Nature Poetry*，2006），乔什·亚伦·韦恩斯坦（Josh Aaron Weinstein）的博士论文《谦卑与直面自然：走向谦卑伦理》（*Humility and the Face of Nature: Towards an Ecological Ethics of Humility in the Works of Henry Thoreau, Susan Cooper, Walt Whitman, and Marianne Moore*，2007）以及劳伦·凯·布洛索（Lauren Kaye Brozovich）的博士论文《环境的泥潭：20世纪美国诗歌中的科学调停》（*Environmental Spiral: Scientific Mediation in Twentieth-Century American Poetry*，2013）等。其中，《诗性的动物与动物的灵魂》一书对摩尔动物诗的研究最为透彻。该书从生态伦理的视角，考察了摩尔20多首动物诗，指出摩尔从万物有灵的维度鞭挞人类中心主义与沙文主义的佞妄，并认为摩尔是技艺高超的"动物诗人"。

作为一名现代派作家，摩尔必然与现代主义文化有着千丝万缕的联系，因此，此类研究成果也比较丰厚。著作如大卫·卡德勒克（David

Kadlec)的《镶嵌的现代主义:无政府主义、实用主义与文化》(*Mosaic Modernism: Anarchism, Pragmatism, Culture*,2000)从政治文化的维度试图证明庞德、乔伊斯、威廉姆斯、摩尔与佐拉等艺术家的创作理念与欧洲的无政府主义者,如朵拉·马斯登(Dora Marsden,1882—1960)、麦克斯·施蒂纳(Max Stirner,1806—1856)以及皮埃尔·蒲鲁东(Pierre Proudhon,1809—1865)等的思想有着契合之处。该类研究的代表性著作还包括乔治·伯恩斯坦(George Bornstein)的《物质现代主义:书纸上的政治》(*Material Modernism: The Politics of the Page*,2001)、克莉丝丹·米勒的《现代主义文化:摩尔、罗伊与舒尔》(*Cultures of Modernism: Marianne Moore, Mina Loy, and Else Lasker Schuler*,2005)以及维多利亚·巴赞(Victoria Bazin)的《玛丽安·摩尔与文化现代性》(*Marianne Moore and the Cultures of Modernity*,2010)等。其中,在《玛丽安·摩尔与文化现代性》中,巴赞考察了作为现代女性的摩尔在机械复制时代如何创作诗歌,以及她对第一次世界大战做出的回应,指出"在摩尔质地坚硬、雕塑般排列的诗歌中,现代这个形象是双重且矛盾的,这正是摩尔作为女性诗人在现代性构建边缘创作的一种体现"[1]。

摩尔与视觉艺术的关联是文化研究的另一主要方向,也是本研究展开的基础。琳达·里维尔的《玛丽安·摩尔与视觉艺术:棱镜的颜色》(*Marianne Moore and the Visual Arts: Prismatic Color*,1995)是第一部全面研究摩尔与视觉艺术的著述,聚焦于摩尔诗歌与美国本土现代派艺术、摄影艺术的关系。里维尔的目的不是用一门学科的术语来描述另一门学科,而是从历史、文体等层面探讨摩尔与视觉艺术的关系,旨在

---

[1] BAZIN V. Marianne Moore and the cultures of modernity[M].[S.l.]: Ashgate, 2010: 1.

通过考察摩尔对多种审美方式的回应，形成一种界定现代主义审美范式的独特形式。里维尔在开篇以传记的方式勾勒出摩尔与艺术家的互动网络，尤其是与摄影家阿尔弗雷德·史蒂格利兹（Alfred Stieglitz，1864—1946）的互动，指出摩尔对艺术的热爱是家庭良好教养的结果，并利用36幅黑白插图佐证了摩尔的审美兴趣。该书还探讨了摩尔在诗歌形式上对艺术手法的借鉴与创新，包括立体主义拼贴等，指出摩尔对空间形式的实验是一种综合的立体主义，呈现出一种"超验几何"（transcendent geometry）的特征。该著述巩固了摩尔在现代主义先锋派艺术家中的地位，拉开了摩尔与艺术关联研究的序幕。不仅如此，该书实际上还开创了从文化语境研究摩尔的先河，成为20世纪90年代之后摩尔文化研究热的扛鼎之作。

受里维尔的影响，又一重要的成果是伊丽莎白·乔伊斯（Elisabeth W. Joyce）的《文化批判与抽象性：玛丽安·摩尔与先锋派艺术》（*Cultural Critique and Abstraction: Marianne Moore and the Avant-garde*，1998）。在这部书中，乔伊斯指出里维尔的专著奠定了摩尔的视觉艺术在美国20世纪早期"处于艺术上与文化上的中心位置"[1]。乔伊斯使用视觉艺术作为摩尔诗歌的类比，其目的在于揭示摩尔对所处文化的矛盾态度。她认为摩尔是通过抽象性的技巧得以自由地揭示所处文化压迫性的特征，从而进行她无法公开表达的批判。这主要体现在三个方面：其一，通过立体主义拼贴的方法消解叙事传统，关注碎片化对现代主义经验呈现的重要性；其二，通过运用达达派摄影蒙太奇的技法，并置看似不相关的意象

---

[1] JOYCE E W. Cultural critique and abstraction: Marianne Moore and the avant-garde [M]. Lewisburg: Bucknell University Press, 1998: 11.

与场景，达到陌生化的视觉艺术效果，从而构成批判的张力；其三，在诗歌中通过运用超现实主义过去在场的时间艺术，使过去与现在在文化与自然等维度对话，从而使读者从多种声音中获得对社会的认知。

摩尔与视觉艺术的关联还体现在跨文化性、跨艺术性两大层面上，代表著作如：辛西娅·史代米（Cynthia Stamy）的《玛丽安·摩尔：东方主义与对美国的一种写作》(*Marianne Moore and China: Orientalism and a Writing of America*，1999)。该书依据赛义德（Edward Waefie Said）的东方主义理论，考察摩尔诗歌中的语言、句法和韵律等特征与中国传统文化的关系，并指出摩尔对中国文化的尊崇不仅仅源自中国的绘画和手工艺品的绘制以及中国诗歌形式的独特性，还源于她对古老且生命力常青的中国文化的认同，旨在"抵制美国把欧洲看作本国文化传统唯一来源的习惯"[①]。尽管这样，史代米并未完全摆脱西方与东方二元对立的认识论，书中的中国只不过是美国超验主义传统对中国想象的一种延续罢了。

基于对以上关联摩尔与视觉艺术的三个主要成果进行分析，不难发现，现有研究均属于外部研究，第一个成果主要涉及摩尔与艺术流派之间的关系，第二个成果则聚焦于摩尔与艺术流派中先锋派的关联，第三个成果探讨的则是摩尔与中国文化之间的关系。这些成果固然重要，但它们忽视了摩尔的诗歌与文论本身具有丰富的视觉诗学意蕴。鉴于此，本研究结合外部与内部要素，对摩尔独特的视觉诗学进行整体开掘。

简而言之，21世纪的西方摩尔研究如火如荼。大部分研究成果属于

---

① STAMY C. Marianne Moore and China: orientalism and a writing of America[M]. Cambridge: Oxford University Press, 1999: vii.

专题研究，观点大都新颖而透彻，在摩尔研究中具有长久而深远的影响力，推动着摩尔研究继续向多元化、跨学科方向拓展。

第三节　国内摩尔批评

相比西方的摩尔研究，国内的摩尔研究起步较晚。就美国现代派诗歌而言，摩尔是举足轻重的大家之一，任何有关现代派诗学的研究都无法绕过她所做的贡献。国内对摩尔作品的译介和研究与同时代齐名男性诗人相比虽然显得门可罗雀，但近年摩尔研究呈现上升趋势，有必要从接受史的维度，对摩尔在我国的译介和研究状况作大致的爬梳和评述，以期为日后国内学界系统和深入研究摩尔提供借鉴。

国内最初对于摩尔的认知主要体现在对其作品与诗学观零散的译介上。最早论及摩尔诗歌意蕴与创作特色的著作见于陈祖文在1975年翻译的《诗人谈诗：当代美国诗论》，该书收录了美国评论家奈莫洛夫·霍对摩尔的采访；赵毅衡在《美国现代诗选》（1985）选译了摩尔最具代表性的9首诗，推进了中国学界对摩尔的研究；学者单德兴翻译的《英美名作家访谈录》（1986）包含了唐纳德·霍尔一篇名为《诗歌的艺术：玛丽安·摩尔》的访谈，该访谈采取传记形式，生动且全面地展示了一位现代派诗人的成长历程与诗歌实验方法；《外国名诗鉴赏辞典》（1989）选译并赏析了摩尔两首经典诗歌《尖塔作业工》（郭洋生译）与《他制造了这个屏风》（裘小龙译）；学者彭予在《二十世纪美国诗歌——从庞德到罗伯特·布莱》（1995）中专辟一章剖析了摩尔的诗歌，并中肯地评价摩尔为"想象的直解者"。尽管以上的译介难以管窥摩尔诗歌艺术的风骨，但诸学者的努力促使摩尔的诗歌进入了国内学界的视野。

国内的摩尔研究真正始于20世纪80年代。原东吴大学姚慧美的《摩尔的诗观研究：真实与压缩》（1984）是第一篇较全面的"以诗论诗"的硕士论文，由知名学者钟玲教授指导完成，不过该论文却并未发表。20世纪90年代，国内出现了两篇摩尔诗歌研究的重要论文，即杨金才的《玛丽安娜·莫尔的诗歌创作》与《玛丽安娜·莫尔创作意蕴谈》。杨金才的文章通过对摩尔的诗质进行分析，如其逼真的写实、纯客观的写作方式等，明确表明摩尔"是位值得重视的诗人，应该说她对美国20世纪诗歌的拓新起了一定的作用"[①]。杨金才的文章开启了摩尔研究的先河，遗憾的是，它们并未引起其他学者的更多关注。

这一境况的改观与华裔学者钱兆明持之以恒的努力是分不开的。钱兆明出版的《东方主义与现代主义》（*Orientalism and Modernism*，1995）促使第一届"现代主义和亚洲"国际座谈会的召开，大批现代派作家及其作品进入了学界的视野。此外，在钱兆明的带领下，浙江大学于2008年成立了现代主义研究中心（The Center for Modernist Studies），故而作为现代派诗人核心人物之一的摩尔和其他现代主义者一样成为国内学界关注的热点。

在这个时期，摩尔诗歌研究出现两大可喜现象：一是尝试用各种新兴理论从多元的视角阐释其诗学，二是摩尔诗歌中的中国元素逐渐步入学者的研究视野。

这个时期首推的研究成果就是钱兆明的研究。他在《现代派对中国美术的回应：庞德、摩尔、史蒂文斯》（*The Modernist Response to Chinese*

---

① 杨金才. 玛丽安娜·莫尔的诗歌创作 [J]. 外国语言文学，1995（1）：120-124.

Art: Pound, Moore, Stevens，2003）中就庞德、摩尔及史蒂文斯与中国美术的交互进行了细致的考证，"从局外人的视角出发，首次打破了庞德时代与史蒂文斯时代之争这一局面，将庞德、摩尔、史蒂文斯等量齐观，加以评论"[①]。与美国摩尔研究专家史代米的"东方主义"不同，在《现代派对中国美术的回应：庞德、摩尔与史蒂文斯》中，钱兆明以中国的传统文化与文学作为参照，审视它们对现代派诗人包括摩尔诗歌创作的影响。具体而言，该书探讨了"中国美术对三位现代主义诗人的影响"，主要解决了以下两个问题：三位诗人为何热衷于中国的水墨画、雕塑与书法作品？他们与中国美术之"道"有何渊源？钱兆明指出，摩尔诗学之"道"体现在晚期诗歌中，这主要得益于华裔画家施美美的影响。[②]

此外，钱兆明先后在国内权威刊物撰文，如《摩尔诗歌与中国美学思想之渊源》（2010），用大量的文献资料细读摩尔的艺格敷词《九油桃》一诗，论证摩尔在探索现代诗的过程中吸收了以老庄哲学为基础的中国美学，走出了欧美蔑视动物题材的阴影；他的《施美美的〈绘画之道〉与摩尔诗歌新突破》（2011）一文着眼于旅美中国画家兼作家施美美对摩尔诗歌创作的影响，揭示施美美的《绘画之道》（*The Tao of Painting*）激发了摩尔对"道"的兴趣，实现了其在现代主义诗歌创作方面的新突破；《"道"为西用：摩尔和施美美的合作尝试》（2013）则进一步指出施美美的《绘画之道》升华了摩尔的美学思想，摩尔对"道"的借用为美国现代派诗歌谱写了辉煌的一章。钱兆明从美学角度阐释中国传统文

---

① 蒋洪新. 英诗新方向：庞德、艾略特诗学理论与文化批评研究 [M]. 武汉：湖北教育出版社，2001：1.

② QIAN Zhaoming. The modernist response to Chinese art: Pound, Moore, Stevens[M]. Charlattesville: University of Virginia Press, 2003: xvi.

化对摩尔诗作的影响,在国内产生了巨大影响,也为本书提供了翔实且清晰的线索。

基于钱兆明的研究,国内研究界也逐渐激起了对摩尔诗歌的研究兴趣,以其诗为观照对象的硕士论文逐渐增多。从2008年到2014年出现了8篇较高质量的硕士论文,分别从生态伦理①、文化视角②、认知诗学③、后现代性④、审美现代性⑤、现代性⑥、动物情结⑦等视角来解读摩尔的诗歌。其中,刘海燕的硕士论文《玛丽安·莫尔动物诗歌中的老子生态伦理思想》(2008)从跨文化的角度考察了摩尔与东方艺术,尤其是道家哲学的渊源,指出摩尔动物书写的伦理意蕴与老子生态伦理思想的契合,认为其自然诗歌既打破了西方传统的二元对立思维,又彰显出天人合一的思想。

继钱兆明之后,倪志娟也是一位颇具影响力的摩尔研究学者。近五年来,她翻译了摩尔的近30首诗以及3篇国外摩尔研究的重要论文。此外,她还撰写了高质量的评论文章,如其论文《论玛丽安·摩尔诗歌的

---

① 刘海燕.玛丽安·莫尔动物诗歌中的老子生态伦理思想[D].长沙:中南大学硕士论文,2008.
② 翟俊巧.论玛丽安娜·莫尔诗歌中的中国文化元素[D].长沙:湖南大学硕士论文,2009.
③ 程玉娥.从认知诗学视角分析玛丽安娜·摩尔诗歌的艺术内涵[D].大连:大连外国语学院硕士论文,2011.
④ 刘琳.玛丽安娜·莫尔诗歌中不确定道德观的解读[D].长沙:中南大学硕士论文,2012.毛煜菲.玛丽安·摩尔的诗歌中的不确定性与内在性研究[D].北京:中央民族大学硕士论文,2017.
⑤ 杜晓慧.想象的直解者[D].重庆:四川外国语大学硕士论文,2014.
⑥ 安娜.玛丽安·摩尔诗歌的现代性[D].保定:河北大学硕士论文,2014.
⑦ 王沈.玛丽安·摩尔诗歌中的动物情结[D].长沙:湖南大学硕士论文,2016.

客观性》(2014)指出,客观写作使摩尔摆脱了一般女性作家所面对的身份认同难题,成为一名真正意义上独立的诗人,将自己写进了艾略特等人提倡的大写的"非个人化"的诗歌传统中;《"别处"的不同意义:菲利普·拉金与玛丽安·摩尔诗歌之比较》(2014)通过比较拉金(Philip Larkin)的《别处的意义》(The Importance of Elsewhere)和摩尔的《在鲸鱼里逗留》(Sojourn in the Whale)两首诗,指出不同的写作方式不仅源于两位诗人之间的性格差异,更是源于两位诗人之间的性别差异、不同的文化立场以及与文学传统的不同关系;《玛丽安·摩尔的书写策略及其性别伦理》(2016)一文从性别研究的角度指出,摩尔自觉选择独身为其生存提供了平台,其诗歌写作艺术彰显了一名女诗人可能抵达的最远距离,并且通过自己别致的诗歌风格修正了既有的诗歌传统。

从国内对摩尔作品的译介和研究现状可以看出,越来越多的学者认识到摩尔研究的重要性。我国的摩尔研究中不乏优秀之作,亦有不少真知灼见,但从整体来看,要求国内学者对国外摩尔研究状况明了于心的同时,仍亟须加强对其创新性的研究。概言之,上述研究表明国内有关摩尔诗歌的研究正在逐步升温,这片广阔的研究沃土亟待进一步开发。

与国外层出不穷的研究成果相比,国内的摩尔研究成果稍显单薄,不过值得庆幸的是,在华裔学者钱兆明与众多国内学者的推介下,国内学界增加了对摩尔其人其诗的关注,对"摩尔与中国文化"这一主题的研究取得了不俗的成果,其中有些观点、结论和西方摩尔研究产生了对话性效果,一些创新的视角与方法对西方摩尔研究也具备一定的借鉴意义。因此,面对越来越受国内学术界重视的摩尔研究,我们完全有必要认真梳理近百年来摩尔研究的批评史,并以此为基石,深度挖掘她的诗学魅力,以及其散文思想给当今人们提供的启迪与方向。

纵观东西方摩尔研究百年史，当下摩尔研究呈现出三个主要趋势。其一，学术界对摩尔的创作从争议走向了肯定。除了诗歌成就外，这种肯定还体现在对其评论家身份的认同上。"摩尔跟史蒂文斯、庞德、威廉姆斯及艾略特公开的、私下的批评互动奠定了她在现代派群体中的中心地位。"① 其二，随着20世纪90年代以来文化批评进入文学领域，摩尔研究者开始关注其创作和历史语境的关联，这无疑会促进对其散文与书信的研究。摩尔的散文思想意蕴丰硕，着力于文学语言与形式的永恒探寻，彰显其个性化背后的雅正，即科学性、自然性、致用性等特色，是一片亟待开垦的宽阔领域。摩尔现存的书信数量惊人，拼缀起来宛如一幅《清明上河图》，将20世纪初至20世纪60年代末国际形势的变幻、美国社会的变革、美国文化所经历的剧变等图景无不纳入疏密有致、富有节奏感的画卷中。可以预言，摩尔的散文与书信研究将会是摩尔未来研究的重中之重。其三，随着文学批评理论的创新与发展，摩尔的生平、创作及思想跟随着时代的脉搏一起跳动，生发出隽永的新意义。2013年出版的摩尔传记《在倒挂中坚持》既让我们看到一代又一代评论家在摩尔研究这条道路上的坚持，又使我们体会到摩尔作为经典作家所焕发的艺术魅力与时代感召力。

摩尔成功开拓了一种将真实与想象融会贯通的视觉诗学，它具有可视、可触、可悟等品质，这不仅奠定了她在现代美国文学史中的不朽地位，而且实现了她对"现代性"与"真"锲而不舍的追寻与求索。摩尔的视觉诗学不仅是现代艺术与现代主义文学的伟大遗产，同时也是世界

---

① GOODRIDGE C. Hints and disguises: Marianne Moore and her contemporaries[M]. Iowa: University of Iowa Press, 1989: 5.

范围内后现代主义艺术的显著表征。

有评论家指出,摩尔"改变了美国诗歌的走向"[①]。虽说这个结论有点夸大,但从历时性与共时性两个时间维度仔细考究摩尔诗学的形成,读者便会明了此言并非妄论,因为对一个人的全面认知,除了分析其作品、与同时代人横向比较之外,还离不开一个纵向的历史视角。面对摩尔这样一个与艾略特、庞德比肩的大诗人,有必要把摩尔的诗学思想放置在西方世纪文论史这样一个大背景中进行考察,正如摩尔所言,"我们不会解释自己的出生,但我们证明"(CP 80),摩尔用强有力的诗句回应了创作路上质疑的声音。

---

① MARTIN T. Marianne Moore, subversive modernist[M]. Austin: University of Texas Press, 1986: ix.

第二章

摩尔视觉诗学的生成语境

> 一首诗、一部戏剧或一部小说无论多么急于表现社会关怀,它都必然是由前人作品催生出来的。正如在所有认识活动中一样,无常性支配着文学,而由西方文学经典构成的无常性主要表现在影响的焦虑上,这种焦虑形成了或不断地形成一部部渴望永恒的新作。
>
> ——哈罗德·布鲁姆[1]

---

[1] 布鲁姆.西方正典[M].江宁康,译.南京:译林出版社,2005:6.

摩尔的视觉诗学不可能是无本之水、无源之木，它的形成也符合布鲁姆（Harold Bloom，1930—2019）的焦虑理论。正如庞德所言，"伟大的诗人很少做无米之炊的事，他们把从前辈或同辈那里祈求、借用或是偷来的经验累积在一起，然后在山巅发出无与伦比的光芒"（CPMM 272）。摩尔也概莫能外，她对传统文学与美学的长期濡染和沉潜，尤其是对一些经典的研读与贯通，提高了她的思想原创力。因此，本章从诗歌传承、艺术影响与时代语境三个方面探讨摩尔视觉诗学的生成语境。

第一节　诗歌传承：文学大师的滋养

管窥摩尔早期诗歌创作，发现这样一个事实：一些诗歌直接以前辈文学家或艺术家为诗题，如《叶芝论泰戈尔》（To William Butler Yeats on Tagore）、《致一只获奖的鸟》（To a Prize Bird）、《致战略家》（To a Strategist）、《致突破人群的人》（To a Man Making His Way Through the Crowd）、《布莱克》（*Blake*）以及《乔治·摩尔》（George Moore）等诗歌皆是如此。摩尔此举究竟意图何在？经过细致审阅这些诗歌，我们发现摩尔此举不仅绘制出一幅庞杂的文学精神导师脉络图，而且表达了其走出影响焦虑的意识。

文艺复兴时期，大师辈出。该时期诗人埃德蒙·斯宾塞（Edmund Spenser，1552—1599）对摩尔的影响最为久远。斯宾塞是英国伊丽莎白一世统治时期最重要的诗人之一，享有"绘画诗人"（painterly poet）与"诗人中的诗人"（poet of poets）等美称。他开创的"斯宾塞式十四行诗"（Spenserian Sonnet）和"斯宾塞诗节"（Spenserian Stanza）改进了英语诗歌的形式,对后世产生了深远影响。"19 世纪拜伦(Byron)的《恰尔德·哈罗尔德游记》(*Child Harold's Pilgrimage*)、雪莱(Shelley)的《阿多尼斯》(*Adonais*)、济慈(Keats)的《圣爱格尼斯之夜》(*The Eve of St. Agnes*)都采用了这种诗体"[①]。除了19世纪浪漫派诗人外,20世纪称颂与学习斯宾塞诗艺的也不乏其人,摩尔便是其中一例。

摩尔一贯倾心于斯宾塞的艺术旨趣。她在"孩提时就喜欢阅读斯宾塞的作品"(CPMM 662),往往爱不释手;长大后,摩尔对斯宾塞的兴趣更是有增无减,她在散文作品中多处提及斯宾塞其人其诗,如在《日晷》杂志上发表的一篇论述阿尔费奥·法吉(Alfeo Faggi)的文章中,摩尔引用了斯宾塞的《祝婚曲》(Prothalamion, CPMM 73);1933年,摩尔以斯宾塞为参照人物评判叶芝(W. B. Yeats)与罗斯(W. W. E. Ross)的诗艺(CPMM 297);评介加西亚·维拉(Garcia Villa)时,摩尔也不忘追述斯宾塞对维拉的影响。此外,在《谦卑、专注与热情》(Humility, Concentration, and Gusto)这篇经典散文中,摩尔中肯地评述了斯宾塞《牧羊人月历》(*The Shepheards Calendar*)用词典丽、情感细腻、格律严谨的艺术价值(CPMM 425)。

除了以斯宾塞的创作艺术作为评价其他诗人的标杆之外,《斯宾塞的爱尔兰》(Spenser's Ireland, 1941)一诗体现了摩尔渴望像斯宾塞一样充任爱尔兰代言人的抱负。斯宾塞与爱尔兰这片土地有紧密的联系,其代表作如《仙后》(*The Faerie Queene*)、《小爱神》(*Amoretti*)、《婚曲》(*Epithalamion*, 1959)以及政治主题散文对话集《论爱尔兰之现状》(*A Veue of the Present State of Ireland*)均是斯宾塞在爱尔兰担任英国总督秘

[①] 王佐良,何其莘. 英国文艺复兴时期文学史 [M]. 北京:外语教学与研究出版社,2006: 70.

书期间对爱尔兰这片土地的所思所悟，这些著述道出了斯宾塞与爱尔兰的莫大关联，以及斯宾塞眼中的爱尔兰形象。在某种程度上，它们也揭示了斯宾塞对爱尔兰人的同情和对爱尔兰文化的关切。摩尔在《斯宾塞的爱尔兰》中同样表达了对爱尔兰政治、宗教以及文化的关注。

《斯宾塞的爱尔兰》是一首典型的音节诗，分为六节，每节11行，音节数为4、8、8、6、9、7、11、4、5、5、5。摩尔把标题也纳入诗歌主体，作为第一句，创造了一种持续的思维模式。这样，摩尔在使用传统句法模式的同时，又能使诗歌达到独有的形态效果。具体而言，此诗每一节提炼出爱尔兰的一个特征，从第一节的自然性到第二节的顽固性，第三节的政治与宗教的分裂，第四节的最高信仰和关怀，第五节的改革可能性，再到第六节的不满，充分表达了言说者"我"——"爱尔兰人"夹杂认同与批判的种族观与文化观。

与斯宾塞以他者化叙述代言爱尔兰民族不同，摩尔在这首诗歌中体现了她对爱尔兰文化的认同与隐忧，这主要体现在以下三个方面。其一，斯宾斯的对话体形式政论文《论爱尔兰之现状》，通过"总督"（Eudoxus）和"总督秘书"（Irenius）之间的对话，从法律、习俗与宗教三个方面探讨了爱尔兰这个野蛮民族的邪恶因素。实质上，斯宾塞借总督秘书之口，表达了爱尔兰这片土地亟待英格兰教化的他者观。而摩尔对爱尔兰的态度并非如此。摩尔虽然在开首指出："斯宾塞的爱尔兰 / 未曾改变"（Spenser's Ireland / has not altered）（CP 112），但摩尔在诗中使用第一人称，如诗句"我困惑 / 我不满 / 我是爱尔兰人"（I am troubled, I'm dissatisfied, I'm Irish）（CP 114），直接表明对爱尔兰人的认同。其二，摩尔在诗中考察了爱尔兰的文化、政治、民族性等问题，既被爱尔兰文化的魅力所折服，又对爱尔兰政治和宗教的分裂及其半殖民身份表示担忧。

其三，摩尔通过并置各种间接历史素材客观地呈现了爱尔兰文化的矛盾特性，即坚守传统文化与文明开化之间的矛盾，摩尔试图为其提供解决方案，指出精神上的自由和认同可能是解决他国对爱尔兰压制与歧视的有效方法之一。

除了文艺复兴时期的斯宾塞，浪漫派文学也对摩尔产生了一定的影响，其中最重要的人物是前浪漫主义诗人威廉·布莱克（William Blake，1757—1827）。摩尔在1919年给庞德的信中指出："布莱克是对我创作产生直接影响的文学导师。"（SL 123）布莱克兼具诗人和画家双重身份，其文学作品《法国革命》（*The French Revolution*）、《自由之歌》（*A Song of Liberty*）等与绘画作品《欧洲，一个预言》（*Europe a Prophecy*）、《上帝创造亚当》（*Elohim Creating Adam*）、《乌里森之书》（*The Book of Urizen*）等，无不呈现出色彩浓烈、笔触奔放、情感丰沛、个性化极强等亦诗亦画的特点以及强烈的社会批判性。这些特征对摩尔产生了潜移默化的影响。

摩尔入道之初便以《布莱克》为题赋诗一首，既表达了对布莱克的景仰之情，又表达了渴望见贤思齐却又相形见绌的焦虑。该诗于1915年12月刊登在《他者》杂志，全诗共6行。诗中，摩尔采用镜头反射与折射的光学原理，把自己与艺术家联结起来："我想知道你看我们时的感受，/是否如同你在一条长廊尽头的镜子里/看着自己——虚弱地走着。/但我笃定，我们看你时的感受，/我们似乎模糊不清，几乎不可能/反射太阳的光——哪怕微弱的光"（I wonder if you feel as you look at us, /As if you were seeing yourself in a mirror at the end / Of a long corridor—walking frail-ly. / I am sure that we feel as we look at you, /As if we were ambiguous and all but improbable / Reflections of the sun—shining pale-ly）

(BMM 361)。该诗不是把自己置于与布莱克地位平等的一对一交流模式中，而是把言说者隐藏在人群"我们"（we）中，隐藏在一个缺少布莱克自我的总和中。布莱克像一轮太阳，照在与他时空相隔的读者与言说者身上，言说者的身份在其流溢的光中摇曳，模糊不清。由此，光不仅起到沟通布莱克与言说者的作用，也是言说者身份与自我的构成因素。具体而言，"长廊"（a long corridor）好比摄像机的镜头，有意拉开了指示对象与观众的距离。诗行中的带连接符的副词"frail-ly"与"pale-ly"把言说者的胆怯与焦虑表现得淋漓尽致。事实上，"当新作者不仅认识到自己在与某一位前辈的形式和影响做斗争，而且同时被迫意识到那位前辈在他以往事业中的地位时，文学传统就开始了。"[1] 摩尔的诗学理念就是对布莱克等诗人和理论家有力修正的典范。

除《布莱克》这首诗外，摩尔在《棱镜色时代》（In the Days of Prismatic Color）中也表达了不能割裂传统的观点。传统就是回归原初："并非亚当和夏娃的时代，而是独有亚当／的时代；那时，没有烟尘，色彩／纯净，不是因为早期文明／艺术的雕琢，只因它的原初性"（not in the days of Adam and Eve, but when Adam / was alone; when there was no smoke and color was / fine, not with the refinement / of early civilization art, but because / of its originality）。（CP 40）诗里行间提到的"独有亚当／的时代"意指上帝只创造了亚当形象的时代。这让读者自然而然地联想到布莱克的画作《上帝创造亚当》，见图2.1。

该彩印版画现为泰特（Tate）收藏，是罗伯逊（W. Graham Robertson）于1939年送给他的礼物。罗伯逊在《威廉·布莱克的一生》（Life of William Blake）一书的序言中对该画提出了一番独到见解：

---

[1] 布鲁姆. 误读图示[M]. 朱立元, 陈克明, 译. 天津: 天津人民出版社, 2008: 31.

第二章　摩尔视觉诗学的生成语境

图2.1　《上帝创造亚当》①

布莱克的作品思想深邃，具有原创性。每当我们欣赏这幅画时，我们便怀着敬畏的心情认识到，从元素逐渐发展到人是在进化论面世多年前形成的。尽管布莱克对自然科学很恐惧，但他那诗意的洞察力使他几乎违背了自己的意愿。他的哲学和教义不适合他那个时代。造物主是一个伟大人物，需要原始的想象力或直觉才能刻画出来。造物主挣扎着，附在亚当身上，身体在地面上延伸，一条蛇缠绕在他的腿上。这幅画的颜色具有可怕的力量，整个设计是一个强大的整体——它也许是布莱克现存最伟大的纪念碑。②

罗伯逊的评价切中肯綮。画面里，布莱克赋予了上帝一对健硕有力的翅膀，并在逆光中再现了人类始祖亚当诞生的过程：亚当的身体被蛇

---

① 该图是英国浪漫主义时期著名诗人兼版画家威廉·布莱克于1795年根据《圣经·创世纪》所描绘的内容创作的彩印版画《上帝创造亚当》，尺寸为43.2厘米×53.8厘米，现藏于英国伦敦泰特美术馆。参见网址：https://moore12tag/，2018-06-24。

② GILCHRIST A. Life of William Blake[M]. [S.l.]: Dover Publications, 2017: ix.

裹住,上帝用翅膀拍打亚当的身体与脸。上帝与亚当表情各异。上帝一脸疲惫、眉头紧锁,这无不昭示创造过程的艰辛,而亚当脸上的茫然和无辜又注定了人类在未来岁月中怀疑、彷徨地存在。这种带有宗教意味的表达在达尔文彻底摧毁"神创论"之前一直统治着整个人类的"溯源"思维。然而,我们是谁?我们从何而来?我们存在的意义是什么?我们将要去何方?诸多这样看似有意义而又毫无意义的质疑永远是人类难解的命题。

除了歌颂了造物主上帝的伟大之外,摩尔在这节诗中含蓄地表达了她关于诗歌创作的理念——"原初性"(originality)。"原初性"是摩尔创作的显著特征之一。结合布莱克的画与摩尔的这一节诗,可以判断"原初性"即为创新,只有创新才能使文学拥有不竭的源泉。这使得布莱克提出的命题在摩尔的创作中得以延续,成为摩尔视觉诗学探索的本质目标,即探索一条如布莱克那样诗画融通、形象与精神兼顾、创新的写作路径。

除了诗人的影响,同时代英国哲学家也给摩尔带来颇多启迪,乔治·摩尔(George Moore,1873—1958)便是其中之一。乔治·摩尔是摩尔在创作上坚持"善"与"真"道德教诲的榜样。摩尔在散文中指出:"年轻一代美国作家被指责虚伪、坚硬、头脑清晰,又十分冷漠。现代艺术中最有价值的某些品质被称之为'世故、现代、琐碎',对我们最严重的指控莫过于空洞与浮夸——太不严肃与内容不雅。"(CPMM 191)面对这种指责,摩尔作为年轻一代诗人中的中坚力量,借用"自然道德"最伟大的捍卫者乔治·摩尔的话展开回击:"现在我跟不上他们的脚步,我也不愿意跟上,他们让一切如此世俗。"(CPMM 191)

另外,摩尔还直接以《乔治·摩尔》(George Moore)为诗题,客观地刻画乔治·摩尔：
从比黑暗更加忧伤的笔尖深处
　　谈论"志向",
　　　你是在给我们展示另外一种
　　　　冷静的法式幽默吗，
　　　还是一场自导的逗笑?
……
　　　　　你这灵魂的替代者，
　巧妙叙事精神，使你满意，相信在
　　　简短地报道
一件精选的事时，你已了解猪圈
　　　以外的美
上面凝固了你的赞叹。

In speaking of "aspiration",
　　From the recesses of a pen more dolorous than blackness,
　　　　Were you presenting us with one more form of imperturbable French drollery,
　　　Or was it self directed banter?
…
　　　　Your soul's supplanter,
The spirit of good narrative, flatters you, convinced
　　　That in reporting briefly
One choice incident, you have known beauty other than
　　　that of stys, on
Which to fix your admiration.（BMM 67）

诗里，摩尔直接称呼乔治·摩尔为"灵魂的替代者"。读者可能会问，乔治·摩尔何以能得此美誉？实质上，乔治·摩尔是现代西方新实在论和分析哲学的创始人之一，元伦理学中直觉主义伦理学的主要代表人物，其"伦理学不是直接面对现实具体的道德生活，为人们提供具体的道德规范和道德原则，而是对现有的各种伦理理论何以出现、何以发展、其中在理论的逻辑方面存在什么问题、伦理学概念和判断应当达到怎样的要求等等进行第二性的研究"①。鉴于乔治·摩尔在伦理学上的贡献，他是实至名归的"灵魂的替代者"。

除了乔治·摩尔，文学大师哈代（Hardy）也给摩尔带来不可磨灭的影响。哈罗德·布鲁姆有言："我认为摩尔的英语诗歌之父是离她时代最近的哈代。哈代似乎教会了她掌控技艺的协调性，她对《圣经》世俗化的反讽与他如出一辙。"②布鲁姆此言不差。摩尔在《日晷》杂志任编辑期间，曾撰专文评论哈代的文章。摩尔认为哈代的诗艺可媲美约翰·班扬（John Bunyan，1628—1688），他们的作品表达了死亡的意义并不是与不朽相分离的共同诉求，并指出"哈代先生指引我们在想象的世界经历'欢愉的苦痛'与'苦痛的欢愉'，使寻常披上非寻常的外衣"（CPMM 194）。此外，摩尔在《挑与选》（Picking and Choosing, 1920）一诗中认为最理想的评论家是对艺术作品的主观因素与个人因素做出回应的那些人，哈代就是最好的写照："不是小说家哈代/或诗人哈代，而是一个男人用情感演绎生活。/评论家应该了解他的喜好"（It is not Hardy the novelist/and Hardy the poet, but one man interpreting life as

---

① 聂文军.元伦理学的开路人：乔治·爱德华·摩尔[M].保定：河北大学出版社，2005：157.
② BLOOM H. Marianne Moore: modern critical views[M]. [S.l.]: Chelsea House, 1987: 11.

emotion. / The critic should know what he likes)(CP 45)。可见,哈代是使摩尔成为诗人与评论家的标杆人物之一。

在《挑与选》中,摩尔还提到爱德华·戈登·克雷格(Edward Gordon Craig, 1872—1966):"戈登·克雷格用'这是我','这是我的',/带着'三位智者'的口吻,谈论'忧伤的法国绿植'和'中国樱桃',/鲜明的倾向与问心无愧——不愧是评论家。"(Gordon Craig with his "this is I" and "this is mine," / with his three wise men, his "sad French greens," and his "Chinese cherry" / Gordon Craig so inclinational and unashamed—a critic.)(CP 45)克雷格也是摩尔心目中的理想批评家,与哈代一样是摩尔创作仿效的楷模。克雷格既是英国伟大作家之一,又是摩尔同时代的舞台设计师。早在1915年4月,摩尔创作了一首题为《致突破人群的人》的诗,点明了她为克雷格蕴含"精神力量"(the spiritual forces)的作品所折服。

摩尔在1915年到1917年期间写了11首致敬诗,均以"致敬"(To)为题,关涉人、动物以及无生命之物等主题,《致突破人群的人》便是这组诗群中的一首。该诗的起首诗行以"致敬戈登·克雷格"(To Gordon Craig)开启言说者与克雷格之间的直接交流:

致敬戈登·克雷格:你那猞猁般的眼睛
已然看透激起你勇气的
　　人类的深渊。诚实的生物追随你的足迹。

你说话如同以西结;
你让我们相信愤怒可以解开
　　一些谜团——一些视觉的阴谋。

你说过最有推动力的话,

是一个人不需要知道即将到达

的路。这带有回顾的色彩。

你毫无疑问有些傲慢,

但一个人必须这样做,才能到达

一个空间,一个适于表演的体育馆。

To Gordon Craig: Your lynx's eye

Has found the men moat fit to try

　　To nerve you. Ingenuous creatures follow in your wake.

Your speech is like Ezokiel's;

You make one feel that wrath unspells

　　Some mysteries—some of the cabals of the vision.

The most propulsive thing you say,

Is that one need not know the way,

　　To be arriving. That forward smacks of retrospect,

Undoubtedly you overbear,

But one must do that to come where

　　There is a space, a fit gymnasium for action.(BMM 352)

该诗共有3个诗节,每个诗节有3行,音节数分别为8、8、13,每个诗节的第一行与第二行押尾韵。该诗与《布莱克》一诗有所不同,言说者不是置于普通读者之间,而是直接与克雷格展开对话,这主要体现在三个方面:其一,该诗以第二人称指代克雷格,给读者产生一种谈话的亲切感;其二,言说者对克莱格卓越的品质娓娓道来,如诚实、正直、坚持等，克莱格的形象如一幅卷轴画，在读者心中逐渐饱满。而在《布莱克》一诗中，布莱克的形象是高大的、抽象的、疏远的。其三，言说者表达了拥有一个空间的愿望。克雷格在这个空间绽放才华，赢得瞩目，而这恰恰是摩尔亟须开拓的。

综上所述，摩尔的艺术创作有着深厚的文学土壤，而且我们从摩尔的诗歌中得到验证，影响摩尔诗歌创作的文学大家都具备原创性与开拓性等品格。本书将在第三章与第四章论证摩尔对文学前辈创作经验的接受不是亦步亦趋，而是有破有立，将它们与自己的情趣、审美理想和人生体验完美地熔为一炉。

第二节　艺术影响：艺术大师的启迪

提到艺术大师对摩尔的启迪，首当其冲的人物是阿尔布雷特·丢勒（Albrecht Dürer，1471—1528）。丢勒多才多艺，学识渊博，集画家、雕刻家、建筑家、艺术理论家于一身，是欧洲文艺复兴时期最伟大的代表人物之一，也是德国美术史上具有划时代意义的艺术家。他将意大利文艺复兴的形式和理论传播到欧洲北部，创造和奠定了德意志民族画派的传统和基础，并极大地影响了德国艺术此后的发展。

丢勒对摩尔的影响主要体现在形式与美学，语言与意象两组关系的互动上。摩尔热爱自然，在思忖自然的纯真与人类的堕落时，把丢勒视为精神导师，从《尖顶作业工》与《幽灵奇观》（Apparition of Splendor）两首诗中可窥一二。

《尖顶作业工》最初在《诗刊》杂志上发表，它与《学生》（The

Student)、《英雄》形成组诗,并以《一部分是小说,一部分是诗歌,一部分是戏剧》(Part of a Novel, Part of a Poem, Part of a Play)为题发表。后来,在T. S. 艾略特的建议下,它们不再联袂出现,《尖顶作业工》被选为1935年《诗选》的开首篇,同时,它也成为1967年版《诗歌全集》的开首篇,其重要性可想而知,这也暗示着视觉艺术在摩尔的诗歌艺术中的重要作用。

学界对该诗的传承有两种解读:一是认为该诗是受到丢勒的影响,二是认为该诗受到霍桑(Hawthorne)[①]的影响。比较而言,仅仅因为《尖顶作业工》在题目上与霍桑的短篇故事《尖塔景观》(Sights from a Steeple)均含"Steeple"一词,就认定受到霍桑的影响未免有点牵强,因为"艺术家丢勒渗透到了全诗,摩尔在诗中展示了丢勒绘画艺术中的细节刻画与归纳等手法"[②]。

《尖顶作业工》一诗采用艺术家扫视场景的形式,描摹与转述风景的各个局部特点。它不是以"诗人的视角直接观看小镇,而是通过丢勒的面具或者心情展开对小镇的描写,顷刻间拉开了诗歌展示的有序视角与诗人自身视角之间的距离"[③],在诗歌中创建动物、植物与人和谐共存的风景。此诗是一首典型的音节诗,共有13诗节,每个诗节有六行,且音节数均为11、10、13、8、8、3。全诗可分为三部分:第1到4节为第

---

① SLATIN J M. The savage's romance[M]. State College: The Pennsylvania State University Press, 1986: 196-198.

② ROTELLA G. Reading and writing nature: the poetry of Robert Frost, Wallace Stevens, Marianne Moore, and Elizabeth Bishop[M]. Boston: Northeastern University Press, 1991: 181.

③ SCHULZE R G. The degenerate muse: American nature, modernist poetry, and the problem of cultural hygiene[M]. New York: Oxford University Press, 2013: 110.

一部分，第5到8节为第二部分，第9到13节为第三部分。第一部分勾画了一个可能吸引丢勒的宁静而美丽的海滨小镇：天气晴好、海水、海鸥、渔网等意象无不散发出小镇浓郁的生活气息，渗透着平静、闲逸与熟悉的精神。在第二部分，晴好的天气转为暴风雨，诗人列举了诸多"混乱"（confusion）的例子。在第三部分，小镇重回宁静，英雄、学生、尖顶作业工以及小镇的其他人悠然地自得其所。

"观看"是全诗的架构的方式，与之相关的诗行遍布全诗，如起首诗节的第一行"Dürer would have seen"（CP 5），第三行"to look at"（CP 5），与诗行"see a twenty-five / pound lobster"（CP 5）以及"it is a privilege to see so / much confusion"（CP 5）等。具体而言，此诗开篇便为读者徐徐展开一个风景如画的海滨小镇的画卷。尽管刻画细节是艺术家的工作，然而，诗人摩尔对小镇细节的刻画丝毫不逊于艺术家。诗歌一开始便隐射艺术家丢勒也会喜欢这个小镇，接着，摩尔借用画家丢勒的视角观察风景，以丢勒构思画作的方式描摹鸟类、花朵、建筑、渔民等细节，翔实且富于想象，达到了比真实存在更真实的效果："丢勒或许会发现生活在这样 / 一个小镇有它的理由，八条搁浅的鲸鱼 / 可供端详；晴好的日子，室内弥漫着 / 甜润的空气，蚀刻的海水 / 波纹如鱼鳞般 / 整齐"（Dürer would have seen a reason for living / in a town like this, with eight stranded whales / to look at; with the sweet sea air coming into your house / on a fine day, from water etched / with waves as formal as the scales/on a fish）（CP 5）。从诗文推测，诗中供读者观察之地也许是新英格兰一个幽静的海滨小镇。读者见证了摩尔语言魔幻的力量，把一个不知名的小镇转化成雕刻般美妙的欢乐之所。之所以如此，是因为诗中可视化的语言突出了视觉的强度。这一节展现了丢勒刀片般锋利（razor-sharp）的精准再现与蚀刻版画的品质，似乎每一诗行的完成都有一个清楚的、锋利的切口。

丢勒为何会喜欢这个无名的小镇？因为小镇能看到八条鲸鱼搁浅在海滩上，而这源于丢勒与鲸鱼之间的一个故事。摩尔在一篇评论文章引用丢勒日记中的记载，提到了丢勒去威尼斯寻找一条搁浅鲸鱼的经历：在泽兰省，一头鲸鱼被涨潮和大风搁浅。它远远超过100英尺长，在此之前，该省无人见过这么长甚至三分之一长的鲸鱼。丢勒受好奇心驱使，去荷兰看鲸鱼时遇到海难，这个意外成为丢勒生病的间接原因。不过，"好奇心是丢勒追求艺术科学化的驱动力，他对肖像、植物和鸟类的研究莫不如此"（CPMM 203）。丢勒的旅行虽纯粹而热烈，但却未能如愿（CPMM 203）。

丢勒没能看到鲸鱼，那么他看到了什么？摩尔引发读者思考丢勒在艺术中看到的两组悖论[①]关系，即数学般精准的蚀刻与动态的水彩，对细节的钟爱与奇妙的想象力。摩尔曾经指出："想象与计算两者结合已属罕见，而丢勒却有远见使两者大放异彩。"（CPMM 203）诗中的"etched water""formal waves"等措辞不仅隐射丢勒蚀刻技巧的精湛与设计的精准，而且突出了摩尔诗中音节的数量与节奏的能量。

诗中，摩尔发展了一种融数学与想象、科学与艺术为一体的关系。摩尔计数："海鸥三三两两，沿着/镇上的钟楼飞来飞去，/或翅膀一动不动，在灯塔附近盘旋——/微微抖动身子，/稳稳升高——或聚在一起/欧欧地叫唤"（One by one in two's and three's, the seagulls keep / flying

---

[①] 据艾布拉姆斯（M. H. Abrams）《文学术语汇编》（*A Glossary of Literary Terms*）记载，悖论（paradox）是"指一个看起来不符合逻辑或荒谬，实质上却可以阐释、合乎情理的判断"。参见：ABRAMS M H. A glossary of literary terms[M]. 9e. Beijing: Foreign Language Teaching and Research Press, 2010: 239.

back and forth over the town clock, /or sailing around the lighthouse without moving their wings, / rising steadily with a slight / quiver of the body — or flock/mewing where)(CP 5)。此处,言说者的视线跟随海鸥移动,在人类世界飞入飞出。接着,言说者视线回到大海边缘,让读者看到了丢勒有可能会看到的奇幻颜色。

由此,丢勒从雕刻家化身为水彩画家。相比海浪的"整齐"(formal)与安静,大海的颜色变化多端:"大海孔雀颈羽般的亮紫色/渐渐变淡,褪成泛绿的蔚蓝,就像丢勒/将蒂罗尔的松绿调和成孔雀蓝与羊草/灰"(a sea the purple of the peacock's neck is / paled to greenish azure as Dürer changed / the pine green of the Tyrol to peacock blue and guinea / gray)(CP 5)。据《诗歌全集》附注记载,摩尔此处提到的是丢勒1495年的画作《泰洛尔南部的瓦尔德阿尔科》(View of the Val D'Arco in Southern Trrol, 1495)(简称《阿尔科景》)。该幅水彩画现收藏于卢浮宫,见图2.2。

摩尔在1911年8月参观卢浮宫时,很有可能欣赏过该画。1928年,摩尔在纽约公共图书馆(New York Public Library)再次欣赏此画。该馆展出了丢勒与其同时代人作品的印刷品,展览一直持续到秋季。摩尔不仅参观了该展览,而且就此次展出撰写了评论,刊登在《日晷》杂志上,并向读者推荐了有关丢勒作品的书籍,如《木刻全集》(*The Complete Woodcuts*)、《雕刻与蚀刻大师:丢勒》(*The Masters of Engraving and Etching: Albrecht Durer*)等(CPMM 202)。

丢勒的水彩风景画艺术在16世纪的欧洲占有一席之地,但没有产生直接的模仿者,甚至连他的学生在模仿时也力不从心。出乎意料的是,半个世纪之后,诗人摩尔却觅得丢勒真传,用语言再现了水彩画的精髓与要义。

图2.2 《泰洛尔南部的瓦尔德阿尔科》①

《阿尔科景》是丢勒广为人知的一幅水彩画。观看该画,观者能看到面向加尔达湖的北部岩顶处有一座堡垒。鉴于丢勒在1495年第一次去意大利游历时,回程经威尼斯到纽伦堡(Nuremberg),画作上的堡垒极有可能是纽伦堡,它是丢勒认为最美的地方,也是激发其创作欲望的地方。"丢勒的意大利之行是去学习一切可学的艺术秘诀"(CPMM 203)。这次旅行,丢勒共画了15幅水彩风景画,现分别收藏在维也纳、柏林、不来梅(Bremen)、伦敦等博物馆。在《阿尔科景》中,除了地形特点之外,丢勒还试图捕捉春天风景中的光与色,橄榄树般的灰蓝和水彩的淡雅散发出乡村清晨宁静的气息,画面上的植被、葡萄藤细腻逼真,小村庄墙壁上的垛口看起来稍大,高耸露头的山隐约可见,清新明亮的画

---

① 该图是德国画家、版画家阿布布雷特·丢勒于1495年去意大利旅行途中所作的水彩画《泰洛尔南部的瓦尔德阿尔科》,尺寸为366厘米×488厘米,现藏于卢浮宫。参见网址:http://www.allposters.com/-st/Albrecht-Duerer-Posters_c24064_p2_.htm,2018-06-24。

第二章 摩尔视觉诗学的生成语境

面散发出冷静、平衡的力量。摩尔在上述诗行中使用瑰丽的语言作为调色板,准确地捕捉到画面上孔雀蓝与羊草灰两种颜色,突出海滨小镇的幽静与井然有序。

进入第二部分,宁静的快乐被狂风与暴雨代替,"目睹诸般混乱是/何等殊荣"(It is a privilege to see so / much)。这是《尖顶作业工》最重要的诗行。摩尔认为混乱并非无序与恐惧,相反,她以谦卑的态度关爱与尊重周遭世界,认为目睹一切真实存在是一种荣幸。这需要读者与作者一样对颜色具有敏锐感知力,因为这个村子并不拥有传统景点的吸引力,似乎这里没什么可看,但又无处不是风景。丢勒钟爱自然,动植物尽显笔端。摩尔也试图体现丢勒画作的这一特点,当地植物琳琅满目。诗行间一串串动植物的名字本身就能激发读者的想象力,生发出一幅幅意象鲜活的山水画来。村庄气候"可不适合菩提树,鸡蛋花,/波罗蜜",但它适宜"狼尾草,菖蒲,蓝莓,紫露,/斑纹草,青苔,太阳花,紫苑和雏菊——/面色枯黄,衣衫褴褛如蟹爪的水手们,身上沾满苞叶——毒菌,/矮牵牛,蕨;粉百合,蓝百合/老虎花;罂粟;黑色甜豌豆"(cat-tails, flags, blueberries and spiderwort, /striped grass, lichens, sunflowers, asters, daisies—/ yellow and crab-claw ragged sailors with green bracts—toad-plant, / petunias, ferns; pink lilies, blue / ones, tigers; poppies; black sweet-peas)(CP 6)。这份清单式的动植物名称表明摩尔有一双生物学家的慧眼,总能看到事物的各种组成成分,并对事物进行分类。摩尔在诗中还通过异域植物与当地植物的比较,异域动物与当地动物的比较,如这个小镇虽没有"来自异邦的蛇",却有"脚上有蛇皮的蜥蜴"等,表明生活在这个简单、气候不太适宜的地方是惬意的。概言之,这些视觉景象营造出小镇安全、宜居的氛围。

小镇的生活节奏缓慢、恬静，一切有条不紊。这种节奏突然被一场来自大西洋的暴风雨打乱："鼓点般密集的雨打弯了盐沼地上的/禾草，惊扰了天上、尖塔上的/星星；目睹此般惊心动魄是/何等殊荣（whirlwind fife-and-drum of the storm bends the salt/marsh grass, disturbs stars in the sky and the/star on the steeple; it is a privilege to see so/much confusion）（CP 5）。尽管这样，摩尔清楚地表达了对自然物的情感态度，因为"这儿，没有什么/能被野心收买、剥夺"（yet there is nothing that/ambition can buy or take away）（CP 6）。这一诗行成为全诗的转折点，读者把目光从自然世界开始转向人类世界。此刻，摩尔不再从画家的角度看风景，而是开始关注海滨渔民的个人生活与精神动态。摩尔把注意力放在同样沉浸在风景中的大学生身上，大学生陶醉于大海、空气、风、阳光与花卉，而无暇顾及"外文书"（not native books）（CP 6）。不难看出，摩尔此处旨在暗示学生通过"观看"（seeing）学习与体验眼前的世界，而不是独独依赖书本上的经验。通过学生之眼，读者观察到"古式糖碗状的/凉亭、教堂的尖顶/都由木板叠构而成"（the antique/sugar-bowl shaped summer-house of/interlacing slats, and the pitch/spire）（CP 6），最终，目光落在尖顶作业工身上。"他也许是小说的一部分"（he might be part of a novel）表明尖顶作业工也许是大学生想象出来的人物，但又不尽然，因为一块标牌明显地告诉读者他是谁、他的职责是什么。

自然的混乱与人类带给世界的混乱大相径庭。后者的混乱在这个理想的村庄是缺席的，只有尖顶作业工敏锐地意识到它的存在，他因此在村庄备受尊敬："一个红衣人在尖顶/像蜘蛛吐丝那样，悬下一根绳子；/他也许是一部小说中的人物，但人行道上的一幅/告示白底黑字写着：C. J. 普勒，尖顶作业工"（a man in scarlet lets/down a rope as a spider spins a thread ;/ he might be part of a novel, but on the sidewalk a / sign says C. J. Poole, Steeple Jack, / in black and white）(CP 6）。尖顶作业工从作业的有利位置俯瞰整个村庄，率先觉察到这个平静小镇的危险，由此而成为诗中远见卓识的象征。也许，他是另一个丢勒。尖顶作业工竖立的牌子警告他人此处危险，象征着小镇居民的文明与体面。尖顶本身也许是小镇的人们能够平静地生活在危险与混乱世界的原因。

那些被文明生活驱逐、压迫与摧毁的人将会发现这个小镇是"天然的庇护所"（fit haven），能够帮助他们治愈伤痛，重建人类社群的美好生活。所有人在这里有可能找到满足，因为"英雄，学生，/ 尖顶作业工，每一个人 / 悠然皆得其所"，观看者、学习者、工人在这个小镇的文化中都能找到自己的位置。

诗歌的最后一节与第一节相呼应，重申丢勒喜欢小镇的理由，因为："生活在如此民风淳朴的 / 小镇，不可能有危险，/ 他们有在教堂塔顶放置危险警示牌的作业工 / 他在镀坚固、醒目 / 的星星，星星在塔尖上 / 代表着希望"（It could not be dangerous to be living / in a town like this, of simple people, / who have a steeple-jack placing danger signs by the church / while he is gilding the solid- / pointed star, which on a steeple / stands for hope）(CP 7）。此处，诗人点出"希望"（hope）主题。对于"希望"这一主题的解读，安妮·雷恩（Anne Raine）指出，摩尔"对静物的格外关注培养了她对非人类自然的尊重，由此鼓励人与人之间，人与非人类之间发展更和谐的关系"（CRMM 179）。一些学者认为诗中显露的"希望"是摩尔对诗人身份的祈盼，跟诗歌中其他品质，如"严谨的观察，对自然世界、时间以及想象的一贯兴趣一样皆是她建构诗歌体系的希望"①。这种建构诗歌体系的"希望"凸显"诗人与社会或社群的联结"②。如丢勒一样，敏锐的观察是实现"希望"的基础，实现的主要路径在于提升真实与想象视觉化的能力。

这首诗阐释了三个方面的观点。其一，除诗人在诗歌中直接提及丢勒之外，由诗人对事物在形状与色彩上细腻而精妙的刻画，不难发现丢勒的视野一直内蕴在摩尔诗歌语言与细节处理等方面。其二，该诗引起语言艺术与视觉艺术在描述能力之间展开比较与竞争。摩尔关注观看的本质问题，她借用丢勒之眼指引读者观看大海、星星、尖顶的星星、花园以及人们居住的村庄时，摩尔希望读者看得透彻，"你能看到"，"看见是种荣幸"，大学生安伯罗斯代替读者看等。摩尔这样评价丢勒的凝视："真正敬业而不是猎奇的欣赏，致力启迪并非模仿。"（CPMM 204）其三，赋予描述对象深远意义与价值，是摩尔对待世界的态度。从很大程度上来说，艺术是视觉感知的事情，它能传达出诗人在精神品质上的追求，即使精神品质无法被直接描述，但它们能在诗人的观察中被表达出来。

如果说摩尔的《尖顶作业工》一诗展示了丢勒的观看方式与创作特征，那么《幽灵奇观》触及的则是丢勒艺术的真正内涵。正如诗文所言："分享奇迹 / 既然永远不知道真相，/ 丢勒的犀牛 / 如果黑白脊椎被详尽画出 / 一样令我们惊叹"（Partaking of the miraculous / since never known literally, / Dürer's rhinoceros / might have startled us equally / if black-and-white-spined elaborately）（CP158）。摩尔在《幽灵奇观》向读者展示了

---

① KRINER T E. A future and a hope: eschatology of the other in twentieth century American literature by women[D]. Madison: University of Wisconsin, 2005: 42.

② PINSKY R. Idiom and idiosyncracy[M]//Marianne Moore: the art of a modernist. Ann Arbor: The University of Michigan Press, 1990: 18.

丢勒版画作品《犀牛》（Rhinoceros）的精湛技艺。摩尔指出："丢勒的《犀牛》与安东尼奥·德尔·波拉约洛（Pollajuolo）的《裸体之战》（Battle of the Nudes）、曼坦那（Mantegna）以及达·芬奇提出的各种想法一样，其原创性与精准性对我们极具吸引力，在了解到该作品主要基于旅人的素描与口述时，喜欢之情倍增。"（CPMM 203）丢勒的《犀牛》见图2.3。

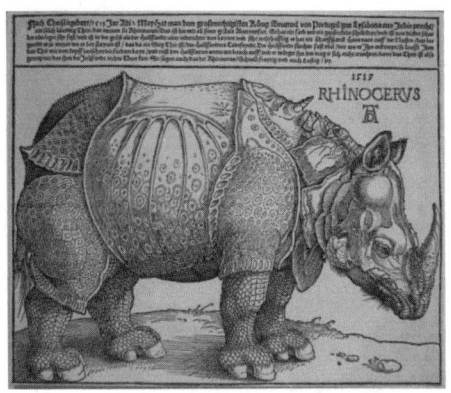

图2.3 《犀牛》①

之于摩尔，丢勒的《犀牛》蕴含一种精神品质："缅因州应该高兴/这里动物并非摇摆不定，更愿意/战斗，让待发的刚毛落下。/浅薄的压迫者，侵略者，/执拗者，你的反抗者已经来到"（Maine should be pleased that its animal / is not swaverer, and rather / than fight, lets the primed quill fall./ Shallow oppressor, intruder, / insister, you have found a resister）（CP159）。

如果说丢勒开启了摩尔带领读者的观看之路，那么艺术家埃尔·格

---

① 该图是丢勒于1515年依据他人的描述和素描绘制而成的精微的印度犀牛的木刻版画，现藏于大英博物馆，馆藏编号为 E 2.358。参见网址：www.moore123.com，2018-06-24。

列柯(El Greco,1545—1614)则告诉读者如何在观看之中获得启迪。摩尔在《英雄》一诗中转向古代绘画大师——西班牙画家格列柯。丢勒注重画面细节、色彩、比例与画作寓意,而格列柯则力求传达出可见事物的不可见内涵,其作品像一块多棱镜,曲折地折射出他所处社会的堕落与危机。

格列柯在《英雄》诗中象征着精神显现,揭示了感知即启示的道理。英雄外出:"他外出不是／看风景而是看岩石／水晶——称奇的埃尔·格列柯／充满内在的光"(He's not out / seeing a sight but the rock / crystal thing to see—the startling EI Greco / brimming with inner light)(CP 9)。诗行"称奇的埃尔·格列柯／充满内在的光"(the startling EI Greco / brimming with inner light)颇启人深思,激发读者的好奇心,"内在的光"是指格列柯本人的品格,还是指他的某幅画?虽然无从得知摩尔在写作上述诗行的时候心中是否蕴藏一幅格列柯的画作,但不管怎样,这两行诗指引读者对格列柯的画作产生联想。以诗行为线索,摩尔最有可能在纽约弗里克美术收藏馆(The Frick Collection)观赏过格列柯的作品。

《格列柯传记》(*El Greco*)记载了格列柯的生平趣事,其中有一桩事与光有关。一次,格列柯被问及为什么长久地坐在黑暗的房间时,他宣称日光扰乱了他"内在的光"(inner light)。那么,内在的光到底指什么?有学者认为这两行诗指引读者联想起格列柯一幅寓意圣洁之光的作品《基督洁净圣殿》(The Purification of the Temple),见图2.4。

画面讲述了耶稣走进圣殿,推倒找换银钱人的桌子与卖鸽子人的凳子,赶走殿里做买卖的人,还圣殿一片洁净的故事。主耶稣洁净圣殿的这件大事显示,宗教的黑暗必将得到审判,接受敬拜的神圣场所不容玷污。从宗教的角度来看,这种解释不无道理。

第二章　摩尔视觉诗学的生成语境

图2.4　《基督洁净圣殿》[①]

不过,"称奇的埃尔·格列柯"(startling El Greco)很有可能指收藏在大都会博物馆的格列柯的《托莱多风景》(View of Toledo),因为这幅画确凿地展示出"称奇的光",见图2.5。

格列柯在这幅画里对光的处理方式别具一格,黑暗的天空发出金属般令人称奇的光芒。格列柯将托莱多山雨欲来光照大地的瞬间与当地风景完美地结合,做到了大自然在艺术中的本真呈现,又体现了艺术鲜活反映大自然的特质。此处,艺术与自然不是乏味的模仿关系,已然是相互映衬、相互彰显的关系,这样的风景是独一无二的,这种光称得上是具象化的"内在的光"。

[①] 该画为西班牙文艺复兴时期的大师埃尔·格列柯于1600年创作的以宗教为主题的画作《基督洁净圣殿》,为亨利·克莱·弗里克(Henry Clay Frick)于1909年留下的遗产,尺幅为1612英寸×2858英寸。参见网址:https://cn.bing.com/images/search?q=The+Purification+of+the+Temple&FORM=HDRSC2,2018-06-24。

图2.5 《托莱多风景》[①]

如果将《尖顶作业工》与《英雄》这两首诗作为整体来看，读者就会发现格列柯和丢勒在艺术上构成互补关系：丢勒的观看与格列柯画作的精神意涵构成互补关系。丢勒借助教堂尖顶"代表希望"的星星表达出模糊的信念，而格列柯则借英雄之口指出"希望的全部理由消失/希望才成为/希望"（hope not being hope/until all ground for hope has/vanished）（CP 8）。最终，英雄放弃了世俗的财富与权利，"不再贪求/放下的一切"（covets nothing that it has let go）。

除上述两位画家的影响之外，意大利艺术工程师列奥纳多·达·芬奇（Leonardo da Vinci）是摩尔的又一位精神导师。这是摩尔为了在诗歌中保持独特艺术意识模式，不断探索观看方式的结果。摩尔在散文中

[①] 该图是埃尔·格列柯游历西班牙的托莱多时于1608年创作的油彩风景画《托莱多风景》，尺寸为121.3厘米×108.6厘米，现藏于美国纽约大都会艺术博物馆。参见网址：https://cn.bing.com/images/search?q=el+greco&id=84C8FAA3AC5680E7DB27CB1533A05B7EB95D14A1&FORM=IQFRBA，2018-06-24。

提及她读过而且喜欢保尔·瓦雷里(Paul Valery)所著的《达·芬奇方法导读:笔记与离题》(*Introduction to the Method of Leonardo da Vinci: Note and Digression*)(CPMM 60)。

与达·芬奇一样,调停科学与宗教、科学与艺术、艺术与宗教的矛盾是摩尔孜孜不倦的追求。达·芬奇因艺术卓绝、思想深邃、学识渊博而享誉世界。一方面,他热心于艺术创作和理论研究,研究如何用线条与立体造型表现形体的各种问题;另一方面,为了使艺术形象真实感人,他醉心于自然科学研究,广泛地研究与绘画有关的光学、数学、地质学、生物学等多种学科。达·芬奇探索艺术与科学融合的实践对后世产生了重大影响,在人类文明史上耸立了一座巍然的丰碑。

摩尔对达·芬奇的热爱贯穿一生,她在诗文中反复提及这位理想的精神导师。在《穿山甲》(The Pangolin)一诗中,达·芬奇的形象别开生面:"又一种盔甲动物——鳞甲/交叠,规整如圆锥形的云杉,在尾部/形成连续的/同心圆!近似于有头、腿和装备了坚韧沙囊的朝鲜蓟,/这小巧的晚间艺术工程师,/是的,列奥纳多·达·芬奇的翻版——/是我们不太熟知却令人难忘的劳动者。/盔甲仿佛是多余的"(Another armored animal—scale / lapping scale with spruce-cone regularity until they / form the uninterrupted central / tail-row! This near artichoke with head and legs and grit-equipped gizzard, / the night miniature artist engineer is, / yes, Leonardo da Vinci's replica—/ impressive animal and toiler of whom we seldom hear. / Armor seems extra)(CP 117)。上述诗行把达·芬奇与穿山甲并置。穿山甲外形罕见,从头到脚包裹鳞甲,周身蜷缩成杉果形状,很难称得上美,见图2.6。

图2.6 《穿山甲》[①]

摩尔却对这似乎不会有太多外在吸引力的动物兴趣浓厚,给读者留下无尽的想象空间。摩尔赞誉穿山甲与达·芬奇一样是了不起的"艺术工程师"(artist engineer),仿佛穿山甲就是达·芬奇,而达·芬奇就是穿山甲,可谓出其不意,读来甚觉稀奇。两者类比的基础究竟是什么?诗行"夜间疲惫孤独地穿梭于未知之地"让读者想起达·芬奇夜间不倦的工作场景;穿山甲"优雅的工具"——尾巴,与达·芬奇的画笔有着神奇的相似性。

除画笔之外,摩尔更被达·芬奇"好奇的手"所吸引。诗中有这样一句至今迷人、让人遐想的诗句,"阐释恩典需要一只好奇的手"。达·芬奇确实创作过几幅手的习作,见图2.7。

摩尔在诗行"密不透风,如同加尔加略的/斗牛士头上那顶铁帽子

---

① 该图为诗集《何谓岁月》(*What are Years*,1946)中《穿山甲》一诗的配图。
参见网址:https://gg.fgfw.ml/search?q=Marianne+Moore&source=lnms&tbm=isch&sa=X&ved=0ahUKEwiJ5aTw2bfw=1280&bih=604&dpr=1.5#imgrc=_&spf=1501647786816,
2018-06-24。

的卷边"(Compact like the furled fringed frill / On the hat-brim of Gargallo's hollow iron head of a / matador)(CP 117)与诗行"他们类似机器链状的 / 外形,平滑的爬行皆由逆境优雅地塑造 / 而成"(they have the not unchain-like machine-like / form and frictionless creep of a thing made graceful by / adversities)(CP 118)中也分别暗示了达·芬奇的画作《戴头盔和护胸甲的战士侧面》(Bust of a Warrior in Profile)与《镰刀车与坦克》(Sketches for a Sickle Cart and a Tank),见图2.8和图2.9。

图2.7 《手臂与手的习作》[①]　　　　图2.8 《戴头盔和护胸甲的战士侧面》[②]

[①] 文艺复兴时期意大利大师列奥纳多·达·芬奇绘制的素描作品与其油画作品具有同等重要的艺术价值。《手臂与手的习作》(Study of Arms and Hands)为其素描作品,采用银针笔绘制,并用铅白着色。参见网址:www.fotoe.com/, 2018-06-24。

[②] 该图为达·芬奇的素描作品《戴头盔和护胸甲的战士侧面》,创作于约 1473—1477 年。参见网址:www.fotoe.com/, 2018-06-24。

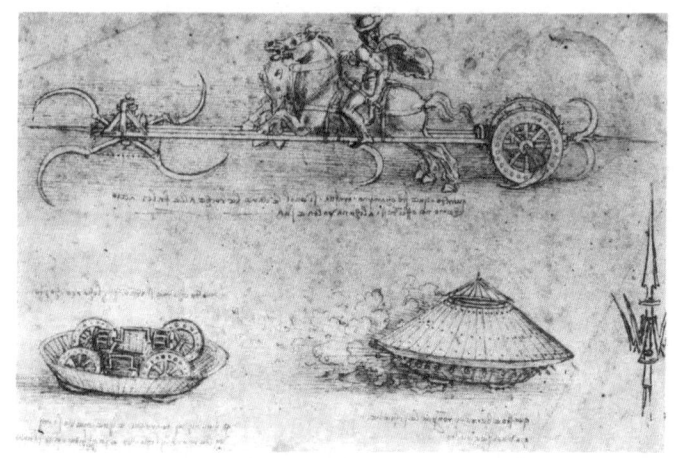

图2.9 《镰刀车与坦克》[①]

可见在摩尔的艺术世界里,人类的创造美与自然的本性美难分伯仲。摩尔把穿山甲置于与达·芬奇相当的艺术地位,在表达了对达·芬奇崇敬之情的同时,也尝试打破"致敬诗"的局限,把诗歌的主旨提高到对人类中心主义的批判,突显了打破人与自然二元对立的先锋认识。

摩尔在另外一首诗《列奥纳多·达·芬奇》(Leonardo da Vinci's)中再现了达·芬奇的画作《圣杰罗姆在野外》(St Jerome in the Wilderness):"圣杰罗姆与狮子/在墙面破损/大半的修道院,/共享圣地"(Saint Jerome and his lion/in that hermitage/of walls half gone, /share sanctuary of a sage)(CP 201)。《圣杰罗姆在野外》是达·芬奇一件未完成的作品,整幅画面格外传神,见图2.10。

---

① 该图为达·芬奇设计的《镰刀车与坦克》,车子呈镰刀状,坦克成龟形,大约绘制于1483—1487年,体现了其理性科学的写实风格。参见网址:www.fotoe.com/,2018-06-24。

第二章 摩尔视觉诗学的生成语境

图2.10 《圣杰罗姆在野外》[①]

圣杰罗姆是一名基督教圣徒,学识广博,善雄辩,胸怀韬略,因把《圣经》翻译成拉丁文而闻名遐迩,堪称宗教与人文主义完美结合的典范。传说他曾在叙利亚的沙漠中隐居,在荒僻的旷野译注经书、虔诚修道,过着与世隔绝的隐士生活。他每天用坚硬的石块击打肉身,进行苦行修道,试图借助身体的痛净化心灵,摆脱世俗欲望的纠缠:"杰罗姆——苦行经历使他身形缩小——/ 无论吃什么,腰形渐细,/ 给我们留下拉丁文圣经"(Jerome—reduced by what he'd been through—/ with tapering waist no matter what he ate, / left us the Vulgate)(CP 201)。

[①] 该图为达·芬奇创作的油画作品《圣杰罗姆在野外》,此画为半成品,勾稿描形的线条清晰可见,第一层着色尚未完成,画面呈现浓淡不均的棕褐色,此画现藏于罗马的梵蒂冈博物馆。参见网址:www.youhuaaa.com/,2018-06-24。

无论在诗里还是在画中，圣杰罗姆均被刻画成一名老人，赤身露体，身形消瘦，表情痛苦，充满悔恨，右手用石头击打身体，血迹满身。一头卧着的狮子张大嘴巴望着他。"狮子"意象耐人深思，象征圣杰罗姆修道的感召力："这里，虽难下定论，天文学——/或苍白的描述——使这对黄金搭档/在列奥纳多·达·芬奇的素描里/染上阳光。光辉洒在图画，/圣徒，野兽上；洒在狮王海尔·塞拉西上，/家养的狮子是主权的象征"（Here, though hardly a summary, astronomy—/or pale paint—makes the golden pair/in Leonardo da Vinci's sketch seem/sun-dyed. Blaze on, picture, /saint, beast; and Lion Haile Selassie, with household/lions as symbol of sovereignty）（CP 202）。摩尔用文字在想象中激活了达·芬奇的这幅旷世之作与现实世界的关联，并以艺术的敏锐直觉捕捉到了这幅作品对现代人类的启示意义："既平静又热烈——/若不是两者兼具，为何/他会如此伟大？"（Pacific yet passionate—/for if not both, how/could he be great?）（CP 202）。"既平静又热烈"，达·芬奇做到了，圣杰罗姆也做到了，这也是摩尔诗学追求的旨归所在。此外，值得指出的是，此诗再一次回到人与动物平等相处的主题上。

怎样才能达到两者兼具？摩尔在《权宜——列奥纳多·达·芬奇——与探索》（An Expedient—Leonardo Da Vinci's—and a Query）一诗中继续展开探讨。"既平静又热烈"的品格在摩尔对达·芬奇绘画入木三分的评价中可见端倪："满怀激情，/他画花朵、橡子、岩石——强烈/像乔托，由自然/作评判，模仿——/罗马的遗风——不会破坏他的作品。/他把通篇一律的模式/视为背叛"（With a passion, /he drew flowers, acorns, /rocks—intensively, /like Giotto, made Nature/the test, imitation—/Rome's taint—did not taint what he'd done. /He saw as treachery/ the all-in-one-mold）(CP 212)。达·芬奇绘画的精髓全"由自然/作评判",摩尔的这番洞见深刻,指明走出模仿的秘诀与影响的焦虑在于自然,我们不应该把古典作品看作是囚禁在历史中的化石,而是应该把它们当作鲜活的记忆,不断地启发后代艺术家更新艺术传统。接下来的诗行"丽达/独一无二精细的脸不可以——/减轻打击吗？"（Could not / the Leda with face matchless minutely— / have lightened the blow?）提及达·芬奇的画作《丽达与天鹅》(Leda and the Swan),见图2.11。

图2.11 《丽达与天鹅》[①]

[①] 该图为达·芬奇于1506年以希腊神话故事为蓝本绘制的布面油画《丽达与天鹅》,尺寸为73.7厘米×69.5厘米,现藏于罗马波基西艺廊。参见网址：https://moore123.com/2011/05/,2018-06-24。

此画是达·芬奇以古希腊神话题材为蓝本创作而成：一座深色的古代废墟前面，站立着玉体洁白无瑕的丽达。丽达体态丰腴，右手搂抱鹅颈，羞涩地将头部向左微倾，目光低垂，脸上挂着蒙娜丽莎般的微笑，宁静而优雅。天鹅脖颈颀长，微微向左靠近丽达的脸庞，亦张开右翅紧抱丽达，似欲亲吻。在大自然的映衬中，丽达与天鹅就像一对情侣，和谐共存、交融一体。观者还可看到，丽达脚边两个破裂的蛋，壳里露出两对双胞胎婴儿。

摩尔为什么要用此画佐证达·芬奇的绘画精髓呢？摩尔反对对待古典传统的僵化态度，她看中了该画传递出的精神洞见——繁衍的重要性。渴望成为大家的摩尔，借用精神导师及其画作道出了自己的艺术理想：艺术应该繁衍不息。那么该如何繁衍？读者从诗里找到了答案，即如果艺术家全然以别人的作品为标准，就很难创作出有价值的作品；但如果艺术家在模仿之余坚持本真，做到自然，则有可能产生"平静与热烈"兼具的佳作。

从以上分析可知，丢勒、格列柯与达·芬奇等艺术家对摩尔的影响，不仅表现在艺术观点与艺术技法上，而且浸润到了摩尔的审美与性格中。一言以蔽之，绘画艺术丰富的色彩、直观的造型观念、艺术表现力与想象力给摩尔的文学表达提供了养分，增强了其生命力。

第三节 时代语境：诗歌的视觉转向

19世纪末，艺术家开始通过增强作品中的抽象性，打破传统的明暗对照法，进而提高艺术形式的地位。由此，绘画艺术在两个方面得到了加强：一方面，新作品更加注重形式与突出绘画的实际技巧；另一方面，出现了新的艺术分析方法。同时，艺术家逐渐摈弃了把作品看作是纯粹情感表达的极端理想。到20世纪初，随着西方国家逐步实现现代化，映照人类生活的文学艺术领域也随之发生了根本性的变革，文学与艺术一跃成为审美现代性的基本力量，一批文化和思想巨人应运而生，包括毕加索（Pablo Picasso，1881—1973）、乔伊斯、庞德、艾略特、威廉姆斯、史蒂文斯、摩尔等现代派大师，他们是历史现代性与审美现代性合力作用的产物。

英美现代派诗人秉承自由平等的话语方式和反思批判的斗争精神，迫切寻求新的文学样式与话语方式对西方现代社会进行批判与控诉。这个时期，英美现代派诗歌出现了视觉转向。原因如下：

其一，革新诗歌的紧迫性是英美现代派诗歌视觉转向的内在原因。19世纪末20世纪初，英美诗歌虽呈蓬勃发展之势，但也有诸多毛病，如辞藻绚丽、修辞华美、言而无物、缺乏表现力等。尤其维多利亚晚期浪漫主义诗歌过分营造伤感气氛，以至于诗人们在语言上似乎陷入了无病呻吟的窘境。庞德如是评价："尽管我们尊重19世纪的成就，但我们回顾时，却发现它是一个模糊、混乱的时代，一个感伤与形式盛行的时代。"[①] 诚如庞德所言，维多利亚晚期不乏优秀诗人，但从整体来看，创作风格的弊病也不容忽视，主要体现在两个方面：一是滥情与感伤，二是语言的表达方式过于抽象。现举欧内斯特·道森（Ernest Christopher Dowson，1867—1900）的一首诗为例说明。在《致消逝的爱》（To a Lost Love）中，道森写道：

---

① POUND E. Letters, 1907-1941[M]. Edited by D. D. Paige. [S.l.]: New Directions, 1950: 11.

我无法跨越那道横亘

在我们不同道路上的鸿沟

我的心徒劳地祈祷，

希望也耷下她的头颅消失；

我在你的眸里看到了伤心与疲惫。

我无法关注，夜空明朗的星；

渴望爱得到交融

生活却长满许多的分离；

但最多，我亲爱的，

我只是以为我们不应该总相随。

我知道结束之前的结局：

星光终究要归于暗淡；

在徒劳中，我徒劳地叹息

为那些迟早要来的消逝，

但对你和我，这将永远不会到来。①

《致消逝的爱》基调沉郁伤感，表达了对爱的消逝的感伤，有滥情主义之嫌。全诗简短，却包含上十个表示感伤的词，如"vainly""prays""dies""sad""tired""separate""sigh""vain"等。这些词语固然能够突显情感的细腻，但不加选择的叠加使用容易给读者留下矫揉造作、流于肤浅之感。为了营造感伤气氛而忽视诗歌本身应具有的思想深度与真实，本末倒置的做法不可取。

对此，现代派诗人纷纷为诗歌把脉，开出的诊断方子百花齐放：艾

---

① 原文参见 Poemhunter.com，笔者译。

略特指出问题的症候在于"与感性分离"（dissociation of sensibilities），对此提出"非个人化"（impersonal）与"客观对应物"（objective correlative）的诗学主张；庞德断言英美诗歌的病根在于"抽象化的方法"（abstract method），对此开展了轰轰烈烈的意象派运动；史蒂文斯提出了"想象是最高虚构"（Imagination is supreme fiction）的应对策略；威廉姆斯提出了"不是观点，而是在于事物"（no ideas, but in things）的诗学思想。这些药方针对诗歌的某些症状起到了较为理想的疗效。同为中坚力量的现代派诗人摩尔不可能作壁上观。她开出的药方"有真实蟾蜍的想象花园"更是通俗易懂，直捣诗歌的本质问题，主张回归真实与具体，让想象与直觉感知进行直接对话。正如威廉姆斯所言："摩尔的想象毫不空洞与滥用。她如此瘦小却能发出咆哮，就像无声的尼亚加拉河，她的推断如此高尚，充满神秘，她把力量伪装成脆弱——这位女性，这位娇弱的女性——使我们着迷。摩尔这个迷幻的名字已经深深地珍藏在我的心中。"[①]

其二，视觉艺术的激进变革给文学艺术带来冲击与影响，这是英美现代派诗歌视觉转向的主要外在原因之一。20世纪诗人与画家在技术上相互融通，在各自的艺术领域对艺术传统进行修正与创新。19世纪中期之前，诗歌形式受到韵律、节奏与诗节的限制。20世纪初，随着艺术观点的转变，诗歌形式按照格特鲁德·斯泰因（Gertrude Stein）提及的"扭曲"（distortion）[②]方式发生改变。此处"扭曲"意指形式与技巧的多样化或离题化。那么，形式与技巧在语意上有何区别？技巧意指艺术品或诗歌被创造的方式，诸如风格、模式、措辞与结构等，而形式指技巧如

---

① WILLIAMS C W. The autobiography of William Carlos Williams[M]. New York: Random House, 1951: 292.

② STEIN G. Lectures in America[M]. Boston: Beacon Press, 1985: 89.

何生成作品的最终效果。

　　一件作品越有形式感,创作技巧就越突出。因为诗歌的结构与理论无法满足新形式的需求,为了避免停滞不前,欧美现代派诗人求助于视觉艺术,试图借用画家探索的各种表达方法,如拼贴、立体主义与视点的变形等新形式重估诗歌原理,并把视觉艺术的技巧与原理运用到诗歌中。

　　先锋派艺术的欣欣向荣是促使现代派诗人视觉转向的发酵剂。先锋派达达主义与立体主义给现代派诗人的诗歌创作带来不少灵感,注入了新鲜的活力。著名达达主义画家马塞尔·杜尚(Marcel Duchamp,1887—1968)有两件名噪一时的作品:《下楼梯的裸女二号》(Nude Descending a Staircase, No.2)与《泉》(Fountain)。前者画面上由机械般零件构成的裸女被分解为几何形状,后者把装着玫瑰花的碗与一个瓷尿罐并置。这两件作品明白无误地表明了一种姿态:对既有关系的重新排列,对既有物体的重新定位;创作不是以美为美,而是寻求新鲜的视点,以求为熟悉的事物注入新鲜的活力。现代派诗人对这种姿态大为赞赏,纷纷为改良诗歌摩拳擦掌,各显神通。

　　其中,标志英美现代派诗人视觉转向的艺术事件是1913年在纽约曼哈顿区69团军械库举办的美国首次国际性大型艺术展览(The Armory Show)。军械库艺术展为美国人认识欧洲印象主义时期的激进视觉艺术提供了机会,极大地挑战了美国人的传统写实艺术观念。美国人首次接触到欧洲后印象派、立体派、野兽派等先锋画派的作品,如康斯坦丁·布朗库西(Constantin Brancusi,1876—1957)的《吻》(Kiss),杜尚的《下楼梯的裸女》等。这次展览戏剧性地向观者宣告了现实主义艺术的标准已被纯粹的抽象取代。

　　不管诗人们有没有前去观展,他们在不同程度上都受到了此次展览的触动与影响。例如,史蒂文斯的诗歌《卑微的裸女在春天启航》(The Paltry Nude Starts on a Spring Voyage)就是对军械库艺术展最受争议的作品之一——《下楼梯的裸女》的戏仿。"无价值的"(paltry)一词暗含对杜尚作品的批判,与此同时,下楼梯的琐碎与春季出海的奢华品质构成对比,杜尚的人物以动态重叠的形式走下楼梯,而史蒂文斯的人物则是由大风吹过大海。

对视觉艺术有敏锐意识的摩尔自然也不例外。没有确切记载可以表明摩尔是否参观过这次展览,但摩尔肯定阅读过相关评论,因为她在剪贴簿中"保存了十多篇报道这次展览的文章"①。此次展览对摩尔的艺术观念进行了一次重大洗礼,这从摩尔借用立体主义、超现实主义与后印象派的技巧与原理进行诗歌创作可知一二。例如,摩尔对立体主义画派大为赞赏。立体主义画派1908年发轫于法国,主要代表人物有毕加索和乔治·布拉克(Georges Braque,1882—1963)。立体派艺术家追求碎裂、解析、重新组合的形式,以组合碎片的形态展现对象物,并从各种角度描写对象物,将对象物置于同一个画面,以此塑造对象物完整的形象。立体主义在文学中的一个重要体现是多个声音在同一时刻的复调声响。正是受到立体派的影响,大量拼贴画似的引语巧妙地汇聚在摩尔的多首诗里,尤其那首可与《荒原》媲美的长诗《婚姻》就是一曲多声部的交响乐。摩尔在同一主题里并置不同的意象,张贴不同的画面,有破有立,把现代流派绘画技巧转化成诗歌的写作技巧。当然,摩尔的剪贴簿无疑也是新的技法——拼贴方法的完美诠释。第七章将对这些问题予以探讨。

其三,在转向异域寻找救赎诗歌之路时,英美现代派诗人与中国传

---

① ERICKSON D W. Illusion is more precise than precision: the poetry of Marianne Moore[M]. Tuscaloosa: Alabama University Press, 1992: 49.

统文化的相遇是促成他们写作视觉转向的重要契机之一。中国传统文化在各个时期对欧美诗人都产生过重要影响。中国传统文化"在美国诗歌与诗学从浪漫主义向现代主义，现代主义到后现代主义的演进中起到了关键作用"①。19世纪中期以后，越来越多的欧美诗人开始从中国文化中探寻创作源泉与革新路径，中国文化热在美国持续升温。更值得一提的是，20世纪上半叶，由费诺罗萨（Fenouosa）引发，经庞德等现代派诗人推动，英美诗歌与中国古代文化、思想、哲学、文学进行了一场引人入胜、互动双赢的对话。美国现代派诗歌在形式和主题等方面发生视觉转向，中国传统文化在这个过程中功不可没。

笔者认为，标志英美现代派诗人视觉转向的文学事件是意象派运动。一般认为，1908年诗人休姆（T. E. Hulme，1883—1917）草创的"诗人俱乐部"（Poets' Club）标志美国意象派诞生，1917年艾米·洛厄尔（Amy Lowell，1874—1925）以"艾象主义"（Amygism）取代"意象主义"作为意象派纲领，标志着意象派的终结。在这场短暂的运动中，庞德从中国古诗中采撷诗歌理念，成就了意象派，更是促成了现代派诗歌的视觉转向②。

与庞德同时代的诗人摩尔在这场新诗运动中究竟扮演了什么样的角色？很多评论家认为摩尔就是这场运动的坚定跟随者。实际上，在欧美新诗运动的两大主要流派——意象派与客体派之外，摩尔自成一家，构筑了现代派文学世界里的一道独特风景。

那么，摩尔是意象派诗人吗？

---

① KLOECKNER C. Orient and orientalisms in US-American poetry and poetics[M]. [S.l.]: Peterlang, 2009: 9.
② 顾明栋. 视觉诗学：英美现代派诗歌获自中国古诗的美学启示[J]. 外国文学，2012（6）：42-54.

第二章 摩尔视觉诗学的生成语境

1914年，意象派诗人的作品合集《意象主义者》(*Des Imagistes*)问世，该书并未收录摩尔的作品。随后于1915年、1916年、1917年出版的三本意象派代表性选集《一些意象派诗人》(*Some Imagist Poets*，1915，1916，1917)中也未刊登摩尔的作品。为什么摩尔的诗歌没有被收录，而同时代诗人威廉姆斯的作品却被收入其中？在没有被收录的情况下，又为什么一些评论家与读者给摩尔贴上意象派诗人的标签，而威廉姆斯的境遇却恰恰相反？

对于这两个问题，理由有二：一方面，威廉姆斯在意象派运动开始前已出版了两部作品集，而摩尔还只在小杂志上崭露头角；另一方面，虽然当时摩尔有三首诗，即《一个护身符》(A Talisman)、《他制造了此屏风》以及《你就像在彩虹脚下梦想寻金的现实产物》(*You Are Like the Realistic Product of an Idealistic Search for Gold at the Foot of the Rainbow*)于1916年刊发在《自我主义者》上，但这三首诗并不是独立成文，而是出现在希尔达·杜利特尔的评论文章中。

既然摩尔的诗并未收入意象派几个重要的诗集，那为什么有些评论家还是把她归为意象派诗人呢？摩尔的诗歌未收入意象派诗集，让人稍感遗憾，但杜利特尔精当的点评为解答这个问题提供了一定的证据。杜利特尔围绕意象派的创作原则分析上述提到的三首诗，认为"有趣精巧的模式……奇特的思想，隐蔽的、半戏谑的反讽"（CRMM 19）是摩尔抒情诗的主要特征，并指出："摩尔，作为出色的艺人，必然会把精湛技艺转化成对美的直接呈现，清晰，减少流动的线条……脆弱，跟一切美丽的事物一样，极其艰难——注定比我们生存的世界，倒塌的摩天大楼，弹片和机枪，要忍受更多，更多。"（CRMM 20）显然，杜利特尔在评论中将摩尔的诗歌美学与当时的战争背景结合并进行整体审察，使用了如"直接"（direct）、"简洁"（clear）、"减少流动的线条"（cut in flowing lines）、"坚硬"（hard）等词语进行直观的描述，而这在一定程度上反映了意象派的主张。换句话说，在杜利特尔的心目中，摩尔就是一位名副其实的意象派新秀。

事实上，读者在摩尔的诗歌中的确能看到意象派的影子。一方面，摩尔有相当一部分诗歌显露出对聚焦事物的快照视觉感，如《九油桃》、《山茶花》（Camellia Sabina）、《那些各式各样的手术刀》（Those Various Scalpels）等。另一方面，摩尔还有些诗歌显现出漩涡主义[①]的漩涡时刻。例如，《尖顶作业工》中的诗行"风暴的旋风笛鼓"（whirlwind fife-and-drum of the storm）（CP 5），自然而然让读者想起杜利特尔《俄瑞阿得》（Oread）一诗中"翻滚吧，大海"（whirl up, sea）中的"大海"意象；摩尔的《美洲蜥蜴》（The Plumet Basilisk, 1933）也展现出漩涡时刻："朝上快速游去，/ 手指像蜘蛛爪拨动 / 竖琴的低音弦，清楚地合着节拍 / 律动，用独有的方式 / 跨越琴弦跳回栖息地 / 直到爪子平整舒展"（traveling rapidly upward, as / spider-clawed fingers can twang the / bass strings of the harp, and with steps / as articulate, make their way / back to retirement on strings that / vibrate till the claws are spread flat）（CP 20）。

不仅如此，摩尔还青睐意象派作家的一些技巧，如诗歌的节奏模式与韵式、重复技巧的使用等。以语言节奏为例，摩尔依据措辞的实

[①] 1914年，漩涡主义运动领军人物刘易斯（Lewis）与庞德在《风暴》杂志上将漩涡主义理念推向公众。基于对意象主义局限的反思与反拨，庞德在不同场合提出了他对漩涡主义的见解，指出意象不应只是一个静止的意象，而是"一个或一束光亮节点，一个漩涡，思想快速地从漩涡里涌进涌出，并穿过漩涡"。参见：POUND E. Gaudier-Brzeska: a memoir[M]. [S.l.]: New Directions, 1970: 92.

际需要，擅长采用多音节词，以此加速诗歌的节奏流动；为了使诗歌的节奏跌宕起伏，摩尔依据舞蹈节奏与不规则节拍选词，尤爱选择那些含有三个快速节拍或一个长停顿节拍的词。具体而言，摩尔通过调节音节数来控制情感，如在《跳鼠》（The Jerboa）中，前半部分"奢靡"（Too Much）富含多音节词，这部分的节奏因而明显快于后半部分；而后半部分"富足"（Abundance）的语言比第一部分简单，展现了自然的悠远与宁静，周密地勾画出不受文明侵扰的小沙漠鼠的形态与举止。读者在阅读这部分时，不自觉地放缓阅读速度，甚至偶尔停住，给予这种小哺乳动物适当的关注。在诗歌的结尾，只见长元音与短元音交错使用，跳鼠快速跳跃逃往庇护地的急切之情让读者读来呼吸急促。

当然，一方面，即便这些技巧体现出其受到了意象派的影响，摩尔也并非亦步亦趋，而是创造性地接受。仍以语言节奏为例，摩尔摈弃了传统的格律形式，大胆采用音节诗的形式。具体而言，通过设计诗歌的第一节每一行长长短短的音节数，然后把这种诗节模式复现在其他诗节中，这样，摩尔收获了独特的音节诗模式，如《跳鼠》每节诗的音节数为：5，5，6，11，10，7。

另一方面，摩尔的诗在思想内容与精神气质的表现上也与意象派诗人的诗大异其趣。意象派或由意象派延展出的漩涡主义无法涵盖摩尔诗歌艺术鲜明的个性特征。意象派旨在呈现静止形式的意象，尽管摩尔诗中的意象在一定程度上是客观的，但她总不忘赋予意象道德或批判的语调，故而再现意象内蕴的意义远远超过意象本身。下面通过比较摩尔的《玫瑰而已》（Roses Only，1916）与杜利特尔的《海玫瑰》（Sea Rose，1916）中的玫瑰意象进行论证。

《海玫瑰》是杜利特尔第一本诗集《海上花园》（*Sea Garden*，1916）

中的第一首诗,展现了意象派诗歌的典型特征:

> 玫瑰,带刺的玫瑰
> 饱受摧残,花瓣疏落
> 花朵瘦削,单薄,
> 零落的叶子
>
> 最珍贵的莫过于
> 茎上唯一的
> 一朵湿漉的玫瑰——
> 就这样被风抓住了。
>
> 你矮弱,叶片稀落,
> 被抛掷在沙地里,
> 你又被刮了起来
> 卷入风中疾驰
> 细碎的沙子里。
>
> 干玫瑰能
> 滴下凝固于叶中
> 此般浓郁的馨香吗?①

在这首精致小巧的短诗中,"玫瑰"意象细腻、生动、质地坚硬而奇特,与传统诗语中娇艳、馥郁、热情的玫瑰形象截然不同。它长于海滨,"矮弱,叶片稀落,/被抛掷在沙地里",干枯沾满沙子的玫瑰依旧"滴下""浓郁的馨香"。杜利特尔用寥寥数语便勾勒出海玫瑰坚强与隐忍的形象。这首短诗的目的不在于抒发情感,旨在刻画物象本身,其风格完

---

① DOOLITTLE H. Sea garden[D]. [S.l.]: University of Michigan Humanities Text Initiative, 1996: 2. 笔者译。

全符合庞德所提出的三原则,即"(1)直接描写客观事物;(2)决不使用无益于表现事物的词语;(3)韵律上杜绝单调的节拍,主张使用音韵感强的句子。"[①] 从这点来看,《海玫瑰》不愧是意象派诗歌中的经典之作。

与《海玫瑰》一样,摩尔《玫瑰而已》中的玫瑰意象也颠覆了传统的玫瑰形象,给人耳目一新之感。但不同的是,《玫瑰而已》中的玫瑰不仅被寄予了审美的文化意蕴,而且同时在玫瑰兼具瑰丽和荆棘的矛盾与统一里展开了对生命的追问:

你似乎并未意识到,美是一种责任而不是
　一种资本——因为精神创造形式这个
事实,我们有理由猜想
　　　　你一定拥有头脑。
　　　……
然而玫瑰,你的不凡,
并非因为花瓣是不可或缺的
超凡之物。要是你,少了刺
就是一个疑问,一个纯粹的
怪物。无法对抗一只毛毛虫、风雨、霉菌,
　或掠夺成性的手? 没有齐心协力,
卓越又如何? 紧守住
　你极其微小的思想碎片,力求观者
　接受这个观点:与其被过分强烈地记住,
不如被遗忘,你的刺是你最好的部分。

---

① MILHER J P B. The Columbia history of American poetry[M]. New York: Columbia University Press, 2005: 243.

You do not seem to realise that beauty is a liability rather than
    an asset—that in view of the fact that spirit creates form
we are justified in supposing
    that you must have brains.
…
But rose, if you are
    brilliant, it
    is not because your petals are the without-which-nothing of
pre-eminence. You would look, minus
thorns—like a what-is-this, a mere
peculiarity. They are not proof against a worm, the elements,
or mildew
but what about the predatory hand? What is brilliance
without co-ordination? Guarding the
    infinitesimal pieces of your mind, compelling audience to
    the remark that it is better to be forgotten than to be
    remembered too violently,
    your thorns are the best part of you.（BMM 83）

较之杜利特尔的《海玫瑰》，此诗的不同之处主要体现在以下两个方面：其一，《玫瑰而已》虽围绕玫瑰意象展开，却并非聚焦于玫瑰的静态描写，实质上传达出摩尔对女性问题的思考；其二，此诗颠覆并延展了传统"玫瑰"意象的内涵。意大利知名符号学家安贝托·艾柯（Umberto Eco，1932—2016）指出："玫瑰几乎在所有的神秘传统中，它都作为新鲜、年轻、女性、温柔以及一般意义上的美的符号、隐喻、象征而出现。"① 此诗却指出玫瑰的美在于刺,刺是玫瑰的天然且最好的组成部分。可见,"玫瑰"意象除了表象美之外,更在于真。

不仅如此,在摩尔《诗选》的序言中,艾略特尝试把摩尔的诗歌与现代文学流派建立起联系。艾略特指出:"摩尔没有直接的诗歌派系。因此,我无法在纸上洋洋洒洒地写上影响与发展。只有一首早期的诗受到杜利特尔些微的影响,只是杜利特尔,而不是其他意象主义大师。"(CRMM 105)事实上,艾略特提到的这首诗是《一个护身符》,最初出现在《诗》集子中,后来被《观察》(*Observation*,1924)诗集收录,至此再没出现在其他诗集中。

《一个护身符》的细节完备、描画逼真、诗节对称,以不可否认的原创形式发出诗人的声音:"在裂开的桅杆下面 / 从船上抛下 / 靠近船身 / 一个蹒跚的牧羊人发现了 / 埋在地下的 / 一只青金石 / 海鸥, / 一只海蓝圣甲虫, / 展开双翅—— / 卷起珊瑚脚, / 张开嘴巴向 / 早已死去的人们问好"(Under a splintered mast / Torn from the ship and cast / Near her hull, / A Stumbling shepherd found / Embedded in the ground / A sea-gull / Of lapis-lazuli, / A scarab of the sea, / With wings spread—/ Curling its coral feet, / Parting its beak to greet / Men long dead)(BMM 54)。通过细读这首诗可以看出诗人想竭力挣脱纯意象主义的束缚。诗歌最后一行反讽意味浓厚:这个"逝去多时的男人"具体指谁?这个男人是指现代男人,还是指名义上活着,实际上跟溺水的人一样毫无活力的人?博学的读者还会生发出联想,它与艾略特的《荒原》(*The Wasteland*)中的第四部分"水里的死亡"(Death by Water)蕴涵的象征意义有关联吗?可见,《一个护

---

① 艾柯,柯里尼.诠释与过度诠释[M].王宇根,译.上海:上海三联书店,2005:68.

身符》的主旨并不在于表征"护身符"这个意象,实质上是借由"护身符"探讨了颇具哲学意味的"死亡"话题。

综上所述,把摩尔归于意象派不甚妥当。既然这样,一些评论家认为摩尔应该属于客体派。那么,摩尔是客体派诗人吗?

摩尔并未直接参与客体主义运动,但是美国客体派诗歌的领军人物祖考夫斯基(Louis Zukofsky)常援引她的诗歌作为例证。祖考夫斯基在《一个目标》(An Objective,1930)中倡导写作必须"真诚"(sincerity),认为"细节,不是海市蜃楼,而是观看的结果,是对物存在的思考,以及使物沿着旋律前进的指引"[1],并采用摩尔的诗《一个由埃及人拉制的鱼形玻璃瓶》(An Egyptian Pulled Glass Bottle in the Shape of a Fish)作为范例,论证诗歌能够再现"历史的和当代的细节"[2]。

不仅如此,祖考夫斯基于1931年在《诗刊》上发表了影响深远的《客体主义宣言》(Program: "Objectivist", 1931)。在宣言中,祖考夫斯基列举了几本他认为坚持了客体主义写作原理的著作,其中就包括摩尔的《观察》、史蒂文斯的《管风琴》(*Harmonium*)以及威廉姆斯的《春天及一切》(*Spring and All*)。事实上,祖考夫斯基引领的客体主义运动模糊了审美个体的重要性,因为他无法强迫史蒂文斯的"黑鸟"(black bird)、威廉姆斯的"红色手推车"(the red wheelbarrow)和摩尔的"有真实蟾蜍的想象花园"笼统地栖居在他的理论景观中,因为这些作家个性各异、诗歌烛照现实秩序的方式也各不相同。

然而,甚至在客体主义过时与消失之后,摩尔的这个客体主义标签

---

[1] ZUKOFSKY L. Prepositions: the collected critical essays of Louis Zukofsky[M]. Los Angeles: University of California Press, 1981: 12.

[2] 同[1]。

依然存在。为何如此呢？显然，一些评论家把摩尔诗歌中的客观手段跟客体主义等同起来，以比较客体派诗人威廉姆斯与摩尔诗歌的不同加以说明。

威廉姆斯的客体主义诗歌风格主要体现在"不是观点，而是事物"（no ideas, but in things）的创作原则上。以威廉姆斯的《在墙之间》（Between Walls）为例，威廉姆斯通过对生活的如实描述，传达出对生活本质的透彻理解与高度尊重："医院的/寸草/不生的/后径/遍地是/炉渣/闪烁着/绿色/玻璃瓶的/碎片。"① 这首诗以朴实干净的笔墨表现了医院后面小径的真实景象。诗人隐身于文字背后，诗行呈现纯粹客观的意象。威廉姆斯将自我投射到观察之物，体现了对物的"他性"的尊重与遵从。威廉姆斯对此论述详明："诗作为一个客体（就像一首交响乐曲或立体主义绘画），诗人的目的就必须是用他的词语造就新形式，即发明一个与他的时代合拍的客体。这就是我们希望借客体主义暗示的意思，在某种意义上，是给随意呈现在松散诗句中的光秃意象开的一剂解药。"②

虽然摩尔与威廉姆斯一样避免在作品中表达个人情感，但她不是选择纯粹客体的方式消解情感，而是使用真实材料、观察与典故作为创建个人情感象征的方法。以典故的使用为例，摩尔擅长使用大量的典故与引语消解自我情感，增加作品肌理的深度与厚度，主要体现为三个方面。首先，这些材料大多并非出自名家。其次，她的典故似乎不属于文学传统形式，因为摩尔对通常意义上借用典故引起情感共鸣的这种做法不感

---

① 张子清. 二十世纪美国诗歌史 [M]. 长春：吉林教育出版社，1997：150.
② 傅浩. 威廉姆斯与庞德、艾略特的诗学恩怨 [J]. 外国文学，2014（4）：15-23.

兴趣，典故并未发挥暗示性与象征性功用。最后，摩尔引用他人的话语，总会仔细地记录材料的出处。

依赖历史材料是古典诗人的主要特征，摩尔为何大量使用典故与引语？摩尔主要从浪漫主义角度使用历史材料，这与她诗学观中的几个浪漫主义艺术假设有关。首先，摩尔喜欢直接引用，因为这是展示他人个性最好的方式。其次，摩尔对传统文学的阐释主要体现在对个体诗人做出回应，而不是对整个文学传统做出回应上。这种向个体艺术家致敬的方式属于浪漫主义文学的特征。最后，摩尔仔细记录引语，强调了实证与验证的重要性，旨在告诉读者典故来自于实际的阅读体验。摩尔与一般读者一样，讨厌不透明的典故与引语，她在评论庞德的《诗章》(Cantos)时指出，这部作品令人"恼火的绝对是没有索引"[①]。

此外，与威廉姆斯笔下的物不同，摩尔笔下的物寓意深长，需要读者仔细发掘才能有所得。以《鱼》为例。《鱼》是摩尔的经典诗作之一，读者很难直观地通过物象而获得对主题的把握。此诗的主题并非论鱼，而是通过刻画大海与峭壁斗争的图景，展现出峭壁这一意象隐含的顽强生命力，进而抒发出诗人认为生命蕴含着巨大力量，要顽强面对生活的人生观。

摩尔在一次采访中谈到，节奏一直是她作为诗人的"首要目标"，但除此之外，她也不愿意把自己的诗歌交给任何形式的诗歌运动或风格，声称"作家的个性和情感应该超越模式"（CPMM 587-588）。显然，摩尔不属于那些创造门派的诗人群体，如叶芝、庞德、艾略特、克莱恩（Hart Crane）等。不过，考虑到摩尔是在意象派巅峰时期开始创作，摩

---

① MOORE M. A Marianne Moore Reader[M]. [S.l.]: Viking Press, 1961: 155.

尔本人与庞德、杜利特尔一样密切关注诗歌形式，以及摩尔与威廉姆斯一路相携的文学情谊，把摩尔视为意象派诗人或客体派诗人，虽然不够准确，但是起码为那些不懂她诗歌的人提供了一个可供识别的标签。或许，读者能从标签中瞥见她的诗歌创作逻辑。

  总之，一个诗人之所以成为诗人，除了天分、生活的根基外，传统的滋养是必不可少的。摩尔在创作上兼容并包，既传承了欧美文学传统中经典作家，如斯宾塞、威廉·布莱克、哈代的创作理念，又注重与同时代作家，如庞德、艾略特、威廉姆斯、史蒂文斯的对话与相互启迪；既竭力从古典艺术中探寻创作源泉，又大力汲取现代视觉艺术流派的创作技巧；既善取他山之石，取经于各大流派，又清醒地认识到尺有所短、寸有所长，坚持自我，既合理吸纳又不为其限囿，把传统的因子化为自己的艺术血肉。摩尔正是有了深厚的古典修养做支撑，她才能摆脱对外来影响的搬弄和模仿，走向艺术自立和创造。一言以蔽之，摩尔博采众长、融贯古今，既能汲取各位前辈与各大流派之真谛，又能结合自身艺术特征而自成一体，可谓大家。

第三章

"有真实蟾蜍的想象花园":摩尔的诗之辩

> 它得是鲜活的,会讲当地话。
> 它得面对当时的男人并与
> 当时的女人接上头。它得想想战争
> 并找到满足的东西。它得
> 搭造一个新舞台。它得出场
> 并像一个不知足的演员[①]
>
> ——华莱士·史蒂文斯

[①] 所引诗行出自史蒂文斯的诗《现代诗》。参见:史蒂文斯.最高虚构笔记[M].陈东东,张枣,编.陈东飚,张枣,译.上海:华东师范大学出版社,2008:150-151.

一般认为，探索艺术的本质问题是现代派诗人创作的一种知识形态。在成为诗人的道路上，摩尔所推崇的文学家与艺术家都极具想象力、独创性与叛逆性，且热衷于把诗歌与艺术当作主题对待。自然而然，摩尔接过了他们的接力棒，继续展开对诗歌与艺术的本质问题的探讨。那么，作为现代派诗人社群中的一员，摩尔对这一知识形态有何贡献？摩尔有高屋建瓴之功。她不事流派、不追随体系，独辟蹊径或思辨或扬弃，运用灵活而个人化的风格，严谨而不失幽默的语言，形成了独具一格的诗学理念：一方面，她重视艺术中的想象，把想象视为意义重大的思想行为；另一方面，她又强调对经验世界的精准把控，融经验于想象之中，从而其诗学呈现出精确的想象品质。

因此，本章以摩尔的《诗歌全集》与《摩尔散文全集》为研究内容，来考察摩尔微妙、复杂的诗歌思想。从文献综述中可知，研究者关于摩尔诗歌的研究成果丰硕，但大多只取诗歌多棱镜的某个方面进行研究。为何造成这种局面？理由如下：其一，摩尔从未写过关于艺术的一般性概述作品，她对诗歌的评述往往潜藏在诗歌或评论文章中，其诗歌理论并未得到充分的研究。其二，不像庞德与艾略特为推广诗学奔走呼号，摩尔为人分外谦逊，既不流俗，也不从众，更不擅长宣传，甚至还经常在各种文学场合贬低自己的诗艺。由此，我们有必要把摩尔的诗歌理论看作一个有机整体，来考察她对诗歌艺术本质的全面论述。

第一节 "一方真实"：诗歌意蕴之真

"以诗论诗"是摩尔探讨诗歌本质问题的主要手段。"以诗论诗"

第三章 "有真实蟾蜍的想象花园":摩尔的诗之辩

属于传统的文学批评方式之一,它的产生和发展经历了一个漫长而又复杂的演变过程,一直绵延至今。古往今来的西方代表作不胜枚举,如古罗马诗人贺拉斯(Quintus Horatius Flaccus,前65—前8)的《诗艺》(*Ars Poetica*)、古典主义时期法国著名诗人与文艺理论家布瓦洛(Nicolas Boileau-Despréaux,1636—1711)的《诗的艺术》(*L'Art Poétique*)、法国唯美主义诗人戈蒂埃(Théophile Gautier,1811—1872)的《艺术》(*L'Art*)以及史蒂文斯的《最高虚构笔记》(*Notes Toward a Supreme Fiction*)等,不一而足。"以诗论诗"现象在英国浪漫主义诗人中尤为盛行,布莱克、华兹华斯、柯尔律治、雪莱和济慈等人总有一首或几首关乎诗歌创作主题的诗。从第二章可知,浪漫主义诗人与艺术家对摩尔产生了较为显著的影响。因此,摩尔采取"以诗论诗"的诗评方式也就不足为奇了。

《论诗》(Poetry)是摩尔"以诗论诗"的作品中最具代表性的一篇。它常被选入诗歌集,流传甚广、影响深远。《论诗》重真情、崇个性、尚自然,透彻地讨论了诗人看待诗歌的态度、诗歌创作的必备条件、构思途径、诗歌鉴赏与修改方法等诸多问题。换句话说,《论诗》是摩尔诗学观念和主张的直接体现。这些观念包括:诗是想象与真实这对悖论作用的结果;物在诗歌中极具重要性;诗人应具备大胆的想象力与敏锐细致的观察力;诗歌的语言要具备"原汁原味"与"真实"两个特征。与此相应,《论诗》自身的构思布局、语言风格也成为摩尔诗歌主张的范例,体现了摩尔对"真实"与"想象"、结构美与韵律美的鉴赏标准。

《论诗》有多个版本。1919年发表在《他者》杂志上的原初版本有30行,而1924年收录在《观察》诗集中的版本被删去一行,留下29行。这两个版本都有固定的音节数与诗节模式。此外,《论诗》在1925年再版的《观察》诗集中仅存13行，其中探讨何谓优秀写作、何谓深度阅读的诗行统统不见踪影，甚至广为引用的诗行"有真实蟾蜍的想象花园"也没幸免，此前的音节诗形式也被改头换面成了散文诗形式。然而，摩尔的修改并未就此止住，在1935年的《诗选》与1951年的《诗歌集》中，《论诗》的行数又增至38行。正当评论家与读者认为尘埃落定的时候，摩尔又大刀阔斧地将其再次削减，在1967年《诗歌全集》中，该诗仅保留3行，原载于《观察》诗集的29行版本被移入该集子的注解中。鉴于《诗歌全集》为摩尔钦定的完本，因此，本书提及《论诗》的版本以该诗集附注版为主体，并结合3行版本探讨摩尔对诗歌本质的言说。

  《论诗》（CP 266-267）共有5个诗节，每个诗节共6行，音节数分别为19、19、12、5、8、13。在诗的第一行，言说者以嘲讽的口吻表达了对诗歌的厌恶，"我，也，不喜欢它：很多事比起这一番折腾更重要"（I, too, dislike it: there are things that are important beyond all this fiddle）（CP 266）。言说者这种谈话式的开场白显得轻松而又诙谐，出其不意地引起了读者的注意。读者几乎不会期待一位诗人在论诗时，用"也不喜欢它"的自白对待诗歌。这种直白的诚实几乎没有顾及诗人的颜面，表达了一个悖论式窘境：尽管言说者"我"不喜欢诗歌，但不管怎样她是通过诗歌的媒介进行自我表达。那么言说者不喜欢诗歌的原因究竟是什么？从"fiddle"（折腾）一词推知，也许是因为言说者认为诗歌创作过程琐碎，完成一首诗需要不断地淬炼与打磨。知名诗评家唐纳德·霍尔也给出了相似的评论，指出言说者不喜欢"一番折腾"的诗歌是指"既不诚实也不真诚，但由于晦涩而获得了时尚认可的诗歌"[①]。

[①] HALL D. The art of poetry: Marianne Moore[J]. The Paris review interviews, 1969(2): 20-45.

第三章 "有真实蟾蜍的想象花园":摩尔的诗之辩

那么,什么样的诗歌才是"真实"的诗歌?"不过,读它,带着十分地不屑,你终究会/发现,其中一方是真实"(Reading it, however, with a perfect contempt for it, one discovers in / it after all, a place for the genuine)(CP 266)。"不喜欢"是诗人设计好的托词,就像诗歌中的其他元素,必须谨慎地阅读与阐释。至此,读者方明了诗人意图:诗人不屑的是那些乏善可陈、毫无真实性可言的诗歌。那么,如何理解诗歌的"真实"?诗人列举了关乎"真实"(the genuine)的例子:"握得紧的手,撑得大的/眼,必要时/竖得起的发,这些很重要倒不是因为/它们能被高调地描述,而是因它们/有用"(Hands that can grasp, eyes / that can dilate, hair that can rise / if it must, these things are important not because a / high-sounding interpretation can be put upon them but because they are / useful)(CP 266)。这5行诗中的意象"手""眼""发"回应了上一诗节中的"真实",解释了这些物具有的原创性与真实性等特征。这些诗句全然没用连接词,联结全靠句法暗含的相似性。"手""眼""发"的重要不是因为评论家可以演绎出高调的结论,不是因为它们具有不同的用途,而是因为这些实物来自真实世界,足以表达真实情感。当然,"有用"(useful)一词可能并非指世俗层面的有用,而是指审美层面的有用。正如摩尔研究专家伊丽莎白·乔伊斯所言,"真实"的诗歌是指"那些对社会背景、诗人个体经历创作出真诚回应"[1]的诗歌。摩尔在五十多年的诗歌创作中致力于真实体验,致力于细腻地观察自然之物。

"可理解"是实现"真实"诗学理念的途径之一。摩尔重申了反感虚假、致力真实创作的态度:"当它们无限衍生而难以理解时,/大家

---

[1] JOYCE E W. Cultural critique and abstraction: Marianne Moore and the avant-garde[M]. Lewisburg: Bucknell University Press, 1998: 33.

也许会说同样的话,我们/并不会欣赏/我们无法理解的东西"(When they become so derivative as to become unintelligible, / the same thing may be said for all of us, that we / do not admire what / we cannot understand)(CP 266)。诗行中的"they"既指"手""眼""发",又指诗歌中任何有意义的物。如果诗歌因其晦涩而让读者无法理解(unintelligible),又找不到破解诗人词语迷宫的线索,那么定会给读者造成阅读障碍,读者也不会欣赏无法理解的东西。然而,一首好诗却是在读者的反复研读与阐发中形成的。

"世间万象无不重要"是实现"真实"诗学理念的途径之二。此处,诗人意图警告诗歌中不能过度使用谜一般的象征主义:

> 倒挂
>   或寻觅食物的蝙蝠,
> 推搡的大象,打滚的野马,树下
>   不知疲倦转圈的狼,像受到跳蚤叮咬的马抽搐肌肉那般的
> 僵化批评家——棒球
>   迷,统计员——
>   没有依据
> 歧视"公务文件
> 与教科书";世间万象无不重要。但是,我们
> 一定要做个划分:被半吊子诗人大加渲染的,那并不是诗,
>
>   the bat
>   holding on upside down or in quest of something to
>   eat, elephants pushing, a wild horse taking a roll, a tireless wolf under
>   a tree, the immovable critic twitching his skin like a horse that feels a flea,

第三章 "有真实蟾蜍的想象花园":摩尔的诗之辩

the base—
　　ball fan, the statistician—
　　　　nor is it valid
to discriminate against "business documents and
school-books"; all these phenomena are important. One must make a distinction
however: when dragged into prominence by half poets, the result is not poetry,

（CP 267）

上述诗行罗列了一张"世间万象无不重要"的目录表。摩尔通常使用动物意象来打通艺术与自然的联系。"蝙蝠""大象""马""狼"等意象担当起诗歌"真实"性表达的例子,而这些动物的习性经常被误解。此外,诗歌也关注人类自身及一些重要物品,如评论家、统计员、棒球迷以及商业文件与教科书等。

以上述两个途径为基础,在创造性语境中刻画真实事物,才算得上是诗。换言之,真实应是寓于想象之中的真实。尽管这些现象重要,但言说者警告晦涩难懂、大肆铺陈的诗并不是"真实"的诗。因为只有:

直到诗人能够成为
　　　　"想象的写实
　　者"——超越
　　　　　傲慢与浅薄,经受得住
审视,"有真实蟾蜍的想象花园",我们
才会有
诗。

nor till the poets among us can be
　　"literalists of
　　　　the imagination"—above

> insolence and triviality and can present
> for inspection, "imaginary gardens with real toads in them," shall we have
> it.(CP 267)

言说者鼓励诗人成为"想象的/写实者"(literalists of/ the imagination)。这个悖论是摩尔从叶芝的《善恶观》(*Ideas of Good and Evil*)中提炼出来的。叶芝指出威廉·布莱克是位"想象的写实者",其诗歌与绘画作品既富于想象力,又有可观察的特性。从第二章"摩尔视觉诗学的生成语境"中可知,布莱克是摩尔心中理想化诗人的典范,因此,摩尔在这里倡导的是"想象的写实者"的诗人观。此外,摩尔把读者引入诗歌高度能量中心与模糊的力量场,逻辑的、理性的术语被审美的、想象的术语替代,悖论转变成诗性的热情,要求诗人"能够呈现/观察的场面,'有真实蟾蜍的想象花园'"。"想象与写实"这一组悖论,呼应了诗歌中的"真实"理念。诗行中的"浅薄"(triviality)与"fiddle"形成呼应,强调"真实"是检验诗篇的核心标准。

"有真实蟾蜍的想象花园"这一诗行虽有引号但无从考据,读者期待该行能有一个脚注提供说明。而事实上,这句引语为摩尔自创,引号的意义旨在引起读者的注意。这种戏法策略延展了该诗的出版史。这是一个悖论表达,是对"想象与写实"诗人观悖论的补充。该悖论自相矛盾甚至自我消解:既然诗歌是想象花园,为何强调真实?笔者认为,这个悖论原理解释了摩尔看待现实以及创造诗歌的方式。真实与想象这对悖论成为摩尔诗歌中一个最主要的隐喻[①],因为这个隐喻与摩尔的审美感

[①] 隐喻的本质是用一个事物来理解和体验另一事物。参见: LAKOFF J. Metaphors we live by[M]. Chicago: The University of Chicago Press, 1980: 5.

知方式和诗歌创作理念紧密关联。摩尔对真实的探求与诗的开头也构成悖论关系,那就是起码有一样艺术,即诗歌艺术,提供真实的语境。"想象"是花园,"蟾蜍"是花园里真实客观的存在。这正是摩尔的诗学特征,它不但强调想象在诗学中的重要性,也强调了真实、客观再现世界的重要性,揭示了诗人只有以诚实的方式运用想象揭示现实,诗才成为诗:

同时,一方面,如果你要求

诗的素材

原汁原味,

另一方面

真真实实,你方有了对诗的兴趣。

In the meantime, if you demand on the one hand,

the raw material of poetry in

all its rawness and

that which is on the other hand

genuine, you are interested in poetry.(CP 267)

上述诗行再次解析了诗歌是想象与真实的结合体。某种程度上,诗歌获得的真实不是通过支持理想的"现实"或者"想象",而是通过摧毁这种二元对立、跨越具体对象概念或纯粹美学的理解而获得的。这种"想象"取决于对想象特征的认识,是"原汁原味的诗歌素材"与现象的"真实"的结合。可见,于摩尔而言,诗歌的力量体现在把人类普遍范畴的感知与更高合成的审美感知融合的能力。摩尔以诗歌作为平衡想象与现实、主观与客观两对对立力量的支点。

摩尔在诗歌中批判了那些衍生、缺乏想象的蹩脚艺术。摩尔追求的"真实"诗学观,是形而上层面的认识:物的真实不是物理的真实,是想象使之成为真实。"真实"不单单存在于物，也不单单存在于想象，而是两者碰撞与渗透作用的结果。

诗歌作品是检验诗歌理论最好的试验田。摩尔对于诗人的论述——"想象的写实者"这个观点将在下一章详细探讨。本章将用摩尔本人的创作检验其诗论——"有真实蟾蜍的想象花园"。

摩尔在《论诗》中之所以转变对诗歌"我也不喜欢"的态度，是因为读者从诗歌中能觅得真实。史蒂文斯在评价摩尔《诗选》时指出："摩尔一丝不苟，把智慧当成正直……摩尔有意成为现代最原创的诗人，相反却成为最真实的诗人。"[①] 史蒂文斯的评价关注到了摩尔诗歌中"真实"的两层含义：真实既是一种理性愿望，也是一种道德品质。那么，摩尔的诗歌是如何体现"一方真实"的诗学观的？主要体现在如下三个方面。

首先，摩尔在艺术形式上致力于展示认识世界的感知方式之真。《山茶花》是一首最能体现摩尔对待"真实"复杂态度的诗歌，可看作是摩尔诗艺发展的必然结果。那么，《山茶花》的感知方式之真在诗中究竟如何建构？

三种因素在建构过程中起到了关键性作用：第一，此诗从认识自然物的本质特征出发，以对自然之"真"的摄取为基础，建立了万无一失的二分法，进而对传统的二分法进行批判。诗里的人工培育之物，如嫁接的波尔多梅子、温室种植的山茶花、被细心照料的波尔多以及意大利葡萄，与自然或想象之物，如葡萄、老鼠、葡萄架下悠闲漫步的"王子"进行比较，摩尔表达了对自然物的偏爱。这一点从摩尔对法国人的批判中可管窥一二："法国人是一个残酷的民族——喜欢/榨出就餐用的

---

① STEVENS W. The necessary angel: essays on reality and the imagination[M]. [S.l.]: Vintage, 1965: 113-117.

第三章 "有真实蟾蜍的想象花园":摩尔的诗之辩

黄瓜汁,也喜欢用 / 藤蔓烤饭"(The French are a cruel race—willing / to squeeze the diner's cucumber or broil a / meal on vine-shoot)(CP 16)。尽管这样,人工培育之物却激发了她奔放的想象。诗人发现,"几片 / 风车形的浅白花瓣与淡白的 / 条纹,看上去像在一株蘑菇上 / 放上一朵由甜菜根雕刻而成的银玫瑰"(there are several of her / pale pinwheels, and pale / stripe that looks as if on a mushroom the / sliver from a beet-root carved into a rose were laid)(CP 16)。这里的山茶花虽然有几分颓废,却散发着美。甚至装有梅子的罐子成为诗人浓烈的想象对象,罐子上生动的细节像一张近景照片让读者一览无遗:"罐子的瓶底有 A. G. 字样——亚历克西斯·哥蒂罗特——/ 不规则地吹制在一个气泡旁 / 向上对着光看是绿色;他们是 / 美妙的二重奏"(A.G. on the base of the jar—Alexis Godillot—/ unevenly blown beside a bubble that / is green when held up to the light; they / are a fine duet)(CP 16)。最终,摩尔厌倦了这种简单的二分法,于是,一种新的、复杂的方式开始控制这个场域,利用自然物与人工物的区别超越旧有的模式,表达出对旧有二分法的批判。

第二,摩尔在近乎诙谐的责备中审视自己对待"真实"的态度。现实的就是真实的吗?摩尔在散文《真实的就是现实的吗?》(Is the Real the Actual?)一文中对此有明确见解。摩尔赞扬雕塑家阿费欧·费吉的作品中有丰富的"精神想象力"(spiritual imagination),指出"精神领域是经验能够证实事实,真实也是现实的唯一领域"(CPMM 74)。换言之,想象力是现实和感官可以被衡量的基础。例如对于酿酒的工艺的描述与甄别:

无味的小花束
在瓶子、木桶和软木塞的

酒香中形成，做成六千四百万瓶红酒

两千万瓶白葡萄酒，波尔多商人

和律师为此"花了大量心思"来甄别，哪些

是波尔多酒，哪些不是。

A scentless nosegay

is thus formed in the midst of the bouquet

from bottles, casks and corks, for sixty-four million red wines

and twenty million white, which Bordeaux merchants

and lawyers "have spent a great deal of

trouble" to select, from what was

and what was not Bordeaux.（CP 17）

又如，自然物的葡萄其实也是"自然和艺术"的产品："一种 / 食用葡萄，却是——'为自然与艺术 / 而生'——这正是葡萄狂欢日的真正缘由"（A / food-grape, however—"born / of nature and of art"—is true ground for the grape-holiday）（CP 17）。在这样的时刻，"真实"不仅仅等同于自然，更是等同于关切的程度与物生成的过程。

第三，丰富的事实和奇妙的联想两者的可视化传达出一种伦理维度的真实。摩尔似乎在《山茶花》一诗的每一行中重新思考真实性，把道德从忧郁的说教中移开，尽管她的俏皮话让人发笑，也为深思熟虑的反思提供了基础。诗中，喜剧、事实与想象的联结既隐蔽，又彰显道德。例如，诗中关于大拇指汤姆的描述、草甸鼠的描写似乎不可思议，但是这种描写是精确的、可视的，由此真实性的问题被搁置，突显出伦理上的真实。以上三个方面在《山茶花》中体现出一种聚合形态，为读者立体地展示了开放的、真实的感知方式。

第三章 "有真实蟾蜍的想象花园":摩尔的诗之辩

其次,"一方真实"是指想象的真实。下面以《美洲蜥蜴》为例说明。该诗发表在《猎犬和兽角》(*The Hound and Horn*)杂志上,共有四个部分,分别为"在哥斯达黎加"(In Costa Rica)、"马来西亚龙"(The Malay Dragon)、"新西兰楔齿蜥"(The Tuatara)、"在哥斯达黎加"。摩尔在前三部分展示了马来西亚龙和新西兰楔齿蜥与美洲蜥蜴的相似与差异,而第四部分"在哥斯达黎加"又回到美洲蜥蜴的主题上。全诗为何如此安排?一方面,美洲蜥蜴是激发摩尔灵感之物,自然是着墨较多之处。摩尔在1932年给兄长的信中对标本进行过类似的比较:

> 一位在场的男孩向我解说了甲虫之后,带我去了蜥蜴所在的爬虫区。哥斯达黎加擅长潜水、有羽翼的蜥蜴吸引了我。它们与饰有褶边的蜥蜴以及马来西亚会飞的蜥蜴——羽翼上有褐色斑点的褐色小蝶蠊都不相同。蝶蠊身体两侧各有一个翅膀,翅膀由六块肋骨支撑,它们看起来像个头中等的蝴蝶。它们从空中飞落下来,停在兰花叶上。在博物馆的肉豆蔻上——一只悬在空中,两只叠翅,藏在兰花中,像极了一把半开的小伞。但是,我猜测美洲蜥蜴是众蜥蜴之王——尾巴上有8条蓝绿条纹,三片羽毛——它们只吃草,潜水之前,尾巴拖曳,依赖后脚能在水上飞奔。(SL 270)

从引文中可知,虽然摩尔对蝶蠊观察得更为仔细,但她真正的兴趣在于美洲蜥蜴,这就是摩尔在这首诗的最后一部分又回到美洲蜥蜴主题的原因之一。另一方面,这种结构安排有点类似于博物馆参观者离开主要生境群的展览,其目的只是更多地了解所陈列的其他物种。其实,摩尔很多诗歌都有此特征,这一点将会在第五章探讨。

综观全诗,摩尔凭借一种古老的自然历史分类法,使整首诗得以产生博物馆展出的效果，进而实现想象的真实，这主要体现在以下三点。

第一，摩尔在描述美洲蜥蜴的时候，通过使用动物学相关知识，并辅以神话故事，不仅使读者对动物本身的认识加深，而且使动物具备了神性的光辉。第一部分"在哥斯达黎加"介绍了诗歌主题彰显的对象美洲蜥蜴——一种"喷火的龙"。吸引摩尔的并不是这种热带蜥蜴的外在特征，而是它内在的神性与在自然界中王者的身份。摩尔意识到，哥斯达黎加的蜥蜴跟一位用金子护体的神秘酋长有关，他"潜藏在/瓜塔维塔湖中"。依据此诗的注释，可知瓜塔维塔湖与埃尔多拉多的传说：

传说每逢祭祀的日子，埃尔多拉多附近一座印第安城镇的酋长必先将全身涂抹金沙，然后主持各种仪式。金沙象征太阳，最高的神。仪式完毕后，酋长便跳进瓜塔维塔圣湖中将金沙洗净，臣民们也纷纷将金器、珠宝等贵重物品投入湖中，于是这一带成为传说中的黄金国。（CP 264）

从以上注释可获悉，蜥蜴、首领、太阳这三个意象都具有神性，蜥蜴与首领、蜥蜴与太阳之间具有神秘的关系，由此突显蜥蜴存在的超验性：

哥斯达黎加

在熊熊燃烧的浮木中
　一团绿色在同一处不断闪烁；
断断续续，像火蛋白石碰撞出来的蓝与绿。
　哥斯达黎加发现了地道的
中国蜥蜴，下凡来的两栖龙，活生生的喷火的龙。

In Costa Rica

In blazing driftwood
　　the green keeps showing at the same place;

as, intermittently, the fire-opal shows blue and green.
In Costa Rica the true Chinese lizard face
is found, of the amphibious falling dragon, the living fire-work.（CP 20）

从所引诗行被动语态的使用如"is found"等中可知，蜥蜴的出场类似于博物馆的标本，醒目却被动，需要观者踊跃参与，才能引发启迪。在读者逐渐融入环境中时，被动语态隐退，一个鲜活的生命雀跃起来：

他飞去会合
　溪里的同伴，王者与王者的会晤，
依靠脊背上的三片羽翼，两腿如飞，
　尾巴飘曳；在空中若隐若现；接着一个跳跃
俯冲到河床，隐藏起来，像当初金子护体的酋长潜藏在
　瓜塔维塔湖中。

He leaps and meets his
　likeness in the stream and, king with king,
helped by his three-part plume along the back, runs on two legs,
　tail dragging; faints upon the air; then with a spring
dives to the stream-bed, hiding as the chieftain with gold body hid in
　Guatavita Lake.（CP 20）

形容蜥蜴的动态动词，如 leaps、runs、faints、dives 等给观者／读者带来强烈的视觉冲击感，产生身处自然的真实感。美洲蜥蜴"飞去会合／溪里的同伴，王者与王者的会晤"。于是，溪流成为长方形会堂（basilica），蜥蜴成了河流、湖泊和海洋之王，由此，位于大地之心的会堂与蜥蜴的在场构成了大地必要的神性或者大地神圣的存在。

第二，蜥蜴不断变换其形式与位置，多变的形式不仅没有削弱这

种动物存在的真实感，反而激发出读者的想象力，其形象在读者的想象中更加饱满。例如，第二部分描写的"马来西亚龙"被称赞为具有真正的"神性"。与美洲蜥蜴俯冲入水不同，它则像"蝴蝶或蝙蝠"那般飞入空中。尽管外形凶恶，但被认为是与其他动物和平共处"无害的神"（harmless god）。又如第三部分"楔齿蜥"（The Tuatara）围绕潜于水的龙——楔齿蜥展开分析。楔齿蜥属于海洋蜥蜴中的一种，它们喜欢群居："聚集一团摩肩接踵，/尾巴交错，鳄鱼式的风格，只有/鸟儿踱进踱出——它们对邻居/友善"。这部分在结尾处暂时转移了读者的视线，提醒读者"龙"与"财富"的关系："在/哥本哈根交易所正门的/屋顶上刻有两对龙/龙头朝下——由建筑师调转而成——四条绿/尾巴盘旋向上，象征着四重保障"（In/Copenhagen the principal door/of thye bourse is roofed by two pairs of dragons standing on/their heads—twirled by the architect—so that the four/green tails conspiring upright, symbolize fourfold security）（CP 21）。

第三，蜥蜴这种生物的复杂性超越了语言表达，只有当"真实"的文字和想象融合时，读者才可以真正地认识这种生物。在第四部分，也就是结尾部分，作者又回到了对美洲蜥蜴，即波多黎各蜥蜴的描述上，并对这种蜥蜴进行了精微的观察。摩尔以一个明喻指出，当蜥蜴被捕捉到时，它"僵硬又笨重，像手沾上湿泥灰"。它的外在形象同样令人难以忘怀，"八条绿纹画在/尾巴上——就像钢琴上/五个黑色琴键夹在白色琴键上"。描摹的真实性不会夺去蜥蜴的神秘，也不会揭去丛林不可刺透的黑暗。摩尔开始探索蜥蜴隐喻的力量，因为蜥蜴成为珍贵的财富：

这无害的，罕见的，金子护卫——
黄金的龙，如你所见，小脚开始

变成令人紧张的剑，上有

三片分开的火焰，栖息的火

吞噬天空。

The innocent, rare, gold—

defending dragon that as you look begins to be

nervous sword on little feet, with three-fold

separate flame above the hilt, inhabiting

fire eating into air.（CP 23）

一些笨拙的西班牙人正在贪婪地寻找金子。这类产生于隐喻的龙，隐藏起来躲避人的凝视。摩尔认为蜥蜴比金子更宝贵，因为它生动地体现了动物的原始活力与新世界的神秘："这是西班牙人没有发现的/伦敦塔珠宝"。蜥蜴作为大地自然财富的象征，选择隐藏在哥伦布发现美洲大陆以前的珍贵遗物中，这是一个反讽。西班牙人被贪欲蒙蔽，也因此失去了双重的财富——蜥蜴与遗产："他活了下来/在绿蜥蜴的/茧子中。他瞬息万变的凶猛/在纵入保护壳的飒飒声中浇灭/突然溅起的水花意味着他短暂的消失"（he is alive there/in his basilisk cocoon beneath/the one of living green; his quicksilver ferocity/quenched in the rustle of his fall into the sheath/which is the shattering sudden splash that marks his temporary loss）（CP 24）。与开篇的被动不同，这里的静止衬托出美洲蜥蜴的野性，摩尔高度赞扬了美洲蜥蜴的生活习性，并以活力四射的静态图结尾。这种静止引发读者思索，它为何最终消失在水下？一个原因是西班牙人意图控制与毁灭蜥蜴的生存环境，蜥蜴最终得以躲过西班牙探险者的眼睛，因而消失在溅起的水花中。另一个原因是，蜥蜴的消失标志神圣生命的消逝。

概言之，摩尔通过联结事实观察与神秘想象，再现了蜥蜴的不同种类，使蜥蜴成为一种融现实与想象为一体的动物。蜥蜴扩大了人类栖居的精神世界与物质世界。读者跟摩尔一样期望，潜入水中的蜥蜴仅仅标志着它们短暂的消失，因为在一个"想象的写实者"的世界里，读者更期待它强大的魔法。

这种"想象的真实"也体现在摩尔著名的诗《鱼》中。《鱼》的主题不是鱼，而是矗立于海边的峭壁。这首诗的前半部分，集中在大海上，后半部分集中探讨了悬崖意象。这首诗的形式结构也值得关注，因为它是用音节写就，具有明显的韵式，即a a b b c，反映了稳定的潮汐运动。正如科斯特洛在提到悬崖形象时指出："诗本身就是一处裂缝：它稳定的节奏承载着各种不同的元素，它们在混合的意象中滑动。"[1] 事实上，摩尔主要通过鱼在水中快速游动的方式得以实现从一个意象滑向另一个意象。

诗中意象多样，内部的、外部的、隐藏的、暴露的等皆包括在其中：鱼在浓黑的水中游弋；贻贝不断开合外壳；藤壶试图隐藏于海浪中；大海在悬崖边变老；水面反射的光或隐藏或揭示海底世界多样的生物；水母、螃蟹和海星等意象强调了海洋的反射性与水可以是半透明和不透明的事实。

此诗开端潜入一个复杂的隐喻和比喻系统中，表达了海洋的可怕和难以捉摸的本质。藤壶"附着在海浪的一侧"，是水与岩石相撞产生的奇特效果：

---

[1] COSTELLO B. Marianne Moore: imaginary possessions[M]. Cambridge: Harvard University Press, 1981: 74.

第三章 "有真实蟾蜍的想象花园":摩尔的诗之辩

 一束束潜入水底的
光,
如旋转的玻璃
劈裂水面,它们在聚光灯里敏捷地把身体
 塞进裂缝——
  挪进挪出,照亮了
这
生物多样
  青绿色大海。

 for the submerged shafts of the
sun,
 split like spun
glass, move themselves with spotlight swiftness
  into the crevices—
 in and out, illuminating
the
urquoise sea
  of bodies.(CP 32)

海水撞击锯齿状岩石的时刻看起来像慢动作的摄影。然而,拍打的海浪在短暂的悬停中,不再是一道海浪,而是成为一根铁楔,峭壁也成为金属铁壁:

海浪推动一根铁楔	The water drives a wedge
向悬崖的	of iron through the iron edge
铁壁撞去;于是,海星,	of the cliff; whereupon the stars,
粉	pink

色小鱼，墨汁似的水母，绿百合似的螃蟹，以及海底的伞菌，层层叠叠地滑过。 | rice-grains, ink-bespattered jelly fish, crabs like green lilies, and submarine toadstools, slide each on the other.（CP 32）

对摩尔而言，海浪坠落在峭壁的"铁刃上"（iron edge）的暴力转化为一种能量：

一切外部伤害的印记都暴露在这倨傲的大厦——事故的一切物理特征——断裂的檐口，炸毁的沟槽，烧焚斧凿，这一切在它的上面清晰可见； | All external marks of abuse are present on this defiant edifice— all the physical features of ac-cident—lack of cornice, dynamite grooves, burns, and hatchet strokes, these things stand out on it;（CP 33）

悬崖已经被人类磨损，这是大自然付出代价的结果，但它仍然"倨傲"（defiance）。它的力量来自于它的整体结构保持完整的事实，这意味着尽管有"伤害的印记"，但这种疤痕是外在的，它站在它的立场与海浪作恒久的对抗。

在这首诗中，人类元素被"悬崖"意象取代。"悬崖"矗立于海边，具有与大海共存的能力。"悬崖"意象解读空间开阔，见仁见智。本书认为，"悬崖"可以隐喻诗歌语言。在人类文明发展中，悬崖伤痕累累，这是大自然付出代价的结果，但它仍将继续生存下去，因为"悬崖"整体结构仍然完整的事实必将产生力量,尽管撞击在悬崖表面上留下了伤疤,但它仍然屹立对抗海浪。诗歌的语言和悬崖的运作方式相似。语言可能会变老,可能会过时与被滥用,或者因新意义的产生而失去原有的意义,但这正是语言保持活力、强劲生命力的主要方式。通过对比,峭壁"裂口的这端"(chasm side),即海浪无法击打的那面是死亡,可见,毁灭生命的力量同样也是维持与支撑生命必不可少的力量:"往复的/迹象证明,它会继续活下去/即便青春无法/挽回。大海在它这里变老"(Repeated/evidence has proved that it can live/on what can not revive/its youth. The sea grows old in it)(CP 33)。大海不但是一个抽象的意象,而且是生命力量的物理体现,既神秘又真实。

另一首诗《坟墓》(A Grave)也表达了类似看法。《坟墓》中的大海既象征生命的开始,又象征生命的终结,是一个表面漾起波浪,实际深不可测的悖论模型。在陆地上,现实的物可计数也可精确摹状:"冷杉站成一列,每棵都有火鸡爪状翠绿树冠"(The firs stand in a procession, each with an emerald turkey-foot at the top)(CP 49)。人能够对这些对象计数,既可了解它们,也可摧毁它们。但是,大海的辽阔超越了人类的衡量或控制范围:"站上事物的中心是人的本性,/然而你不可能站在它的中心"(it is human nature to stand in the middle of a thing, / but you cannot stand in the middle of this)(CP 49)。最终,大海征服了一切,甚至包括人:

不只你,其他人也投来过这种眼神——
他们的表情不再是反抗;海鱼不再追踪他们
因为他们尸骨无存:
男人们撒下渔网,意识不到他们正在亵渎坟墓的事实,
迅速划船远去——桨叶

齐齐摆动好像水蜘蛛的脚，仿佛这里不存在死这回事。

There are others besides you who have worn that look—
whose expression is no longer a protest; the fish no longer investigate them
for their bones have not lasted:
men lower nets, unconscious of the fact that they are desecrating a grave,
and row quickly away—the blades of the oars
moving together like the feet of water-spiders as if there were no such thing as death.

（CP 49）

吸引摩尔的不是死亡的恐惧，而是死亡的神秘。大海作为人类的集体坟墓，把死亡隐藏在表象之下，它嘲笑人类凭借理性理解大海的徒劳，因为：

一圈一圈的波浪荡漾成方阵——在泛起泡沫的渔网下很美，
接着悄无声息地隐没，唯有海水在水草间沙沙地来回穿梭；
鸟儿以最快的速度游过它的上空，同时发出猫一般的阵阵叫声

The wrinkles progress among themselves in a phalanx—beautiful under networks of foam,
and fade breathlessly while the sea rustles in and out of the seaweed;
the birds swim through the air at top speed, emitting catcalls（CP 49）

大海最后成为象征无意识心理的语义场。在这里，只有无意识才能够拥抱"非理性的美好因素"（the beautiful element of unreason）。因为极度依赖无意识，以唐纳德·霍尔的话来说，该诗表露出"噩梦般的品质，情感强烈的梦中意象"[1]。可见，大海是一个无意识混乱的自然意象。《坟墓》万花筒似的展示海底场景，令人们极度不安。在大海的表面之下，

---

[1] HALL D. Marianne Moore: the cage and the animal[M]. [S.l.]: Pegasus, 1970: 42.

第三章 "有真实蟾蜍的想象花园":摩尔的诗之辩

存在着不确定的深渊。该诗的成功之处在于把人类置于深渊之下,由此所遭受的不可改变的"大海变化"完全改变了人类的愿景。

最后,"一方真实"并不等同于精确,而是精确与想象、伦理的融合。在《四座石英钟》(Four Quartz Crystal Clocks,1940)中,诗人并置"现成品",即将各种材料进行拼贴,探讨"真实"之意义。这是一首探讨时间与科学、人类经验与神话关系的诗歌,其灵感来自一本电话宣传册,"贝尔宣传单,1939年,'世界上最精准的钟'——四个石英钟存放在纽约贝尔电话实验室一个温度保持在41摄氏度的时间穹顶里"(CP 280):

世上有四个振荡器,它们是最精准的钟表;
  这些石英计时器,用以校对
其他时钟的时间间隔
  它们不必工作,却颇为出色
它们独立又共存,保存
  在410贝尔的
    时间穹顶

实验室里。

There are four vibrators, the world's exactest clocks;
  and these quartz time-pieces that tell
time intervals to other clocks,
  these workless clocks work well;
independently the same, kept in
  the 410 Bell
    Laboratory time

vault.(CP 115)

摩尔在开篇诗节对宣传册上的文字重新安排,把它转变为诗歌所需的形式与精炼的表达。实验室中的时钟是其他时钟的校对器,这就为诗歌设定了严守时间的准则,产生了一种真实性的效果。

在第二个诗节,摩尔引用了来自《费加罗报》(Le Figaro,法国一家保守倾向的报纸)上讨论法国作家让·季洛杜(Jean Giraudoux)晚期作为战争宣传员的一篇文章:

通过阿灵顿比较器的校准,
它们调正"无线电"
"电影院""报社"的时间——这是罗杜
当局所愿的真相——因为精准被称之为
"真相仪器"。从让·季洛杜的讲话中——
我们得知

有些阿拉伯人未曾听闻——拿破仑
的死讯;

Checked by a comparator with Arlington,
　　they punctualize the "radio,
cinema," and "presse" —a group the
　　Giraudoux truth-bureau
of hoped-for accuracy has termed
　　"instruments of truth." We know—
　　　　as Jean Giraudoux says

certain Arabs have not heard—that Napoleon
　　is dead.(CP 115)

这些钟表起到调控广播频率的作用,为公共媒介校正时间,包括通讯媒介、信息渠道,或者为现代世界提供"真相"。"阿拉伯人未曾听闻——拿破仑/的死讯",既定时间中"真相"在不确切或不合时间的时

第三章 "有真实蟾蜍的想象花园":摩尔的诗之辩

候产生转变,这可能导致存在"真相"的不同版本。"重复,在科学家的眼中,/才是精确的同义词",换言之,在科学实验里,科学家只有通过多次实验才能证明结果的有效,真理是通过重复建立的。

但是,时间的流逝提醒人们,"重复"(repetition)本身是个谎言。因为时间的流逝确保了每个时刻的独特性,没有任何时刻和其他时刻一样。这种哲理用之于语言,提示诗人有必要使用重复的效应,而不至于偏离精准之路。

> 研究狐猴的人能够辨出
> 　　狐猿与提伯、断尾狐猴、懒猴的不同。
> 海边的负担不会使
> 　　拿着浮标球
> 挤过酒店女客人的男侍者
> 　　尴尬;一只训练有素的耳朵
> 也不会混淆
> 　　标本制作师的玻璃眼睛
> 　　　　和验光师的眼镜。

> The lemur-student can see
> 　　that an aye-aye is not
> an angwan-tibo, potto, or loris. The sea-
> 　　side burden should not embarrass
> the bell-boy with the buoy-ball
> 　　endeavoring to pass
> hotel patronesses; nor could a
> 　　practiced ear confuse the glass
> 　　　　eyes for taxidermists
> with eyeglasses from the optometrist.(CP 115)

狐猿、提伯、断尾狐猴、懒猴都是猴科动物，研究狐猴的学生（Lemur-student）应该能辨认它们。即便是科学分类的重复，如果没有一只训练有素的耳朵（practiced ear）也无法保证精准。同理，声音、诗歌、音乐皆无法保证语意的相似性，如"eyeglasses"与"glass eyes"等。因此，诗歌的声音不一定产生"真实"，因为相似的发音有时使读者得出虚假的结论。

诗歌在结尾处探讨了科学时间与神话时间的最终冲突：

子午线——7，1-2
　　1-2，每隔十五秒就会
响起同一个声音，
　　产生新数据——"时间将是"如此，如此——
"听到这种信号"，
　　你方才意识，你听到了

朱庇特抑或天神，时间之神——
　　他是时间之父幸免于难的儿子——
告诉食人兽柯罗诺斯
　　（吃新生儿
的人）守时
并非犯罪。

And as
　　Meridian—seven one-two
one-two gives, each fifteenth second
　　in the same voice, the new
data—"The time will be" so and so—
　　you realize that "when you

第三章 "有真实蟾蜍的想象花园":摩尔的诗之辩

hear the signal," you'll be

hearing Jupiter or jour pater, the day god—
　　the salvaged son of Father Time—
telling the cannibal Chronos
　　(eater of his proxime
newborn progeny) that punctuality
is not a crime.(CP 116)

技术的运用使时间能够被衡量,但它同时也摧毁了人类的好奇意识。第一,电话上记录的声音千篇一律甚至枯燥。摩尔在语音上重复 Jupiter 的名字,却写成"jour pater";摩尔有意地把"Cronos"的名字拼写为"Chronos"等,无不体现出摩尔打破枯燥的机智幽默。第二,石英钟记录的是事实时间,但时间不可避免地流逝。因此,只有时间与死亡产生关系时,时间方才进入真理的领域。第三,"守时不是犯罪",这是科学技术使然,也是真实。这种真实通过与神话的交互才成为现实,因为神话被看作是诗歌的传统责任,是人类解释费解事情的方式之一。

综上所述,"一方真实"体现在以下三方面:一是摩尔在艺术形式上致力展示认识世界的感知方式之真;二是"一方真实"是指寓于想象之真,而想象则源于对生活与自然的观察、理解和再创造;三是"一方真实"并不等同于精确,而是精确与想象、伦理的融合。摩尔是一位具有良知的艺术家,致力从伦理的高度追求文学意蕴之真。不难看出,"一方真实"是摩尔诗歌创作的诗学与伦理核心,更是摩尔给现代派文学开出的救赎之方。

第二节 "诗是具有高度意识的散文":
诗歌形式之新

如果说《论诗》从宏观的角度解决了何谓诗歌,那么《过去即现在》(The Past is the Present)这首诗则从体裁的角度对诗歌的定义进行了补充。"真实"的审美不可避免地使用到散文的物质与方法,从而形成独特的表达方式。因此,摩尔在《过去即现在》中采用第一人称非正式的谈话方式(也可称为散文形式),她指出诗是"具有高度意识的散文",这在美国与英国文学史上是史无前例的。

《过去即现在》是一首短小精悍、哲理丰沛的散文诗:

如果外在活力衰退,
　　韵律过时,
　　　　我将回归你,
《哈巴谷书》,因为在《圣经》课上
老师讲授过无韵诗。
他讲道——我重复他的原话——
　　"希伯来诗是
具有高度意识的散文。"迷狂提供了
　　场所,而适宜决定了形式。

If external action is effete
　　and rhyme is outmoded,
　　　　I shall revert to you,
Habakkuk, as when in a Bible class

第三章 "有真实蟾蜍的想象花园":摩尔的诗之辩

> the teacher was speaking of unrhymed verse.
> He said—and I think I repeat his exact words—
> "Hebrew poetry is prose
> with a sort of heightened consciousness." Ecstasy affords
> the occasion and expediency determines the form. (CP 88)

《过去即现在》审视了一系列有关诗歌艺术本质的美学问题,如:诗歌语言与日常语言的区别是什么?如何区分诗歌与散文?如果诗歌的外在特征消失,又该如何界定诗歌?其实,这些问题不仅是摩尔,也是每个现代派诗人都要不断追问、不断探求的问题。

《过去即现在》对诗学的探讨扎根于西方文学的源头。摩尔选取《哈巴谷书》(Habakkuk)作为探讨的背景。摩尔没有提及耳熟能详的现代艺术作品,反而提及一本古老的书,这一点颇耐人寻味,但从一些学者对《哈巴谷书》的解释可明了一二。其一,《哈巴谷书》作为《旧约全书》中的十二小先知书之一,是一本非叙述性的、不押韵的书,公认为西方散文诗的源头。摩尔以此书为探讨语境,这表明艺术与论述艺术的问题未曾改变:过去即现在。其二,《哈巴谷书》是一本宗教书,这也表明不论时空如何转换,个人与精神因素在诗歌中都至关重要。

诗中提出"希伯来诗是 / 具有高度意识的散文",该如何理解?首先,诗中提到的"高度意识"(heightened consciousness)指作者的个性与意识对主题的强烈投射。在诗句"迷狂提供了 / 场所,而适宜决定了形式"中,"迷狂"与"适宜"是诗人在创作时不可避免会遇到的一组矛盾。"迷狂"指不可抗拒的如快乐、悲伤、绝望与胜利的个人情感等,像摩尔热衷的词语"ardor"与"gusto"一样,"迷狂"是诗人个性化的精神体现,同时是伟大艺术必备的特征之一。尼采称:"艺术家不应当按照本来的面目看事物,而应当看得更丰满、更单纯、更强健,为此在他们自己的生命中就必须有朝气和春意,有一种常驻的醉意。"① 按照尼采的主张,"迷狂"表现出强烈的自由性和自主性,但摩尔对尼采的论述保持清醒、敏锐的认识,她认为"适宜"(可理解为理性的调控与情感的控制)最终决定形式。

可见,诗是"具有高度意识的散文"包含两个维度的意思:一方面,诗应具有散文那种抒写自由、形式活泼、逻辑分明的特点;另一方面,诗又应具有诗歌原有的那种简洁、凝练、音韵悦耳的特点,体现内在自然节奏的特征。

其次,散文形式为诗歌提供审美保证,它是保持"真实"的可靠方式。摩尔在写作中混淆诗歌与散文的审美内涵,也有意模糊散文与诗歌的类属界限。摩尔采用散文式的引语、注释引文材料来源的深层原因在这里找到了答案,因为这些都是对散文准确性特征的把握。当然,把散文引入诗歌不是蹩脚诗人的任务,"你必须/做出辨别",因为散文是"被半吊子诗人大加渲染的,那并不是诗;/都不是,直到诗人能够成为/'想象的写实者'"。

与《过去即现在》一样,《我买画的时候》(When I Buy Pictures)同样尝试把诗界定为"具有高度意识的散文",指出真实产生于艺术家在"刺穿一切的注视"(piercing glances)中的个人情感与精神上的挣扎,从而避免诗歌落入陈词滥调与肤浅粗俗的泥淖。

《我买画的时候》是一首典型的散文诗。该诗以散文形式排列,既有诗的意境与情思,又有散文的叙述与描述;它既像格言一样理性、简

---

① 尼采. 尼采美学文选[M]. 周国平,译. 北京:生活·读书·新知三联书店,1986:226.

第三章 "有真实蟾蜍的想象花园":摩尔的诗之辩

洁,又丝毫不见烦冗,体现了诗人对抒情的抑制。此诗的诗题即为诗歌的起始行,揭示了视觉艺术与诗歌艺术两者的共通之处。全诗如下:

> 我买画的时候
> 或更准确地说,
> 是我看画的时候,可能会把自己看作是想象的拥有者,
> 常凝视那些让人愉悦的作品:
> 好奇之中的讽刺犹如情绪的强度一样不易分辨;
> 或者相反——常凝视老物件,如中世纪风格的帽盒,
> 里面摆放着腰如沙漏渐次变细的猎犬,
> 还有小鹿,群鸟,坐着的人;
> 它或许不比一块方形花砖大;也许是文字传记,
> 字母在羊皮纸上排开;
> 也许是一枝有六种蓝色的洋蓟;也许是由三部分组成的鹬腿状像字;
> 也许是保护亚当墓穴的银栅栏,或者是抓住亚当手腕的米迦勒。
> 过于强调画作的智性因素,妨碍赏画的乐趣,这太过于严厉。
> 它一定不希望解除任何武装;也不希望轻易获得公认的荣耀——
> 它的伟大只是因为其他事物的渺小。
> 因此:无论它属于何种类别,
> 它必须"用刺穿一切的注视照亮事物的生命";
> 必须承认造就它的精神力量。

> When I buy pictures
> or what is closer to the truth,
> when I look at that of which I may regard myself as the imaginary possessor,
> I fix upon what would give me pleasure in my average moments:
> the satire upon curiosity in which no more is discernible
> than the intensity of the mood;

or quite the opposite—the old thing, the medieval decorated hatbox,
in which there are hounds with waists diminishing like the waist of the hourglass,
and deer and birds and seated people;
it may be no more than a square of parquetry; the literal biography perhaps,
in letters standing well apart upon a parchment—like expanse;
an artichoke in six varieties of blue; the snipe-legged hieroglyphic in three parts;
the silver fence protecting Adam's grave, or Michael taking Adam by the wrist.
Too stern an intellectual emphasis upon this quality or that detracts from one's enjoyment.
It must not wish to disarm anything; nor may the approved triumph easily be honored—
that which is great because something else is small.
It comes to this: of whatever sort it is,
it must be "lit with piercing glances into the life of things";
it must acknowledge the spiritual forces which have made it. (CP 48)

第一，此诗明确指出评判散文诗优劣的标准。在诗歌的第一行，摩尔交代出一位诚实的、个性化的言说者。她并未经常购画，但喜欢在想象中拥有它们。诗行"常凝视那些让人愉悦的作品"指出，好的艺术品是在每个时刻给予观者视觉与精神上的快乐。是世俗的快乐吗？如果不是，那又是什么？依据上下诗行的语境，这种快乐实指好的艺术品本身散发的吸引人的内在力量，它不依赖于个人情绪或个人对艺术品喜好的判断。可见，"让人愉悦"不失为一个评判艺术品好坏的标准。

第二，情绪与原创是好艺术形式上必备的特征。读者能辨别"情绪的强度"，即艺术家渗入艺术作品中情感的强度。"老物件"（old things）因为它们的原创性与蓬勃的生命力照样能引发摩尔的想象。摩尔认为"我们不可能完全原创；我们从鸟歌唱的音符，从外国人的发音方式，从衣服的编织中获得思想。我们对色彩的最好与最新的想法已为人们所知。然而,已受惠的东西不会令我们感兴趣,除非它背后有独创性。"(CPMM 328)每一件老物件后面深藏独创性。这些老物件的联系在于它们是诗人想象的拥有物这一个事实,摩尔采用拼贴手法把这些老物件并置在一起,这本身也是原创的体现。

第三,好的艺术品必须具有精神上的指引作用。结尾诗行"'用刺穿一切的注视照亮事物的生命';/必须承认造就它的精神力量"引自戈登(A. R. Gordon)的《旧约中的诗人》(The Poets of the Old Testament, 1912)(CP 48)。科斯特洛指出,摩尔把自我内蕴到"想象的拥有物"(imaginary possession)中,既是"买家又是卖家,她在收集这些图像的同时,也将它们投射到自己的图画中。不仅只有这首诗,摩尔所有的引用和用语言创造的画廊皆是如此"[1]。也就是说,"买画"行为应该看作是一个艺术爱好者为她的写作寻找素材的行为之一,想要成为这些物的"想象的拥有者"(imaginary possessor),就要去感知物,并用语言再现这些物,从而使读者感知艺术内在的光芒。

《棱镜色时代》通过考察艺术的"原创性"与"模糊性"之间的关联,探讨了"具有高度意识的散文诗"的一个主要问题,即艺术家忠于内心精神想象的同时,如何创作出对读者有意义的作品。该诗发表于1921年,这是摩尔在诗行末尾使用连字号的早期实验之作。后来,摩尔认为连字号容易分散读者注意力,因此终止了这种实验写作:"我因为迷恋韵律与音调才开始创作诗歌。考虑到诗节是一个单位,我尝试在句尾打上连字号,结果发现连字号容易分散读者对内容的专注,于是我决

---

[1] COSTELLO B. Marianne Moore: imaginary possessions[M]. Cambridge: Harvard University Press, 1981: 33.

定不再用它。"① 尽管如此,《棱镜色时代》仍然不失为一首佳作。该诗共有6个诗节,前5个诗节均有5诗行,音节数分别为13、12、7、11、18,且第2行与第4行押韵;而第6个诗节却只有4行,音节数为15、17、9、10。摩尔从以下三个方面探讨原创性。

第一,摩尔从理想的层面表明,单纯明晰的思想是伟大艺术的基石。实际上,人不是上帝,人类的艺术是人类不完美的标识。诗歌以世界的原初意象开始,这是独有亚当的时代。换言之,这个世界是指在夏娃或原罪出现之前的世界,是一个"没有烟尘,色彩/纯净"(no smoke and color was / Fine)(CP 41)的世界。上帝是这个世界唯一的艺术家,世界是上帝的原创品。在伊甸园中,"有雾升腾的时候,垂线才变成/斜线,清晰可见"(mist that went up, obliqueness was a variation / of the perpendicular, plain to see)(CP 41)。可见,明晰是摩尔的诗学追求。

第二,原创性的艺术包容复杂的艺术,但并不等于晦涩。诗行"它/不再是如此"(it is no / longer that)开始转入堕落后的世界。世界的新鲜与美好都消失殆尽,人类不再领悟事物的真正精神实质。离开上帝之后,人类发现一切事物都是"晦涩"的,这就是原罪。在伊甸园之后的世界,即文明的世界,唯有艺术家具备读透事物本质的能力,帮助人类看清事物原初的精神意义。困扰诗人的是那些不知简洁为何物的艺术家,他们反而使人类的精神困惑日益增多。正如摩尔所言,"复杂不是罪,除非/它变得晦涩/难以明了"(complexity is not a crime, but carry / it to the point of murkiness / and nothing is plain)(CP 41)。那么"复杂"与"晦涩"有何区别?"复杂"是摩尔诗歌的本体追求之一,也是诗歌在形式与内

---

① MOORE M. A Marianne Moore reader[M]. [S.l.]: Viking Press, 1961: 259.

第三章 "有真实蟾蜍的想象花园":摩尔的诗之辩

容上的追求。诗歌的"复杂"能够有效扩大与丰富读者的期待视野,从而成就诗歌的多义性与开放性,有助于读者的主体建构与其对世界存在性的认知与反思。而"晦涩"的同义词有高蹈、变形与反常性等,即便读者受过一定的文学训练,对"晦涩"的诗歌也是手足无措。

第三,精神的真与美超越了人类的理解力。诗歌末尾出现的"蜈蚣"意象成为人类进化进程的缩影。尽管蜈蚣具有千足,"短腿断断续续地/前进"(In the short-legged, fit-/ful advance)(CP 41),却从来没有真正抵达某处。"真理不是阿波罗/神殿,不是有形之物"(Truth is no Apollo/Belvedere, no formal thing)(CP 41)。既然如此,那么该如何理解真理?本研究认为,摩尔诗歌所追求的真理不是局部的也不是个别的,而是整体的、普遍有效的真理,这种真理不是通过形式彰显,而是蕴藏在精神之中。

实质上,不管摩尔如何渴望原创性,她自己的作品还是缺乏对神秘性存在的完全把握。换句话说,在某种意义上,摩尔的作品往往比较晦涩。摩尔对此也有一定认识。因此,摩尔对有意的晦涩与间接的表达作了区分。摩尔认为有意的晦涩是道德上的错误,而间接的表达则属于有效的修辞手法。两者的界限模糊,但是这对于理解摩尔对现代艺术复杂性的态度却至关重要。摩尔认为,含蓄的修辞远比直白有效。摩尔在《谦卑、专注与热情》一文中写道:"我认为艺术家不应该有意识地晦涩。任何场合,正如奥登所说,一首诗应专注于直接、可能性的意义。"(CPMM 426)

那么,摩尔采用何种手段祛除晦涩?她求助于科学地观察。摩尔仰慕实证科学家,实证是其诗歌不可多得的品质。摩尔年轻时就培养了实证意识,培根(Francis Bacon)是她早期仰慕的英雄;生物是她上大学时最钟爱的科目:"我发现生物类课程——无论选修类、主修类还是史学类——都令人振奋。事实上,我考虑过念医科。因为,于我而言,贯彻始终的精确、凝练与理性等品质公正且有吸引人,自由而又不失辨识度——起码,跟想象有一定关系"①。从引文中可知,摩尔认为诗人与科学家都承担着确凿地、严谨地认识与反映现实世界的责任,且诗人与科学家的工作都离不开想象。"诗人与科学家的工作方式类似吗?两者都甘愿付出努力。对自我严苛是两者的主要共性。两者都需专注于线索,缩小选择范围,力求精确"②。

摩尔一贯认为自己与其说是诗人,不如说是一名"观察者"(observationist)。"观察者"这个词比起"意象派"的标签,更好地表达了外部世界的感知活动对摩尔的重要性。"观察"能有效地防止诗人陷入主观自我主义的危险中。摩尔观察外部世界的各种复杂现象,赞颂事物的本真性;摩尔在诗歌与文学评论中强调"观看"(seeing)的重要性。真诗人用慧眼看世界,而不是老调常谈。摩尔在评价威廉姆斯的时候指出,威廉姆斯不是"重复二手的材料",而是用眼睛去观察陈旧的事物、蹩脚的事物还有其他事物③。

观看是摩尔主要的诗意活动与精神活动,诗人往往沉醉其中,专注于观察外部世界。摩尔引用拉斯金(Ruskin)的话:"一万个能说会道的人中只有一个擅长思考;但是一千个善于思考的人中只有一个善于观察。

---

① RAINEY C A. The poetic theory of Marianne Moore[D]. Cincinnati: University of Cincinnati, 1975: 85.

② 同①.

③ MILLER C. Marianne Moore: questions of authority[M]. Cambridge: Harvard University Press, 1995: 43.

第三章 "有真实蟾蜍的想象花园":摩尔的诗之辩

看清事物的本质是诗歌、预言与宗教三合一的结果。"① 这种"观看"包含实际的观察和对所观察世界宗教意义上的尊重。不仅如此,摩尔在评价画家帕克(Robert A. Parker)时,指出画家的朴素"不是单一精神的产品,而是眼睛的产品——对于观看对象入迷的、真实的、非掠夺性的爱"②。此外,当摩尔被问及如何区分艺术家与其他人时,她解释道:"艺术家具有夸张形象化的趋势;与生命相遇时——昆虫、卑微的动物或者人类——会好奇它们是否快乐,它们会发生什么事。"③还有,摩尔的观看包含对所看之物的关切与关心。当被问及什么是伟大的艺术时,摩尔答道,艺术家在某种程度上热爱她所生活的世界,"无止境的好奇心、观察、研究,以及对物本身巨大的乐趣"④。

"热烈的感知"(impassioned perceptiveness)是艺术想象真正的品质。艺术家用新奇的方式看世界,并用精确、爱意言表的语言关照所看的世界,观看物的灵魂与个性是艺术的基本精神活动。奥尔森(Elder Olson)这样评价:"在阅读摩尔的作品时,你总是感觉鳞片从眼睛上层层脱落下来。"⑤ 这个评价再次强调了摩尔在艺术作品中彰显个人的"高度意识"。

摩尔的"高度意识"可理解为"精神",因此,"具有高度意识的散文诗"可理解为具有"精神"的散文诗。下面以《想象是迷人的》为例说明。《想象是迷人的》是一首运用创造性想象的诗,除了对艺术家的

---

① RAINEY C A. The poetic theory of Marianne Moore[D]. Cincinnati: University of Cincinnati, 1975: 86.
② MOORE M. A Marianne Moore reader[M]. [S.l.]: Viking Press, 1961: 205.
③ 同①.
④ 同① 87.
⑤ 同① 88.

"精神"展开分析之外,该诗还分析了几种创造性思想的特征。此诗的标题源自摩尔与母亲的谈话。其母提到"精神使人狂喜,这不是随意的评价",[①] 摩尔由此受到启发,开始思索艺术家与诗人狂喜、迷醉等品质之间的关系。此诗共有6节,每节6行。从诗题可知,"精神"常以神秘的、魔幻的方式激起情感的回应。

首先,该诗指出诗歌的价值在于给读者强烈的、超验的情感体验。迷人的精神自身迷人,精神力量对人的影响也同样神秘。摩尔采用比喻的语言解释精神的迷人品质,比喻最大的优势在于形象地表达抽象的事物。

一个被施了魔法的东西	is an enchanted thing
像一羽蝉翼上的	like the glaze on a
釉面	katydid-wing
被太阳分成	subdivided by sun
很多个军团似的网格。	till the nettings are legion.
像吉塞金演奏斯卡拉蒂	Like Gieseking playing Scarlatti
也似那几维鸟——喙如	like the apteryx—awl
尖锥,或者像	as a beak, or the
奇异鸟的	kiwi's rain-shawl
雨披肩,思想	of haired feathers, the mind
探路的方式好比盲人,	feeling its way as though blind,
双眼盯着地面摸索着前行。	walks along with its eyes on the ground.

(CP 134)

在"像一羽蝉翼上的 / 釉面 / 被太阳分成 / 很多个军团似的网格"这个明喻中,摩尔把思想跟灿烂的阳光做比较,她认为附着了魔法的"思

---

① RAINEY C A. The poetic theory of Marianne Moore[D]. Cincinnati: University of Cincinnati, 1975: 93.

第三章 "有真实蟾蜍的想象花园":摩尔的诗之辩

想"能够详尽地感知视觉世界的特征。薄薄的蝉翼意指微妙、轻盈、光亮的思想活动。感知蝉翼上的网格,就像一名能把握斯卡拉蒂作曲艺术复杂性的艺术家。这两种世界上最复杂的经验在诗里被具体化了。此外,观看"思想"并非易事。思想就像一只已意识到生存危险的动物在森林中穿梭,它像盲人一样双眼看向路面,感受前行的路。谨慎的动物意象表明艺术家的想象活动不是自发的、突然的启迪,而是在黑暗中仔细地、缓慢地行走,依靠的是情感而不是理解力。

其次,如果说眼睛注视地面的动物意象使艺术的视觉看起来有限,那么能够存储经验的"精神"就跟历史联结,记住过往的事情,从而延展艺术的生命力。"它有记忆之耳 / 可听到 / 不必听的事物"(It has memory's ear / that can hear without / having to hear)(CP 134),记忆扩大了艺术家感知的范畴,因为精神能够控制过去,展现情感与体验,它获得了陀螺仪式的平衡。这种技艺与平衡赋予了精神"魅力四射的 / 力量"(Power of / strong enchantment)。

最后,通过使用复杂的妙喻分析心灵的痛苦,揭示了人的恐惧被抑郁与绝望攫住,精神与心灵在某种程度上处于对立状态。含糊、困惑导致精神释放的不快,"它驱走 / 忧郁"(It takes apart / dejection)(CP 135)。在最后一节,"斯卡拉蒂的矛盾"(inconsistencies of Scarlatte)的意象再次出现,这表明"精神"具有局限性,"确定使 / 困惑屈服于证据"。对世界的绝对清醒实际上是矛盾意义上的困惑,人类只能接受这样一个基本事实。正如史蒂文斯所言:"井然有序是一种混乱;混乱是唯一的秩序。"[①] 摩尔

---

① STEVENS W. Opus posthumous[M]. Edited by Samuel French Morse. [S.l.]: Harcourt Brace and Co.,1924: 18.

在这一节运用双重否定,再次重申:精神的发现不是永久的、固定的,不可能像希律王的律条那般严苛;精神也不可能迎合新的发现;"精神"照亮自我以外的世界,具有点亮世界困惑的力量,但它无法驱逐困惑。

可见,正因为精神具有魔力的品质,人们才能看到世界的混乱、矛盾与复杂。摩尔不强调精神想象的秩序,只强调想象本身纯粹的快乐,因为精神的乐趣在于把散漫的感知联结起来,诗歌想象本身就是秩序,但她拒绝把这种想象看作是不可变化的。换言之,艺术家应该与科学家一样把工作看作是进化的,而不是对永恒真理的收集。

从上述分析可知,摩尔倡导具有"高度意识"的散文诗。于摩尔而言,散文诗是一种具有形式感的表达方式,一种具有生命深度的言说策略,既呈现鲜明的感性又有形而上的精神体验,而且它们总是化若无痕地融为一体。摩尔采用散文诗的形式在信仰、哲学的层面探讨原罪与救赎,如《婚姻》一诗;在文化与美学的层面考察人类的认知,如《我买画的时候》;在叙事的层面传达时代的焦虑与进化,如《质疑功绩》等。一言以蔽之,摩尔意蕴精深的散文诗融情感与想象于一体,是美国新诗发展的一股清泉。

第三节 "浓缩是典雅诗风之首":
诗歌文风之朴

摩尔在《致一只蜗牛》(To a Snail)中提出"浓缩是典雅诗风之首"的观点。诗学理念"浓缩"(compression)涉及很多相当复杂的思想文化问题与诗学问题。在诗歌作品中,摩尔将真实或现实浓缩为可以触摸的、心灵可以感受的某种东西,对欧美国家的精神状态与生存境况给出了有力地回应。那么她是如何进行回应的呢?本书会进一步通过利用《致一只蜗牛》中的两种实证方法——"对原则的把握"(a knowledge of principles)与"一种总结方法"(a method of conclusions)——把摩尔的"浓缩"理念置于具体的诗歌实践中。

《致一只蜗牛》一诗通过考察"蜗牛"的身体肌理,意识到它们存在的伦理动机,从而探讨赋予艺术情感力量的因素,以及艺术于人类经验有何价值等问题,同时也通过赞赏蜗牛的"优越形式"(privileged form),揭示了令人面目一新的审美原理。蜗牛之所以激起摩尔的兴趣,是因为蜗牛的外在特征展示了其内在原理。摩尔的想象是完全的,她把生物学家的细察跟形而上学者的伦理与美学识别力结合起来,这种结合的力量使摩尔得以完整地展示蜗牛生存的特性。全文如下:

> 如果"浓缩是典雅文风之首",
> 那么你早已具备了。收缩正如
> 谦虚,也是一种美德。
> 我们重视文风,
> 并非要获得任何一种
> 装饰物,
> 也并非获得一种美言衍生的,
> 附属品质,
> 而是一种原则:
> 隐藏在你看不见的腹足里,"那是一种总结的方法";
> "那是对原则的把握",也隐藏在
> 你枕骨长触角的奇妙现象里。

If "compression is the first grace of style,"

you have it. Contractility is a virtue

as modesty is a virtue.

It is not the acquisition of any one thing

that is able to adorn,

or the incidental quality that occurs

as a concomitant of something well said,

that we value in style,

but the principle that is hid:

in the absence of feet, "a method of conclusions";

 "a knowledge of principles,"

in the curious phenomenon of your occipital horn.（CP 85）

  "蜗牛"是诗人钦佩的对象，其浓缩品质使诗人迷恋。蜗牛是适应环境的能手，它的盘旋状贝壳既是防御盾牌，又是便携式房屋。摩尔在评价库伯（Cowper）的《蜗牛》一诗时，赞赏蜗牛是"热情的动物"（thing of gusto）[①]。在评论同时代女诗人露易丝·博根（Louise Bogan）时，摩尔认为博根的诗歌的品质称得上是"浓缩中的浓缩"（compactness compacted）[②]。

  《致一只蜗牛》是一首简单、凝练的散文诗，堪称模仿蜗牛缓慢运动的传神之作。该诗共有12行，其中最长诗行的音节数不超过16个音节。诗里丰富的标点符号使诗歌得以始终维持稳定的节奏，且诗里看不到可能破坏主题的押韵（内韵或头韵），也没有奇怪的比喻，对每一诗行的

---

① MOORE M. A Marianne Moore reader[M]. [S.l.]: Viking Press, 1961: 127.
② MOORE M. The complete prose of Marianne Moore[M]. Viking Press, 1986: 130.

第三章 "有真实蟾蜍的想象花园":摩尔的诗之辩

理解依赖于下一行诗中的元素,从而使诗行的运动呈现出流畅性。而且,各个诗行建立在彼此联结的基础之上,就像蜗牛的优雅不是得益于获得任何一件事物,而是整体存在的结果。对于读者而言,该诗不仅在结构与主题上对真实蜗牛进行模仿,更是诗人对其诗歌风格的阐释。

具体而言,蜗牛被看作一种诗歌模式,一种典型的文体风格。克莉斯坦·米勒(Cristanne Miller)评价《美洲蜥蜴》的言论也适合这首诗:"像诗歌本身一样,你看到的蜥蜴是一件艺术品,一种道德指引,这种动物的每一部分都得到科学的观察,精准地翻译到了纸上。"[1]《致一只蜗牛》中的蜗牛像极了诗歌本身,可看作是一件艺术品、一种精神指引。蜗牛生理上以"浓缩"在壳里、"看不见的腹足"而以有"枕骨长触角"著称,这些生理特征很快进入了诗艺的范畴,每种生理特征对应诗歌的一种品质。因此,生理上的缩在壳中指代的是诗歌语言上的浓缩,是"典雅文风之首";蜗牛的"看不见的腹足"的特征,在这首没有韵脚的诗歌中,表示"一种总结的方法";蜗牛最奇特的特征"枕骨长触角"神秘地表示一种"对原则的把握"。

在这首诗的结构中,精确的省略是该诗的主要特征。该诗以两个短句开始,两个短句都采用省略的、箴言式的方式,句法相当复杂。第一句采用逻辑推理的形式,"如果 A 成立,那么 B 也成立"。这样一个结构对应一个普遍接受的规则或格言,即呈现在 A 的条件下,总会产生 B 的结论,由此使这句话产生自足性意识。"如果……那么"句式的本质又将一类情况的性质具体化。然而,用这个结构来形容一只具有收缩生理特征的蜗牛超越了它外在的语义内容。这个观点的逻辑结论是"你早

---

[1] MILLER C. Marianne Moore: questions of authority[M]. Cambridge: Harvard University Press, 1995: 45.

已具备了",这个独立的句子与句法复杂的大句子相较显得直接且语意明确。该句完全依赖代词"你"与"它",因为"它"的语意表明代词是一个语法上的占位符,其存在纯粹是因为语法的要求,因此,理解这个句子得依赖名词前置的从句。同时它也表明:简单的结构也许能够传达出蜗牛的首要风格——浓缩。在句法上把该句压缩成"如果……那么"的格式实际上可看成是对浓缩品质的赞美。

此外,该诗的语调正式而略显谦虚。正如古典修辞学家德米特里厄斯(Demetrius)所言,"如果'浓缩是典雅文风之首',/那么你早已具备了"。"浓缩"之于艺术的重要性就像谦虚之于生活的重要性一样,因为真正的自我是沉潜的、忘我的。"蜗牛"意象体现了诗人对层出不穷的艺术潮流的独立和冷静,因为蜗牛可以通过撤退到壳中逃离周围的环境;它也象征着非凡的创造才能,因为它许诺了一些未知的、意想不到的东西。"隐藏"的原理是蜗牛的本质,诗人用它指称写作的本质,这让读者再次想起摩尔在《棱镜色时代》中把"真理"解释为不拘泥于风格或形式:

真理不是阿波罗
神殿,也不是有形之物。如果波浪愿意,就可以漫过它。
它知道它仍会在那里,说道,
　"海浪过去我仍在那里"。

Truth is no Apollo
　Belvedere, no formal thing. The wave may go over it if it likes.
Know that it will be there when it says,
　　"I shall be there when the wave has gone by."(CP 41)

摩尔认为,真理不是有形之物,作品的力量应体现在文本隐藏的、

第三章 "有真实蟾蜍的想象花园":摩尔的诗之辩

内在的方面。文风不是浮夸的装饰,也不是跟语言割裂的、模糊的品质。某种程度上来说,这是亚里士多德关于形式的概念。蜗牛吸引摩尔的部分是蜗牛那种神秘的运动,它在没有脚的情况之下是如何运动的,因此,这也是摩尔诗歌运行的原理,即潜在的原理使艺术家通过形式获得诗歌的效果。那么,什么是"隐藏"的原理?于摩尔而言,艺术家潜在的个性与清晰表达作品的愿望就是这隐藏的原理。

诗歌的最后一行表明,"浓缩"的艺术有可能成为"奇妙现象"(curious phemonenon),因为蜗牛运动的神秘性是蜗牛价值与力量的所在。蜗牛的"浓缩"特征体现在"收缩"(contractility)和"看不见的腹足"(absence of feet)等方面。伊丽莎白·乔伊斯认为,这一诗行探讨了现代主义有关"形式与内容"的争议,并指出摩尔"绝不会为了突出形式而放弃内容"[①]。乔伊斯的这个观点虽然有点绝对,倒也符合摩尔的平衡之道。

一言以蔽之,这首诗通过模仿蜗牛的内在品质和生理特征,使诗歌本身具有了与蜗牛相当的语言特质,即运用蜗牛的性质和特征阐释诗歌本身的性质与特征。

蜗牛壳质地坚硬,形成封闭空间。这种空间没有可见的足,却有隐藏的总结方法。由此,本质上是庇护所的蜗牛壳衍生出诗歌的美学建构。就实质而言,诗人创作一个个诗节的过程正像蜗牛的外套膜一点点分泌形成坚硬外壳的过程。

既然摩尔提出了"浓缩"是诗风之首,那么它具体体现在哪些方

---

① JOYCE E W. Cultural critique and abstraction: Marianne Moore and the avant-garde[M]. Lewisburg: Bucknell University Press, 1998: 28.

面?"浓缩"诗风主要体现在以下三个方面:"不懈地追求精确","建筑"结构的形式,语言即光。

首先,探讨"不懈地追求精确"如何体现摩尔浓缩的诗风。摩尔在《章鱼》中指出"不懈地追求精确与事实/是章鱼的本性"(Relentless accuracy is the nature of this octopus/with its capacity for fact)(CP 76),其实这也是摩尔的本性使然。"精确"(precision)是摩尔诗学中最重要的、复杂的创作手段,它既再现了表象,也揭示了矛盾。换言之,摩尔诗性的精确既有可信知识的特点,又表现出所处时期科学的矛盾性特征,旨在揭示真实性的多样化。

摩尔是一位精确的诗人,这一点是批评界的共识:"我们现在习惯称呼摩尔为独特的精确观察者。"[1] 科斯特洛也指出:"精确就是摩尔的激情。"[2] 罗宾·舒尔茨在评价格蕾丝·舒尔曼编辑的摩尔诗集时谈到,该诗集"使摩尔看起来一点都不精确"[3]。可见,"精确"是评论家对摩尔诗歌艺术众口一词的评价,是摩尔诗学中最不具争议性的诗性特征,并且已内化为摩尔的性格与美德的一部分。

现代派作家致力创作出一类由真实知识构成的、具有强烈知识感的,如由科学知识构成的文学作品在20世纪早期是一个黄金准则。具有

---

[1] FELDMAN E, BARSANTI M. Paying attention: the Rosenbach Museum's Marianne Moore archive and the New York moderns[J]. Journal of modern literature, 1998(22): 7-30.

[2] COSTELLO B. Marianne Moore: imaginary possessions[M]. Cambridge: Harvard University Press, 1981: 38.

[3] SCHULZE R G. How not to edit: the case of Marianne Moore[J]. Textual cultures: texts, contexts, interpretation, 2007, 2(1): 119-135.

第三章 "有真实蟾蜍的想象花园":摩尔的诗之辩

敏锐嗅觉的摩尔把"精确"作为一种可靠的知识模式夯实了摩尔作为美国现代派中心人物的地位。摩尔认为科学方法与诗歌技巧都有一个选择与取舍的观点,进而创造出知识的过程,因而可视为类比关系。在一次访谈中,唐纳德·霍尔就此类问题咨询过摩尔:

> 霍尔:你在评论中经常将诗人与科学家进行类比。你认为这种类比有助于理解现代派诗人吗?多数人认为这种类比是一个悖论,因为诗人与科学家的关系是对立的。
>
> 摩尔:难道诗人与科学家的工作没有相似性吗?两者都要花费精力。严苛对待自身是两者的主要力量。两者都注重线索,都必须缩小选择范围,必须追求精确。正如乔治·科鲁兹(George Grosz)所言,"艺术中没有闲聊的位置,却给讽刺家留有一小片空间。"目标是一个肥沃的过程。难道不是吗?雅各布·布伦诺斯基(Jacob Bronowski)在《星期六晚间邮报》(*The Saturday Evening Post*)上说,科学不仅仅是一个收集探索结果的过程,更是一个探索的过程。不管怎样,它不可能一劳永逸地完成——它是一个进化的过程。[①]

从这段引文,读者可以洞悉三个方面的观点:其一,摩尔认为知识是一个进化的过程。在这个过程中,人们选择假设并加以证实,即基于知识在日常生活中是否实用,对知识加以适应或者拒绝,这也说明摩尔的认识进化论植根于实用主义哲学。其二,摩尔的诗歌技巧与科学方法成为"肥沃的过程",是一个从系统层面进行选择与检验,最终生产知识、适应知识的过程。其三,与浪漫派诗人如华兹华斯、济慈等人不同,摩尔并不认同诗歌与科学的对立,而是在两者间寻找平衡。

---

① MOORE M. A Marianne Moore reader[M]. [S.l.]: Viking Press, 1961: 273.

在创作中，摩尔把情感、直觉与科学方法联系起来。她在《情感与精确》(Feeling and Precision)一文中指出："你不必设计节奏，节奏如人，而句子则是人个性的射线照片。"(CPMM 396)诗歌必须科学地、严谨地复制出情感状态。如果说精神（mind）本质上是科学的，那么审美反应则类似于科学探索，因为审美反应是一种本能，"大量的诗歌在无意识中/一丝不苟"(CP 38)。审美判断是进化的副产品，今天的人们运用一整套对环境刺激的反应来创造与赏析艺术。因此，"不是小说家哈代/诗人哈代，而是一个男人用情感演绎生活"(CP 45)。

在《彼得》(Peter)一诗中，摩尔称赞动物无意识适应环境的能力。摩尔称赞猫的"自然品格"(virtue of naturalness)，因为猫的"飞跃，拉长，与空气隔离，去盗取，去探求"(CP 43)皆为本能行为。摩尔认为这些本能行为可以看作是艺术选择与读者反应的行为。正如摩尔在《挑与选》中所言，"文学是人生的一个阶段"，"唯有根本的行为方使我们步入正轨"(CP 45)。摩尔把本能与文学风格联系起来，认为她"对非重音韵式的喜爱源自确保自然风格的本能努力"(CPMM 398)。

通过成为一个确切的观察者，摩尔发现了精确的原理，即精确是真实与诗性想象的识别性特征。摩尔把精确当作现实与想象不可或缺的品质。精确是"现实的边刃"(cutting edge of reality)，想象则为"狮子的跳跃"：

然而，如果狮子没有爪子，狮子的跳跃就不会有害，因此，精确包含凝练与逼真，跟外科手术一样。在音乐中，指挥者的指示，正如朋友所言，从节拍的背面开始，因此你看不到重拍从什么时候开始。要开始这样长的距离，可以通过克制达到精确。当以极致的凝练写作时，作家似乎被迫放下难以忍受的精确性；我们看到隐喻与精确之间的联系，杰拉德·曼利·霍普金斯（Gerard Manley Hopkins）借孔雀的眼睛描述黑暗中的羽毛，"旗子向后转的葡萄的颜色"；同时他看到小羊嬉笑的场景，"仿佛把他们扔在地上"。在各种场合，精确是想象的事情。[1]

从摩尔对精确的精辟论述中，我们可知写作达到精确需要做出三方面的努力：其一，精确是指科学维度上的精确，除包含一般意义上的凝练之外，还包括准确与科学。摩尔通过医生的外科手术与音乐家的指挥这两个例子阐明什么叫精确。其二，精确与隐喻之间具有隐秘且重要的联系，且隐喻是实现写作精确的有效方法之一。其三，写作只有通过想象才能达到精确，精确是想象中的精确。

不仅如此，摩尔在《滚木球》（Bowls）一诗中直接指出，"我们都是讲究精确的人"。她写道：

这得以流传下来的古老形式
中国生漆雕刻的风格，
一层一层，通过肯定的笔触和从容的雕刻
显露出恰到好处与画面相宜的颜色，
我知道我们都是讲究精确的人，

by this survival of ancient punctilio

in the manner of Chinese lacquer carving,

layer after layer exposed by certainty of touch and unhurried incision

so that only so much color shall be revealed as is necessary to the picture,

I learn that we are precisionists,（CP 59）

《滚木球》最初于1923年发表于《分离》（Secession）杂志。诗里

---

[1] MOORE M. Predilections[M]. [S.l.]: Viking Press, 1955: 4.

提到的王座"是乾隆皇帝的宝座",在乾隆执政的60年里,中国艺术达到顶峰。图片中的这个宝座是现存两个中的一个,"它大概是18世纪最大的中国雕花漆器……它高4英尺,宽4英尺。座椅上仍覆盖着最初的丝绸与金锦缎垫"①。这把宝座"除了座位与底座的内部,前前后后都雕上了复杂的图案。雕漆主要是红色,质量上乘,刻出一层一层或深或浅的橄榄绿、褐色、黄色"②,见图3.1。

图3.1 乾隆剔红大宝座 ③

流金溢彩的乾隆宝座吸引了摩尔。在摩尔看来,写诗的过程犹如给宝座精细与精准的雕漆过程,倘若掌握了精湛的雕刻技法,细腻流畅的刀法,诗人更有可能做到运刀如笔、妙笔生花。

正因为痴迷精准,摩尔对纽约贝尔电话实验室的四座石英钟表产生了兴趣。这些世界上最准确的钟表收藏在"时间穹顶"中,温度保

---

① 摘自《中国皇帝的宝座:十八世纪红漆》,《伦敦新闻画报》1922年7月8日。
② STRANGE E F. Chinese carved red lacquer[N]. Illustrated London news, 1988-7-8.
③ 图3.1为乾隆剔红大宝座,由地台、龙椅、屏风三大件组成,高122厘米,宽97厘米,长122厘米。座上屏风由正面和两面扶手组成,侧嵌玉龙潜于密云之中。此座稳重大方、用材考究、刀法精密、圆润浑厚,龙纹栩栩如生,云纹舒卷生动,堪称精巧华丽、凝聚帝王神思、巧匠妙艺之重宝。参见网址:www.moore123.com. 2018-06-24。

第三章 "有真实蟾蜍的想象花园":摩尔的诗之辩

持在恒定的41摄氏度。这些"不必工作的时钟时间最准确"(workless clocks work well),一语双关,因为这些钟表为其他钟表校准时间。人类应该重视这些"水一样清澈的水晶"(water-clear crystals),因为它们是"精确的同义词"(synonymous with accuracy),是精致的"真相仪器"(instruments of truth)。

精确是阐释真实的一种方式,也是摩尔根深蒂固的思想习惯,这一点在本章第二节有所点明。摩尔认为"写作必须明晰,而明晰取决于精确"[①]。她还进一步补充道:"战胜含混之后的精确才成为精确"[②]。精确是衡量摩尔生命的尺度,她记日记的习惯,一堆做了记录、画了线条、图画的笔记本,以及她无可救药地喜欢"小机智"(small ingenuities)无不源于此。

摩尔的另一首诗《蛇,猫鼬,耍蛇师及同类》(Snakes, Mongooses, Snake Charmers, and the Like)则回答了精确得以维持的一个重要因素是想象(illusion)。诗中提及耍蛇师被异域的角奎吸引,以至于他"凝视着它,仿佛丧失了分析的能力"(he gazes as if incapable of looking at anything with a view to analysis)(CP 58)。失去了分析能力的耍蛇师再也无法精确地观看"激起他想象"(lit his imagination)的蛇,"迅速撕开草丛的小蛇,/背部斑驳的闲龟,/一路化成树枝、石头、麦秆的变色龙"(The slight snake ripping quickly through the grass, /the leisurely tortoise with its pied back, /the chameleon passing from twig to stone, from stone to straw)(CP 58)。耍蛇师至此想象力枯竭,这也表明"精确"要依靠智慧,

---

① MOORE M. A Marianne Moore reader[M]. [S.l.]: Viking Press, 1961: 171.
② 同①138.

经过科学的观察才能有所得，且常以悖论的方式显露，或许在运用实验室的实证分析方法实际分析不够的时候，"精确"与想象紧密结合才会有所突破。

作为一名业余的生物学家与敏锐的观察者，摩尔对精确与想象有关的悖论运用自如。在霍尔的访问中，摩尔解释生物学课程如何影响她的诗歌："我发现生物类课程——无论选修类、主修类还是史学类——都令人振奋。事实上，我考虑过念医科。因为，于我而言，贯彻始终的精确、凝练与理性等品质公正且有吸引人，自由而又不失辨识度——起码，跟想象有一定关系。"① 还有，当摩尔在《盔甲削弱的谦恭》中发问"什么比精确更精确"，掷地有声的答案就是"想象"，换言之就是想象力。读者仍会记得，摩尔在《我买画的时候》中也认为："强调画作的智性因素，妨碍赏画的乐趣，这太过于严厉"（CP 48）。

其次，浓缩的诗风体现在摩尔严饬的"建筑"（architecture）结构上。摩尔的诗歌具备一个核心结构，她自己称之为"建筑"结构。摩尔认为，作家的目标是形成一个"建筑式样，并不辞劳苦地将它塑造、修剪、压缩和勾画"（CPMM 506）。摩尔的这种建筑结构主要体现在别开生面的音节诗上。摩尔的音节诗的外在形式整齐划一，每节行数相同，每节相同行数的音节数相同，层次分明而错落有致，内在情感跌宕起伏而遵循一定的逻辑性，凸显了诗歌的建筑美。

避免单调、力求出新是现代主义诗学的一大特征。因此，现代主义诗学抑格律诗而扬自由诗。摩尔在创作生涯中以高度自觉的意识开展诗体实验，开辟出了独一无二的音节诗形式。奥登指出："摩尔的主题组

---

① MOORE M. A Marianne Moore reader[M].[S.l.]: Viking Press, 1961: 254-255.

第三章 "有真实蟾蜍的想象花园":摩尔的诗之辩

织方式、写作手法以及冷静的风格,既没有变化无常,也没有浪漫主义式的强烈情感,这些都是他从未见过的。"(CRMM 136)摩尔的音节诗不顾及重音的位置,而且允许非重音音节与重音音节押韵,初听之下难以把握其形式特征。摩尔的音节诗的某些长处,如行与行、节与节之间不中断的跨行连续;音节数的复现模式、诗节模式都无先例可循。

评论家约翰·斯拉丁补充:"摩尔使用押韵的音节诗与散文风格的措辞,她创作的基本形式为——音节。"[1] 摩尔使用音节作为创作的工具,读者会认为"这种与众不同的诗节形状不是秩序的产物"[2]。恰恰相反,摩尔的音节诗体现了严丝合缝的内在逻辑,只是一般读者习惯了遵循重音与非重音的音节形式,因而这种形式要求作者与读者展开复杂而活跃的互动。

经摩尔改良后的音节诗,以音节数的复现模式作为基本格律,同时将欧洲古典诗歌、中古诗歌与东方诗歌的多种格律兼收并蓄、熔于一炉。她的音节诗诗行齐整,具有日常话语的自然节奏。在"音节格律"(syllabic metre)中,诗人聆听语言自身的多种节奏。

那么,摩尔的音节诗是如何形成的呢?本书认为,摩尔的音节诗是兼容并包的结果,它既涵括19世纪进化论知识、动物形态学,也包括19世纪诗歌的有机形式与统一;它体现了感性的真实,又结合了道德价值观。

这种复杂的"建筑"结构模式,对读者的观察能力与分析能力是个极大考验,这与摩尔在布林莫尔学院(Bryn Mawr)选修生物学不无关

---

[1] SLATIN J M. The savage's romance: the poetry of Marianne Moore[M]. Philadelphia: The Pennsylvania State University Press, 2002: 60.

[2] HOLLEY M. The poetry of Marianne Moore: a study in voice and value[M]. Cambridge: Cambridge University Press, 1992: 198.

系。大学期间，摩尔几乎选修了一个生物学专业学生必需的全部课程，包括生物学、植物学、脊椎动物学、比较解剖学、动物生理学等等，这些学科成就了独特的摩尔。无疑，摩尔采用音节诗的形式受到了进化论的影响。虽然摩尔诗歌中的自然主题一直受到文学研究者的关注，但很少有作品考察进化理论对诗歌技巧的影响。这一点颇值得思考。不仅仅因为摩尔的诗歌内容从表面上看充盈着动物与植物的意象，而且因为现代派作家的审美在很大程度上受到科学与技术的影响。庞德指出，"艺术、文学与诗歌都是科学，正如化学是科学那样"，"诗歌是有灵感的数学，为人类情感带来方程式"[1]。跟其他现代派诗人一样，摩尔对科学技巧也颇感兴趣。

笔者认为摩尔是因为青睐"有机形式"（organic form），所以选择音节作为发展诗歌结构的技巧。较之"重音音节"（accentual-syllabics），摩尔认为音节数更能保持诗歌的"有机统一"（organic unity）。前者容易使读者聚焦于形式，忽略诗歌的整体性，因为通过对两者的比较可知，音节在英语韵律体系中具有相对的不可听性。因此，它是一种分散读者注意力的分离组织原则。

摩尔认为有机形式与统一应该是真诚的，即通过音节形式科学地记录情感体验，创作出一种类似于发现与重估知识的科学方法。与早期的浪漫主义理论家把科学与本能的、激情的反应分离不同，摩尔调停了科学的探究、机体论与情感三者之间的关系。摩尔的诗歌既是道德的，也是科学的，因为"真诚"（sincerity）对她而言，既保留了19世纪道德上的语意，也保留了科学上的真实。因此，诗歌技巧既是一种创作知识的

---

[1] STEELE T. Missing measures: modern poetry and the revolt against meter[M]. Fayetteville: University of Arkansas Press, 1990: 262-269.

第三章 "有真实蟾蜍的想象花园":摩尔的诗之辩

手段,也是一个深层次创作情感的过程。

摩尔在诗歌中调停了诗歌技巧与科学方法的矛盾,相信科学家与作者都在系统地挑战自身对自然认知的局限。知识的进化过程是道德进化的必然结果。最终,摩尔用诗歌的约束作为感性纪律的技巧,希望通过诗歌引导读者尊重自然的复杂性。并且,摩尔在创作中坚持遵循最基本的有机形式,在诗歌中发展出了一条类似"自然法则"(natural law)的路径。在采访中,摩尔对此做出了回答:

> 霍尔:你的写作原则与方法颇为有趣。音节诗的基本原则是什么?它与自由体诗有何区别?句子的长度是视什么而定,视觉效果还是数量?
>
> 摩尔:我从不认为我的诗歌可以被定义为某个类别。句子牵引着我,好比一幢建筑被重力牵引一样。我喜欢句尾停顿、对称,一般不会颠倒词序。
>
> 霍尔:你怎样设计诗节的形式?常见的音节押韵诗通常重复一种诗节形式。在下笔之前,你会在纸上画格子确定诗节的样式吗?
>
> 摩尔:从不,我没计划过一个诗节。词语汇集一起就像染色体,决定了过程。为了写出与开头一致的诗节,我有时会打乱它的顺序,有时会稀释它。最初的自然流露的原创性——即写作的动力——很难被有意地复制。正如斯特拉文斯基(Stravinsky)谈论音高时说:"如果我因某个原因改变它的音调,就有丧失最初接触带来的新奇感的危险,很难再捕捉到它的吸引力。"然而,如果词语重复出现与建筑结构不协调——如同印刷出来那样——我就会注意到那些词听起来调子不和谐。[①]

[①] MOORE M. A Marianne Moore reader[M]. [S.l.]: Viking Press, 1961: 263.

从访谈中，我们可以归纳出以下三点：其一，开篇诗节起到了"基因模版"（genetic template）的作用，之后的每一个诗节均是对此诗节的模拟。其二，摩尔音节诗的生成是一个有机过程，并不是刻意设计而成，极具视觉效果。其三，摩尔音节诗的形式别具一格，不是因为她不使用音步或者韵脚组织诗歌，而是因为她在诗歌中保持了诗人与读者的注意力。下面仍以诗歌《鱼》为例：

wade
through black jade.
　Of the crow-blue mussel-shells, one keeps
　　adjusting the ash-heaps;
　　　opening and shutting itself like

an
injured fan.
　The barnacles which encrust the side
　　of the wave, cannot hide
　　　there for the submerged shafts of the（CP 32）

该诗的诗节安排匠心独运，具有强烈的视觉冲击效果，每一个诗节包含5行诗，每一行的音节数位1、3、9、6、8，韵式为 a a b b c。该诗的主题发展是流动的，观点从一行诗跳跃到另一行诗，从一个诗节跳到另一个诗节。标题成为这首诗的一个有机部分。同样，诗歌的韵律并没有起到组织主题的作用，因为它们联结的并非观点相似或观点相对。这种模式与维持读者在阅读中遇到突兀的跨行连续仍能专注于整首诗的谐音韵与头韵不同，它们则使读者更加关注诗歌的结构。正如休·肯纳（Hugh Kenner）所言，"摩尔诗歌规则的首要作用是拦截词语的流动，

第三章 "有真实蟾蜍的想象花园": 摩尔的诗之辩

让读者在单个词上停顿、停顿、停顿"①。

摩尔被音节、内韵、非重音韵吸引,因为这些是构成诗歌有机统一的重要因素,这在一定程度上影响了其诗歌的形式。摩尔发现连字符与重音音节会分散读者的注意力,认为这种"'微弱的节奏'会使读者预见结果,并在韵脚上花费时间"(CPMM 400)。因此,除《棱镜色时代》采用连字符与重音音节方式之外,在她的其他诗歌中再难觅两者的踪影。

众所周知,音节韵律诗在英语语言中并不常见,因为作者与读者基于音节数难以听出节奏,"摩尔诗歌中的诗行没有遵循任何耳朵可以把握的节奏体系"②。关于韵律,摩尔在散文《重读音节》(The Accented Syllable)中指出:"在韵诗中,独特的声调依赖于自然效果,自然效果是那样的罕见,几乎不可能存在。"(CPMM 34)尽管摩尔在早期有一部分实验诗歌体现出强烈的韵律特征,但她在创作过程中基本采用非重音韵与行内韵。"比起隐藏的韵律与内在的高潮,显而易见的韵律与高潮更能取悦我。"(CPMM 399)

摩尔关注诗歌的有机统一,这一点从诗歌《一架瑞典马车》(A Carriage from Sweden)的结构可以窥见。该诗结构组织严密,很少有读者注意到它的音节结构与完整的韵律,以起首2个诗节为例:

> They say there is a sweeter air
> where it was made, than we have here;
> a Hamlet's castle atmosphere.

---

① KENNER H. Modern American poetry: essays in criticism[M]. Edited by Jerome Mazzaro, D. Mckay.[S.l.]: [s.n.], 1970: 110.

② KENNER H. Modern American poetry: essays in criticism[M]. Edited by Jerome Mazzaro, D. Mckay.[S.l.]: [s.n.], 1970: 98.

At all events there is in Brooklyn
something that makes me feel at home.

No one may see this put-away
museum-piece, this country cart
that inner happiness made art;
and yet, in this city of freckled
integrity it is a vein（CP 131）

每一个诗节有5个诗行，每行的诗节数分别为8、8、8、9、8，韵式为 a b b a a。《一架瑞典马车》还体现出一个规整的行内韵模式：每个诗节的第一行的第三个音节与最后一个音节押韵，每个诗节的最后一行第一个音节与最后一个音节押韵。

总之，摩尔的音节诗在彰显其内在统一的节奏时，又不时地跨行连续在时间与空间上产生某种跳跃的节奏，这样，节奏既整齐又不失个性。摩尔的这种刻意安排，使文字显得更为诗性且匠心独运，读者也从中感受到了诗歌"形式即内容"的内涵。

最后，浓缩的诗风体现在语言上，摩尔认为语言即光。"光"不同于其他意象，在摩尔的写作中意义非比寻常，"光"是摩尔诗歌、诗论中频繁出现的重要意象。换言之，它不是摩尔写诗时偶然提到的一个名词或者比喻，而是隶属高级的、抽象的审美范畴和诗学范畴。在摩尔的诗学里，一方面，"光"意味着诗与生命的本质。诗人用"光"去构筑荒原时代的诗学世界，从而凸显诗人的道德担当。另一方面，"光"意指不受异化的原初生命状态，是世界的本原，是神力、创造力、灵感。诗便是对"光"的回忆，从而让生命回到最初的一瞬，这是一种真实的存在。总之，"光"体现了摩尔诗学的根本价值与意义，也体现了摩尔

第三章 "有真实蟾蜍的想象花园":摩尔的诗之辩

对形而上美的执着追寻。具体而言,体现在以下两个方面。

一方面,"光与光谱"(spectrum)作为反复出现的意象,在摩尔的诗歌中象征信念与真理。《一个由埃及人拉制的鱼形玻璃瓶》(CP 83)是一首在形式与设计上可与《论诗》相媲美的诗。该诗短小、精致,共有两个四行的诗节,音节数分别为4、6、12、12,第一节的第一行与第二行押韵,第二节的第三行与第四行押韵:

此时,我们口渴
却仍有耐心,从一开始就有,
艺术,如一道海浪立起,让我们看见
不可或缺的垂直线;

不是脆弱
而是强度——这光谱,这
独特敏捷的鱼,
鳞片散发的光芒把太阳之剑挡在一侧。

  Here we have thirst
  and patience, from the first,
   and art, as in a wave held up for us to see
    in its essential perpendicularity;

not brittle but
  intense—the spectrum, that
spectacular and nimble animal the fish,
whose scales turn aside the sun's sword by their polish.

在《观察》诗集中,摩尔亲自为此诗绘制插图《鱼形玻璃瓶》(Fish-shaped glass bottle),见图3.2。

图3.2 《鱼形玻璃瓶》①

埃及被公认为世界上最早掌握玻璃技术的国家，该诗的标题暗含埃及是文明的起源地，人类由鱼演变而来之意，换言之，埃及人拉制瓶子是艺术，人类从鱼到人，从大海向陆地的进化，自然也是一门伟大的艺术。在第一节，诗人用"口渴"（thirst）一词指出瓶子的用途，然后详述拉制此瓶需要的品质。"海浪"（wave）一词稍显含混，它通过折射阳光，展示光谱的波段。本书认为，"海浪"在这里也许是指时间的浪潮，或者是指艺术的永恒。在大海里，当海水垂直立起运动时，海浪会在海面上翻滚。当水静止时，新的景象——海浪中的光谱就会呈现出来。"垂直"（perpendicularity）在这里有可能暗示跟素材直接沟通的难度，也可指品行端正。摩尔从具象的瓶子引申到抽象的诗艺，用抽象艺术的线条语言表达了回归原初的信念。

另一方面，语言既是诗歌的物质之光，也是诗歌的精神之光，词与词在交汇、融合、分解、对抗的创造中，发出夺目的光，照亮一切存在，

---

① 鱼形玻璃瓶属于埃及文物。埃及在五千多年前就已掌握玻璃拉制技术，并把这技术传向世界。这个瓶子现藏于英格兰的大英博物馆。所引图上的瓶子由摩尔参照展出照片描摹绘制而成。参见网址：http://brblarchive.library.yale.edu/exhibitions/awia/gallery/moore4.html. 2018-06-24。

第三章 "有真实蟾蜍的想象花园":摩尔的诗之辩

彰显了语言能量与想象能量是摩尔创作的基石。以《光即语言》(Light is Speech)为例说明。该诗的言说者在开篇便指出光与语言的关系:

谈论阳光的次数	One can say more of sunlight
比谈论语言要多;不过	than of speech; but speech
语言与光相互	and light, each
支持——在法语里——	aiding each—when French—
仍是活跃的形容词	have not disgraced that still
并不丢脸。	unextirpated adjective.
对,光就是语言。自由坦率	Yes, light is speech. Free frank
公正的阳光,月光,	impartial sunlight, moonlight,
星光,塔光,	starlight, lighthouse light,
皆是语言。	are language.(CP 97)

众所周知,光与语言都属于含混抽象的术语,不易为读者理解。第8~9行列举了具体的例子:阳光、月光、星光、塔光,使得抽象的概念具象化。

实质上,语言不仅仅是自然之光,而且是正义之光:"克雷格赫灯塔——/矗立在毫无保护措施的岩石/上,是伏尔泰的文学产物/它那燃烧的正义已经/抵达受伤人的心"(The Creach'h/d'Ouessant light-/house on its defenseless dot of/rock, is the descendant of Voltaire/whose flaming justice reached/a man already harmed)(CP 97)。据附注记载,伏尔泰凭借"燃烧的正义"(flaming justice)澄清了卡拉斯(Jean Calas)与他家人受到的责难,保护自己免受谋杀罪的虚假指控(CP 277)。这里把伏尔泰的辩护比作火,把伏尔泰的语言比作克雷格赫灯塔,摩尔使观点"光即语言,语言即光"更加具体化。接着,摩尔探讨了法国其他哲学家与

· 147 ·

作家的例子，在逆境中辩论语言和教化的力量。

语言是正义之光还体现在对战争的反思上。诗歌中采用的例子更加具体：

我们，拥有巴托尔迪 自由女神像的增援，她手擎火炬， 矗立港口，听到法国的 召唤，"告诉我事实， 尤其在你难过的 时候。"我们 不得不回答， "单词法国意味着 解放；意味着凡是 '想起它的人获得生机。'"	we, with re-enforced Bartholdi's Liberty holding up her torch beside the port, hear France demand, "Tell me the truth, especially when it is unpleasant." And we cannot but reply, "The word France means enfranchisement; means one who can 'animate whoever thinks of her.'"

（CP 98）

例如，诗行中提到的自由女神像右手高举火炬，脚踩打碎的脚镣，传递了自由、和平、挣脱束缚的信念。众所周知，这座像由法国艺术家弗莱特立克·奥古斯特·巴托尔蒂（Frederic Auguste Bartholdi）设计，制作耗时十年。它是法国送给美国的礼物，象征美法两国的友谊。由此，"French"这个词瞬间具有了鲜明的含意，言说者使用它表达了法国在第一次世界大战中反对纳粹的决心。可以说，该诗是抽象概念与具体例子结合的典范。换言之，摩尔认为抽象的语言需依赖具体意象的阐释，光象征智慧、信仰与生命本身，具有审美与教诲双重功能。

可见，"语言即光"表明摩尔诗歌中的语言是具有能量的，其诗歌充满力量。类似于发现粒子核的科学家，粒子虽然微小，科学家总是会

第三章 "有真实蟾蜍的想象花园":摩尔的诗之辩

创造工具去衡量它们,摩尔在创作中则依靠精准的观察,孜孜不倦地探求存在的精神之光,恰如 F. R. 利维斯(F. R. Leavis)所言,"文学的重要性不仅在于它本身十分重要,而且还在于它蕴藏着创造性的能量"[①]。

综上可知,摩尔倡导浓缩典雅的诗风。这主要体现在内容的精确、"建筑"结构的形式以及语言产生的能量上。摩尔在诗歌中追求精确:"百科全书似的文章远远没有其诗歌那般令人信服。"[②] 摩尔采用具有建筑结构的音节诗推动了美国现代诗歌新旧体式的衔接与转换,体现了典雅的诗风;摩尔认为浓缩的语言具有能量,这一点印证了其诗歌所看重的伦理品质。

总而言之,摩尔针对维多利亚颓靡诗风开出的药方——"有真实蟾蜍的想象花园",通俗易懂,直击诗歌的本质,即诗人主张回归真实与具体,让想象与直觉感知进行直接对话,确立了摩尔对诗歌的基本态度与基本的言说风格。具体而言,它强调语言的重要性,把词语当作真正的物来呈现,至少是要使词语接近这种状态,以创造梦幻般的氛围和诗意;它要求作品精微的细节描写力与奇妙的想象力同时在场,不容割裂与偏废,既让读者感受到诗人美妙的想象力,同时又感受到诗歌的精确性与可信度。丰盈的想象力与值得信赖的真实在摩尔诗歌中互为条件、彼此协调,离开任何一方,其诗歌文本在意味和形式上的有效性都会大打折扣。换言之,摩尔的诗作是一件件精美的语言艺术品,既真实、又富含精敏的想象力,诗意想象的广度与言说有据的可信感在摩尔的诗学

---

① EAGLETON T. The rise of English[M]//Literary theory: an introduction[M]. 2e. [S.l.]: Minnesota Malden University Press, 1996: 15-46.

② STEVENS W. The necessary angel: essays on reality and the imagination[M]. [S.l.]: Vintage, 1965: 94.

里得到了统一。

摩尔用文字再现的"真实的蟾蜍"在"想象的花园"中驰骋,给读者提供了多角度、多层面、多维度的阐释空间。毋庸置疑,摩尔诗歌理论是现代主义文学的主要成就之一,在美国现代派文学乃至美国文学史的发展进程中起着举足轻重的作用。

第四章

"想象的写实者"：摩尔的诗人观

既平静又热烈——
若不是两者兼具，为何
他会如此伟大？

——摩尔（CP 202）

现代派诗人常在作品中探讨成为诗人过程中遇到的问题，例如诗人如何展开想象？如何调停主观体验与经验事实？语言本身如何成为联结诗人自我与外部世界的模式？在探讨这些问题时，本书认为存在着两种审美倾向：一为浪漫主义审美倾向，代表人物有史蒂文斯、卡明斯、克莱恩等，他们强调想象的强大力量，善于创造个人神话与新颖形式；二为古典主义审美倾向，代表人物为庞德、艾略特等，他们强调语言的凝练、精确与质朴，创新传统形式，突出创作过程中理性与智性相结合的特征。

这两种审美倾向并非泾渭分明，水火不容，起码都致力于调停浪漫主义与古典主义之间的矛盾，调和主观体验与客观经验之间的矛盾。正如格特鲁德·斯泰因所言："过去与现在，一直被外部与内部问题折磨。"[1] 这种外部与内部的联系也契合庞德给"意象"下的定义："意象是指顷刻间展示的理性与感性的复合体。"[2] 在这一论断中，庞德认为，理性是通过视觉感知，并在情感充沛的语言中形成；意象被认为是连通主观与客观、理性体验与感性体验的桥梁和纽带，以及打通古典主义与浪漫主义艺术观念的有效介质。

在两股力量的夹缝中还有一些诗人未与任何一派合流，他们既不全然接受传统，也不贸然追捧先锋，而是以中庸之道在传统与先锋之间穿梭。摩尔就是其中一位。作为诗人兼评论家，摩尔在创作中持续不断地表达了对艺术家身份、本质、人格、职责以及修养等问题的深度思考，

---

[1] STEIN G. Lectures in America[M]. Edited by Wendy Steiner. [S.l.]: Beacon Press, 1985: 112.

[2] POUND E. Literary essays of Ezra Pound[M]. Edited by T. S. Eliot. [S.l.]: New Directions, 1968: 200.

第四章 "想象的写实者":摩尔的诗人观

并明确指出,"我们对意义并不迟钝",目的不是成为"学究式的写实者"(pedantic literalist, CP 37),而是成为"想象的写实者"(literalist of the imagination; CP 267)。可见,摩尔认为理想的诗人是"想象的写实者"。那么,摩尔这独特的诗人观是如何彰显的?本章将基于诗歌文本细读,对此展开追问与探索。

第一节 "英雄":个人化的艺术追求

摩尔继承了浪漫主义传统,她认为艺术家是个性化的,艺术家的个性确定作品的形式与品质。这主要体现在以下两个方面。一方面,摩尔与浪漫主义评论家一样,秉持伟大的艺术作品应该揭示艺术家的灵魂,普遍性的洞见应该寓于个性当中的观点。在《个性与技巧》(Idiosyncrasy and Technique)一文中,摩尔援引爱默生的观点进行佐证:"艺术的一个悖论体现为只有艺术植根于艺术家本身,成为艺术家最私隐与独特的部分,艺术才能凸显出普遍性。"(CPMM 511)本书认为,这句话包含三个层面的内涵:一是传统的浪漫主义关于艺术理论主要聚焦于艺术家本身,而不是作品的结构与作品的受众;二是浪漫主义的价值观是个人的、主观的、感性的;三是浪漫主义评论家关注诗人在其诗歌作品中所体现的原创性以及个性化因素,认为作品中的个性化品质是艺术家审视内心世界的标志,作家创造性的想象使其主观体验得以呈现,形成一种审美形式。

另一方面,像浪漫主义诗人那样,摩尔认为艺术作品彰显了艺术家的自我存在,艺术首先应对艺术家具有价值,艺术家应具有英雄品质,首要任务是取悦自己。"任何一个以真实取悦自己的作家肯定会取悦他人。"（CPMM 421）摩尔还在评价叶芝的一篇文章中指出："叶芝让我们相信，优秀的诗歌都是诗人相对形象的结果……诗人自己，在诗歌中能见识到自己真正的灵魂。叶芝认为优秀诗歌并不是诗人逃离自己的欲望，而是在诗歌中找到自己的欲望。"[1]摩尔在散文《主语、谓语与宾语》（Subject, Predicate, Object）一文中也表明："作者书写作者自身。或为之倾倒，或为之恼怒；或逃避，或屈服，或被写作的乐趣吸引"（CPMM 505）。在《个性与技巧》一文中，摩尔仍然指出："一个人写作是因为他热切希望把表达快乐的方式具体化。"（CPMM 510）由此可知，摩尔并不认为创作要摆脱个性，反而认为创作就是艺术家个性化的体现，是艺术家发现与表达内心最深处、最真实的方式之一。而且，写作是乐趣使然，是艺术家保持自我的手段与生存方式。同时代诗人卡明斯（E. E. Cummings）也表达了类似观点："成为一名艺术家就意味着活着，自我意味着一切。"[2]

摩尔在《贪婪和真实有时相互作用》（Voracities and Verities Sometimes Are Interacting）一诗中清楚地表达了诗人需采取的无私与谦虚的立场。该诗以第一人称写就，散发出浓烈的个人色彩。诗题"贪婪与真实"是激情与理性二分法的体现，揭示了个性化欲望与真实、清晰化写作之间的矛盾，而解决矛盾的途径唯有两者相互作用，才有可能产生真艺术。具体而言，首先，此诗指出贪婪的弊端，对诗人的谦虚品格进行鉴定。作为诗人，"我不喜欢钻石；/ 倒更喜欢闪烁'草绿色光辉'的翡翠；/

---

[1] MOORE M. A Marianne Moore reader[M]. [S.l.]: Viking Press, 1961: 61.

[2] CUMMINGS E E. A miscellany revised[M]. Edited by George J. Firmage. [S.l.]: October House, 1996: 61.

拘谨令人目眩,/有的场合/有些感激令人难受"(I don't like diamonds;/ the emerald's "grass-lamp glow" is better;/and unobtrusiveness is dazzling,/upon occasion/Some kinds of gratitude are trying)(CP 148)。摩尔指出,炫耀的钻石不如璞玉,越朴实的艺术越具有感染力,即便是必要的情感表达,也不应采用情感泛滥的表达方式。

其次,此诗指出诗人追求真实的重要性。诗人"请不要大惊小怪;/大象那'弯曲的喇叭''确实能写字';/我也正在阅读一本老虎书——/我想你该知道这本书——/有义务让你知道"(Poets, don't make a fuss;/the elephant's "crooked trumpet" "doth write";/and to a tiger-book I am reading—/I think you know the one—/I am under obligation)(CP 148)。作为诗人,不小题大做,真实传达自然与世界的样貌既是责任也是义务。真实的东西本身具有潜在影响力,不需要复杂的装饰,正如大象用鼻子涂鸦,我阅读"老虎书"那般。

最后,此诗指出当"贪婪"与"真实"产生冲突时,诗人回归道德与伦理不失为一个解决办法。"你可以被宽恕,我知道/可以的,因那不朽的爱"(One may be pardoned, yes I know/One may, for love undying)(CP 148),"不朽的爱"正是诗人在与现实互动时所寻求的诗歌之真。总之,该诗揭示了"贪婪"与"真实"这一对矛盾并非不可调和,只要诗人保持谦逊的品格,追求个性化表达的真实性,坚持诗人的伦理担当,"贪婪"与"真实"就能相互作用,从而升华诗歌艺术。

摩尔在《英雄》一诗中盛赞了作品的个性化品质以及潜藏在语言表达之间的情感力量与精神力量。虽然该诗没有直接探讨艺术的审美问题,但论述了伟大艺术家应具备的品质,即个人品质对他人生活产生的动态影响,这也是艺术家必备的品质。全诗共有6节,每节9行,每节的第一

行与第九行押 /əʊ/ 的韵。这首诗最显著的特点是摩尔并没有神化英雄，强调英雄不是胆大艺高的风云人物，而是与普通人无异的角色。这样，英雄从神性走向了人性，英雄越人性就越超凡脱俗。

首先，此诗探讨了英雄的个性化品质。英雄"去哪儿纯属个人喜好。/ 不管所到之处是不毛之地 ; / 野草与豆茎齐高, / 牙齿分泌毒液的蛇, / 风从不起眼的紫杉树中 / 传来镶嵌半宝石猫眼老鹰 / "吓坏小孩的声音"——/ 清醒, 昏睡, "耳朵竖立到最佳位置," 不一 / 而足——爱不会滋生"（Where there is personal liking we go. / Where the ground is sour; where there are / weeds of beanstalk height, / snakes' hypodermic teeth, or / the wind brings the "scarebabe voice" / from the neglected yew set with / the semi-precious cat's eyes of the owl— / awake, asleep, "raised ears extended to fine points," and so / on—love won't grow）(CP 8)。此诗凭借英雄的个性化品格表达了摩尔追求诗人的个性化信条。优秀的诗人应该像英雄那样依据爱好、听从内心去探险、去征服。英雄之所以成为英雄，是因为英雄历经险阻。这些险阻以哥特式的场景展开，一片毛骨悚然的墓地，不毛之地、蛇、紫杉树、鹰等荒凉、不祥的意象，无不揭示追求个性化不是一条坦途。

其次，此诗认为追求个性化并不等同于追求异于常人的能力。英雄并非全能，在辨别、挑选各种生活体验时与普通人无异。"我们不喜欢某些事物，英雄 / 亦是如此; 不喜欢背离根基与 / 不确定性; / 讨厌去不喜欢 / 的地方; 讨厌磨难 / 也讨厌诉苦; 讨厌站着听 / 遮掩的东西。英雄畏怯了 / 它闷着翅膀飞了出来, 黄色的 / 眼珠——来回地转"（We do not like some things, and the hero / doesn't; deviating head-stones / and uncertainty; / going where one does not wish / to go; suffering and not / saying so; standing and listening where something / is hiding. The hero shrinks / as

what it is flies out on muffled wings, with twin yellow / eyes—to and fro—）
（CP 8）。可见，英雄具有顽强的一面，同时也呈现出一般人类所具有的厌恶、焦急与恐惧的情感。英雄不喜欢偏离基石（摇摆不定）与不确定性；也不喜欢违背个人喜好而被迫从事某些活动；他往往缺乏耐心，如一只等待时机飞入灌木丛的鸟儿那般焦灼。

什么样的人才能称得上英雄？此诗给出了回答。一方面，英雄既可以是想象中的，也可以是现实中的人，他们兼具善与恶的品质。以雅各为例："雅各在弥留之际，问 / 约瑟：是儿子们吗？赐福给 / 两个儿子，幼子最多，这令约瑟烦恼。/ 约瑟也令很多人烦恼"（Jacob when a-dying, asked / Joseph: Who are these? and blessed / both sons, the younger most, vexing Joseph. And / Joseph was vexing to some.）（CP 8）。雅各即便混淆了两个孩子的长幼秩序，他的善仍然存在，两个孩子得到相应的赐福。约瑟芬、辛辛那特斯（Cincinnatus）、雷古拉斯（Regulus）等神话故事与历史中的英雄莫不是如此。

另一方面，英雄还应具备一些基督徒传统的品质，如信念、希望与爱。英雄"必须像朝圣者那样慢慢去寻求 / 真经；疲惫不堪但充满希望——/ 希望的全部理由消失 / 希望才成为 / 希望；仁慈地，以 / 一个母亲——一位女士或一只猫 / 的情感看待 / 同胞的过错"（like Pilgrim having to go slow / to find his roll; tired but hopeful—/ hope not being hope / until all ground for hope has / vanished; and lenient, looking / upon a fellow creature's error with the / feelings of a mother—a / woman or a cat）（CP 9）。所引诗行传递出三个信息：其一，英雄应具有朝圣者的虔诚；其二，希望与绝望相生相长；其三，英雄应具有母性的爱，包容万物。实质上，英雄的这些品质也是诗歌缺一不可的。

此诗以黑人与华盛顿为例阐述上述诸多品质。"着得体礼服的黑人/在墓穴旁/回答观光流浪汉大胆的问题……'将军华盛顿在/那边；他的夫人，在此处'；像/一出戏里的对话——没有看向她；带着/人类的尊严，对神秘/的敬畏，站成了/柳树的影子。"（The decorous frock-coated Negro/by the grotto/answers the fearless sightseeing hobo/"Gen-ral Washington/there; his lady, here"; speaking/as if in a play—not seeing her; with a/sense of human dignity/and reverence for mystery, standing like the shadow/of the willow.）（CP 9）据科斯特洛考证，摩尔很有可能在纽约大都会博物馆（Metropolitan Museum）看过美国新古典主义画家约翰·特朗布尔（John Trumbull，1756—1843）的作品。特朗布尔以画美国独立战争的历史题材而著称，代表作包括《邦克斯希尔山战役》（The Battle of Bunker Hill）与《独立宣言》（Declaration of Independence）等。特朗布尔为华盛顿画过几幅肖像画，其中在一幅题为《特伦顿战役之前的华盛顿》（George Washington before the Battle of Trenton）的肖像中，只见华盛顿双目炯炯有神，凝视远方，身旁站着黑人奴仆威廉·李（William Lee），见图4.1。

威廉·李是位有尊严的黑人，他的苦难、坚毅与忠诚堪称英雄中的典范。这节诗的历史背景较为复杂，黑人内心的想象可能指向超验的历史，因为黑人作为历史遗址的管理员与黑人作为压迫对象的身份皆属于历史现象。具体而言，这个例子以黑人的观看为依托，不是聚焦于人类历史事实，而是追求一种超越历史的真理，即美国仍要追求正义的理念。摩尔对黑人的抗争精神有着较为透彻的了解，把黑人的挣扎类比为《旧约》中圣贤摩西的挣扎，这既反映了华盛顿废除奴隶制民主思想的伟大，也反映了摩尔不论阶级、人人平等的人文主义思想。

第四章　"想象的写实者"：摩尔的诗人观

图4.1　《特伦顿战役之前的华盛顿》①

最后，本诗在精神范畴界定何谓英雄。英雄"外出不是 / 看风景而是看岩石 / 水晶——称奇的埃尔·格列柯 / 充满内在的光——不再贪求 / 放下的一切。作为英雄 / 你也许懂得这一点"（He's not out / seeing a sight but the rock / crystal thing to see—the startling El Greco / brimming with inner light—that / Covets nothing that it has let go. This then you may know / as the hero）(CP 9)。诗中界定的英雄如埃尔·格列柯一样具有某种特殊的精神感知力。可见，摩尔看重的是能感知事物精神力量的品格，这就能够说明，摩尔为什么要以一个暗示艺术家的典故结尾，因为艺术家的作品

---

① 该图为美国新古典主义画家约翰·特朗布尔为乔治·华盛顿所画一幅完整的肖像油画《特伦顿战役之前的华盛顿》，体现了华盛顿戎马生涯的辉煌时刻。参见网址：http://www.saleoilpaintings.com/paintings/john-trumbull/.2018-06-24。

是由内在的光形成，这一点在上一章论及格列柯对摩尔的影响时已经探讨过。

如果说摩尔在《英雄》这首诗中认同了艺术家应具有的英雄品质，那么摩尔在《挑与选》中则进一步传达了对浪漫主义文学批评概念的赞同。该诗聚焦于审美欣赏，探讨了一个引人入胜的问题，即一个优秀的评论家应该具备什么样的品质，她指出最理想的评论家是那些对艺术作品的主观因素与个人因素做出回应的人。

诗题"挑与选"指明辨别艺术品好坏的重要性，以及艺术家挑选个人所好的事物，并在个人喜好的基础上对艺术做出回应的必然性。起首诗行"文学好比生命的一个阶段，如果你害怕它"（Literature is a phase of life / If one is afraid of it）（CP 45）指出毫无建设性的批判态度将会害怕面对文学与人生。换言之，一个优秀的评论家能够包容各种审美体验，既不会害怕评论的复杂性，也不会害怕生活的复杂性。但评论家仅仅发现文学中的个人意义是不可取的，主观性与欣赏性的评论存在内在危险，因为评论有可能沦为个人的狂欢，无法让读者有所醒悟。简言之，批评必须具备跟读者交流的功用。

那什么样的评论家不是真正的评论家？这类评论家喜欢不知分辨的读者，也似乎看不到萧伯纳与詹姆斯等伟大作家的局限。真正的评论家应该具有以下两个方面的特征。其一，评论家以情感解释生活，这很契合浪漫主义对艺术家的评价。"不是小说家哈代 / 或诗人哈代，而是一个男人用情感演绎生活"（It is not Hardy the novelist / and Hardy the poet, but one man interpreting life as emotion）（CP 45），表明艺术家在作品审美上的回应与其个性分不开。评论家与艺术家一样，他品位必须是个性化的，能敏锐觉察出个人的偏好，如戈登·克雷格与肯尼斯·博克（Kenneth

Burke)等。其二,评论家应具备严谨的品格。摩尔有意识地使用"勤奋的顶峰"(summa diligentia)指代评论家的严谨品格,但这个词又使摩尔想起一般评论的误导阐释。"summa diligentia"为拉丁文,其语意应为"以全速"(with all speed),而不是现有一般评论家的误解"勤奋的顶峰"(on top of the diligence)。由此,摩尔指出"我们对意义并不迟钝"(We are not daft about the meaning),"但是对虚假意义的亲切使人迷惑"(but this familiarity with wrong meanings puzzles one)(CP 45),并进一步指出,一些评论的不当之处不在于主观,而在于把不相关的理论套用在艺术作品中。摩尔用两种动物的隐喻阐释"虚假意义"(wrong meanings),即她反对的两种评论家:"嗡嗡的臭虫,蜡烛不是用来导电的。/小小的狗,跑过草地,啃咬亚麻,吠叫/你有一只獾——请记住色诺芬"(Humming-bug, the candles are not wired for electricity./Small dog, going over the lawn nipping the linen and saying/that you have a badger—remember Xenophon)(CP 45)。一种是像"嗡嗡臭虫",把人造的光当作真正的光去追逐;另一种是像"狗",在没获得最高真理时便自认为获得了真理而狂吠不已。摩尔反对此类傲慢的评论家,反对他们想当然地认为艺术本质可以被界定。于摩尔而言,艺术的意义与力量是隐晦的,评论家应在正确方向指引读者,告诉读者个人喜好,激发读者的好奇与欲望。

综上所述,摩尔尊崇个性化的评论家与艺术家。摩尔对主观的、赏析性的评论家的观点有着极其复杂的想法。她指出,真正的评论家应具有下面的特征:评论家既要涉及评论对象的各个方面,又应具有一定选择性;评论家在肯定地评论他人作品之时,又不能对其局限视而不见;评论家应引导读者的视线,又不能毫无想象空间;评论家的功用在于把作品介绍给读者,又要确保读者观赏之后的个人审美体验。

而摩尔所追求的"个人化"到底是以什么样貌呈现？本书认为，摩尔在《在公园》（In the Public Garden）一诗中做出了回答。《在公园》是一首十足个人化的叙述诗，探讨了如何界定诗人个性特征的问题。具体而言，此诗探讨了诗人、出租车司机、春季、教堂、艺术与自由等之间的关联。综观全诗，个性显然包括知识、艺术与宗教等多元素养。首先，诗人在开篇就强调了知识的重要性："波士顿有个节日——/老少皆宜——/附近圆屋顶的教育建筑/（深红，蔚蓝，金黄）/使教育充满个性"（Boston has a festival—/compositely for all—/and nearby, cupolas of learning/(crimson, blue, and gold) that/have made education individual）（CP 190）。地名"波士顿"（Boston）暗指哈佛大学的教育能够培养出个性；"节日"（festival）一词则代表了对艺术、知识与创造致敬的精神体验。出租车司机的评价"他们在哈佛培育了一些卓越的年轻人"（They make some fine young men at Harvard），既使诗歌聚集了理性与非理性的看法，又更进一步地指出知识在个性塑造方面的重要性。

其次，摩尔在该诗中探讨了诗人的自身禀赋问题。"为何要自由？/是为了'自我约束'，正如/辛勤劳作的市民所做的评价——为一所学校；/它是'自由地耕耘之地'/对工具充满情感"（And what is freedom for?/For "self-discipline," as our/hardest-working citizen has said-a school;/it is for "freedom to toil"/with a feel for the tool）（CP 191）。诗人的才华彰显在语言中，但她觉得使用这一特殊才能时有必要做到简朴、克制，并认为"自我约束"是学生、艺术家"自由耕耘"（freedom to toil）的前提，真正的艺术家对工具充满感情。尽管如此，摩尔一向低调，自嘲不是传统诗人中伟大的精神诗人，缺乏伟大诗人的光彩，"没有呈现诗人应/有的光彩——/民间且业余"（without that radiance which poets / are supposed to have— / unofficial, unprofessional）（CP 191）。

最后，该诗直接指出诗歌是个人化的艺术的观点。摩尔再次重申："但是我们 / 更有必要祝福诗歌 / 理性是种习惯—— / 缪斯女神欣慰 / 传说能够成真； / 欣慰，大众仰慕的艺术， / 事实上总是个人化的"（But still one need not fail / to wish poetry well / where intellect is habitual— / glad that the Muses have a / that legend can be factual; / happy that Art, admired in general / is always actually personal）（CP 190）。可见，艺术是个体的艺术，对艺术家而言，没有什么比个性被大家接受时产生的快乐更令人欣慰。

此外，摩尔还通过批判当时风靡一时的"非个人化"理念，进一步指出艺术"事实上总是个人化的"，全然的"非个人化"是不存在的。这种批判主要体现在《蒸汽压路机》（To a Steam Roller）中。该诗是一首规整的音节诗，每一诗节行数相等，均为4行，音节数均为5、12、12、5，且每节的第一行与第二行押尾韵。压路机并不是这首诗的主题，而是压路机象征的个性与审美意识。

一方面，这首短诗诙谐幽默，摩尔试图把个性输入机器中。然而，"说明书对你 / 毫无意义，如果不加以应用。 / 你缺一半智慧。你把一切颗粒碾 / 成紧密一团，然后来来回回地在上面滚动"（The illustration / is nothing to you without the application. / You lack half wit. You crush all the particles down / into close conformity, and then walk back and forth on them）（CP 84）。摩尔反对这种个性，因为它属于完全的实用主义。"你缺一半智慧"用以谴责压路机缺乏辨别与挑选的能力。识别力的缺乏摧毁了闪闪发光的"岩石水晶"（rock-crystal），而"岩石水晶"在《英雄》一诗中代表内在精神。

另一方面，摩尔通过援引劳伦斯·吉尔曼（Lawrence Gilman）的论点——"非个人化的 / 审美评判，形而上的不可能"，批判蒸汽机接近于"非个人化"的处事原则，进而肯定艺术是个人化的。"一块块发光的石头 / 都被碾压成平滑的基石。/ 如果不是'非个人化的 / 审美评判，形而上的不可能'，你 / 可能出色地 / 完成了它"（Sparkling chips of rock / are crushed down to the level of the parent block. / Were not "impersonal judgment in aesthetic / matters, a metaphysical impossibility," you / might fairly achieve / it）（CP 84）。不难看出，摩尔可能在间接地批判致力完全"非个人化"的艺术家与评论家，最容易让读者生发联想的是倡导"非个人化"诗学的艾略特。针对维多利亚时期滥情的诗风，艾略特主张回归欧洲传统，把个体的写作融入古典主义诗学，指出诗"不是感情的放纵，而是感情的脱离；诗歌不是个性的表现，而是个性的脱离"；诗人"有的并不是有待表现的'个性'，而是一种特殊的媒介，这个媒介只是媒介而已，它并不是个性，通过这个媒介，许多印象和经验，用奇特的和料想不到的方式结合起来"（艾略特9）[①]。显然，艾略特提倡诗人在作品中要放弃个性，作品力求做到客观、公正与超然。摩尔与艾略特友谊笃厚，而且艾略特对摩尔的诗歌创作产生过一定的影响，这一点从艾略特给摩尔《诗选》写的序言中可以窥知一二。那么，摩尔又为什么认为"非个人化的 / 审美评判，形而上的不可能"呢？

本书认为，蒸汽机尽管外形庞大、拥有不会枯竭的力量，但它消除了每一样事物的独特性。蒸汽机无情的摧毁力，把一切"碾 / 成紧密的一团"，缺乏想象的精神品质，或者是摩尔所说的"半智慧"无法维持想象意象与投射意象的努力。具体来说，如果不是"非个人化的 / 审美

[①] 艾略特. 艾略特文学论文集 [M]. 李赋宁，译. 南昌：百花洲文艺出版社，1994：19.

评判，形而上的不可能"，这种精神有可能损害艺术家与评论家把握抽象的原理。蒸汽压路机通过摧毁它观察到的一切事物取得"非个人化的评判"。其中，"出色的"（fairly）这个词透露出强烈的反讽意蕴。表面上，这首诗看起来反对压路机的工作原理：非个人化、粗糙、毫无辨别力。实际上，摩尔最终反对的是去想象的、精神的、梦幻的非个性化品质。摩尔反复强调，艺术是个人化的。因此，这首诗是摩尔强调浪漫主义想象的又一个例证。

总而言之，摩尔对待浪漫主义的诗学主张与庞德、艾略特不同，她不是顺着西方文学发展的趋势否定该流派的诗歌艺术，而是秉着客观的态度去继承与发展，提出了"艺术通常是个人化"的诗学理念。当然，这种理念也并不是一味强调艺术家的个性，因为摩尔指出"充沛的情感与客观感知都是'艺术家'的品质"（CPMM 592）。摩尔对过分主观的危险是有所警醒的，她认为情感与理性两者都是艺术家该有的品质。因此，摩尔在坚持"个人化"诗人观的同时，指出保持"个人化"与"非个人化"之间的平衡的重要性。

第二节 "度"：个人化与非个人化的平衡

摩尔诗学的终极旨趣在于平衡，用摩尔的话来说，就是"度"（propriety），即保持现象的、经验的准确性与想象的、超越的精神视野两者之间美妙的平衡。摩尔在一些诗歌与散文中体现出她为达到"度"所做出的努力，诗歌如《过去即现在》《贪婪与真实有时相互作用》《逻辑与魔笛》（Logic and the Magic Flute）等，散文如《情感与精确》《个性与技巧》《谦卑、专注与热情》等。摩尔的这些作品旨在提醒读者，在意识到浪漫派个人主义的危险之后，应该牢记个人与艺术的局限性，才能创作出平衡的艺术。如果把艺术的首要任务定位于自我表达，艺术家则会有两大潜在的危险和自我主义的风险；晦涩的风险。前者在美学与伦理上容易陷入以自我为中心的泥淖；后者使用个人化语言表达主观象征，往往无法使读者产生共鸣。

因此，摩尔推崇个性但反对自我主义。摩尔认为，艺术上的个性并不等同迷恋自我、过分关注内心。她在《赐福与真的》（Blessed and the Real）一文中写道："他们懂得自我中心主义不是一种责任。"（CPMM 211）好的艺术家跟一个好人一样不应该热衷于表现自我。当被问及什么才是美好生活的时候，摩尔如此回答："自立、包容、适应性强、热情。我深信，生活不是以自我为中心，某种意义上具有奉献意义时最快乐。"（CPMM 596）

摩尔关注自我主义对艺术家的影响，意识到如果艺术家过于关注自我会导致视野狭隘。换言之，艺术家过于专注自己的感知，将无法更好地认识自己与生存的世界，从而无法创造出伟大的作品。摩尔极少写纯粹表达自我的诗歌，但她确实有一首诗涉及自我主义与自我表达。这是一首复杂、押韵的音节诗，诗题为《一张脸庞》（A Face，1949）。

首先，这首诗阐述了自我主义的危害。该诗讲述了一位女性照镜子之后的感受："'我不狡猾、冷酷、嫉妒、迷信，/傲慢、恶毒，也绝不面目狰狞'"：/反复端详它的表情，/尽管并无真正的僵局，/极度的绝望/也乐意把这镜子打破"（"I am not treacherous, callous, jealous, superstitious, / supercilious, venomous, or absolutely hideous": / studying and studying its expression, / exasperated desperation / though at no real impasse, / would gladly break the mirror）（CP 141）。镜可鉴人，诗中的镜

子不仅仅是一个整理妆容的普通物件，它负载着言说者的内心世界。通过观察镜中之脸，诗中的言说者陷入极度的自我主义，出于绝望，生出打碎镜子的冲动。

其次，该诗指出解决自我主义的办法在于内省，升华自我意识。"热爱秩序，满怀激情，率真质朴／面带好奇，是大家应具备的！／一些特定的面孔，几张，一两张——或许是一张／由回忆拍摄的脸庞——／涌入心头，映入眼帘，／必然留存一份快乐。"（When love of order, ardor, uncircuitous simplicity／with an expression of inquiry, are all one needs to be!／Certain faces, a few, one or two—or one／face photographed by recollection—／to my mind, to my sight,／must remain a delight.）（CP 141）可见，镜子是人类探寻自我的一种工具，它既能映照表象，又能折射出人的真实内心，是审视自我的手段与象征。

总之，从诗中可知，个人主义存在两个危险：其一，容易导致艺术家以自我为中心，束缚艺术家的道德图景；其二，它有可能引导艺术家用个人化、唯我论的语言进行创作，让读者更加无法理解他的个人情感。

显然，摩尔在《一张脸庞》中已经认识到艺术家坚持个性与个性被人接受之间的矛盾。众所周知，作品"简洁"（clarity）还是"晦涩"（obscurity）是现代派作家常被考量的主要问题。尽管摩尔清醒地意识到这个问题，把"简洁"当成诗歌的主要目的，但作品仍被评论家认为难懂与晦涩，"我总是不管写什么，散文或者诗歌，都极切渴望把文章写得清楚明了；不管我写得多么用心，总被认为晦涩，这令人困扰"（CPMM 306）；"像别的作家一样，我重视自然表达的效果，尽力避免辞藻堆积，把清楚视为写作的第一个要求。"[1] 这两句引文表明，摩尔对

---

[1] MILLETT F B. Contemporary American authors[M]. [S.l.]: AMS Presfs, 1940: 492.

自己创作的要求是既努力做到个性化与独创性,又要使表达清晰、能被人理解。正如摩尔所言,"伏尔泰反对那些把能清楚表达的东西却表达的像谜一样的作家,我们十分赞同,但我们也要有勇气坚持独特性。"(CPMM 397)

《替代七弦琴》(In Lieu of the Lyre)一诗为摩尔晚期所创作,探讨了艺术家坚持个性与个性被人接受这一对矛盾。摩尔在诗歌中再一次强调"诗人应有的光芒"(radiance poets are supposed to have),即诗人个性的重要性,并自嘲自己身为诗人却缺乏个性品质,当然此乃谦词。相比《在公园》而言,该诗缺乏整齐的形式。诗歌开端,诗人流露出女性主义气质,因为"一个被哈佛拒之门外的人"(One debarred from enrollment at Harvard)(CP 206)只能作为一个观光者在路过哈佛大学时看看"塔楼"(towers)与"园子"(yard),却无法像其兄长一样在哈佛大学接受教育。不过,哈佛大学在1968年授予了摩尔博士荣誉学位,算是弥补了她的遗憾。

摩尔与哈佛大学有不解之缘,主要体现在三个方面:其一,哈佛学者的著述与文章是促发摩尔思想形成的原因之一。在这首诗中,摩尔为何在众多学者中独独挑选出方博士?此处方博士是指华裔汉学家方志浵先生。本书认为,摩尔对方博士的评论文章情有独钟,因为方博士评论布夫勒夫人(Madame Boufflers)所用的词语"热心的感觉"(sentir avec ardeur)反复出现在摩尔的诗歌与散文中。其二,哈佛学者对摩尔诗歌的研究使摩尔与很多哈佛学者成为好友。哈里·莱文(Harry Levin)是摩尔的好友,曾帮助摩尔翻译《垃封丹寓言》(La Fontaine)。摩尔嘲笑莱文对待她的诗歌有着过于学究般的严肃,而且认为他文章中提到的"法国因素"纯属杜撰。其三,摩尔与哈佛大学的关联还体现在出版社

第四章 "想象的写实者":摩尔的诗人观

方面。

与《在公园》一样,摩尔批判了自己作为诗人诗歌才情的缺乏。在诗中,摩尔一如既往地自贬:"我不可避免地蹩脚,文字的朝圣者"(unavoidably lame as I am, verbal pilgrim)(CP 206)。摩尔自喻为传说中的从帽檐处喝水、不成体统的传教士,借机歌颂止渴的瀑布。此举既含蓄地得到了读者的敬意,同时也表达了对《拥护》(*Advocate*)杂志邀请她写诗的感激之情。

此外,为了获得自我在张扬与谦逊之间的平衡,摩尔引用了几条看起来与诗歌无关的箴言。第一条箴言论析了平衡原理,"静止的力量保持静止是因为其他力量平衡所致"(A force at rest is at rest because balanced by some other force)(CP 206),这正是摩尔在个人体验与审美体验中所追求的平衡。还有一条关于架设桥梁的结构原理的箴言,同为讲述平衡的重要性,"悬链线与三角形保持空间稳定"(catenary and triangle hold the space in place)(CP 206)。摩尔在诗歌最后仍不忘向最喜欢的英雄布鲁克林桥的建筑师与"罗伯林电缆"(Roebling cable)的发明者罗伯林(John A. Roebling)致敬。

综观全诗,虽然在诗歌的开端,摩尔以个人与哈佛大学之间的奇闻逸事开始,但她有意地在诗歌末尾引向科学与客观事实。摩尔的个性到了诗歌末尾已经被抹掉,她写的并非传统意义上的抒情诗,或者说并不是真正意义上的诗,而是展示她对艺术主题思考与观察的作品。可见,摩尔强调艺术家的主体性必须与诗歌艺术的客观性相平衡,这一点跟该诗中讨论的平衡完全一致。

摩尔在《热心》(Avec Ardeur)一诗中也表达了平衡的重要性。首先,此诗指出语言存在的问题。在开篇,言说者对即将使用的说教语气表示抱歉,因为论说总让人无聊。粗略地读此诗,读者会认为摩尔好似在批评英语老师老套、夸张的文体使用习惯,以及使用隐喻的俗套。实质上,摩尔关注的并非老生常谈的事,因为她不赞同使用主观内涵指涉日常体验,也不赞同用宗教词汇指涉精神与世俗层面的体验。于摩尔而言,这两个体验的领域是分开的。因此,摩尔拒绝使用一些词,如:"我拒绝/使用/'神圣'/意指/欢乐的/事"(I refuse / to use / "divine" / to mean / something / pleasing)(CP 237)。除"神圣"外,这样的词还包括"魅力"(enchant)、"疯狂"(dement)与"令人发怵"(fright-ful plight)的困境等。

其次,该诗承认分离主观与客观是艰难的,即便诗人自己也无法逃脱。"我逃脱了吗?/依然困在/这些/文字疾病里"(I've escaped? am still trapped / by these/word diseases)(CP 238)。可见,诗人自己也无法摆脱语言之结。不仅如此,诗人意识到自己的创作缺乏"抒情力量"(lack lyric / force);意识到为了保持原创性,她创造了一些奇特的、扭曲的词语,例如:"like Attic / capric-Alcaic / or freak / calico-Greek"等。摩尔尝试净化诗歌中主观性的词语,指出她写的文字并不是传统意义上的诗歌,"不是诗歌/当然"(This is not verse / of course)。

最后,该诗解释了为什么要尽量避免使用主观的陈述。她写道,"我肯定这点:/平凡的事不会神圣;/神圣的事亦不会平凡"(Nothing mundane is divine;/ Nothing divine is mundane)(CP 239)。神圣与世俗现实之间存在确凿的区别,神圣无法被世俗世界的语言界定,世俗也只有在观察与体验的基础上才能被映现出来。这一点再次论证了摩尔所指出的语言有时无法处理形而上问题的观点,诗人必须认识到语言描述现实领域的局限,主题与视野受限制的艺术也并不意味着艺术家缺乏智性与激情。

第四章 "想象的写实者":摩尔的诗人观

本书认为,艺术家最好通过隐藏个性来表达个性,这是一个审美悖论。艺术家使用个人化与晦涩的语言可能会导致隔阂,因为读者可能无法理性地理解其主观经验的意义。因此,艺术家的个性必须转变成普遍的、非个人化的表达,这种表达是理性与感性的结合。只有以这种方法,艺术家才能创造出对自己、对他人有意义的作品。

在现代派文学中,浪漫主义与古典主义两种传统之间的张力、主观与客观之间的矛盾,都需要艺术家加以调停。诗人一旦找到主观与客观的平衡点,就获得了对审美形式的把控能力。摩尔使用"度"(propriety)这个词解释这种平衡,而且《度》也是一首经典的标题诗。那么,该如何理解"度"?"度":

是一个这样的词,	is some such word
如同勃拉姆斯	as the chord
在鸟鸣中谛听到的	Brahms had heard
和弦,	from a bird,
压着喉咙浅唱:	sung down near the root of the throat:
那是一只毛茸茸的小啄木鸟	it's the little downy woodpecker
绕树盘旋——	spiraling a tree—
上升、上升、上升,宛似水银:	up up up like mercury:
一首不长的	a not long
麻雀之歌	sparrow-song
吟唱干草种子的	of hayseed
伟大——	magnitude—
庄严且含蓄的曲调	a tuned reticence with rigor
来自源头的力量。度就是	from strength at the source. Propriety is

| 巴赫的小前奏曲—— | Bach's Solfegietto— |
| 口琴与低音交织。 | harmonica and basso.（CP 149） |

"度"是一个高度抽象的词，不易理解。摩尔通过具象化的场景描述，生动清晰地向读者展示了什么是"度"，总结出"度就是巴赫的小前奏曲"。如此一来，本书认为有必要了解巴赫的音乐，尤其是小前奏曲 Solfegietto。依据摩尔博物馆的收藏记录，摩尔拥有一本汉密尔顿（Clarence Grant Hamilton）撰写的书《钢琴曲：作曲家与个性》(*Piano Music: Its Composers and Characteristics*)。该书的封底记录了摩尔从第55页摘录的一条关于弹琴手指要求的笔记，在笔记中她提及汉密尔顿评论巴赫的文章——《论练习键盘真方法》，其中巴赫提出"弹奏时手指弯曲，肌腱放松"，"用心弹奏，而不是像一只训练有素的鸟儿"。巴赫的钢琴曲 Solfegietto，见图4.2。

巴赫的这首钢琴曲节奏严谨平稳，动感中带着克制，完美地体现了音乐中的"度"。正如劳伦斯·登博（Lawrence Dembo）所言，"'度'于摩尔而言，既是一种审美，又是一种道德品质，意指在创作活动中理性与感性达到平衡"[①]。

"度"的品质主要体现在摩尔提倡情感的克制这一方面。摩尔是一位克制的诗人，甚至有意保持沉默。这一点与古典主义艺术家相似，因为古典主义艺术家一般不会直接表达个人信念，往往通过客观象征符号进行间接表达；在处理个人与情感问题时，古典主义艺术家主张克制与控制。例如，摩尔是一位基督徒，但她从未在诗歌中表达她的宗教信仰。

---

① DEMBO L. "Unparticularities", conceptions of reality[M]//Modern American poetry. Los Angeles: California University Press, 1966: 108-120.

第四章 "想象的写实者"：摩尔的诗人观

又如，《沉默》（Silence）一诗在1935年《诗选》与1951年《诗歌集》中均作为结尾诗篇应该也是有意为之。虽然《沉默》这首诗表面上像是一首论述关于社会礼节的诗歌，但从内容看，它与摩尔尊崇的艺术本质很契合，可以看作是关于"度"的美学问题的探讨。

图4.2　巴赫的钢琴曲 Solfegietto[①]

在摩尔大多数的诗歌中，作者与人物角色似乎很难辨别，但这一首诗中却一目了然，第一行开宗明义地指出，"我的父亲过去常说"（My father used to say）（CP 91）。父亲形象在摩尔的作品并不多见，似乎是缺失的。此处，摩尔暗示的并非自己的父亲，而是朋友的父亲。首先，此诗再次回到多次探讨的主题：谁是一流的人？谁是英雄？从父亲的

---

① 该曲谱图由巴洛克时期德国作曲家约翰·塞巴斯蒂安·巴赫（Johann Sebastian Bach, 1685—1750）所创作。参见网址：www.moore123.com. 2018-06-24。

· 173 ·

训诫中可知，一流的人"去朗费罗的墓前凭吊/或去观赏哈佛的玻璃花/一流的人从不做长久的逗留"（Superior people never make long visits, / have to be shown Longfellow's grave/or the glass flowers at Harvard）（CP 91），可见，一流的人具备独立品格，不希望成为别人的负担。

其次，该诗通过猫的意象与隐喻界定出独立的力量。猫"把猎物叼到隐蔽处，/嘴巴边晃荡着老鼠鞋带似的松软尾巴——/他们经常享受独处，/令他们欢欣的语言/可以被剥夺（the cat—/that takes its prey to privacy, / the mouse's limp tail hanging like a shoelace from its mouth—/they sometimes enjoy solitude, / and can be robbed of speech/by speech which has delighted them）（CP 91）。诗中的"猫"意象呈现出强大的自我克制能力。"把猎物叼到隐蔽处"，不仅象征独立，而且表明语言并非必要，"嘴巴边晃荡着老鼠鞋带似的松软尾巴"则可看作是胜利的标志。

最后，此诗总结出克制是成为一流的人的重要品质。"'最深沉的情感总是流露在沉默里；/不是沉默，而是克制。'/他不无诚恳地说，'把我的住所当成你的旅馆。'/旅馆成不了住所。"（"The deepest feeling always shows itself in silence;/not in silence, but restraint." / Nor was he insincere in saying, "Make my house your inn." / Inns are not residences.)（CP 91）可见，一流的人是那些知道适时沉默，知道最深沉情感无法用语言表达的人，同时也暗示了人只有拥有强大的自我才能做到克制的道理，即便一流的人也必须凭借克制来平衡个人情感。

《沃尔特·萨维奇·兰德》（Walter Savage Landor）又是一首进一步论述"克制"品格的诗歌。诗题中提到的英国诗人兰德（1775—1864）是浪漫主义诗人中最具有古典意味的一位。兰德一生钟情于自然与艺术，其诗歌语言简洁凝练、韵律感强、意蕴深邃。除了诗歌，兰德在散文方

第四章 "想象的写实者":摩尔的诗人观

面也颇有建树,散文《虚构的对话》(Imaginary Conversations)与诗集《罗丝·艾尔默》(*Rose Aylmer*)最广为人知。

首先,该诗指出兰德是一位极具个性的文学大师。诗文指出:"有/一个人我能忍——/'一位愤怒的大师'……/从一位士兵/转变为作家"(There/is someone I can bear—/"a master of indignation"…/meant for a soldier/converted to letters"(CP 214)。为什么摩尔无法忍受许多艺术家,却能忍受艺术家兰德?本书认为,这是因为兰德是一位具有激情与力量、讲原则的人,这一点恰恰符合摩尔所称颂的艺术家和英雄的品质。

其次,该诗指出兰德兼具理性与感性双重品格。兰德"本可以/扔/他到窗外,/然而,'温柔对待植物,'说,'仁慈的上帝,/紫罗兰!'(在下面)"〔(who could/throw/a man through the window,/yet, "tender toward plants," say, "Good God,/the violets!" (below)〕(CP 214)。兰德意欲把厨师扔出窗外,却担心窗下花朵安危,这桩轶事表明兰德品格的双重性。摩尔曾经也同样评价过圣杰罗姆(Saint Jerome):"既平静又热烈——/若不是两者兼具,为何/他会如此伟大?"

最后,该诗指出这位激情的士兵、易怒的大师能驾驭各种风格与颜色。兰德性情爽直,其强烈、不羁的个性跟他那些严谨、精致的诗歌形成对比:"'高超技艺展现在/风格/和色彩里'——同时关照/无限和永恒,/他只能说:'只有了解之后/我才会去谈论'"("Accomplished in every/Style/and tint" —considering meanwhile/infinity and eternity,/he could only say, "I'll/talk about them when I understand them")(CP 214)。此处特别提到了兰德那些打磨得精致的诗歌。摩尔认为,兰德是真艺术家的代表,因为他接受想象与语言的局限性。其诗歌作品数量不多,这并不是一种缺陷,相反是一种财富,因为它展示了兰德精神上的谦卑和情感与理性之间的平衡。兰德的诗歌艺术是"度"的极佳体现。

总而言之，摩尔在继承浪漫主义个性化诗学观的同时，又对此进行了修正与提升，指出艺术家在创作中有必要保持"个人化"与"非个人化"之间的度，有必要调和感性与理性之间的矛盾。

第三节 "文字魔术师"：
想象与真实的合一

魔术师表演时所有的动作必须完美、时间必须精准，才能引起观众喝彩。本书认为，魔术是一种既令人疑窦丛生、又让人拍手叫绝的艺术；魔术师身上总散发神秘莫测的气质，表演的舞台也总弥漫着诡惑迷离的气息；诗歌文本就好似一个魔术舞台，诗人便成为舞台中心的魔术师；诗人能否表演出令人交口称赞的魔术，取决于诗人运用文字的手法是否精湛、是否具有难以捉摸的精神。从这点上看，摩尔就像一名魔术师，她十分注重锤炼语言，把诗歌当作语言训练的练兵场和跑马地，演绎出精彩绝伦的"语言魔术"，以不可思议的方式吸引读者的注意。例如，虽然她选择的材料大都是平常的物件，她所使用的语言大都是日常的生活语言，但它们会得到周详的安排与转化，使读者抽离出外在的感知，从而探求真实，看见"岩石/水晶"。正如摩尔在《猴群》（The Monkeys）一诗中所言，如果魔法看上去非比寻常或者异常，那么摩尔就是"一流地反常"（supreme in abnormality）（CP 40），因为她就是魔术师（imagnifico）。

在诗集《告诉我，告诉我》中，《精神，难以捉摸》（The Mind, Intractable Thing）一诗表达了精神无法在绝对意义上界定现实的观点。

第四章 "想象的写实者":摩尔的诗人观

这首诗不同寻常,语调并不平静、精神并不平衡,表达了挫败甚至绝望的情感。它围绕摩尔创造的一个新词"imagnifico"展开,表明了诗人的重要性与诗人想象力的丰富,而且这个词亦可理解为"语词巫师"(the wizard in words),代表了具有巫师特有魔力的理想化诗人。

在语言与形式方面,这是一首特别的诗,它采用说教的语调,鲜少用隐喻与典故。前一章已经指明,诗是具有"高度意识的散文",诗人的主观情感与表达情感的客观形式是一个有机整体。但是在这首诗中,诗人似乎感受到了情感的分裂,诗人的精神无法控制内心情感的涡旋。一方面,这首诗阐释了诗歌和诗人应有的关系,真诗人能在诗歌中产生魔力与魔幻的效果,同时该诗也表达了摩尔在其他诗歌中无法流露的情感,暗示了如果摩尔是一位更强大、更英雄化的人,她有可能控制无法控制的精神,写出具有魔力和魔幻效果兼具理性的诗篇。另一方面,诗歌中严苛的自我评价也是摩尔对作为诗人不安全心态的反映。写这首诗的时候,摩尔被抱负与实际成就之间的差距困扰(当然,这个差距也困扰着其他诗人),她觉得成为一个诗人并非易事,尤其用语言表达情感实属难事。

首先,该诗指出传统的浪漫主义诗歌魔力非凡。阿尔弗雷多·帕兹尼(Alfredo Panzini)对诗人进行界定,认为诗人是"文字魔术师"。然而,该诗的言说者却深深懊恼她的精神没有被施魔法,所以,她无法创作出有魔力且别致的诗歌。"即使打磨自己的斧头,有时/也会助益他人。为何于我无益?"(even with its own ax to grind, sometimes / helps others. Why can't it help me?)(CP 208)

其次,该诗指出想象力是诗人成为魔术师的必备条件。摩尔以想象的梦幻形式展现了她作为诗人的罕见形象,眼中飘出半掩的三联画。第一幅几乎是逃避现实主义的幻想,那是一幅华兹华斯似的田园场景:郁郁葱葱的峡谷、一条小道、一片从柿子树上掉落的叶子。在这个宁静、清幽、美丽的地方，她开始想象自己远离词语的纷争，独享宁静。但第二幅与第三幅转变为一个动态的运动世界。在这个世界，精神是不可言状的。一只飞鸟与一位沙漠奔跑者成为生命无法捕捉的象征，奔跑者的"尾巴旋转/向上向我挑衅？"

摩尔指出诗人是被施了魔法的"魔术师"。只有这样，诗人才能刻画出内心世界与外部世界的跌宕起伏与错综变化。摩尔对魔术师说："你深知恐惧，懂得如何/宣泄压抑的情感，一首歌，一样巫术。/可我不会"(You understand terror, know how to deal/with pent-up emotion, a ballad, witchcraft. /I don't)(CP 208)。这些读起来像个人精彩自白的诗行指出了摩尔与传统艺术家、吟游诗人和民谣歌者的不同，摩尔无法像他们那样处理极度的情感体验，因为精神在极度的情感体验中可能会土崩瓦解。

最后，该诗指出理想化诗人该有的样貌。摩尔以这种理想化诗人的标准衡量自己：传统的英雄诗人是大无畏的，他"对所行之事无所畏惧"，而且"对眼前的失败无所畏阻"。换言之，他挑战语言的极限，即使他知道语言也可能无法满足表达的需要："你，魔术师，无畏/毁谤，死亡，沮丧，/美人鱼泽洛也无法将你引诱，/你的词语艺术无人能拒：/暗礁，残骸，迷失的少年，'沉入海底的钟'——/几乎具备了国王应有的品质——/可我对这种技艺一无所知"(you, imagnifico, unafraid/of disparagers, death, dejection, /have out—wiled the Mermaid of Zennor, /made wordcraft irresistible: /reef, wreck, lost lad, and "sea-foundered bell"—/as near a thing as we have to a king—/craft with which I don't know how to deal)(CP 208)。此处，摩尔提到弗农·沃特金斯(Vernon Watkins，1906—1967)的一首诗《泽纳美人鱼之歌》(The Ballad of the Mermaid of Zennerr)。沃特金斯是威尔士著名诗人、翻译家和画家。对摩尔来说,魔术师是真诗人,因为魔术师能掌握"巫术/语词术"(witchcraft/wordcraft)。摩尔指出,这种技术"是我不知道如何处理的技艺"。这种表达颇具反讽意味,作为诗人的摩尔肯定知道如何处理"词语艺术"(wordcraft),因为她能够把沮丧转化成一首流动的诗就是一个很好的例子。可见,她自己就是一位"imagnifico"。当然,在另一层面,摩尔确实无法处理想象,因为无人能够处理想象,想象本身抵制人类试图刺穿它神秘的各种尝试。诗人陷入一个康德式的悖论:人类无法了解"不可捉摸的精神",但它又是人类获得知识的先决条件。"imagnifico"能识别这种悖论,把它转化为一种优势技艺,认识到真实的蟾蜍总是栖息在想象的花园中。

综上,摩尔在这里使用一般性的概念"精神"(mind)指代"想象"。全诗从一位沮丧的诗人无法从想象中进出火花的柯勒律治式困境开始,直到诗人把困境转化成诗歌作品,从而超越该困境。正如摩尔在《有天使性情》(By Disposition of Angels)中的解释,一切审美感知的悖论是必然的,因为只有"神秘方能解释神秘"(mysteries expound mysteries)(CP 142)。当凝视天空闪耀的星星时,人类才能强烈感知到光,这种光正是"黑暗才使它明晰"(the darkness makes explicit)(CP 142),因为特定的星星只有在广阔的、驰骋的想象中方能闪耀。

摩尔在暮年写过一首诗,诗题为《魔术师的寓所》(The Magician's Retreat)。此诗进一步阐释诗人是魔术师的观点。据美国摩尔研究专家威利斯(Patricia C. Willis)考证①,此诗题得灵感于让-雅克·勒克(Jean-

---

① WILLS P C. Marianne Moore: vision into verse[R]. Philadelphia: Rosenbach Museum and Library, 1987: 115-117.

Jacques Lequeu）的作品。威利斯指出，摩尔在一期《艺术杂志》(*Arts Magazine*）的封面上看过一幅图：一幢恐怖的哥特式建筑，头戴尖帽的魔术师站在屋子的壁龛上，外墙饰有大象怪兽，上有法语写成的"Repaire des magiciens"字样，译为英语就是"The magician's retreat"。另外，诗歌内容的灵感则来源于《纽约时报》上刊载的比利时画家勒内·马格利特（Rene Magritte，1898—1967）的一幅小尺寸水彩画《光的领域》(Domain of Lights)，这一点从诗文中能得到印证。显然，这两幅图画激起了摩尔的好奇心，因为她"直接把画上的标题引用过来写在马格利特画作的剪纸上"[①]。

一方面，该诗向读者展示了由真实元素构成的想象场景所体现的魔幻效果。"寓所"(retreat)是一个空间术语。这个寓所的光亮不是来自外部，而是来自内部："从适宜的高度/（我见到）/很多的云，而光亮的内部/如同月亮石，/一束黄色的光/从百叶窗的缝隙里闪入，/一束蓝色的光从挨着前门的/灯柱里洒出"[of moderate height/(I have seen it)/cloudy but bright inside/like a moonstone,/while a yellow glow/from a shutter-crack shone,/and a blue glow from the lamppost/close to the front door]（CP 246）。从诗文判断，它再现了马格利特的画作《光的领域》。马格利特是欧洲魔幻超现实主义的代表人物，其绘画通过物体的并置或变换等不同手法真实地表现日常场景，事件与细节的意外组合，产生玄机无限、奥妙无穷的怪诞画风，他的"每幅精美的画都是智识和感受融为一体的新发现、新感觉"[②]。从《光的领域》（见图4.3）这幅画中可见，

---

① WILLS P C. Marianne Moore: vision into verse[R]. Philadelphia: Rosenbach Museum and Library, 1987: 112.
② 张少侠. 世界美术大典[M]. 上海：上海人民美术出版社，2000：8.

第四章 "想象的写实者":摩尔的诗人观

郊外水塘边的一间小屋被深夜的阴影重重包围,仅有路灯和个别的室内还透着昏黄的灯光,感觉夜已至深,万籁俱寂,周围的一切仿佛都已安然入睡。可屋顶上空却是蓝天白云,亮如白昼。这到底是明亮的月光,还是黎明的曙光?不得而知,无法解释。

图4.3 《光的领域》①

本书认为,摩尔创用马格利特的画作,用诗人的眼睛与哲学家的思辨方式,表现出她对牛顿相对论的转移感知:每一个物理世界都与观看的人相关,物理上事件的空间与暂时的属性很大一部分都依赖于观察者的角度。相对论彻底改变了关于时间、空间与人和事件关联的哲学观点,没有所谓绝对的静止或绝对的运动,一切变动都是相对的。此诗既反映了这种

---

① 该图为20世纪比利时杰出的超现实主义画家勒内·马格利特于1949年在布鲁塞尔的创作的布面油画《光的领域》,尺寸为48.5厘米×58.7厘米,现为私人收藏。参见网址:www.moore123.com. 2018-06-24。

物理的哲学性精神，也彰显了摩尔"诗人就是魔术师"的诗学主张。

另一方面，摩尔以"寓所"象征诗歌创作的舞台。房子"它无可挑剔，/不多不少，/十分的朴实。/一棵黑色的树在后面升起/几乎触到屋檐/带有马格利特的确定，/谨慎尤为重要"（It left nothing of which to complain, / nothing more to obtain, / consummately plain. / A black tree mass rose at the back / almost touching the eaves / with the definiteness of Magritte, / was above all discreet）（CP 246）。诗行提到"十分朴实"的房子与"谨慎"，房子是具象而"谨慎"是态度，这两者究竟如何关联？本书认为，这体现在两个方面。其一要追溯到威廉姆斯对摩尔的评价。威廉姆斯评论摩尔"像一根橡子撑起我们未完工大厦的上部结构，是一根女像柱……她绝对是新秩序的主要支撑者之一"[①]。摩尔一贯克制与谨慎，对威廉姆斯的"女像柱"一说断然不肯接受，故而不仅在霍尔的采访中对此予以否认，而且在这首诗中也表达了相似的观点。其二，诗题中的"retreat"一词，如果解读为以房子隐喻或象征诗人自身，那么摩尔把自己类比成魔术师的意图便不言而喻，"retreat"一词意味着诗人即将告别一生为之奋斗的舞台。因此，这首诗与其说描述了一幢见识到的适宜高度的房子，不如说探讨的是摩尔毕生追求的高度。摩尔在84岁时创作此诗，当时的她已到人生的最后时光，外面的世界已是模糊不清，虽然她的一生"十分朴实"，但"它无可挑剔，/不多不少"，她内心的光"如同月亮石"，足以烛照黑暗。

总而言之，摩尔用文字搭建"想象的花园"，"真实的蟾蜍"在花园

[①] WILLIAMS C W. The autobiography of William Carlos Williams[M]. New York: Random House, 1951: 146.

里驰骋，而"想象的写实者"——诗人——把这耐人寻味的一切多角度、多层面、多维度地呈现给读者。无疑，摩尔是一位主动探索诗人身份与使命的体道者，认为艺术家"是想象的写实者"，即艺术家是"模仿者"与"创造者"的结合体。该理念的提出，一方面，强调了浪漫派的个人主义。摩尔认为诗人的个性是能量与力量的来源，决定了诗歌的品质，一首精彩的诗必然使读者捕捉到艺术家的个性，感受到她的激情、热情、乐趣与最深沉的个人信念。另一方面，摩尔也认识到个性存在潜在危险，过度抒写个人情感与信念会使表达软弱无力，无法叩击读者的心灵，所以诗人在强调浪漫的个人主义的同时，要保持"个人化"与"非个人化"之间的度。可以说，坚守个性化的表达与追求对客观世界的真实是摩尔作为诗人的核心任务。面对主观—客观、内在—外在二元对立的坚壁，摩尔的选择不是非此即彼，而是在外观与内涵、自我与他者、事物与语词之间不断来回衡量以寻求平衡。

第五章

"观物之所"：
真实与想象的博物馆与图书馆

是谁把肃穆的博物馆

看作彬彬有礼的雄性园丁鸟

是谁让可亲的狮子

卧在公共图书馆的台阶上等候，

渴望起身，追随你穿过一扇扇门

向上进入阅览室，

请飞过来。[①]

——伊丽莎白·毕晓普

[①] 所引诗行出自毕晓普的《邀请玛丽安·摩尔小姐》。参见：BISHOP E. The complete poems: 1927-1979[M]. [S.l.]: Farrar, Straus and Giroux, 2000: 82-83.

以上所引诗行出自伊丽莎白·毕晓普的《邀请玛丽安·摩尔小姐》（Invitation to Miss Marianne Moore）一诗。该诗是摩尔与毕晓普亦师亦友、深厚关系的见证。作为摩尔的门徒兼好友，毕晓普对摩尔的洞悉入木三分，她敏锐地捕捉到精神导师与博物馆之间非同一般的关系，想象地再现了摩尔走向纽约公共图书馆与博物馆的场景，同时赋予博物馆与图书馆魔幻的品质：博物馆有时幻化成"彬彬有礼的雄性园丁鸟"，有时幻化成"可亲的狮子"，它们像彬彬有礼的绅士向摩尔献殷勤，折服于摩尔的魅力。具体而言，此诗传递出两个重要信息：其一，摩尔同博物馆与图书馆关系紧密，它们是摩尔智性生活的核心空间；其二，摩尔的作品如同博物馆与图书馆的展品，彰显想象与真实性等特征。

那么作为空间形态，博物馆有哪些特殊性？它和摩尔的视觉诗学理想有着怎样的关联？本章以德国哲学家尤尔根·哈贝马斯（Jürgen Habermas，1929—）的"公共领域"（public sphere）为理据，结合法国当代批评家和哲学家加斯东·巴什拉（Gsston Bachelard，1884—1962）著名的"空间诗学"（the Poetics of Space）与尤里·洛特曼（Yuri Lotman，1922—1993）的"符号圈"（семиосфера）理论，探讨摩尔视觉诗学中真实与想象交错的空间观。

第一节 "获得体验"：缪斯光顾之地

英语 museum（博物馆）一词源自希腊文 mouseion，意指"向缪斯致敬的地方"。在古希腊神话中，缪斯主司智慧，传说是由9位掌管不同艺术门类的女神组成，由此，博物馆是一个向公众展示智慧与知识的地

第五章 "观物之所":真实与想象的博物馆与图书馆

方。1683年,英国贵族阿什莫尔(Elias Asmole,1617—1692)将全部收藏捐献给牛津大学,成立了第一座现代意义上的博物馆——阿什莫尔博物馆(Ashmolean Museum)。此后,大英博物馆(British Museum)、卢浮宫等博物馆纷纷向公众开放,从而进入公众视野。

摩尔与博物馆有何渊源?摩尔在图书馆工作的经历与流连博物馆的体验使她认识到空间维度的多样性,以及空间的改变带给人生活、思想、思维方式的巨大变化。摩尔的个人成长和艺术创作与博物馆、图书馆等公共领域具有无法割裂的因果和逻辑关系。哈贝马斯在《公共领域的结构转型》(*Strukturwandel der Öffentlichkeit*)一书中指出,"公共领域"是相对于"私人领域"而言的,它"首先可以理解为一个由私人集合而成的公众领域,但私人随即就要求这一受上层控制的公共领域反对公共权力机关自身"[①]。哈贝马斯认为公共领域是现代性的一个标志,而且审美现代性诞生于公共领域。哈贝马斯的这个观点是对多数学者从哲学思潮、社会变革、文学嬗变等方面解释英美现代主义诗歌发生因由的一个有力补充。博物馆与图书馆作为名副其实的"公共领域",不仅是诗人摩尔的光顾之地,而且是摩尔视觉诗学形成的主要因由与特性之一。本节把摩尔置于常去参观博物馆这一语境,从"公共领域"这一视角探讨摩尔诗歌中展示的标本与标本展示方式的重要性。

首先,摩尔的阅读体验广泛,有关博物馆等公共领域的书籍是其常读之书。吉尔曼(Benjamin Ives Gilman)的《博物馆宗旨与方法的理念》(*Museum Ideals of Purpose and Method*,1918)就是其中最具代表性的一本。摩尔保存下来的笔记本可以为证,其中一本上"有10页笔记涉及此

---

① 哈贝马斯.公共领域的结构转型[M].曹卫东,等译.上海:学林出版社,1999:32.

书230页上的内容，全书不过434页而已"①。这说明摩尔的博物馆意识是随着同时代的博物馆学理论发展而来的。根据笔记，比起博物馆的陈列技巧而言，摩尔对"宗旨"（purpose）尤感兴趣，因为其笔记更关注吉尔曼对博物馆在文化中充当的角色与相关的美学评论。吉尔曼认为：

> "博物馆的角色是发现，并非营救。"他还说："人们逐渐意识到艺术品展出最高目的是促进大众赞赏艺术家所要表达的内容，不管它是什么样的意识，这对于艺术与博物馆而言是一件幸事。"但是，要从思想上并非义务上意识到这点。唯有想象能够使这些理念生动起来。②

摩尔还颇赞同吉尔曼区别鉴赏家与文学家的观点，"鉴赏家在观看艺术家作品时产生愉悦，而文学家则需把自己融入作品中才能感到快乐"③。摩尔对此有深刻体会。1925年到1929年间，摩尔掌舵《日晷》杂志。该杂志在文学与艺术两方面皆有颇高的声望，摩尔也因此成为一名名副其实的鉴赏家。期间，她全身心投入撰写文学评论与艺术评论之中。该杂志专辟一个版面刊发最优秀的现代派艺术家作品的印刷品，包括塞尚（Cezanne）、查尔斯·第默斯（Charles Demuth）、约翰·马林（John Marin）以及卡斯盾·拉雪兹（Gaston Lachaise）等画家的作品。摩尔"为新派艺术家写过评论，而且与他们建立了长期的关系，还为毕加索、塞尚、布兰诺西、高更、康定斯基、克莱、罗丁、勃鲁盖尔、布莱克、达·芬

---

① PAUL C. Poetry in the museums of modernism: Yeats, Pound, Moore, Stein[M]. Ann Arbor: The University of Michigan Press, 2002: 169.
② 同①171.
③ 同①171.

第五章 "观物之所":真实与想象的博物馆与图书馆

奇、丢勒、格列柯写过艺术评论"[1]。这使摩尔能够与当时最新的艺术风潮保持亲密接触,其鉴赏力得到提升,其艺术视野更加开阔。

当然,摩尔并非不加思考地看待两者的区别,她认为艺术家传递的信息固然重要,但观者的想象力才是激活陈列物品的关键。摩尔较少关注观者品位的培养。相反,摩尔更想利用博物馆空间使观者在想象上超越所看到的物,因为她认为一致的欣赏标准不会走上发现之路。摩尔对博物馆的想象方式就如庞德在大英博物馆寻找诗歌灵感,威廉姆斯在大都会艺术博物馆与古埃及牧师推心置腹地谈话,或者像叶芝想象地复述都柏林市属博物馆(Dublin's Municipal Gallery)的历史一样独具特色。

其次,摩尔在欣赏吉尔曼的博物馆理念的基础之上,随着认识的加深,也逐渐形成了个人对博物馆透辟的见解。在担任《日晷》杂志主编之前,摩尔用活泼机智地语言试图界定"审美秩序"(aesthetic of order),指出:

> 学术情感,也许是偏见,弘扬持续性与完整性,反对大杂烩——音乐节目、复合图片展、报纸、杂志、选集。但是动物园、水族馆、图书馆、花园或一卷书信都可看作选集,而且这些选择性的发现令人高度满意。科学的分类和有尊严的艺术投资很明显不能被忽视,因为表现在"展览与艺术品的销售"上,虽然有时会被贬低,但博物馆是选集最有力的阶段。(CPMM 182)

这段引文涵括三层含义:其一,表达了摩尔对"不完整性"(incompleteness)与"断裂"(disjunction)的肯定。其二,表面上看起来无序、缺

---

[1] ERICKSON D W. Illusion is more precise than precision: the poetry of Marianne Moore [M]. Tuscaloosa: Alabama University Press, 1992: 70.

乏完整性的"大杂烩"（miscellany）在一定语境中能令人满意，这个语境就是指博物馆与图书馆。其三，博物馆科学的分类法与展品的陈列类比为选集，而且是最有力的选集，这表明摩尔对博物馆的认识非常深刻，并与其诗歌创作生发出关联。

不仅如此，摩尔相信"都市也能够产生认识自然的真知，杂志、讲座、自然影片、博物馆展览能担当起培养'探索事实的激情'（passion for actuality）的理想工具"（CPMM 543）。在实践中，摩尔正是通过使用这些路径构筑诗意的自然，不循旧路，另辟蹊径。美国的自然写作开拓者如梭罗（Thoreau）等，倾向于把自然景观当作自然来书写，而摩尔的自然体验则是通过观察放置在博物馆中自然物的立体模型来实现的。这在20世纪早期是非常重要的自然体验，正如摩尔在《纽约》（New York）一诗中结尾所表明的态度，究其实质而言，博物馆经验"不是掠夺，/而是'获得体验'"（CP 54）。

摩尔的这个态度在她未发表并几易其稿的《博物馆》一诗中得到阐发。据罗夫曼（Karin Sabrina Roffman）与保罗（Catherine Elizabeth Paul）考证，摩尔在1919年写过一首直接以博物馆命名的诗。几次易稿，很遗憾，此诗终未能收进任何一部诗集。该诗通过模仿博物馆目不暇接的视觉信息，如陈列展品的描述与标签的使用，揭示了博物馆收集物的过程可看作是诗人的创作过程，以及激发观者产生想象的过程。据保罗考证，该诗有两个版本，第二个版本的长度仅为第一个版本的三分之一，摩尔浓缩了一些镶嵌式的论点，着笔墨于展馆中物与物的呈现，以及从一个思想滑向另一个思想的精神活动。第二个版本全文如下：

第五章 "观物之所":真实与想象的博物馆与图书馆

博物馆
专为那些享受所见的人存在,
彼时甚至往后:"翡翠具有
独特的六面棱镜形式","古埃及
有两类奇特的狗"。信息摆在那儿,但那儿仅是那儿,
一些东西比信息更醇厚。

人们从马厩赶出马,参观
一个熟悉场景;沿着小溪,
每一个转弯是一个预知的结论;它类似于
去博物馆用自己一直珍爱的
展品提神醒脑。

The Museum exists

for these who are able to enjoy what they see,

at the time as well as afterward: "the characteristic form

of the emerald is a six-sided prism," "there are two distinct

breeds of dog in ancient Egypt." The information is there but there is there,

something more mellow than information.

One takes a horse from a stable for the purpose of visiting

a customary scene; one follows a stream,

every turning of which is a foregone conclusion; it is similarly

that one goes to a museum to refresh one's mind with the

appearance of what one has always valued. [1]

---

[1] PAUL C. Poetry in the museums of modernism: Yeats, Pound, Moore, Stein[M]. Ann Arbor: The University of Michigan Press, 2002: 175.

一首短短的小诗的文化容量不小：首先，本诗呈现了博物馆空间的多维性：艺术品与人、古代与现代、自然与艺术、空间和时间、本土文化和异域文化、情感与理性交织交错，难以剥离和分割。其次，诗歌形象地阐述了博物馆空间的动态性和对话性。参观博物馆是一个艺术能量与人类情感对话和交锋的过程。最后，这首诗呈现了博物馆作为文化空间的驳杂性。欧洲文化、美国文化、土著文化等杂糅在一起，共同构成了博物馆神奇的文化。对于摩尔而言，博物馆是一个具有文本特质的空间，也是一个具有空间特质的文本，而摩尔的高明之处更在于在自己的诗集中，从宏观和微观两个层面成功地实现了空间文本和文本空间的对接、互动与互构。

摩尔在一篇评论文章中引用登曼·沃尔多·罗斯（Denman Waldo Ross）对博物馆的评价，认为博物馆"也许是我们最接近定义美的地方：它是秩序的最高实例，凭直觉感知，由本能欣赏"（CPMM 152）。罗斯的这个评价回应了诗行"信息摆在那儿，但那儿仅是那儿，/一些东西比信息更醇厚"。"更醇厚"的东西可能指美的创造，博物馆唤起视觉意识的能力，也可指阐释的能力，这种能力比起展品标签传递的信息要重要得多。

博物馆不是科技馆，其体验包括观看方式、审美情感与情感的想象，因而主要功能并不是教育功能。当然，摩尔在所述之物与标签引用之间转换，一部分诗歌承载起收集功用，发挥博物馆的用途，因为不管是并置还是引用物的组合（assemblages of object），均有超越任何单个物体所包含的可能意义。但是从诗行中可知，博物馆的价值不仅在于展出新奇的物品，更在于它具备把很重要但有可能被遗忘的经验重新聚集在一起的能力。摩尔利用诗歌形式阐释了博物馆起到了担当文化储藏室与激发

第五章 "观物之所": 真实与想象的博物馆与图书馆

想象的作用,探讨了博物馆的非教育功能。

最后也是最重要的一点,丰富的博物馆游历给摩尔的诗歌创作带来了素材与灵感,观展经历在其创作中留下了不可磨灭的印迹。乔治·巴顿(George Barton)教授是把钥匙,打开了摩尔的通向博物馆艺术的大门。据查尔斯·摩尔斯沃斯(Charles Molesworth)所著的《玛丽安·摩尔:文学生平》记载,乔治·巴顿教授是启发摩尔领略博物馆文化与艺术的引路人。摩尔在1908年选修了一科冷门课程"东方史"(History of the Orient),当时的主讲教授是赫赫有名的东方学家乔治·巴顿。巴顿教授对东方儒、道、佛三教的研究造诣深厚,其专著《世界宗教史》(*The History of World Religion*)更是西方各大高校的学术教科书。1909年3月27日,摩尔在巴顿教授的带领下与同学们一起参观了宾夕法尼亚大学博物馆(University of Pennsylvania Museum)。这次旅游是一次特殊的学习经历,展出品既有近东国家如埃及、巴比伦、亚述的藏品,也包括远东中国的老物件。通过观看考古标本,摩尔在东方古代历史中遨游,并在信中介绍给家人,指出埃及的雕刻与搪瓷令她感到惊奇,"也许是画上了莲花,理想而又高超,蓝色、绿色、橙色、金色、深红色、奇特的淡紫色,各种颜色,不是乱涂乱抹——全部线条都按颜色严格分类;石头的所有纹理一模一样,线条的曲折度也都相同。我看得眼花缭乱"[1]。可见,摩尔与大多数学生的走马观花不同,她在第一次参观博物馆时就体现出了洞察入微、求实求真的品质。

此后,参观博物馆成为摩尔游历的重中之重。1911年,摩尔同母亲去英国旅游,参观了伦敦大英博物馆的"中日画展"。画展展出了一百

---

[1] QIAN Zhaoming. The modernist response to Chinese art: Pound, Moore, Stevens[M]. Charlattesville: University of Virginia Press, 2003: 32.

多幅宋元明清山水画、走兽画和花鸟画,如《溪鹅图》《荷花白鹭图》《白马图》《猛虎图》《百鹿图》《观龙图》《麒麟送花图》《罗汉渡海图》等。毫无疑问,这次画展给摩尔留下了深刻的印象,龙与麒麟等典型的中国文化意象多次出现在其诗文里。

此次伦敦之行,摩尔还对埃及艺术表现出迷恋,特别指出:"木乃伊各色各样,墓仆是国王的子民。看到变成木乃伊的猫、爬虫、狗、牛、豺、人、许多陶器、以及精美的包装。"[①] 此外,1922年,霍华德·卡特(Howard Carter)发现了图坦卡蒙法老陵墓(Tutankhamen's Tomb),这个事件再次激发了摩尔对埃及的兴趣。摩尔以埃及文化与艺术为背景创作出了一系列以埃及为主题的诗歌,包括《新手》、《致不朽的治国术》(To Statecraft Embalmed)、《跳鼠》、《正二十面体容器》(The Icosasphere)、《一个由埃及人拉制的鱼形玻璃瓶》等诗。正如威利斯所言,很难论断这次旅行给摩尔写作带来了何种影响,但读过她的诗后一切便不言自明,因为"华威城堡的军械、雪松上的孔雀出现在《民族环境》(People's Surroundings),牛津的天鹅出现在《评论家与鉴赏家》,牛津大学图书馆陈列的伊丽莎白木盘激发她创作出《给单身汉的建议》,以及《穿山甲》再现了圣·乔治教堂的天花板"[②]。

1915年的纽约游历同样对摩尔的写作产生了深远的影响。摩尔参观了第五大道291号阿尔弗雷德·史蒂格利兹画廊(Alfred Stieglitz Gallery),此画廊主要展览现代艺术。经由史蒂格利兹的介绍,摩尔见

---

① ERICKSON D W. Illusion is more precise than precision: the poetry of Marianne Moore [M]. Tuscaloosa: Alabama University Press, 1992: 48.

② WILLS P C. Marianne Moore: vision into verse[R]. Philadelphia: Rosenbach Museum and Library, 1987: 7.

第五章 "观物之所":真实与想象的博物馆与图书馆

识了毕加索、弗朗西斯·毕卡比亚(Francis Picabia)、马斯登·哈特利(Marsden Hartley)等先锋派艺术家的作品,而且还获赠了史蒂格利兹的《摄影技法》(Camera Work)。在第五大道291号,摩尔最愉快的记忆是约翰·马林的一幅关于海景的画,尽管别人都对这幅画的评价不高①。在这次旅行中,摩尔还参观了丹尼尔画廊(Daniel Gallery)与克拉夫特画廊(Kraft Gallery),对先锋派艺术有了全面的了解。

随着观展次数的增加,摩尔取自博物馆的题材日益丰富。以中国题材为例,1918年,摩尔多次参观美术馆与博物馆举办的中国画展、中国瓷器展。这一时期,摩尔在诗中多次提到中国艺术品,如明代工艺品、中国雕花玻璃、中国雕花瓷器。在摩尔的诗歌创作中,"有关东方地毯,中国铜器,中国艺术理论,关于中国碑与复印品的博物馆公告,以及有关中国瓷器、玉、陶器、扇子与雕塑等画廊目录与拍卖目录是摩尔图书馆财产的重要组成部分。"② 诗文中直接提到中国艺术品更是包罗万象:"一些明朝的/产品"出现在《评论家与鉴赏家》中;"一棵中国的樱桃树"出现在《挑与选》中;"东方有蜗牛,情感的/速写与玉蟑螂"出现在《英格兰》(England, 1920)中;"中国的雕花玻璃"出现在《民族环境》中;"中国的画笔"出现在《美洲蜥蜴》中;"中国的梯螺"出现在《逻辑与魔笛》中等等。

1923年,摩尔两次参观纽约大都市艺术博物馆举办的大型中国画展,细细品味每一幅画,用心体会每幅画的解说词。其中一幅《归牧

---

① ERICKSON D W. Illusion is more precise than precision: the poetry of Marianne Moore[M]. Tuscaloosa: Alabama University Press, 1992: 48.
② STAMY C. Marianne Moore and China: orientalism and a writing of America[M]. Cambridge: Oxford University Press, 1999: 136.

图》的景象丝毫不加掩饰地出现在《水牛》(The Buffalo)一诗里:"印度水牛,/由光着脚丫的牧童牵/往茅屋,住在此处,不用害怕比较/同野牛,与同胞/事实上,与任意的/牛属血统"(The Indian buffalo, / led by bare-legged herd-boys to a hay / hut where they / stable it, need not fear comparison / with bison, with the twins, / indeed with any/ of ox ancestry)(CP 28)。水牛、牧童、草屋,这不就是《归牧图》吗?对于中国读者,除能联想起《归牧图》之外,恐怕宋代诗人雷震那首脍炙人口的诗《村晚》也会脱口而出:"草满池塘水满陂,山衔落日浸寒漪。牧童归去横牛背,短笛无腔信口吹。"摩尔的诗与《村晚》虽有些差异,但诗中表现的画意与情致却是相通的。日落西山,打着赤脚、淳朴无邪的牧童赶着水牛朝自家的茅草屋走去。水牛在这里是悠闲自在的,跟牧童一样无忧无虑。这个画面基调清新,人与动物其乐融融,就像一幅悠然超凡、世外桃源般的风景画,给人恬静悠远的美好感觉,这也正是摩尔在诗学中借鉴东方美学表现生态整体观的创新体现。

　　定居纽约之后,摩尔是美国国家自然历史博物馆(American Museum of Natural History)的常客。摩尔对自然历史的兴趣始于大学。摩尔大学期间主修生物科学,热衷于阅读自然历史著作,尤其熟读19世纪与20世纪自然学家的作品。摩尔在给毕晓普的信中显露出对自然历史的热情:"我阅读过拉马克、居维叶、冯洪堡的作品——他们都是充满激情的科学家,还有达尔文;他们都在艰苦的环境中工作——令我受益匪浅;事实上是必不可少的!他们长期在野外的旅途非常艰难,他们像蚂蚁一样踏遍大山。"(SL 557)摩尔还在一篇评论劳伦斯(D. H. Lawrence)诗歌的文章中指出:"劳伦斯先生并没有攻击科学。他把科学装入口袋,带着它离开——朝着统一的方向迈进,取得了显著成就。"(CPMM 97)这

第五章 "观物之所": 真实与想象的博物馆与图书馆

段话与其说在讨论劳伦斯的诗歌成就,不如说摩尔在探讨自己成为诗人的方向。摩尔对科学,尤其是生命科学的热爱促使摩尔在较深的层面探讨人类世界与自然世界的关系,思考两者之间的疆界,并且试图在诗中调停两者之间的矛盾。

美国国家自然历史博物馆生境群(habitat group)的展出对摩尔的创作起到了启迪作用。该馆建于1869年,是世界上规模最大的博物馆之一。它不仅展示艺术品,也是人类学、古生物学与生物田野调查的工作坊。该馆徽章上的铭刻——education(教育)、expedition(探索)、research(研究),科学地概括了博物馆承担的社会功能。此馆的生境群展出引人注目,以至非视觉场景也参与到观者的体验当中,令观者产生身临其境之感。

摩尔在20世纪30年代早期多次参观过这种生境群展出。最初,生物标本陈列在玻璃柜中,观者可以从四面观看。后来设计成只能从一个面观看,展柜的背后是一幅营造真实自然环境而绘制的画。每个生境群的展出包含三个部分:特色标本、相关植物、绘制的逼真背景。"这种展出理念意识到了物种的起源不是孤立的,而是复杂的相互作用的产物。要了解一种有机物,有必要再现有机物的栖息地、生活习惯以及进化的各个阶段等等。"[1] 这种生境群陈列方式格外重视对自然细节的呈现。摩尔在家信中提到观展所见,写道:

> 这是一场特别自然的"帝王蝶展",上万只蝴蝶栖息在一棵橡树上,更多的栖息在秋麒麟草上。它们紧紧挨在一起,双翼向后折叠,

---

[1] PAUL C. Poetry in the museums of modernism: Yeats, Pound, Moore, Stein[M]. Ann Arbor: The University of Michigan Press, 2002: 188.

指向同一个方向。橡树高达10英尺,展厅的整个角落看起来全是蝴蝶。指南上写着帝王蝶没有破坏力;雌蝴蝶没有破坏力;它们不应该被捕杀。①

又如,摩尔在给侄子的信中这样惊叹博物馆海狸群的展出场景:"海狸在湖边修筑储存过冬树枝的水坝堪称一绝。"(SL 284)这种立体模型的背景设定在美国科罗拉多州,海狸隐没在树林里,周围是各种树叶与树枝,当然还有它们修筑的水坝。摩尔喜欢在陈列前逗留,观察每一个细节。

由此,摩尔使用一些生境群展出的方法建构其自己的诗歌体系。在摩尔的诗集中,每首诗起到了群体部分的作用,类似于博物馆单个生境群在整个馆中的作用,每首诗勾勒出一类动物的真实生活场景,尤其体现在《跳鼠》《美洲蜥蜴》《水牛》等诗中。如同生境群的展出,这三首诗以特色动物为诗题,但同时也呈现其他物种,形成了特色动物生存的整体环境。而且,这三首诗皆在一个小小的空间里展示动物的多样性,让读者产生了分类之感。概言之,摩尔在创作这类诗歌时,总能快速辨别出信息的真假,想办法获得科学信息,诗歌中的动物不是剥制术采集出的标本,而是鲜活、具有生命意识的动物。下面以《跳鼠》为例做一个展示。

1932年,《跳鼠》一诗首次刊登在《猎犬和兽角》(*Hound and Horn*)杂志上。为了写好这首诗,摩尔多次参观自然历史博物馆。在给兄长的信中,她大篇幅描述了所展出的动物,包括蝎子、蜥蜴、乌龟、科莫多龙、

---

① PAUL C. Poetry in the museums of modernism: Yeats, Pound, Moore, Stein[M]. Ann Arbor: The University of Michigan Press, 2002: 191.

第五章 "观物之所":真实与想象的博物馆与图书馆

猫鼬、眼镜蛇等,接着她写道:"这里没有跳鼠;只有两种美国袋鼠和两类负鼠,就是没有跳鼠。"(SL 271)最终摩尔在该馆的图书室找到了一些跳鼠的相关资料,"在图书室,你只要摇铃,管理员便会出来为你找书。我找到了一本可爱的书,但是有关跳鼠的知识不是出自个人体验,而是来自道听途说。跳鼠不是群居,也不是生活在丛林。该书确凿地指出,当地人掠夺跳鼠的土丘,只为获得几蒲式耳小麦"(SL 272)。

《跳鼠》分为两个部分:第一部分标题为"奢靡"(Too Much),第二部分标题为"富足"(Abundance)。第一部分从罗马艺术家修建的杉果形喷泉开始,刻画了巨大的青铜意象,各类动物如鳄鱼、迪克羚羊,还有花园、浸染的纱线、成对的小玩意等等。这些物象展示了社会的发展,同时也成为文化堕落的证据。单个物件看起来不会产生问题,但是罗列在一起,正如这部分的标题"奢靡"所示,它们构建了一个贪婪的图景:孩子们玩弄鸟巢,大人们虐待活生生的动物,这无不表明人类对自然资源的滥用。诗中的叙述者对这一切保持克制不加评论,直到第九诗节:"老爷和夫人把鹅脂/油涂抹在圆形骨盒上——可旋开的/盖子上刻有鸭翼/或回转的鸭头;/保存在鹿角/或犀牛角/真实的角中;蝗虫油存放在坚硬的洋槐盒里。/以下是一幅距离遥远的景象"(Lords and ladies put goose-grease / paint in round bone boxes-the pivoting / lid incised with a duck-wing / or reverted duckhead; / kept in a buck / or rhinoceros horn, / the ground horn; and locust oil in stone locusts. / It was a picture with a fine distance)(CP 15)。这些物质本是财富的象征,但是它们又无不反映出当时上层社会生活的奢靡。

在这部分结尾出场的小沙漠鼠生存的环境与人类环境构成对比,形成强烈的张力:

矮小的沙漠鼠，
不为人知，生活
　的地方缺水，却拥有
　　幸福。要么在外寻觅食物，要么待在
家的洞穴里，这些撒哈拉沙漠中的田鼠
　住在银光闪闪的

的沙子房。哦，舒适又
快乐，无垠的沙滩，
　惊人的风沙柱，
没有水，没有棕榈树，也没有象牙床，
　唯有微小的仙人掌；但是谁也无法成为他
　　一无所有却又富足。

a small desert rat,
and not famous, that
　　lives without water, has
　　happiness. Abroad seeking food, or at home
　　　　in its burrow, the Sahara fieldmouse
　　　　has a shining silver house

of sand. O rest and
joy, the boundless sand,
　　the stupendous sandspout,
　　no water, no palm trees, no ivory bed,
　　　　tiny cactus; but one would not be he
　　　　who has nothing but plenty.（CP 14）

　　摩尔用诗歌中罗列的物质构建了一个真实的立体模型，激发出观者/读者的想象。如果说第一部分可看作是立体模型的背景与周遭环

第五章 "观物之所":真实与想象的博物馆与图书馆

境,那么第二部分就是闪亮登场的特色动物——跳鼠。该部分详尽地展示了跳鼠的样貌、栖息地、生活习惯等。诗中的跳鼠仿佛用一笔一画雕刻而成,细节精微而又活灵活现:"瘦弱如柴的后腿,/纵向一跳/仿佛长了翅膀,白天/晚上皆是如此;尾巴作为重量,/因速度迅猛而波动起伏,直直的"(do/the opposite-launching/as if on wings, from its match-thin hind legs, in/daytime or at night; with the tail as a weight,/undulated out by speed, straight)(CP 13)。诗中所作描述与摩尔所绘的素描(见图5.1)也颇为契合。

图5.1 《跳鼠》[①]

有关跳鼠的知识,摩尔皆是从生物学家迪特马斯(Raymond L. Ditmars)的《我所知的奇特动物》(*Strange Animals I Have Known*)一书中获得,再现了与人类腐朽堕落生活方式大相径庭的纯朴生活方式。摩尔的诗与博物馆真实的立体模型不同,博物馆的模型必须要有动物的标本才能呈现出视觉性,而摩尔诗意的立体模型并不会危害到动物的生存,却又能激发观者的想象与沉思,对人类提出警醒:"追踪/跳鼠,/掠

---

① 该图是摩尔为其诗歌《跳鼠》所创作的素描画。参见网址:www.moore123.com,2018-06-24。

夺它的粮仓，/你就会受到诅咒"（Course / the jerboa, or / plunder its food store, / and you will be cursed）(CP 14)。

诗歌最后以跳鼠的跳跃结尾："它的飞跃应该被定在 / 六孔木箫上；/ 身体撑在 / 平稳如齐本德尔 / 三角家具的爪子上——倚重后腿，尾巴充当第三条腿，/ 一个飞跃又一个飞跃飞回了洞穴"（Its leaps should be set / to the flageolet; / pillar body erect / on a three-cornered smooth-working Chippendale / claw—propped on hind legs, and tail as third toe, / between leaps to its burrow）(CP 15)。跳鼠直立的身体如齐本德尔三角家具那般平稳。用自然材料做成的齐本德尔三角家具是现代化的产物，象征财富。摩尔把跳鼠和现代家具并置在一起，揭示出人类收集物时的问题，引发读者对人与物之间占有与共生这一对悖论关系的思考。

摩尔以生境群展出的方式建构诗歌，把多样的细节浓缩进一个小小的空间，供读者探索。可见，博物馆的观展体验不仅培养了摩尔观察错综复杂细节的能力，还影响了她对诗歌形式的见解。

如果说博物馆为摩尔的诗歌创作带来了源泉与活力，那么图书馆则给摩尔提供了科学严谨的诗歌创作方法。摩尔诗歌中显著的特征，如分类、选集与索引等特征的形成与其在图书馆的工作经历分不开：1910年，摩尔担任美国著名图书馆学家麦尔威·杜威（Melvil Dewey, 1851—1931）的秘书；1911—1915年间，摩尔在卡莱尔印第安工业学校（Carlisle Industrial Indian School）工作4年，教授商业课；1921年，她又在纽约公共图书馆哈得逊分馆（Hudson Branch）担任助理图书馆管理员。

摩尔虽然担任杜威秘书的时间不长，但杜威对摩尔创作的影响却是恒久的。杜威对世界图书馆学贡献巨大。1876年，杜威发明了杜威十进制图书分类法，被美国大部分公共图书馆和学校图书馆采纳。杜威

第五章 "观物之所":真实与想象的博物馆与图书馆

在波士顿创办的第一本图书馆杂志的出版历史长达133年,被公认为美国图书馆学的一部权威杂志。此外,杜威与同事一起成立了美国图书馆协会,创办了世界上第一所图书馆学学校——哥伦比亚图书馆经济学学校。在杜威的影响下,目录一词在美国英语中写作"catalog",并非"catalogue"。这或许是解释摩尔的诗被一部分学者称之为"目录诗"(poems of catalogue)最合情的理由。

摩尔对杜威崇敬有加。摩尔主要负责协助杜威在平静湖(Lake Placid)推广其图书馆管理理念。上岗几日后,摩尔在家信中表达了对杜威的信赖与景仰:"杜威先生的文件堆积如墙……他的文件柜可以旋转,上面贴上了整洁的标签……他的英语表达很精彩……他很开明,用各种各样的设备提升工作效率,而且经济。"[1] 摩尔称赞这项工作"既有效率又颇为经济"(efficiency and economy),认为杜威是理性知识的象征,洞见了语言在杜威工作中的审美体现。稍显遗憾的是,摩尔因为这份工作的劳动强度太大,薪水不够理想并未坚持太久,但是杜威的博物馆学却渗透到她的整个创作生涯中。

除了杜威的影响之外,摩尔1924年在纽约公立图书馆(New York Public Library)哈德逊公园分馆(Hudson Park Branch)工作过一段时间。这段工作经历促进了摩尔形成机制体系意识,主要反映在目录(catalogues)、类别(categories)、分类(classification)等组织方法上。可以说,读摩尔早期的诗歌就是读其对博物馆与图书馆空间的观点,以及她对诗歌、博物馆以及图书馆之间可能关系的探讨。

从摩尔为诗集与笔记建构索引便可说明这一点。例如,摩尔在

---

[1] ROFFMAN K S. Museums, libraries, and the woman writer: Edith Wharton, Marianne Moore, and Nella Larsen[D]. New Haven: Yale University, 2004: 126.

1916—1921年间的笔记便有一个主题索引，其包括所涉主题、作家、所引期刊的页码。受尺寸所限，摩尔在该时期的笔记使用日记形式。日期不是记录时间，而是摘录资料的页码。例如，有关本杰明·艾维斯·吉尔曼的《博物馆宗旨与方法的理念》的笔记中就出现"Aug. 4"与"Aug. 8"的记录，Aug. 关联阅读该书的时间，4为摘录资料的页码。摩尔的阅读笔记记录了她创作中所引的大部分材料的出处。

摩尔相当珍视读书笔记，有些是纯粹的摘录笔记，包括笔记摘录的书页，有些还包含摩尔所做的评论。摩尔诗集中采用的索引与诗歌中提及的参考文献表明摩尔会反复查阅笔记，利用笔记本作为文学存储库，详尽地展示创作过程的理性特质，这实属罕见。总之，摩尔对展示与收集有着强烈的兴趣，并且这种兴趣几乎贯穿在摩尔全部的诗集中。

综上所述，保存与传播文化信息资源的博物馆与图书馆是摩尔写作题材与灵感的重要来源。摩尔从博物馆中获得对艺术的直观认识，从图书馆中获得有关艺术的理性知识。可以说，博物馆与图书馆是摩尔文思敏捷的有力保证。

第二节 "想象如此完美"：
作品陈列之妙

从上节可知，博物馆与图书馆对摩尔的整个创作过程影响深远。实质上，摩尔的诗歌是一个"由语言构成的艺术画廊"[①]，每部诗集可看作是一座博物馆或图书馆，尤其是《观察》《诗选》与《何谓岁月》这三

[①] HEFFERNAN J A W. Museum of words: the poetics of Ekphrasis from Homer to Ashbery [M]. Chicago: Chicago University Press, 1993: 8.

第五章 "观物之所":真实与想象的博物馆与图书馆

部诗集,体现了时间和空间相互分割、相互联系又相互转化的特征,并在转化过程中,空间外化成时间意象,而时间则被压缩在空间形态之中,从而实现了时空一体化的效果。这三部诗集可看作是文本博物馆与图书馆空间,它们既是被时间化的空间,也是被空间化的时间,是一个巴赫金(Bakhtin)的"时空体",更是尤里·洛特曼的"符号圈"。本节以《观察》诗集为例说明。

《观察》这部诗集结构和内容的遴选体现的就是一座博物馆杂糅的文化特质,该诗集的叙事方式也体现出了现代文化博物馆的文化品性。事实上,这部诗集的创作过程就是对博物馆布展过程的仿拟。"诗集作为博物馆"的隐喻把整部诗集的诗歌纳入一个特定文化空间的方式,这不仅把西方系列诗歌传统与文化空间和博物馆的社会政治功能成功地嫁接起来,拓展了诗歌的文化内涵。

那么,摩尔是如何模仿真实博物馆的空间形态在作品中重塑一个文本空间维度?摩尔是如何把博物馆这一空间形态转化成一个文本博物馆?这一文本博物馆又有哪些特点?这些问题将在《观察》这部诗集的宏观与微观两个层面得到解答。

诗集《观察》是摩尔第一本授权出版的诗集,由日晷出版社出版,且1925年的修订版荣获日晷奖。为何它可看作是摩尔的第一部诗集?一般认为,摩尔的第一本诗集为《诗》,1921年于伦敦由自我主义出版,但是这本诗集是在摩尔不知情的情况下,由其好友布赖尔(Winifred Bryher)、罗伯特·马卡蒙(Robert Macalmon)和 H. D. 联合筹划出版。摩尔对此诗集的出版感受颇为复杂:

> 韦弗小姐于3个月前写信给我,问我在评论家们外出度夏季之前,是否愿意出版一些诗歌,我回答说不。我同样也告诉了艾略特我没有

出版诗集的打算,还告诉了庞德、H. D. 以及布莱尔。有几首本应该收入诗集的并没有被收入——好几首应该排除在外的却收录在内,收录的诗歌中有一半我还需要修改。①

摩尔的不满与该集子收录的诗歌不尽如人意有关。此外,摩尔在拒绝艾略特帮她出版诗集时显得不够诚实,因为她极力使艾略特相信,她对该诗集的出版毫不知情,并且对该部作品的质量如何也显得很是犹豫,"诗集的出版于我而言是个巨大的吃惊……我觉得出版这本诗集并不能展现我的文学优势……我意识到做任何事都是展示尊严的大小与结构的完美。朋友的这种行为,是爱的见证,但如果是敌人,我会认为这是我低成果的一个表现"②。综上,摩尔心里较为认可的第一本诗集就是《观察》诗集。

评价《观察》诗集时,诗人理查德·奥尔丁顿(Richard Aldington)似乎无法全凭一个类比界定该诗集,指出"它好似一个水族馆……它又像是一个动物园;它更像一个气势恢宏的博物馆;它还像是一个整洁的客厅;它又像一位心理学教授的笔记本;它还像一个剪报社"(CRMM 74)。的确,摩尔的诗歌内容庞杂,充满形形色色的标本——活的、死的、有机的、文本的,既有个人感兴趣的,又有大众感兴趣的,无法全然评一个类比界定,倘若在众多类比中选取一个,本书认为《观察》诗集更契合博物馆机构,因为它给读者呈现了新的观看方式。实质上,奥尔丁顿对《观察》诗集包罗万象的内容提出的阵仗似的隐喻,恰恰说明了该

---

① COSTELLO B. Marianne Moore: imaginary possessions[M]. Cambridge: Harvard University Press, 1981: 170.

② 同①171.

第五章 "观物之所":真实与想象的博物馆与图书馆

诗集每一首诗都是精心安排,它对读者提出了更高的要求,要求读者对这些标本一一考察的同时,还要求他们探究标本之间的关系,要求他们把综合的分析能力与"强烈地看"(intense looking)结合起来。

作为一本挑战社会与文学传统观的诗集,《观察》诗集独具特色。摩尔经常称她的诗集为"观察"而不叫诗歌,她在1922年写给姆卡蒙(Robert McAlmon)的信中说她理解为什么读者不愿把她的写作当作诗歌看待,"因为有时我故意插入散文短语表明我的散文立场"(SL 188)。事实如此,当《诗集》出版时,摩尔就已告诉布莱尔,她更愿意使用"Observations"当作标题(SL 164)。正如舒尔茨的评论,该诗集是摩尔"第一次有意识地尝试塑造超越小杂志局限的诗歌集"[①]。诗人兼小说家韦斯科特(Glenway Wescott)在《日晷》杂志上也指出:"摩尔的诗可看作是谈话的精髓,每个词如颜色般清楚地传递出情绪。"(CRMM 51)这本诗集不仅探讨了摩尔在这些空间中的工作体验,也探讨了美国文化机构的创建过程以及这些空间形成其思维的过程。

首先,《观察》诗集与博物馆一样是一个物象纷呈的视觉世界。《观察》诗集的标题"观察"二字昭示出了一种混合书写态势。摩尔通过诗歌本身动态地定义了"观察"的内涵:"观察"意指充分调动视觉、听觉、嗅觉、味觉、触觉等感官对事物进行考察;观察是一种有目的、有计划、比较持久的知觉活动,不能简约地理解为"看";它既关注事物的本然性,也关注物与物之间的外部联系。

摩尔在《观察》诗集中善于使用白描手法,其中许多诗作,有的像陈列在展览馆的风景画,有的像动物画,有的像肖像画,有的像静物画,

---

[①] SCHULZE R G. Becoming Marianne Moore: Early Poems, 1907-1924[M]. Los Angeles: Univesity of California Press, 2002: 15.

呈现出颇具张力的绘画之美。肯纳（Hugh Kenner）指出，摩尔的诗歌是为眼睛而作，并非为了耳朵，"语言被固定在数字规则的网格中"[①]。

《观察》诗集共有54首诗，呈现了第一次世界大战到美国现代生活的历史景观。开篇诗《一只墙壁里的老鼠》（To an Intra-mural Art）诙谐简短："你让我想起许多人／曾经相遇又被忘记／或只是复活／一个括号的智慧／发现他们一闪而过／如此轻快难以被审视"（You make me think of many men / Once met, to be forgot again / Or merely resurrected / In a parenthesis of wit / That found them hastening through it / Too brisk to be inspected）（BMM 51）。摩尔在该诗中使用了奇特的类比手法，把老鼠与不同类型的人作比较，表示她会像观察墙壁内的老鼠那样去审视那些曾经出名又被遗忘，或者那些因智慧而又复活的人。那么，这些人究竟指谁？这一点不得而知，这给读者留下了无限的想象空间。

在《观察》诗集的第二首与第三首，摩尔并未指出这些人是谁，而诗中的言说者幻化成巫师与变色龙。第二首《沉默与健谈》（Reticence and Volubility）中，言说者成为预言者巫师："'我死后'／巫师说，／'我会寻觅正直／但丁／知道他是对的／我的懊悔／会让他高兴，／当然。'／'我死后，'／学生说，／'我会越来越宽容，／我发现无法／嘲笑你的困境／或从你的懊恼里／获得乐趣，／梅林'"（"When I am dead," The wizard said, "I'll look upon the narrow way / And this Dante, / And know that he was right / And he'll delight / In my remorse, / Of course." "When I am dead," / The student said, / "I shall have grown so tolerant, / I'll find I can't / Laugh at your sorry plight / Or take delight / In your chagrin, / Merlin"）

[①] KENNER H. Modern American poetry: essays in criticism[M]. Edited by Jerome Mazzaro, D. Mckay. [S.l.]: [s.n.], 1970: 98-99.

(BMM 52)。诗人在第三首诗《一只变色龙》(To a Chameleon)中幻化成"隐藏在八月葡萄藤的树叶与果实里"(Hid by the august foliage and fruit of the grapevine)(BMM 53)的变色龙。可以说,摩尔在这些诗中把自己诗人的视角隐藏在老鼠、巫师与变色龙等意象中。

《观察》诗集中的作品内核坚实,擅长用精准的语言处理弱小事物的生存经验,但同时又能在瞬间拉开精神上的刻度,赋予卑微生命存在的道理。例如,在《致一只获奖的鸟》中,摩尔写道:"你很合我心意,因为你能让我大笑,/每阵风过,从干草堆扬起的谷壳/没能蒙蔽你的双眼。/你善于思考,思索自己的语言/带着参孙的傲气与结局/的惨淡;没有人敢叫你停住"(You suit me well, for you can make me laugh, / nor are you blinded by the chaff / that every wind sends spinning from the rick. / You know to think, and what you think you speak / with much of Samson's pride and bleak / finality; and none dare bid you stop)(BMM 55)。全诗弥漫着反讽与幽默的基调。"萧伯纳"是该诗唯一的简短附注。萧伯纳与鸟之间的关系是什么?是不是暗指萧伯纳?不管怎样,鸟不但体现了独创性品格,谷壳也遮蔽不了它聪慧的双眼,而且具备了思考的品质与坚韧的特质。

《观察》诗集的诗大多取自于枝蔓丛生的日常生活现场,经摩尔这位园艺师之手的剪裁,呈现出丰富的质感。在《浅薄的园艺》(Injudicious Gardening)这一首诗中,作者以园艺隐喻诗艺,"如果黄色代表不忠,/那么我就是个不忠的人。/我无法忍受黄玫瑰的恶意/因为书上说黄色预兆不祥,/白色则允诺美好。/然而,你拥有独特的/隐私感,/确实可以驳斥/不悦的耳朵,不必忍受/可耻行径"(If yellow betokens infidelity, / I am an infidel. / I could not bear a yellow rose ill will / because books said that yellow boded ill, / white promised well. / However, your particular possession, / the sense of privacy, / indeed might deprecate / offended ears, and need not tolerate / effrontery）(BMM 56）。

又如,《根基》(Radical）一诗的主题为一根胡萝卜。胡萝卜入诗不多见。诗人认为胡萝卜块茎的形状——底尖根厚——可看作是任性与能量的体现。鉴于这种蔬菜的品质"带着野心,想／象,成果,／养分"（with ambition, / im-/ aginatio, outgrowth, / nutriment）,摩尔把它称之为"楔形的引擎携带／扩张的秘密"（wedge-shaped engine with the / secret of expansion）(BMM 90）。摩尔把戴着草帽并有奇思妙想的人与胡萝卜进行比较,认为他"最幸福的时刻是与之相比",因为胡萝卜"告诉他这一点:／对于不可强迫之事,亦不可阻拦"（it tells him this: that which it is impossible to force, it is impossible / to hinder）(BMM 90）。诗里胡萝卜浓烈的颜色、风味与能量给读者带来了不一样的体验,胡萝卜瞬间从其貌不扬的境地转化为伟大意义的传承者,这种转化来自摩尔的观察与反思。《观察》诗集的每首诗就是展现一个物象,限于篇幅,故不一一提及。概言之,这些诗歌指明了书写诗歌的另外一种方式:详述细节,观察的重要性,以及赋予看上去卑微的事物以巨大的意义。

其次,《观察》诗集具有博物馆般的陈设结构。《观察》在摩尔全部诗集中占据了一个异常特殊的位置。它是第一部包含诗人"笔记"（notes）的诗集,而且包括诗中引语的来源与参考读物。尽管不少现代派作家在作品后会附加笔记,如艾略特在《荒原》一诗中的驳杂的笔记就是一个典型的例子,但是摩尔的笔记更为清爽,清楚地指明它们的来源。韦斯科特把摩尔的诗歌写作类比为一家"杂货店"（miscellany）,指出"正如各种笔记展示的那样,它把来自不知名作品与杂志上的各种词语编织在

第五章 "观物之所":真实与想象的博物馆与图书馆

一起——把《时尚》作为诗歌素材的来源就是典型现象——镶嵌着动物学的观察,并用谈话式的插曲加以解说"(CRMM 50)。

当然,诗人有必要对各类素材重新想象与抉择。例如,《一只章鱼》中的笔记原本权当仅供大众阅读的指南书,同时表明读者可以采取不同的阅读方式阅读摩尔的诗歌。又如在《沉默》一诗中,以"我的父亲过去常说"开始,诗人强调了我的父亲这个概念,因为该诗仅有十四行,父亲的训示占了十一行,作者的感想只占短短的两行。但是从笔记中却得知,父亲的训示:"去朗费罗的墓前凭吊/或去观赏哈佛的玻璃花/一流的人从不做长久的逗留",却来自与霍曼斯(A. M. Homans)小姐的谈话。霍曼斯是维斯理学院(Wellesley College)的卫生学荣誉教授(Professor Emeritus of Hygiene)。若没有笔记,读者无从考证此般私隐的来源。有了笔记,即便引语看起来不像是诗歌素材,笔记也能够引导读者找到来源,读者或许会对这个来源不太满意,故而这些诗歌要求读者进行不同的阅读体验。

《观察》诗集有一个颇具特色的索引。索引不但包括诗歌标题的关键字,而且还包括与主题有关的关键字。例如,如果一位读者对"Utah"感兴趣,他就可以查看诗歌《民族环境》中包含"Utah"的诗行:"园林景观扭曲成永恒:/你会发现在犹他州和德克萨斯州可以直线穿梭,/无须告诉那儿的人们/一个好刹车与一个好马达同样重要"(landscape gardening twisted into permanence;/straight lines over such great distances as one finds in Utah or in Texas,/where people do not have to be told/that a good brake is as important as a good motor)(CP 56)。

又例如,索引"Egyptian"揭示了几首诗的联系,要求读者最好一起阅读。一个对"Egyptian discernment"感兴趣的人应该阅读"England",

如果对"Egyptian low relief"感兴趣，则会被要求阅读"When I Buy Pictures"一诗。那些想了解"Egyptian Vultures"的读者可能在"A Fool, a Foul Thing, a Distressful Lunatic"中找到满意的答案。如果是对"Egyptian pulled glass"感兴趣的读者，可以查阅《一个由埃及人拉制的鱼形玻璃瓶》。

此外，一首诗可能产生各种各样的索引。以《新手》为例。该诗引语众多，如弗朗斯（Anatole France）、兰道（W. S. Landor）、薄伽丘（Boccaccio）、福楼拜（Gustave Flaubert）以及海顿（Arthur Haydn）等，读者在阅读过程中不必为不熟悉所引人物而担心，因为摩尔已在索引中一一标明。

摩尔的引语还有可能来自杂志，如《伦敦新闻画报》（*Illustrated London News*）等。例如，摩尔引用一件有关中国瓷器"dispersed by Messrs. Puttick and Simpson"的文章，索引包括：作者（author）、买家（buyer）、"smell of cypress"、"spontaneous passion of Hebrew language"、"jade water"、"the seller"、"supertadpoles"以及一些动词等。可见，细微的细节都有可能成为索引。

在这本诗集中，诗歌中的细节极度考验读者，因为它会产生复杂的语法结构，读者必须破译之后才可能理解。吉尔莫在评论此诗集时，指出"摩尔是诗人中的诗人……她的诗不太可能流行，因为它们太酷、太费脑、太客观"（CRMM 73-74）。这种评论虽然不太公允，但也表达了部分真实。下面以《那些各式各样的手术刀》为例。

《那些各式各样的手术刀》把身体器官想象成解剖命运的手术刀。诗歌的前二十二行形成一个长句。这个句子以标题开始，前两行构成同位句，开始介绍人体的各类部件："那些各式各样的手术刀 / 那些，各

第五章 "观物之所":真实与想象的博物馆与图书馆

种各样一直模糊的声音,如同随意持续敲打/薄玻璃发出的交织声——/掩盖了音调变化"(those/various sounds consistently indistinct, like intermingled echoes/struck from thin glasses successively at random—/the inflection disguised)(CP 51)。除了把手术刀类比各类声音,用各种不同的隐喻传达声音之外,"手术刀"责任重大,还隐喻"你的头发""你的眼睛""你举起的手""你的面颊"以及"你的裙子"。诗里出现了一种复杂的、多面的感受:"你的另一只手,/如同一捆柳叶刀,部分掩藏在/波斯的绿宝石和佛罗伦萨金器的碎裂辉煌下/——收藏小物件——/蓝宝石与绿宝石,珍珠与月光石,精制而成/灰色、黄色和蜻蜓蓝的珐琅"(your other hand,/a bundle of lances all alike, partly hid by emeralds from Persia/and the fractional magnificence of Florentine/goldwork—a collection of little objects—/sapphires set with emeralds, and pearls with a moonstone, made fine/with enamel in gray, yellow, and dragonfly blue)(CP 52)。除了难以断句外,整首诗的阐释也似乎是个难题。读者会问,第二十一行的"they"指武器还是手术刀?读者可能会推测"they"指称上述已经提到过的事物。到诗歌结尾处,手术刀在言说者口中不再是实际的手术刀,而是理解身体各个部件的一种方式。换言之,手术刀成为一个意指观察与理解工具的隐喻。该诗以一个问题结尾:"为什么用工具将命运剖析得/比其本身更细微呢?"(But why dissect destiny with instruments/more highly specialized than components of destiny itself?)(CP 53)可以看出,摩尔使用独特的诗歌形式,对其诗歌读者提出了更高的挑战。

最后,《观察》诗集如博物馆一样展示了一种收集美学。博物馆专家需要依靠精微的观察,不辞劳苦的收集、保存、比较不同物种与标本的差异,在馆内建立了一个巨大而又交织的知识体。摩尔的诗歌创作亦是如此。她在诗歌里旁征博引各种物件、观点与艺术品,这与博物馆广泛收藏各种物有异曲同工之妙。苏珊·斯图沃特(Susan Stewart)为读者理解"收集"的隐喻功能提供了一个有用的框架,指出"收集不是由元素建构而成,它是因为组织的原理而存在"①,"收集通过分类,超越时间领域的秩序取代历史……一切时间皆为同时或此时"②。摩尔在《婚姻》中试图拉开她与诗歌的距离,她在尾注中写道:"该诗不是我思想的表达,仅仅是我不愿舍弃的词语的选集。"(CP 271)摩尔把诗歌类比为选集表明她的诗歌充当了陈列柜,或者担当了容纳大量收藏的展示馆。诗中组合的物表露出组合者的品位与理念:尽管摩尔自认《婚姻》是编辑的选集,但它也揭示出了摩尔的愿景。摩尔曾经比较过选集与博物馆,她指出"不管选集表达的内容如何,我们注意到在无意识的刻画中包含独特的统一,是灵魂把各类物组合成一个整体"(CPMM 183)。摩尔珍视物作为标本展示的普遍性,也珍视物作为个体展示个性的重要性。这种珍视是因为物本身的独特,并非它们传递出摩尔的观点。

《观察》诗集的最后一首诗《海洋独角兽与陆地独角兽》(Sea Unicorns and Land Unicorns)典型地展示了摩尔的收集美学,融普遍性与个性于一体。摩尔在该诗中考察了航海探险者从航海中带回欧洲的宝藏与传说。该诗不断地转换视角,有时是探险者的视角,有时又是独角兽的视角。首先,读者从航海者带回欧洲的纪念品中感知独角兽:"意识到航海者获得一只海洋独角兽的角/献给伊丽莎白女王,/价值高达10万英镑,/他们仍然坚持在往常的地方游动"(Knowing how a voyager

---

① STEWART S. On longing: narratives of the Miniature, the Gigantic, the Souvenir, the Collection[M]. [S.l.]: Johns Hopkins University Press, 1984: 155.
② 同①151.

第五章 "观物之所": 真实与想象的博物馆与图书馆

obtained the horn of a sea unicorn / to give to Queen Elizabeth, / who thought it worth a hundred thousand pounds, / they persevere in swimming where they like)(CP 77)。在这节诗中,独角兽是全知全能的,了解欧洲的各种信息包括欧洲人的狩猎方式,他们的猎奇心态等。虽然独角兽知道,狩猎者对它们构成威胁,但它们依旧故我地生活在栖息地。它们也意识到它们的角象征权利与财富,因为这个时期很多橱窗展览了从亚洲与非洲海洋探险中带回的奇珍异宝。接着,读者完全凭借探险者的叙述,展现了海洋独角兽的生活:"寻找海狮成群聚居的地方,/这地方就好似零零星星的石块撒在沙滩上一样——/熊是白色的;/探秘南极洲,王企鹅和冰尖塔,/约翰·霍金森的佛罗里达/'陆栖独角兽和狮群繁衍不息;/因为每一个生物不论何处,/总与它的宿敌相生'"(finding the place where sea-lions live in herds, / strewn on the beach like stones with lesser stones—/ and bears are white; / discovering Antarctica, its penguin kings and icy spires, / and Sir John Hawkins' Florida / "abounding in land unicorns and lions; since where the one is, / its arch enemy cannot be missing")(CP 78)。独角兽栖息方式的展现主要依赖探险者的口口相传。在之后的诗文中,摩尔进一步加强了这种距离感,指出独角兽的防御策略"这种希罗多德般纯熟的技艺","我只在图片中见过"。摩尔采用这种探险者的视角烘托出独角兽的神秘性。不仅如此,摩尔还组合出一个反映16世纪欧洲探险与世界观的复杂意象。因为,组合—叙述者(assembler-narrator)没有把各种借用的因素组织成一个简单的线性叙述,读者必须应对这种视角的转变,把各种表面看上去并不太容易关联的东西形成相关联的意象。

如果说摩尔的诗歌集是一个珍品展览柜,那么诗集的尾注与诗本身一样属于展示的珍品。大量引用也是这首诗的主要特征之一。"独角兽的角值百万英镑",从附注中可知引自托马斯·卡文迪什（Thomas Cavendish）带回国的一个故事。有的诗行虽有引号，但摩尔并不是直接引用。例如，摩尔引用约翰·霍金斯（John Hawkins）对佛罗里达的评价时，据附注所载，摩尔诗意地改写了原文，诗文如下，约翰·霍金斯"证实在佛罗里达的森林里确实存在陆地独角兽，从它们栖息的场所可以断定存在很多狮子，因为这两种动物是天敌。因此，只要一类存在，另一类必然不会缺席"（CP 274）。不管是直接引用还是间接引用，引号从视觉上把引用文本与一般的诗歌文本区别开。摩尔的《诗歌全集》附注长达15页，无论是作为解释还是作为识别特征，摩尔的诗歌体现了现成材料组合的美学特征。

除引用外，索引也是收集美学的展示特征之一。《海洋独角兽与陆地独角兽》有30条索引，包括"制图师"（cartographer）、"陶瓷收集"（Ceramic collection）、"狮子"（lion）、"犀牛"（rhinoceros）、"政治"（politics）等词条。由于摩尔经常引用如《伦敦新闻画报》等期刊中的文章，如果读者无法获悉她指涉的文章便很难理解其诗。摩尔在《诗歌全集》的"附注说明"（A note on the note）中坦言：

> 主动迎合对写作风格的矛盾异议会使作家的作品变成一头驴，最终只能由主人操控，因为一些读者认为引号会扰乱愉快的阅读；还有一些认为附注是迂腐行为或对所写诗歌信心不足的证据。但是，因为我所写的诗歌中有些诗行是借用的，而我又无法超脱出这种混合的行文方法，唯有致谢方显诚实。也许，有些读者对附文、延展、附言颇为恼怒，建议其坚持信念无视附注。（CP 262）

可以说，附注更进一步提醒读者，摩尔创作诗歌的过程实质是一个收集的过程。其文学收藏类似于博物馆的收藏，必须邀请读者在并未体验的领域中超越文本,展开想象之旅。

综上所述,从某种程度上而言,一方面,摩尔的诗集,尤其是早期的诗集,内容驳杂深广,具备博物馆杂糅的文化特质。另一方面,摩尔的创作过程可看成是对博物馆与图书馆布展的模仿,体现了展示藏品、教诲大众的功用。一言以蔽之,作为文本博物馆与图书馆空间,摩尔的诗集既是被时间化的空间,也是被空间化的时间,在这个时空一体化的空间形态里,穿越时空的物生发联系,相互对话。

第三节 "想象的拥有":书画藏身之所

摩尔在暮年为她自己与文稿创建了一个安身立命之所。博物馆与图书馆这两个公共空间对她产生磨灭不掉的影响,这就是为什么她在逝世前要成立一个专属于她自己的博物馆与图书馆,足见摩尔对这个特殊空间形态的热衷。1968年,摩尔拒绝了得克萨斯大学(Uiversity of Texas)购买其文稿的请求,当时她考虑把一切都捐给布林莫尔学院。不过,摩尔逝世之前,她把一切文稿卖给了罗森巴赫博物馆与图书馆,并签订了一个遗嘱附件,要求罗森巴赫博物馆与图书馆成为摩尔专属的博物馆与图书馆。摩尔的夙愿得以实现,成功为自己设计了一座机构,没有一个地方比这机构更能全面体现并实现她时空交错、兼收并蓄、文化杂糅的文学和文化理想了。

那么,作为诗人的摩尔在这座博物馆与图书馆中扮演着怎样的角色呢?摩尔是它"想象的拥有者",并用自己独特的审美视角、生活经历与创作经历建构了一个真实的跨文化、跨种族的世界主义的博物馆与图书馆。

摩尔有一个奇特的癖好，那就是收藏。从便笺上的只言片语到具有异国风情的物件都是摩尔收藏的对象。尽管几易其所，她收藏的那些包罗万象的物品都完好无缺地保存下来。这些形形色色的藏品，与其说是藏品，不如说是物品，因为很多东西都是日常用品，它们的价值不在于升值空间，而在于承载了诗人个人生活的历程，充满浓烈的个人印记与回忆。摩尔为它们设计了一方空间，任凭机械复制的速度有多快，都无法侵蚀它们。德国文化批评家瓦尔特·本雅明（Walter Benjamin，1892—1940）认为收藏"意味着把物品从实用性的单调乏味的苦役中解放出来。收藏是对物的拯救，同时也是对人的拯救的补充。由于占有了物，由于所有权是人对物品所能具有的最深刻的关系"[1]。不同于本雅明，摩尔的收藏是"发现，不是拯救"[2]。

摩尔是一个狂热的收藏者，她用收藏构建了一个专属博物馆与图书馆。从罗森巴赫博物馆与图书馆的收藏便可窥一斑。除了图书、书稿、往来信件，该馆还保存了摩尔在格林尼治村（Greenwich Village）公寓的起居室，一样的大小与摆设。起居室陈列了摩尔的家具、小物件以及与有关博物馆陈列的一些图片。这间小房相当于博物馆的实景模型，它与摩尔最终在诗中的陈列相似。比起装饰性物品与装扮房间的图片，摩尔收集的文本更重要。一些文本保存在她图书馆的书中与杂志期刊内，上千张剪贴纸按主题塞在书中，还有一些卷在阅读、讲座、谈话笔记本中。

法国著名哲学家、社会学家让·鲍德里亚（Jean Baudrillard）认为，

---

[1] 本雅明. 经验与贫乏[M]. 王炳钧，等译. 天津：百花文艺出版社，2002：312.

[2] PAUL C. Poetry in the museums of modernism: Yeats, Pound, Moore, Stein[M]. Ann Arbor: The University of Michigan Press, 2002: 171.

第五章 "观物之所":真实与想象的博物馆与图书馆

收藏的基本功能是"将真实的时间消融于一个系统反复的维度之中"[①]。摩尔作为收藏家,在收藏活动中消解了时间的线性运动。因为她的"收藏象征了一个被引导的周期的永恒更始"[②]。换言之,人从出生到死亡是一个不可逆的过程,但通过收藏,时间被一个个物所记录,这个时间可以循环往复,无限延展。可见,摩尔最终用行动打破了传统时间与空间的二元对立关系,实现了时间的空间化。这个既是物质又是隐喻的空间(它收藏了摩尔的一切,属于诗歌隐喻的空间,它又是一个博物馆与图书馆,因而它也是一个物质空间)在摩尔的《观察》诗集中便已经讨论。

营造诗意空间贯穿摩尔创作之路的始终。摩尔的笔端尽显带房子的动物,如《纸鹦鹉螺》《穿山甲》等,她为它们的房子而讴歌。《致一只蜗牛》一诗首次明确提及蜗牛的壳就是庇护所。当然,摩尔把诗歌创作的空间比喻为"想象的花园",因此,花园是其诗歌中最大的空间形式,其他空间是其组成部分。

依据第三章的论析,博物馆与图书馆可看作是摩尔的想象花园,收藏之物即为真实的蟾蜍。摩尔为何最终把想象的空间变为了现实?本书将进一步挖掘摩尔为自己设计博物馆与图书馆真实空间的深层原因。

摩尔对空间的思考跟同时代法国的著名哲学家加斯东·巴什拉尔(1884—1962)颇为契合。巴什拉尔的思想按照发展的轨迹可分为两部分:一是科学哲学思想,二为诗学思想。《空间的诗学》(*La Poétique de l'Espace*,1957)是巴什拉尔诗学思想方面最主要的成果。在著述中,与哲学家海德格尔、齐美尔、本雅明从哲学与社会学角度思考空间观不同,巴什拉尔较少关注外部物质空间的变化,而是另辟蹊径从现象学的

[①] 鲍德里亚. 物体系[M]. 林志明,译. 上海:上海人民出版社,2001:110.
[②] 同[①]110.

角度对空间内部精神进行诗学维度的探讨。巴什拉尔在著述中对幸福空间形象的论述,大致可归纳为三类:一是家宅和角落的空间;二是柜子、箱子以及抽屉的空间;三为鸟巢和贝壳的空间。巴什拉尔认为第一类与第二类空间可以悬置时间,产生强大的融合力量,把人的回忆、梦想融合在一起。他认为:"家宅是一种'灵魂的状态',即使它的外表被改造,它还是表达着内心的空间。"[1] 这两类空间都具有庇护性,能使空间中的人获得存在上的安宁与稳定,从而在空间中思索生命的意义与内心价值。第三类鸟巢和贝壳空间可以"证明存在是如何在生理的幸福中喜欢上'退隐到自己的角落里'"[2]。鸟巢和贝壳的空间是自然界中生物居住的空间,没有什么比鸟类衔草筑巢、蜗牛壳更具原初家宅的形象。鸟巢和贝壳都属于封闭式空间,皆可象征庇护所。但也有不同,鸟巢的神秘在于环境的隐蔽性与亲密性,而贝壳的神秘在于它坚硬的质地彰显防御性。此外,两者最大的不同在于贝壳生长于有机物本身,贝壳本身就是身体的一部分,而树叶、草叶、棍子、残骸、泥土等被鸟儿用以筑巢之前,都是独立的有机物。

巴什拉尔的三类空间范畴在罗森巴赫博物馆与图书馆这个空间中得到彰显。第一类与第二类自不必说,第三类从摩尔的诗歌中可以得到证实。摩尔在诗歌中不但建造诗歌本身的贝壳,而且像鸟儿筑巢,选择报纸剪贴,杂志图片,谈话片段,明信片与艺术品等各种材料建构诗歌的盔甲,这一做法背后的原因将会在第七章予以解答。在第三章探讨诗之辩的时候,摩尔指出诗歌应"展现/观察",是"有真实蟾蜍的想象花园"。本书将重点探讨摩尔如何遵守这一原理。

---

[1] 巴什拉. 空间诗学 [M]. 张逸婧,译. 上海:上海译文出版社,2009:76.
[2] 同[1]99.

"想象花园"是摩尔精神的体现。一般而言，花园可以抗干扰，为人类提供清静的庇护；花园通常会被围上篱笆或者竖起墙，突出花园作为沉思与反省区域的独特特征；花园可以成为心灵的绿色之地、一个独特的场所，创作姿态随处可见而且明显；对于一个善于沉思的人而言，花园是一个充满自然况味的地方，它产生的思想是内在的、固有的。因此，花园是一个圣地，像伊甸园（Garden of Eden）一样成为神话建构或精神建构的主要象征。

本书认为，如若了解"花园"空间的象征意义，有必要对传统做一个追溯。花园是欢愉之地，理想之地。花园在田园诗与创世神话中是一个开创性概念。"花园"不可避免地成为"安乐之所"（locus amoenus）的组成部分，成为古典文学中的传统主题，或者修辞上的陈词滥调。它出现在古典作品中的例子多不胜数，如忒俄克里托斯（Theocritus）的《田园诗》（*Idylls*）、荷马（Homer）的《奥德赛》（*Odyssey*）、维吉尔（Virgil）的《埃涅阿斯纪》（*Aeneid*）等；它也出现在现代作品中，如桑纳扎罗（Sannazaro）的《阿卡迪亚》（*Arcadia*）与斯宾塞的《仙后》（*Faerie Queene*）。戏剧家莎士比亚在《皆大欢喜》（*As You Like It*）中也刻画了安乐之所，通过把阿尔丁森林变成一个纯洁、清爽的绿色之地，进而产生如花一样灿烂的心境。可以说，"安乐之所"能给大家提供一个休憩、自然的庇护所，把大家与分心之地如政府、政治与金钱剥离开来。

"安乐之所"成为摩尔诗歌创作的素材与主题，构成了摩尔诗歌中的心境。这类诗歌与其他经典风格不一样，因为"场所"（locus）抵制一切双重的模式，摩尔在其他诗歌中所倚重的悖论与机智的轻描淡写，对立与反讽的并置在这类诗歌中都不见了踪影。因此，"安乐之所"重新引导摩尔的诗歌能量，指引她创造出不同种类的诗歌。在这些诗歌中，摩尔完善了诗歌创作的过程，介绍了一个又一个的细节，直到理想的场所得以建构，如一个"无法改变的"（has not altered）的地方，"那里友善又绿意葱茏/是我见过的最绿意盎然的地方。/每个地名都是一个曲名"（a place as kind as it is green, / the greenest place I've never seen）(CP 112)。在这个绿意盎然的地方，一般意义上的时间不再存在，一切似乎在梦幻般的神秘时间中缓慢发生，或仍然停留在过去的时间，"在莎士比亚时期/一定有更多的时间/坐着看一出戏"（There must have been more time / in Shakespeare's day / to sit and watch a play）(CP 68)。本书将从两个方面探讨"花园"这个安乐之所在摩尔诗歌中的建构。

一方面，"花园"这个安乐之所是摩尔将自然情感化的一个策略。例如，在《弗吉尼亚不列颠》（Virginia Britannia）一诗中，摩尔把读者带回到弗吉尼亚殖民地时期。"英格兰古老领地边界的/浅沙地。雪松点缀的海滨宛如一颗绿宝石，/空气柔和，温暖，热情洋溢/这里有红雀，红衣火枪手，/喇叭花，骑士，/牧师，还有野蛮的教区居民"（Pale sand edges England's Old / Dominion. The air is soft, warm, hot / above the cedar-dotted emerald shore / known to the redbird, the red-coated musketeer, / the trumpet flower, the cavalier, / the parson, and the wild parishioner）(CP 107)。不仅如此，"教堂的地板砖上留下了鹿的踪迹"（A deer-track in a church-floor brick）、一个"刻着碑文的坟墓"（a fine pavement tomb with engraved top）与"一位立在梧桐树下了不起的罪人里斯"（a great sinner lyeth here under the sycamore）(CP 107)是殖民地保存下来的生动传神的艺术品。但这位名罪人并未引起摩尔的关注与同情，因为她关注的是未被开垦的自然环境。摩尔再次批判新世界的开拓者，尤其反对约翰·史密斯（John Smith）船长。他好斗、不奉承人，具有非利士人的头脑。

第五章 "观物之所":真实与想象的博物馆与图书馆

他认为波瓦坦酋长(Chief Powhatan)的毛冠(fur crown)古怪且多余,"上面画着鸵鸟,写着拉丁箴言,/镶着小块金色马蹄铁"(with ostrich, Latin motto, / and small gold horseshoe)(CP 108)。这说明,史密斯船长在"安乐之所"更像是一位奇特的侵入者,他与其军团象征着堕落的人。不过正因为他们的堕落,才使这个乌托邦场所受到关注。

这种"关注"(care)暗含对这片天然的自由之地人为的控制:

老领地
　的地面铺上网格形状的绿。
　这种只有英国才有的绿环绕着地面。
　这种关注已然形成,在非英国昆虫的叫声中,
白色的玫瑰墙上。
　像丹尼尔·布恩的葡萄藤般稠密,枝干
　向四面八方展开,长满如鸵鸟皮样的荆棘。
　　关注已然形成红豆杉墙
　　　自从印第安人知道
旧堡垒和狭窄的土地归属于詹姆斯顿。(CP 107-108)

The Old Dominion has
　all-green box-sculptured grounds.
　An almost English green surrounds
　　them. Care has formed among un-English insect sounds,
the white wall-rose. As
　thick as Daniel Boone's grapevine, the stem has wide-spaced great
　blunt alternating ostrich-skin warts that were thorns.
　　Care has formed walls of yew
　　　since Indians knew

the Fort Old Field and narrow tongue of land that Jamestown was.

定居者选择培植紫杉具有重大意义，因为它是死亡与哀悼的象征。但是这片土地拒绝死亡。尽管遭到了白人的入侵，这个场所仍然散发出神秘的气息，多样的鸟虫与花木的丰饶让人神往。该诗采用仪式化叙述的方式赞美了当地的物种，指出它们所蕴含的神圣性，这在某种程度上重塑了美国西部自然的历史和文化的记忆。当地的鸟虫与花木成为诗歌本身："以盒为界的蝴蝶花如潮汐般蔓延，形成了壮观的墨黑浪潮；/那花不以十年的/旧模样为殊荣，而以一天之内披上惊艳的丝绒外衣为自豪；/灰蓝色安达卢西亚公鸡羽毛似的灰白色装扮，/边缘压着墨线，赭色脸上嵌着/毛茸茸的眼睛"（box-bordered tide-/water gigantic jet black pansies-splendor; pride-/not for a decade/dressed, but for a day, in overpowering velvet; and/gray-blue-Andalusian-cock-feather pale ones,/ink-lined on the edge, fur-/eyed, with ochre/on the cheek）（CP 108）。这些逐渐消失的花值得提及，它们是独特的，汇聚一起就能够界定这个独特的地方："一些在白天已枯萎，一些凋谢于夜晚。/一些香气氤氲，而一些寡淡无味。/折叠的猩红色果石榴，非洲的紫罗兰，/灯笼海棠以及山茶花，皆淡然无味；/然而高耸挺拔，翠绿欲滴的木兰树/开出的带有天鹅绒织纹般的花朵/溢满了醉人的香气，如栀子花香般不适宜"（Some wilt/in daytime and some close at night. Some/have perfume; some have not. The scarlet much-quilled/fruiting pomegranate, the African violet,/fuchsia and camellia, none; yet/the house-high glistening green magnolia's velvet-/textured flower is filled/with anesthetic scent as inconsiderate as/the gardenia's）（CP 109）。

第五章 "观物之所":真实与想象的博物馆与图书馆

在似锦的花中,一位本土的印第安公主看起来完美无瑕,因为她是自然的传播者。她的耳畔回响着鸟的叫声,她带着一只"马特泼尼(Mattaponi)宠物浣熊(多怪的一只熊!)"。在诗人的眼中,整个领地是女性气质的。她通过描述虚伪的英国美人穿着用薄纱和塔夫绸做的英式裙子,指出自然的极不协调:"用鳖肉和冠毛犬勺/喂躺在法国紫红色、缀有绿松石躺椅上的情妇,/前门带着铜板条,四周打开着/印第安人阴凉处的房子——/命名——弗吉尼亚/这个地方的溪流以英国的贵族命名"(Terrapin/meat and crested spoon/feed the mistress of French plum-and-turquoise-piped/chaise-longue;/of brass-knobbed slat front door, and everywhere open/shaded house on Indian/named Virginian/streams in counties named for English lords)(CP 109-110)。这种不协调连弗吉尼亚的嘲鸟也感受到了,因为在它的自然天堂中也存在英国的闯入者。"腿如铅,半伸脑袋的铅灰色嘲鸟","又细又长的腿立于石头上",仿佛看不见"石桌底座上是铅绘的丘比特画像",石桌产生的不和谐因素在"Lead"这个词的反复中得到加强。嘲鸟的自然色在丘比特的雕塑中显得滑稽可笑。

接着,摩尔把对英国定居者的严苛指责延伸到今天的美国人身上,因为他们都是古老遗产的贪婪继承者:"像无花果树阻碍榕树/的生长,它不是探险家,也不是帝国主义者,/更不是我们其中之一,沿用我们喜欢的/一句殖民地谚语/入侵者是怜悯的同义词"(Like strangler figs choking/a banyan, not an explorer, no imperialist,/not one of us, in taking what we/pleased—in colonizing as the saying is—has been a synonym for mercy)(CP 110)。相较殖民者,棕色篱雀看见了完全不同的景象,"香菜种子点缀的麻雀栖息在被露水打湿的刺柏上",它充满"鲁莽的/热情"(with reckless/ardor),"吹出狂喜的音调"(flutes his ecatatic burst of joy),因为篱雀简朴地生活在弗吉尼亚大不列颠的大地上,所以它成为这个地方的真正歌者。

摩尔唤起的对殖民地弗吉尼亚的想象毫无疑问只存在于她的心中。诗歌中的这个地方虽不真实,却是理想之地。该诗的目的不是提出"快乐之地"这个重要的观点,相反,该诗努力传达这个地方弥漫的神圣性。诗歌起到了与人们每日生存于其中的空间相脱离的作用。诗歌表达在场,如记忆中鹿的足迹。读者并未见到鹿,但是读者却能感受到鹿的在场,因为它从人们的生活中永远消失了。这个神圣的地方给人类留下了持久的印象,这是该诗献给读者最后的一个礼物:

橡树起伏树枝上

暗淡的金丝,坚固的柏树

无法与古老的英国朴树辨认,

失去了身份,

大地的一部分,随着落日的光辉渐渐地照耀在叶廓分明

的黑色山脊上;云层,层层变大超越了

城镇的自信,使它矮小,使自大矮小

可能误解

重要性;

对孩子而言,是荣耀的讽示。

The live oak's darkening filigree
   of undulating boughs, the etched
solidity of a cypress indivisible
     from the now aged English hackberry,
     become with lost identity,

第五章 "观物之所": 真实与想象的博物馆与图书馆

>　　part of the ground, as sunset flames increasingly
>against the leaf-chiseled
>　　blackening ridge of green; while clouds, expanding above
>　　the town's assertiveness, dwarf it, dwarf arrogance
>　　　　that can misunderstand
>　　　　　　importance; and
>are to the child an intimation of what glory is.(CP 111)

日落时刻,红色霞光透过云层美丽极了,这一切吸引了读者,使诗歌一直留在记忆之中。诗人以孩子的纯真眼光看待世界,成为大地的一部分。

另一方面,"花园"这个安乐之所是摩尔将情感意象化的一个策略。如果说"弗吉尼亚大不列颠"创造了一个神圣仪式的含蓄的诗性空间,那么摩尔在《章鱼》中创造了一个理想场所"大雪山"(Big Snow Mountain),一个神圣生命居住的地方。《章鱼》是一首长诗,诗里的一切生物皆有生命,甚至石头也被赋予了生命的力量。因此,《章鱼》像《鱼》的标题一样,在修辞上误导粗心读者以为主题是章鱼,其实不然,《章鱼》是作者精心选择的结果,因为山顶的冰地类似一只巨大的冰章鱼,它是活自然物的自由聚集之地。

大雪山是摩尔给想象中的理想空间取的名字。据《诗歌全集》尾注记载,"大雪山"很有可能是指美国雷尼尔山国家公园(Mount Rainier National Park)。雷尼尔山国家公园位于美国华盛顿州中北部,成立于1899年3月2日,总面积约23.56万公顷,是华盛顿州第一座也是美国第五座国家公园。雷尼尔山位于喀斯喀特山脉北部,最高海拔14 411英尺,即4 392米,是整个喀斯喀特山脉和华盛顿州的最高峰。雷尼尔山形成于约100万年前喀斯喀特山脉的火山喷发,属于非对称的复式活火山,最高峰下25座冰川构成了美国本土48个州最大的单峰冰川体系。公园内共生长栖息着超过800种维管植物、63种哺乳动物、21种两栖和爬行动物、159种鸟类和18种土生土长的鱼类。摩尔到访过美国雷尼尔山国家公园,她把该公园从作为动物天堂的自然之地到人类把其转变为观光之地的历史在诗歌中一一呈现出来。

在开篇,这首诗生动地再现了一座山的生态,同时赞颂了自然的富饶。章鱼"骗人的缄默与单调 / '庄严又雄浑'地躺在 / 移动的海底雪丘下; / 仙客来红和栗色的斑点清晰地呈现在 / 它的吸盘上,玻璃质地——一项十足必要的发明—— / 由28个50到500英尺深的冰场组成, / 难以想象的精致"(Deceptively reserved and flat, / it lies "in grandeur and in mass" / beneath a sea of shifting snow-dunes; / dots of cyclamen-red and maroon on its clearly defined pseudo-podia / made of glass that will bend—a much needed invention—/ comprising twenty-eight ice-fields from fifty to five hundred feet thick, / of unimagined delicacy)(CP 71)。章鱼不仅有明喻的作用,同时也起到了提醒的作用,大雪山上的一切存在物是有生命的,能够"在岩缝里找玉黍螺"(Picking periwinkles from the cracks)。"难以想象的精致"极具抒情性,在这里与具体数字一起作为事实用以描绘冰川的样貌,表明只有在观看中再加以想象才能臻达"精致"。

冷杉树生长茂密也是证据。冷杉树"根须体系庞大, / 向上生长,对那些"看上去毛骨悚然"的花招嗤之以鼻, / 可作为美国皇室家族朴素的范本, / '每一棵都仿若相邻那棵的影子。 / 较之生命暗暗滋生的能量,岩石显得脆弱不堪'"(The fir trees, in "the magnitude of their root systems," / rise aloof from these maneuvers "creepy to behold," / austere specimens of our American royal families, / "each like the shadow of the one beside it. / The rock seems frail compared with their dark energy of life")（CP 71）。冷杉树在此地的存在早于印第安人,更不用说白人。跟美洲蜥蜴一样,它们生活在一个不可言状的富饶圣地,"金矿、银矿"环绕在被称之为"山羊之镜"的平湖四周。之所以这样称呼,是因为它折射出五光十色的带状光谱,例如"靛蓝色、豆绿色、蓝绿色、绿松石色。湖的周围遍布稀有的宝石,每一块都浸润着历史,它的朱砂,缟玛瑙和内在昂贵的蓝色锰 / 完全是气候使然";整座大山镶嵌着各种石头,"黄玉、电气石水晶,成夸脱紫水晶"。在"蓝森林下",埋藏"有大理石、碧玉、玛瑙"。

诗评家玛格丽特·霍利（Margaret Holley）把诗人对冰川景观的细致观察看成是目录编排,指出"目录编排平稳前进与集中,穿过大山,从冰川到冷杉、矿物质、动物、植物、跟此地有关联的人,最后又回到冰川"[①]。这说明摩尔建构的"花园"自然景观丰富,人文景观深厚。自然生物之间的相互联系与相互依赖是一种富有的状态。在这个物种多样的"花园"中,强有力的和谐生态统领一切,包括微小的生物。这种自然秩序通过大雪山"奇特的羚羊"得到阐释。这种羚羊能适应严苛的环境,它骄傲地站在"云朵色的岩石上"。于诗人而言,看见羚羊接近于显现,视觉上的黑白对照增强了这一氛围:"黑色的脚,眼睛,鼻子,角,被雕刻在耀眼的冰场 / 貂一样白的躯体被雕刻在水晶峰上。/ 太阳像乙炔燃烧般发出最大的热量照亮了山肩,把山肩染成白色——/ 在这片古老的大地上, / '山体有优雅的地表线,证明是座活火山'"（black

---

① HOLLEY M. The poetry of Marianne Moore: a study in voice and value[M]. Cambridge: Cambridge University Press, 1992: 64-65.

feet, eyes, nose, and horns, engraved on dazzling ice fields, / the ermine body on the crystal peak; / the sun kindling its shoulders to maximum heat like acetylene, dyeing them white——/ upon this antique pedestal, / "a mountain with those graceful lines which prove it a volcano")（CP 73）。

　　大雪山是各种自然物生活场景的综合想象。动物、植物与矿物三大王国在这里找到了庇护所，大雪山成为"各类生物的家园"，通过生命链，"另一类旱獭，玻璃眼的斑马，/ 生长于这片结霜的草地，花丛和快速结冰的地方"。生命的多样性赋予了大雪山神圣之感："哪一个地方熊、麋鹿、鹿、狼、山羊、鸭子 / 能够拥有平等的重要地位呢？"因为它保护了各类形式的生命，大雪山像极了诺亚方舟，一艘载满生命的船，同样它也象征着一个意象世界。这个意象世界是一个斑驳生命的意象，"熊耳朵和小猪尾巴，/ 不含叶绿素的小型菌类车队"。这些意象是人类很难接受和想象的。人类已经习惯于家庭的舒适，习惯于古希腊留下的经典遗产："希腊人喜欢直接，/ 不相信隐藏在背后看不到的事物，/ 仁慈而又确定的解决，/'只要地球在转，/ 复杂的事物仍然复杂'的问题"（The Greek liked smoothness, distrusting what was back / of what could not be clearly seen, / resolving with benevolent conclusiveness, / "complexities which still will be complexities / as long as the world lasts"）（CP 75）。大雪山保持不确定的复杂性，因为复杂是生命存在的基础。

　　从整体来看，摩尔在一个圆形结构中创作该诗，因为在诗歌的结尾处，摩尔又返回到诗歌开始的章鱼意象。此刻，冰章鱼是作为一个自然之物的吸收者和收集者：章鱼的内部如在大山的环境一样，绵绵不断地吸收与接受复杂性。古希腊的理念"整洁的结束"受到摈弃，赞成像大山一样"不懈追求精准与事实"的有机统一。最后，该诗以一场不可预测的雪崩结束。它突然爆发,象征大山不可思议的力量:"闪电划破山脚,/雨水滚落山谷,雪花飘落山顶——/玻璃章鱼对称地伸展它被/雪崩切开的脚爪,/'像一记来复枪的炸裂声,/喷发出如瀑的粉末状雪帘'"(the lightning flashing at its base, / rain falling in the valleys, and snow falling on the peak—/ the glassy octopus symmetrically pointed, / its claw cut by the avalanche / "with a sound like the crack of a rifle, / in a curtain of powdered snow launched like a waterfall")(CP 76)。大雪山最终的意义存在于这现场的震撼姿态。本真的大雪山保持着自身的神圣性。在观看这样的一座大雪山时,人类必须无限地仰望,直至看到比人类本身更伟大的东西,在他者的场景中找到大地。与此同时,摩尔抨击把自然的雷尼尔山转变为国家公园,批判这种把自然当作纪念碑的理念,于是诗歌的末尾释放出了雪崩摧毁性的力量。

摩尔在"花园"这个安乐之所的结构性意象里,调停了视觉艺术与语言艺术的矛盾,传递出"敬畏自然"的核心理念,因为"花园"这个安乐之所是人与自然关系,人与社会关系的重要标识。罗森巴赫博物馆与图书馆是摩尔渴望的"花园"安乐之所,摩尔希望它像理想化的弗吉尼亚与大雪山一样,保持自然、精准与神圣。可以说,摩尔"想象地拥有"了罗森巴赫博物馆与图书馆。

总之,摩尔经常去博物馆参观来自世界各地、各种类型的艺术展,并凭借敏锐的观察力与灵敏的视觉艺术触觉,不同门类的艺术在其诗里交汇。摩尔在诗里与诗外营造了这座封闭空间的博物馆,它具有生产力,不但有效地建构了主题,而且以隐喻的方式承担了建构摩尔诗学观、美学观、伦理观的功能,展现出承载厚重文化的神奇力量。于摩尔而言,博物馆空间不仅仅是物质空间,更是精神和艺术空间,是物质、精神、艺术三位一体的最好体现。博物馆这个特定的空间不仅成为摩尔创作的意象与主题,而且成为摩尔书画的最终归宿。

第六章

"称奇的情谊"：摩尔的艺格敷词艺术

> 我也许，我能够，我必须
> 倘若你教导我，为何沼泽
> 不可逾越，那么我会
> 告诉你，为何我认为
> 只要我尝试，这并非不可能。①
>
> ——摩尔

> 真正不可逾越之事很难逾越。但艺格敷词作家——甚至包括后现代大多数的作家——不断地尝试，从未停止追求。我认为这就是为何要进行艺格敷词创作。②
>
> ——瓦莱丽·坎宁安

---

① 所引诗行出自摩尔的诗《我也许，我能够，我必须》，请参见 CP 178。
② CUNNINGHAM V. Why Ekphrasis?[J]. Classical philology, 2007, 102(1): 1-19.

《我也许，我能够，我必须》原标题为《珀尔修斯致波吕得克忒斯》(Perseus to Polydectes)。这让读者自然而然联想到有关珀尔修斯的雕塑，而主旨关乎"无畏"精神的雕塑唯有《高举美杜莎头颅的珀尔修斯》(Perseus with the Head of Medusa)，见图6.1。

图6.1 《高举美杜莎头颅的珀尔修斯》[①]

此诗传递出的"无畏"精神是摩尔文体创新的内驱动力，摩尔除了写就具有建筑结构的音节诗之外，她还写就了具有"晶体结构"（crystal

---

① 该雕塑为意大利文艺复兴时期的雕塑家本韦努托·切利尼（Benvenuto Cellini，1500—1571）以希腊神话为蓝本于1545—1954年间创作的铜雕作品《高举美杜莎头颅的珀尔修斯》。珀尔修斯左手高举美杜莎的头颅，右手持刀，脚踏敌人尸首。切利尼雕刻技巧堪称纯熟精湛，现藏于佛罗伦萨的佣兵廊（Loggia dei Lanzi gallery）。参见网址：https://cn.bing.com/images/search?q=benvenuto+cellini，2018-06-24。

第六章 "称奇的情谊":摩尔的艺格敷词艺术

structure)的艺格敷词诗(ekphrastic poems),这种诗体通过语言媒介多角度地映射出视觉艺术与语言艺术、静止与运动、虚构与真实之间的动态模式。

本章从历时层面和共时层面对艺格敷词进行语义梳理,并以此为理据,进一步考察摩尔诗歌的文类品性和形态,并挖掘出摩尔在文体创新方面的贡献。

第一节 跨艺术融合:艺格敷词的语义流变

艺格敷词术语在21世纪进入中国学界视野,激发了研究热潮,从众说纷纭的译名可见一斑。例如,范景中译为"艺格敷词",刘纪蕙译为"读画诗",钱兆明译为"艺术转换再创作",欧荣译为"艺格符换",谭琼琳译为"绘画诗"等①。

研究者从不同的研究角度对这一古老而弥新的概念加以阐释,这表明 ekphrasis 无疑是一个跨哲学、美学、艺术、文学等诸多领域的论题。

本书决定沿用范景中教授的译法,将 ekphrasis 译为"艺格敷词"。其原因有三:首先,"艺格敷词"译名简洁,音义兼备,意蕴丰厚,能

---

① ekphrasis 一词,范景中译为"艺格敷词",参见:范景中.图像与观念[M].广州:岭南美术出版社,1992。中国台湾地区学者刘纪蕙译为"读画诗",参见:刘纪蕙.故宫博物院VS超现实拼贴:台湾现代读画诗中两种文化认同之建构模式[J].中外文学,1996,25(7):66-96。钱兆明译为"艺术转换再创作",参见:钱兆明.艺术转换再创作批评:解析史蒂文斯的跨艺术诗《六帧有趣的风景》[J].外国文学研究,2012(3):104-110。欧荣译为"艺格符换",参见:欧荣.说不尽的《七湖诗章》和"艺格符换"[J].英美文学研究论丛,2013(1):229-249。

用于多个领域，而其他译名要么纷繁复杂，要么以偏概全，不利于展开深度研究。其次，作为一个古香古色的术语，"艺格敷词"这个译法采用了谐音译法，不仅符合国际通用的做法，而且体现出该术语的古韵。最后，该译名在美术史研究领域早已达成共识，采用该译名能打破艺术研究与文学研究两大门类之间自说自话的壁垒，从而做到学科之间的互补互证、互融相通，这也正是该术语的精神内核所在。

作为文艺学最古老的概念之一，艺格敷词是一个具有开放性意义的概念。在历史的迁延流变中，它所涉领域众多，内涵与外延均有所拓展，它从一种修辞技巧发展成为一种艺术史书写方式、诗歌体裁，在时间与空间维度上展现了恒久的艺术魅力。而且，它仍然在发展之中，这正是艺格敷词的包容性使然。对艺格敷词作纵向与横向的盘点与审视，有助于深化人们对现代派诗学的认识，有助于重新审视摩尔在现代派诗歌史上的地位。此外，作为一个意蕴深远、开放包容的研究方法，艺格敷词在文学的内部评判与外部批评之间提供了一条新路径。

从词源考据，ekphrasis 或 ecphrases 来源于希腊词 ekphradzein，由词根"ek"和"phradzein"组成，前者指"出来"（out）或者"从"（off from），后者指"说话或者讲述的方式"（a speaking or telling）。两个词根合在一处意指"说出来"（speaking out）或"完整叙说（telling in full）的艺"[1]。从词源中可知，艺格敷词具有两个本质特征：其一，艺格敷词具有叙事特征；其二，最初并没有界定完整叙说的对象是真实还是想象。

经本书考察，由于几千年来不断阐发与批评，这个概念大致经过了一个从广义到狭义、从模糊到精确的过程，可归纳为两个阶段：第一阶

---

[1] KELLY M. Encyclopedia of aesthetics[M]. Oxford: Oxford University Press, 1998: 86.

第六章 "称奇的情谊":摩尔的艺格敷词艺术

段为20世纪以前的批评传统。这个阶段历经两种走向:一是"诗如画,画如诗"传统,即"诗画一致"传统;二是"比较论"传统,即诗画关系认知的对立思想阵营"诗画异质"传统。第二阶段为20世纪至今的诗画共生传统,即在不否认两者疆界的基础上,力图探讨两者融合的模式。

自古希腊以降,图文关系便是西方哲学界探讨的一个热门话题。"诗画一致"传统与"比较论(诗画异质)"传统可以追溯到柏拉图与亚里士多德。柏拉图与亚里士多德皆从诗画关系或话语和图像关系来探讨视觉观念。在柏拉图看来,艺术是对不真实世界的摹仿。因此,无论是话语还是图像都是不真实的。其学生亚里士多德则不以为然,他相信眼见为实,耳听为虚,并认为艺术是对客观世界的摹仿,且贴近客观世界的真实,由此,视觉被认为是探寻真理的方式之一。两者的争论开启了西方历史上关于话语和图像关系讨论的先河,形成了两种传统,艺格敷词在这两种传统的交锋中不断发展。

古希腊与古罗马时期的文艺家对诗画的密切关系具有初步的认知。修辞学家最先捕捉到了视觉性在语言中的重要性。公元前1世纪古希腊塞翁(Theon)在拉丁语修辞著作中将艺格敷词界定为"一类描述性讲述,通过此种讲述,将生动可见的形象传递给听者"[①]。该定义界定了艺格敷词的两个基本内涵:一是语言再现,二是形象性。从此,艺格敷词成为古典修辞学的一个必要训练科目(progymnasmata)。古代著名修辞学家如昆体良(Quintilian)、赫莫杰尼斯(Hermogenes)、阿芙赛钮斯(Aphthonius)、米南德·瑞何特(Menander Rhetor)等人纷纷在修辞学著作中提及与使用这一术语。

[①] GOLDHILL S. What is Ekphrasis for?[J]. Classical philology, 2007, 102(1): 8.

文学家们虽然没有直接使用"艺格敷词"这一术语，但他们也在各种场合阐发诗歌与绘画的关系。古希腊抒情诗人西门·尼德斯（Simonides of Ceos，前556—前468）如是说："画是无声的诗，诗是有声的画。"[1] 这一论断真正开启了"诗画一致"传统。古罗马诗人、批评家贺拉斯（Quintus Horatius Flaccus，前65—前8）继承了尼德斯的思想，在《诗艺》中指出"ut picture poesis"，意指"画如此，诗亦然"。贺拉斯认为："诗歌就像图画：有的要近看才能看出它的美，有的要远看；有的要放在暗处看最好，有的应放在明处看，不怕鉴赏家敏锐的挑剔；有的只能看一遍，有的百看不厌。"贺拉斯把诗歌比作绘画，认为两者在特质方面有相同之处。"诗如画"自此深入人心，受到文艺批评家们的推崇。

除了修辞家与文艺家零散的论述之外，古罗马哲学家普罗提诺（Plotinus，约205—270）提出的"太一"说可视为"诗如画"传统的哲学基础。作为新柏拉图主义的主要代表人物，普罗提诺认为，世界上纷繁复杂的事物从本质上都由"太一""溢出"，"太一"先于"多样性"（Multiplicity）而存在。"太一"创造万物是一个流溢过程，它是万事万物的源泉和最终原则，世间一切存在物都依据它而存在，而且它们也存在次序关系："太一"到"努斯"（Nous，纯粹的思想或心智），"努斯"到"灵魂"（Soul），再由"灵魂"到物质世界。在这个次序所表示的世界观中，只有"太一"是真实的、唯一的、无限的终极存在。虽然如此，但在另外一个层面上，正因为其他一切存在都是源于"太一"，那么，它们都渴望与它融为一体，从而又产生了与"流溢"相反的另外一个运动——"回归"（Return）。回归指向更深层的内在的灵性运动，令灵魂"回

---

[1] HAGSTRUM J H. The sister arts: the tradition of literary pictorialism and English poetry from Dryden to Gray[M]. Chicago: Chicago University Press, 1987: 10.

第六章 "称奇的情谊"：摩尔的艺格敷词艺术

忆"（Recollection）起在"太一"之中的记忆。

神学家狄奥尼修斯（Dionysius）则进一步发展了"流溢与回归"（Procession and Returning）的观点。他指出："即使用最微不足道的物质也可以创造出适合于神圣事物的形式，因为物也是从真实美中获得存在的，故在其整体结构中存有某些理性美的痕迹。"① 在他看来，通过可看见的美来达到不可看见的原型美是可以实现的，即使是最微不足道的物质也可创作出神圣的形式。具言之，他认为文学和图像的美来自原型美的"流溢"，浑然一体的原型美不会因外界变化而变化，它呈现的美永恒，位居一切美之上，是一切美之来源，又是一切美之归宿；而且它是一切美的典范，又是一切美的目标；"画家只有专心致志地对原型美加以观察，不向任何方向分散思想，他才能一丝不差地复制出原型美的形象"②。于狄奥尼修斯而言，原型美是本原，又是万事万物的终极目标，画家画笔下的美也是原型美的流溢。

除了各个维度的探讨，文艺家们也创作出各具特色的艺格敷词力作。荷马在《伊利亚特》第18卷中对阿喀琉斯的盾牌所作的细腻描绘便是最早的例子，它再现了盾牌逼真的视觉艺术效果。然而该诗并不是对可能存在的盾牌进行精确描写，而是把其纳入一系列丰富而华丽的辞藻之中。代表性的例子还包括维吉尔的《埃涅阿斯记》、奥维德的《变形记》（The Metamorphosis）、但丁的《神曲》（Divine Comedy）以及莎士比亚的《路克丽丝受辱记》（The Rape of Lucrece）等。

文艺复兴时期，艺格敷词受到艺术家的热捧，成为一种书写艺

---

① 波塔塔科维兹.中世纪美学[M].褚朔维，李国武，聂建国，等译.北京：中国社会科学出版社，1991：43.

② 同①.

理论和美术史论的思辨写作形式。拜占庭学者赫里索洛拉斯（Manuel Chrysoloras，约1355—1415）研究希腊古典文学的叙述方式备受艺术家们的称赞，成为文艺复兴时期重要的艺术理论写作风格。在该时期，艺格敷词艺术史论写作方式的经典代表作品是画家、建筑师乔尔乔·瓦萨里（Giorgio Vasari）的杰作《画家、雕塑家、建筑家名人传》（*Le Vite de più eccellenti pittori, scultori ed architetti*，后简称《名人传》）。该著作"被视为西方第一部艺术史著作。它不仅为后世展示了一幅意大利文艺复兴艺术的壮观画卷，而且也提供了一套颇为系统的视觉艺术理论"[1]。《名人传》以艺格敷词叙事方式展现了13世纪末至16世纪中叶意大利文艺复兴艺术的发生与发展，生动记载了160位文艺复兴时期的艺术家的生平事迹及其主要艺术成就，栩栩如生地再现了他们的代表作品。

温克尔曼（Johan Joachim Winckelmann，1717—1768）继承与发展了前人的观点，在《关于在绘画和雕刻中模仿希腊作品的一些意见》（Gedanken über die Nachahmung der griechischen Werke in der Malerei und Bildhauerkunst）这篇美学文章中提出了诗画一致观。温克尔曼指出古希腊的艺术杰作彰显出"高贵的单纯和静穆的伟大"[2]的普遍特质。这一论说成为诗画一致观的逻辑起点，表达了其审美诉求。具体而言，体现在以下五个方面：其一，温克尔曼认为"高贵的单纯和静穆的伟大"是诗与画都应遵循的宗旨与应表现的最高理想，是论证两者一致的出发点。其二，诗与画在本质上都属于模仿，温克尔曼认为"模仿是理智的"[3]，主张在相似性的基础上创作，从而追求更美；其模仿观体现出亚里士多

---

[1] 李宏.论瓦萨里的一个艺术理论概念[J].文艺研究，2011（2）：129-136.
[2] 温克尔曼.希腊人的艺术[M].邵大箴，译.桂林：广西师范大学出版社，2001：17.
[3] 同[2]40.

第六章 "称奇的情谊":摩尔的艺格敷词艺术

德理想化的摹仿观,强调创造的意蕴。其三,温克尔曼认为诗与画在内容上都应体现独特寓意,否则只会嚼之无味。他指出:"但毕竟只靠模仿,没有神话,不可能有诗的创造;同样,没有任何的寓意,历史画在一般的模仿中也只能显示出平淡无味。"[①] 其四,认为诗与画都需要借助媒介与虚构的技法增加作品的风采与生气。前者主要以韵律、节奏、题材与真实性主题为媒介,后者主要运用色彩与线条为媒介。他认为虚构"是诗的灵魂……画家也用虚构来使作品增添生气"[②]。其五,诗与画在题材上可以相互借鉴与吸收,诗歌题材可以入画,绘画题材可以入诗;诗可以丰富画面的内涵,画则能够提升诗的审美力。总之,温克尔曼的诗画一致观致力追求诗与画两种艺术的表现美。

本书之前提到,柏拉图赞扬理念、贬低经验,这种思想对后世影响甚大。语言在西方文化的发展史中担当逻各斯的重任,比起图像这种媒介,它有着无可比拟的优势。因此,从古代到文艺复兴时期以前,视觉艺术的地位一向低微。古希腊时期,绘画与雕刻被当作手艺劳动。罗马人认为诗歌与音乐比绘画和雕刻高级,两者皆被排斥在自由艺术之外。中世纪的经院哲学更是将绘画和雕塑划入机械艺术门类之中,此时,图像沦为基督教教义传播的工具和媒介。

到了文艺复兴时期,画家达·芬奇激烈反对这种根深蒂固的传统,在其《画论》(*A Treatise on Painting*)中的第一篇《比较论》中把绘画与诗歌、音乐等其他艺术形式进行比较,旨在为绘画的地位和价值辩护,试图论证绘画是一门优于其他艺术形式的科学。可以说,在西方文艺史上,达·芬奇开创了在各门具体艺术之间进行系统比较的先河,主要凸

---

① 温克尔曼.希腊人的艺术[M].邵大箴,译.桂林:广西师范大学出版社,2001:51.
② 同①.

显在以下几个方面：其一，两者的本质相异，画家在表现形象上优于诗人。他认为诗歌的哲学基础是伦理，而绘画的哲学基础则为自然。"假使诗人和画家较量，描写美人、丑物或是狰狞可怖的妖怪，让画家按自己的方式工作，随心所欲地变化形象，画家一定会更使人满意"[1]。其二，两者使用的媒介相异。他认为前者使用语言，后者使用形象，"诗用语言把事物陈列在想象之前，而绘画确实地把物象陈列在眼前，使眼睛把物象当成真实的物体接受下来"[2]，因此绘画在接受性方面必然高于诗歌。其三，艺术欣赏角度相异。他认为"画是哑巴诗，诗是盲人画"[3]。相较于作为听觉艺术的诗歌，作为视觉艺术的绘画更能准确地将外部事物传达给人的知觉，因为"眼睛是知解力用来最圆满最大量地欣赏自然的无限的作品的主要工具"[4]。其四，时空观相异。他认为诗歌只能在一维的时间序列中展开，无法显示出事物整体的美，而绘画的美感则是建立在完美的比例关系上，事物的各个部分能在同一时间里展现出三维空间的美。达·芬奇这种扬画抑诗的观念虽然有失公允，但他选取的比较角度在一定程度上揭示了两种艺术的本质，为后来的学者对诗歌与绘画关系的探讨打开新局面。

18世纪德国美学家莱辛（Gotthold Ephraim Lessing，1729—1781）部分继承与发展了达·芬奇的观点。1766年，为了推进德意志民族文化体系的建立，针对温克尔曼发表的诗画一致观，莱辛在《拉奥孔——论诗与画的界限》(*Laocoon: An Essay on the Limits of Painting and Poetry*)

---

[1] 戴勉. 芬奇论绘画 [M]. 北京：人民美术出版社，1986：22.

[2] 同[1]20.

[3] 同[1].

[4] 伍蠡甫. 西方文艺理论名著选编 [M]. 北京：北京大学出版社，1985：160.

第六章 "称奇的情谊":摩尔的艺格敷词艺术

中从理论的高度辩证地探讨了诗与画的异质关系,驳斥了诗画一致观,形成了别具一格的诗画异质理论。因此,莱辛被公认为是西方文论史上系统讨论诗画关系的一座丰碑。具体而言,莱辛通过辩驳温克尔曼有关拉奥孔群雕像之"痛"的美学观点,确定了诗画异质的逻辑起点,他指出绘画艺术的宗旨为"美",认为"美是造形艺术的最高法律"[①],而诗歌艺术的宗旨为"真"。就本质而言,诗歌属于时间艺术,绘画则属于空间艺术。不仅如此,莱辛在该著作中还探讨了诗画间的联系与沟通。莱辛认为尽管诗画之间存在本质差异,但两种艺术间的关系是"姊妹"关系与"友好的邻邦"。他认为一些暗示手法如包孕性的"顷刻理论"、"化美为媚"与"化静为动"能部分实现两者的交融。莱辛认识到了诗画两种艺术的本然性,又不忘寻求两者间的共性,这为现代派以及后现代派艺格敷词诗学的发展奠定了基础。当然,莱辛的诗画异质观也有局限性,它没有跳出诗画论争的范畴,在诗画异质的比较中,其"诗广画狭"的思想让人一览无余。

20世纪以来,随着各种现代艺术流派与各种文艺思潮的实验、探索与更迭,诗与画的关系突破了以往非此即彼或者完全一致的观点,形成多元共生关系。

首先值得一提的是批评家斯皮策(Leo Spitzer)与哈格斯特罗姆(Jean H. Hagstrum)。斯皮策在1953年发表的著名的《〈希腊古瓮颂〉,或内容与元语法的对峙》(The "Ode on a Grecian Urn," or Content vs. Metagrammar)一文中指出,《希腊古瓮颂》是一首典型的艺格敷词诗作,体现了"艺术间的转换,即通过语言媒介对可被感知的艺术对象的

---

① 莱辛. 拉奥孔 [M]. 朱光潜,译. 北京:人民文学出版社,2009:11.

再塑造"①。哈格斯特罗姆在专著《姊妹艺术:绘画文学传统和从德莱顿到格雷的英诗》(*The Sister Arts: The Tradition of Literary Pictorialism and English Poetry from Dryden to Gray*,1958)中,将艺格敷词界定为"赋予其他无声艺术品声音与语言的文本"②,并把诗歌中用文字描绘、再现真实和虚拟场景的手法也容纳了进去。可以说,斯皮策与哈格斯特罗姆重新燃起了学界对艺格敷词的批评热忱。

20世纪60年代,艺格敷词理论研究开始起步,20世纪90年代初具规模。评论家默里·克雷格(Murray Krieger,1923—2000)是艺格敷词批评研究的第一人。1965年10月,克雷格在爱荷华大学现代文学研究中心召开的首届会议上提交的题为"艺格敷词诗与诗歌的静止运动:或重访拉奥孔"(*Ekphrasis and the Still Movement of Poetry: or, Laokoön Revisited*)的论文被认为是拉开艺格敷词诗学研究序幕的标志。

克雷格的艺格敷词诗学思想主要体现在两方面:一方面,其理论突破了莱辛的"诗画异质说"中关于时空割裂的简约原则,大胆地提出了"诗画静止运动说"(still movement)。西方评论界论证艺格敷词时,研究基本围绕济慈的《希腊古瓮颂》(*Ode on a Grecian Urn*)和艾略特的《中国瓷》(*A China Jar*)展开。克雷格也不例外,"诗画静止运动说"受到艾略特关于"言词与动态世界静止点的关系"的美学原则的影响。艾略特认为"只有借助形式,模式/言语或音乐才能达到/静止,犹如一只中国瓷瓶仍然/永恒地在其静止状态中运动"③。相较艾略特而言,克雷

---

① SPITZER L. The ode on a grecian urn, or content vs. metagrammar[J]. Comparative Literature, 1955, 7(3): 203-210.

② HAGSTRUM J H. The sister arts: the tradition of literary pictorialism and English poetry from Dryden to Gray[M]. Chicago: Chicago University Press, 1987: 18.

③ ELIOT T S. The sacred wood[M]. [S.l.]: Methuen, 1960: 193.

第六章 "称奇的情谊"：摩尔的艺格敷词艺术

格更强调强有力的静止手段。另一方面，克雷格1992年在《艺格敷词：自然符号的想象》(*Ekphrasis: The Illusion of the Natural Sign*)的论著中提出话语图与视觉图并置联姻。话语图与视觉图并置联姻是克雷格经过数十年积淀而得出的研究成果，它是对静止运动学说的一个补充与修订。具体而言，在诗歌方面，该理论主张诗人通过诗行缩进、拆分、截断等处理，省略连接词，或将名词和动词并列，不同意象并置等形式来突显明快的视觉动态画面和跳跃思维，完成将画面的自然符号（natural sign）转化为具有视觉功能的人为符号（arbitrary sign or man-made sign）这一任务，并因此获得视觉图与话语图并置于语言艺术中的视觉效果。这一观点延展了对词（word）与意象（image）的研究，提出了话语图（verbal emblem）与视觉图（visual emblem）的概念，并指出艺格敷词是"诗人在语言艺术中语词艺术与视觉艺术的联姻"[①]。

克雷格探讨了诗歌空间/时间的二元功用，"旨在重新调整文学中时间与空间的平衡关系，把人类创造形式的能力作为其研究体系的核心"[②]。克雷格指出"语言中获得空间感是战胜语言序列内在短暂性来之不易的胜利"[③]，"文学作为一种空间形式是悖论的，因为在时间与空间方面，它既在场又虚构"[④]。克雷格处理了时间/空间问题，驳斥了莱辛的诗画观。

---

① KRIEGER M. Ekphrasis: the illusion of the natural sign[M]. Baltimore, MD: Johns Hopkins University Press, 1992: 35.
② RAABERG G. Ekphrasis and the temporal/spatial metaphor in Murray Kreiger's critical theory[J]. New orleans review, 1985, 12(4): 34-43.
③ 同①.
④ 同①36.

从此，学界对艺格敷词的研究不止局限于考古式发掘其修辞意义，而是延展到不同艺术之间，如视觉艺术与语言艺术、表演艺术与语言艺术等的符号转换活动。这一时期，赫菲南（James A. W. Heffernan）从历史的维度梳理艺格敷词的语义。在《培育图像性》（*Culturating Picturacy*）的著述中，赫菲南指出"很少有领域像艺术与文学那样清楚地阐释关联思维（relational thinking）的启发功效"[1]。在专著《文字博物馆：从荷马到阿什贝利的艺格敷词诗学研究》（*Museum of Words: The Poetics of Ekphrasis from Homer to Ashbery*，1993）中，赫菲南提出艺格敷词诗与抒情诗一样属于诗歌的不同类别，并认为艺格敷词发动了一场语词与形象间历史悠久的高低之争，并且把形式上简单但内涵丰富的艺格敷词定义为"视觉再现之语言再现"（the verbal representation of visual representation）[2]，他指出它是"文字博物馆——由语言构成的艺术画廊"[3]。此外，赫菲南把艺格敷词看成是文学的一个永久性分支，认为艺格敷词"反复地揭示了图画静止性的叙事，语言的核心本质就是释放与刺激讲故事的冲动"[4]。在《文字博物馆》中，赫菲南区分了真实艺术与虚构艺术：

> 诗歌再现的绘画作品应该与我们对诗歌的体验毫无差别，跟想象艺格敷词的样品一样——完全由词语组成。而且，可利用的绘画作品

---

[1] HEFFERNAN J A W. Cultivating picturacy: visual art and verbal interventions[M]. [S.l.]: Baylor University Press, 2006: 9.

[2] HEFFERNAN J A W. Museum of words: the poetics of Ekphrasis from Homer to Ashbery[M]. Chicago: Chicago University Press, 1993: 3.

[3] 同②8.

[4] 同②425.

第六章 "称奇的情谊":摩尔的艺格敷词艺术

让我们看到诗歌是如何重构它的,诗人的语言又是如何获得对画家所绘作品的掌控的。弄清再现虚构艺术品的作品与真实艺术品的作品之间的区别是为了了解我们这个时代艺格敷词的状况——进入我所说的文字博物馆尤为重要。①

赫菲南在定义中使用"视觉再现"而不是"视觉对象"(visual objects),因为他认为"艺格敷词用语言再现的事物,其本身必然是再现的"。这个定义认可度最高,经常被学者引用。那么,该定义的吸引力究竟何在?首先,此定义用词简洁,为视觉艺术与语词艺术划分出清晰的疆界。其次,赫菲南把艺格敷词与"生动描写"(pictorialism)、"象似性"(iconicity)区分开来。也就是说,在他看来,威廉姆斯的《红色手推车》(The Red Wheelbarrow)属于"生动描写",因为它是通过语言的描述生发出视觉形象;乔治·赫伯特(George Herbert)的《复活节翅膀》(Easter Wings)则属于"象似性",因为它是通过诗歌的形式创造出视觉形状。最后,这一界定突出了"再现"(representation)的功用。"再现"是语言艺术与视觉艺术相互转化得以实现的途径。

赫菲南的这一论断为后来的学者提供了广阔的阐释空间,再现的对象从传统的绘画与雕塑延展到电影、照片、音乐以及电子类艺术等等。当然,赫菲南这一定义也存在局限性,因为艺格敷词诗不仅再现可再现的事物,也再现非再现性的事物,如抽象艺术品等等。首先,赫菲南在著作中研究的诗歌均是以具象绘画(figurative paintings)或雕塑为主题,完全没有论及以抽象作品为再现对象的诗歌,例如威廉姆斯的《玫瑰》

---

① HEFFERNAN J A W. Museum of words: the poetics of Ekphrasis from Homer to Ashbery[M]. Chicago: Chicago University Press, 1993:7.

（The Rose）、奥哈拉的《我为何不是画家》（Why I am not a Painter）等诗就不在其论述范畴。其次，赫菲南在研究中也没提及那些探讨语言艺术与视觉艺术的诗歌，例如摩尔的经典名篇《我买画的时候》等。

米歇尔沿用了赫菲南的定义，从宏大的角度修正与阐释了诗画关系。他的"图像科学三部曲"——《图像学：意象，文本与意识形态》（*Iconology: Image, Text, Ideology*，1986）、《图画理论：词句和视觉再现的文集》（*Picture Theory: Essays on Verbal and Visual Representation*）和《图画想要什么：形象的生命和爱》（*What Do Pictures Want? The Lives and Loves of Images*），从语言的图像性、图像的语言性，图像与意识形态等几个方面展开对图文关系的探讨，提出了"图像学转向"命题。米歇尔在《图像理论》（*Picture Theory*）中提出的"辩证观"（polemical claim）撼动了莱辛的视觉艺术与语言艺术的两分法。米歇尔认为："一切媒介都属于混合媒介，一切再现具有异质性特征；不存在纯粹的视觉艺术或语词艺术，净化媒介是现代派最为核心的乌托邦态势之一。"[1] 根据米歇尔的说法，这项研究将以异质性呈现，这不仅破坏了视觉和语言艺术之间的界限，而且还破坏了艺术与批评之间的界限。

论及词与形象的关系时，米歇尔将其描述成一种最有趣与最复杂的，可以称之为颠覆的关系："语言和形象都反观自己的心灵，发现其对手就潜伏在那里。关于这种关系的说法自经验主义兴起就始终萦绕着语言哲学，这种说法怀疑在语言之下、在思想之下，精神的终极所指是形象，即在意识表面上标记的、图绘的或反映的对外部经验的印象。"[2]

---

[1] MITCHELL W J T. Picture theory: essays on verbal and visual representation[M]. Chicago: University of Chicago Press, 1994: 5.

[2] 陈永国. 图像学：形象、文本、意识形态[M]. 北京：北京大学出版社，2012：50.

第六章 "称奇的情谊":摩尔的艺格敷词艺术

在论及诗画关系时,米歇尔认为在艺格敷词创作过程中出现三个阶段的表征:漠然(ekphrastic indifference)、希望(ekphrastic hope)与恐惧(ekphrastic fear)。"漠然"是指语言能描述某个对象,但无法如图像本身那样把对象呈现眼前;"希望"是指语言可以通过读者或者观者的想象来达到形象性;"恐惧"是指当语词和视觉的差别可能消失时,恐惧感便产生了。因此,"漠然""希望""恐惧"三者相互作用便产生一种矛盾的普遍意义。米歇尔的研究在比较的框架下突破了二元对立的传统,但他在《图像理论》中提倡视觉艺术的凝视特征,把视觉对象看作"他者",这就又陷入了性别之辩的泥潭中。

艺格敷词的对象可以是任何物品。米歇尔指出,艺格敷词诗在最初关注"恰巧具有视觉再现所需的装饰或象征特点的实用物品",包括"高脚酒杯、古瓮、花瓶、箱子、斗篷、盔甲以及建筑的装饰,如:带状物、雕塑等"[①]。可见,艺格敷词最初的例子本质上是实用品,并非装饰物。此外,瓦莱丽·坎宁安则看重艺格敷词创造真实感知(perception of authenticity)的力量:"画作、壁毯等被凝视的审美物体在文本中被描述与再现,都属于巴特所指出的'真实的效果'(the effect of the real),可知、可触的真实,实际上,写作可以创作出一张画、一个主题、一个物体,它摆出观点,通过媒介达到写作的在场、现实与真实。"[②]

综合各家之言,本书认为艺格敷词可重新界定为不同艺术门类之间相互转化的诗性再现范式。纳入本研究的艺格敷词范畴主要包括以下三类:描述或阐述艺术作品的文学作品,旨在刺激读者视觉意识的

---

① MITCHELL W J T. Ekphrasis and the other[J]. South Atlantic quarterly, 1992, 91(3): 695-719.

② CUNNINGHAM V. Why Ekphrasis?[J]. Classical philology, 2007, 102(1): 1-19.

文学作品,以及探讨真实或想象的艺术与艺术家的文学作品。这个定义具有两个方面的优势:一是"诗性再现"体现了艺格敷词这个术语作为修辞时的两个最显著特征:全面而生动的叙述(enargeia),即生动性(vividness);强调与想象相关的"phantasia",意为"心象"(mental image)。二是突出了不同艺术之间的转换业已衍变成范式研究。本书将在以下两节探讨语言艺术与视觉艺术相互转化的诗性范式,具体内容包括视觉艺术与听觉艺术的双向转换、时间艺术与空间艺术的双向转换。

第二节 视语联姻:无声召唤有声的想象

这一节主要基于细读摩尔两首艺格敷词诗作,探讨语言艺术转换视觉艺术的诗性再现范式特征之一:视语联姻,无声召唤有声的想象。

《没有天鹅如此高贵》(No Swan So Fine)创作于1932年,它简短、隽永,是一首以一个瓷天鹅烛台为蓝本的艺格敷词诗作。从《摩尔诗歌全集》尾注中可知,这首小诗得灵感于"路易十五一对德累斯顿天鹅烛台"(a pair of Louis XV candelabra with Dresden figures of swans)以及刊登在《纽约杂志》(New York Magazine)上的一张凡尔赛喷泉照片(CP 383)。1931年,摩尔在《伦敦新闻画报》上关注到利斯蒂拍卖行一则拍卖申明。摩尔依据报上的图画,素描了一对路易十五的树枝状烛台,并配上文字说明"已故贝尔福爵士的财产"(the property of the late Lord Balfour),见图6.2与图6.3。

第六章 "称奇的情谊"：摩尔的艺格敷词艺术

图6.2 《路易十五的天鹅烛台》[1]

图6.3 摩尔手绘《天鹅烛台》[2]

1932年，摩尔在《纽约时报》上读到一篇珀西·菲利普（Percy Philip）写的题为《凡尔赛宫重生：月光下的戏剧》（Versailles Reborn: A Moonlight Drama）的文章，其配图如图6.4所示。

图6.4 《凡尔赛喷泉》[3]

---

[1] 凭借诗文、摩尔素描作品与实物相互印证的方式，本书认为该图极有可能为《路易十五的天鹅烛台》。参见网址：https:// mooreachive.org/resources/newsletters/39: Marianne-moore-newsletter-volume-2-Number-2-spring-1978.2018-06-24。

[2] 该图为摩尔手绘的《天鹅烛台》。参见网址：https://moorearchive.org/resources/newsletters/39:Marianne-moore-newsletter-volume-2-number-2-spring-1978.2018-06-24。

[3] 该图刊于《纽约时报》。参见网址：www.moore123.com，2018-06-24。

这篇文章缘起于洛克菲勒基金会赞助修复凡尔赛宫这一事件。菲利普以奇特的方式写了这幕剧，认为在没有国王路易宫廷的情况下，广场上的雕像足以抵抗凡尔赛宫的沉闷。摩尔剪下了图片，并配上从文中引用的文字："没有水如凡尔赛宫 / 枯竭的喷泉这般宁静。"

摩尔研究专家威利斯认为这首诗基调忧郁，主题为"逝去"（passing）①，可以看作是一首挽歌。威利斯作此判断，主要基于对两个现实背景的考虑：其一，烛台是英国政治家亚瑟·贝尔福（Arthur Balfour）爵士的藏品，该烛台在他逝世之后便由利斯蒂拍卖行拍卖。威利斯引用了摩尔发给评论家乔治·圣茨伯里（George Saintsbury）的一封吊唁信作支撑："失去朋友贝尔福爵士，对你的打击一定很大；即便只知道他是名人，人们也将永远铭记他。他在处理英国与美国的关系时，表现得善良、充满骑士风度与乐观。虽然我对政治知之甚少，不过，在贝尔福勋爵打了一场漂亮的网球比赛时，我们也替他开心。"②

其二，威利斯认为这首小诗同时也是在缅怀即将休刊的《诗刊》杂志的。威利斯提供了摩尔写给其兄的一封信，指出信中除了记录这首短诗，还提及《诗刊》即将到来的二十周年纪念日或许会变成休刊日的忧虑。综合这两个因素，威利斯认为这首诗是一首挽歌。威利斯的解读也不无道理，但仅触及背景材料，谈不上深刻。

本书认为，摩尔的这首艺格敷词诗作蕴含着将无声的视觉艺术转换成听觉艺术的能力和过程。具体而言，该诗通过将视觉图与话语图在该诗中并置联姻，激发读者的想象，让寄居在烛台上寂静无声的瓷天鹅发

---

① WILLS P C. Marianne Moore: vision into verse[R]. Philadelphia: Rosenbach Museum and Library, 1987: 42.

② 同①40.

第六章 "称奇的情谊"：摩尔的艺格敷词艺术

声，从而再现、转换和重构该艺术品的张力和生命力。诗本身不就是声音的优美组合吗？那么，诗人为什么要求瓷天鹅在无声胜有声的时刻发出声音？摩尔是凭借怎样的艺术手段完成这一转换的呢？本书认为，这一转换正是由瓷天鹅烛台这一视觉图与言语描述形成的话语图共同作用激发出想象来实现的。

当摩尔面对瓷天鹅烛台这一艺术品时，她的想象被激发了。尽管她再现了一个有形的、可见的艺术品，但这个艺术品在历史长河中一直保持沉寂、默然，这种沉寂诱发出诗人无尽的好奇与想象。

细细品读，诗中视觉图与话语图并置联姻的手法颇为别具一格。首先，诗人对瓷天鹅烛台的描绘采取细致、客观的陈述性描写。毫不夸张地说，仔细读过诗文，读者大脑里便会呈现一幅与路易十五的天鹅烛台几乎一模一样的图画来。两者最大的区别是，话语图中的天鹅鲜活、生动、跃跃欲言。读着摩尔的语言，如同观者的目光在路易十五的天鹅烛台上移动："'没有水如凡尔赛宫/枯竭的喷泉这般宁静。'没有天鹅，/如这只瓷面印花天鹅般高贵，/它神色深幽侧目傲睨，/双腿纤细如贡多拉船，/浅棕色的眼睛和锯齿状的金项圈/无不炫示主人的身份"（"No water so still as the/dead fountains of Versailles." No swan,/with swart blind look askance/and gondoliering legs, so fine/as the chintz china one with fawn-/brown eyes and toothed gold/collar on to show whose bird it was.）（CP 19）。诗人笔下的物处于宁静、安谧、不能发声的状态，即便是喷泉，它也是"宁静"的。第一句诗行中的"still"充满了矛盾悖论中的理性。它有两层内涵：其一，作为形容词的"still"，当它修饰喷泉中的"water"时，喷泉喷水的运动呈现为静止状态。这既是一种悖论，也是一种否定之否定的思维方式，它旨在阐述静止是不同形式的运动，表达了它在世间上的永恒性。其二，这句诗行中的"still"还可理解为副词，它修饰动词时表示这个状态仍将持续下去，即喷泉静止的运动仍将持续下去。与喷泉咫尺相望的凡尔赛宫摆放的天鹅烛台同样以静止的形态留存，到摩尔的时代已历经了近300年的历史，并将继续留存下去，静止与时间的流动在这个悖论中相互作用，直至永恒。

摩尔在诗的第一行暗示了时间的静止与永久性之间的张力。在第二行，诗人同样以否定之否定的思维方式对烛台上的天鹅精雕细琢，其诗行仿若雕刻家的画笔，将天鹅的神色、形态、装饰一笔一笔地描摹，一道一道地上色。但是，摩尔笔下的天鹅更加生动、传神，它不仅具有了躯壳，而且具备神采：优雅、神色深幽，比起烛台上的天鹅，更容易给读者留下难以磨灭的印象。

读完第一节，读者可能会生出许多困惑，因为该诗的风格异于其他诗歌。例如：它缺乏对话和自我反射的言说者，多处使用跨行连续，以及用华丽的形容词形容烛台上的天鹅。摩尔在《论诗》中明确表达了诗歌创作需简洁的原则，为何此处对天鹅的描写显得矫揉造作（mannered）？甚至批评家斯泰西·卡森（Stacey Hubbard Carson）以此批判摩尔，认为"尽管摩尔厌恶这个词，但她就是一个文学矫饰主义，她使用蜿蜒逶迤的诗行来达到与矫饰主义画家相似的效果"[①]。卡森实则只见树木，不见森林。这首诗是摩尔在文体创新方面的一个成功的实验之作，它再现了一件工艺繁复、瑰丽的宫廷艺术品，依据摩尔对精准的追求来看，这首诗是其典型诗风的体现。该诗并没有描述"视觉艺术孕育的那一刻"（the pregnant moment of visual art），而是执行了产科的功

---

① HUBBARD S C. Mannerist Moore: poetry, painting, photography[J]. Critics and poets on Marianne Moore, 2005: 113-136.

第六章 "称奇的情谊":摩尔的艺格敷词艺术

用①。该诗以否定的论断开始,立刻呈现出物与物之间的张力,即凡尔赛毫无生气的喷泉与瓷天鹅之间的张力。曾经作为至高无上的权力与荣耀的象征的凡尔赛,今非昔比,呈现一派萧条与寂静之色。诗歌的基调是哀婉的。那些居住在凡尔赛宫位高权重的统治者已经不复存在,全靠精雕细琢的工艺品才能唤起些微的记忆。诗人把凡尔赛静态的水和天鹅并置,凭借的不是逻辑,全靠平行的句子结构与思想的流动。

接着,读者的视点从上向下移动,目光从天鹅开始转向烛台的底座。烛台底座装饰物之繁复与精致传达了艺术品给观者带来的视觉冲击,让人回想起昔日的繁华:"寄居在路易十五/装饰有鸡冠花色按钮,一簇簇/大丽花,海胆,蜡菊/的树枝状烛台上,/天鹅栖息在/精雕细琢的花枝/泡沫中——自在且高大。而国王已逝"(Lodged in the Louis Fifteenth / candelabrum-tree of cockscomb- / tinted buttons, dahlias, / sea-urchins, and everlastings, / it perches on the branching foam / of polished sculptured / flowers—at ease and tall. The king is dead)(CP 19)。最后一句"国王已逝"立刻成为矛盾和不可避免的结局。这一句话与第一句形成呼应。为什么说"国王已逝"?这与枯竭的喷泉有何关联?为什么说真天鹅不如作为艺术品的天鹅那般优雅?因为艺术品是永恒的,它在有机生命周期之外能得到持续的认可,焕发新的活力与价值。

这里要思考一个问题,"国王已逝"这个声音是谁发出的?是诗人自己吗,还是天鹅本身?应该说,"沉默"是所有视觉艺术的共性,但诗人在每一节的最后一句为瓷天鹅设置了潜在的发声欲望:"无不炫示

---

① HEFFERNAN J A W. Museum of words: the poetics of Ekphrasis from Homer to Ashbery[M]. Chicago: Chicago University Press, 1993: 5.

主人的身份"与"国王已逝去"隐含与昭示诗人对瓷天鹅叙述能力的召唤。也就是说，瓷天鹅的沉默与它叙述的能力并非二元对立。尤其在最后一行诗"国王已逝去"，摩尔借瓷天鹅向世人发出了对"永恒与死亡"命题的追问。

要回答这个问题，有必要从诗歌的形式加以考量。全诗由2段诗节共14句诗行组成，每节7行，第一节的音节数为6、8、6、8、8、5、9，第二节的音节数为6、8、6、8、8、5、10。显然，两节的音节数在最后一行出现了变化。在第二节最后一行增加一个音节的做法使该行变得醒目异常，迫使读者打破固有的节奏，停下来思考它蕴含的深意。不仅如此，每段诗节虽只在第2行和第5行才有尾韵，但是通读下来，耳朵里或 z 或 ch 的声音不断重复与徘徊，多达30余次。这种声音汇聚在一起形成了一首"天鹅之歌"，歌声里流露出曲折、疼惜、感伤，也有对永恒与美好的向往。这件艺术品超越了原初的世俗美，其生命力超过了创造它的造物主，通达永恒。

除此之外，摩尔也寄托了希望通过诗歌艺术追求不朽的愿望，渴望诗歌艺术如这只天鹅烛台的美一样可以永恒。这个观点让读者联想起叶芝的诗《驶向拜占庭》(Sailing to Byzantium)：

> 一旦脱离自然界，我就不再从
> 任何自然物体取得我的形状，
> 而只要希腊的金匠用金釉
> 和锤打的金子所制作的式样，
> 供给瞌睡的皇帝保持清醒；
> 或者就镶在金树枝上歌唱
> 一切过去、现在和未来的事情

第六章 "称奇的情谊"：摩尔的艺格敷词艺术

给拜占庭的贵族和夫人听。①

所引诗行表现了诗人对灵与肉、永恒与生命两组矛盾的独特领会，表达了叶芝在年华老去之后，希望通过艺术追求不朽的愿望。全诗的抒情活动建立在有生命的生物和永恒的艺术品这组象征上，前者暗示有限的生命、物欲和自然，后者象征超自然的不朽与永恒。艺术品与理性创造物是永恒不朽的，因为它们不再流连生命，而是向往永恒。摩尔与叶芝所见略同，追求不朽是其成为诗人的旨归。

美国学者莱维尔指出："摩尔具有看透艺术表层意义的敏锐性，从而揭示出艺术创造过程的精神力量。"② 此类诗歌数量众多，除了《没有天鹅如此高贵》之外，《木鼬》（The Wood-Weasel）、《仁慈战胜忌妒》（Charity Overcoming Envy，1963）、《一架瑞典马车》以及《九油桃》等诗皆是如此，以《九油桃》为例。

作为一首出色的艺格敷词杰作，《九油桃》在批评活动中往往被置于比较论的框架下，被认为有助于"扩大米歇尔的诗画比较模式"③。通过研究，本书指出该诗超越了米歇尔模式，传达出瓷器艺术"中国性"的本真精神。

《九油桃》取材于中国瓷瓶，是对中国瓷器艺术品的语言再现。该诗几次易稿。最初的版本以《九油桃与其他瓷器》（Nine Nectarines and Other Porcelain）为题，并与《水牛》一诗构成组诗《皇家牛，皇家盘》

---

① 查良铮. 美国现代诗选[M]. 长沙：湖南人民出版社，1985：218.
② LEAVELL L. Marianne and Moore and the visual arts: prismatic colour[M]. Baton Rouge: Louisiana State University Press, 1995: 9.
③ QIAN Zhaoming. The modernist response to Chinese art: Pound, Moore, Stevens[M]. Charlattesville: University of Virginia Press, 2003: xviii.

(Imperious Ox, Imperial Dish), 于1934年发表在《诗刊》上。该版本共有8个诗节, 其中3个诗节提及欧洲瓷器制造传统。在1967年《诗歌全集》中, 摩尔删掉了有关欧洲瓷器制造传统的相关诗节。大多数评论家在赏析该诗时倾向于采用原初的版本, 有的评论家甚至认为删掉的诗节是最"具启发性和历史共鸣"[①]。然而,《诗歌全集》扉页上"省略不是偶然"(Omissions are not accidents)的箴言道明了"省略"是有意而为, 摩尔的创作"并非追求一眼便能识破的浅层意思, 而是追求潜在的内涵"[②]。对于《九油桃》诗节的省略, 有学者诚挚地指出, 摩尔删除这几个诗节的用意在于"抹掉模糊中国艺术中国性的可能"[③]。的确如此, 随着摩尔对中国文化了解的加深, 她把诗中原有的偏见一一抹掉, 形成了1967年最终的版本, 这是其思想发展轨迹动态且真实的反映。

摩尔之所以能做到真实与客观, 是因为她青睐中国艺术, 迷恋中国文化。她在《书信选集》(Selected Letters)中评价中国是一个"具有魔力的地方"(magic place), 并大方指出自己"前世是中国人"(was born pro-Chinese)(SL 281, 313)。更有学者评价她"像极了哥伦布, 除了专注开拓新世界外, 逝世之后也展示了如何航行去往中国的路径"(CRMM 250)。毋庸置疑, 这条路径就是文化, 包括中国古典诗歌、古代哲学、绘画艺术、陶瓷艺术、纺织艺术等。与中国的投缘、对中国文化的吸收

---

① BAZIN V. "Just looking" at the everyday: Marianne Moore's exotic modernism[J]. Modernist cultures, 2006, 2(1): 58-69.

② WHISENHUNT E A. "It is a privilege to see so much confusion": Marianne Moore and revision[D]. Tuscaloosa: The University of Alabama, 2009: ii.

③ QIAN Zhaoming. The modernist response to Chinese art: Pound, Moore, Stevens[M]. Charlattesville: University of Virginia Press, 2003: 121.

第六章 "称奇的情谊":摩尔的艺格敷词艺术

与内化使得摩尔的诗歌意境高远、情怀博大,在再现中国的意象时能做到形神兼备。

《九油桃》是一首具象诗。从视觉上来看,排版中的6个小黑点把其分成两个部分。前部分依照诗行在诗集中的排列,远远看去就像一棵卧在瓷盘上的野生桃树。该部分共有4节,前3节每节包含11行,第1、3、4、6行缩进2格,第10与第11行缩进4格,看起来宛如一棵桃树上细嫩的新月形叶子和树枝上的果实一起随风摇曳。第4节仅由5行诗组成,第1、3、4行缩进2格,看起来如同桃树微微倾斜的粗壮树根:

 像间隔生长可能
两两排在一起的毛桃——
 九颗桃儿,
 挂在隔年的细枝上——像是
改良品种;
 显而易见
不是——
九颗桃儿长在一棵油桃树上。
 光溜溜地挂在绿色、蓝色或蓝绿相间
  月牙形的细长叶子里,
  中式的风格,四对

 镶嵌在半月形叶里的桃
朝太阳生长
 红晕点点
 似那粉红的蔷薇
由那漫不经心的画笔
 在那蜂蜡灰底上画出用于商家装订。

那种"玉"桃，鲜红鲜红
虽无法起死回生，
　　倘若及时吃下却能延年益寿，
　　　　意大利的
　　　　　　桃子核，波斯的李子，伊斯法罕

　　荒墙边的油桃，
作为野生的水果
　　源于中国。是野生的吗？
　　严谨的康多尔不会这样认为。
看，寓意非凡的
　　九颗油桃
光洁无瑕，没有
象鼻虫啃出的叶子洞
　　有人曾经描述，
　　　　这个经多次修补的盘子
　　　　　　细致详尽

　　一头无角驼鹿，或一匹冰岛马
或一头驴　　倚靠在枝叶繁茂，
　　微微倾斜的呈灌木花棕色的
　　　古老的油桃树上
打盹。
……
　　中国人"懂得
荒野精神"
　　与爱吃油桃的麒麟
　　　外形似马——
长尾，或秃尾

第六章 "称奇的情谊":摩尔的艺格敷词艺术

一身寻常肉桂褐色
鸵鸟毛,
这有羚羊蹄,却无角的小独角兽,
搪瓷在陶瓷上。
只有中国人
才能孕育出这一杰作。

Arranged by two's as peaches are,
at intervals that all may live—
　　eight and a single one, on twigs that
　　grew the year before—they look like
a derivative;
　　although not uncommonly
the opposite is seen—
nine peaches on a nectarine.
　　Fuzzless through slender crescent leaves
　　　　of green or blue or
　　　　　both, in the Chinese style, the four

　　　pairs' half-moon leaf-mosaic turns
out to the sun the sprinkled blush
　　of puce-American-Beauty pink
　　applied to beeswax gray by the
uninquiring brush
　　of mercantile bookbinding.
Like the peach Yu, the red-
cheeked peach which cannot aid the dead,
　　but eaten in time prevents death,
　　　the Italian

peach nut, Persian plum, Ispahan

secluded wall-grown nectarine,
as wild spontaneous fruit was
    found in China first. But was it wild?
    Prudent de Candolle would not say.
One perceives no flaws
    in this emblematic group
of nine, with leaf window
unquilted by curculio
    which someone once depicted on
        this much-mended plate
        or in the also accurate

unantlered moose or Iceland horse
or ass asleep against the old
    thick, low-leaning nectarine that is the
    color of the shrub-tree's brownish
Flower.
…

    A Chinese "understands
the spirit of the wilderness"
    and the nectarine-loving kylin
      of pony appearance—the long-
tailed or the tailless
    small cinnamon-brown, common
camel-haired unicorn
with antelope feet and no horn,

第六章 "称奇的情谊"：摩尔的艺格敷词艺术

  here enameled on porcelain.
   It was a Chinese
    who imagined this masterpiece.（CP 29-31）

  经本书考证，该诗前部分再现了一只乾隆粉彩九桃盘，后部分再现了一只乾隆粉彩麒麟瓶。在前部分，摩尔通过"真实"观看乾隆粉彩九桃盘再现了九桃盘承载的精神品质，而这些精神品质只有在厘清学界讨论的几个盲点之后方有所得。首先，学界对该部分再现的对象语焉不详。众所周知，画师在雍正年间才开始用自然色在皇家瓷器上绘制自然景物。华裔学者钱兆明以此为依据，认为该瓷盘的布局与颜色属于雍正时期，而"九桃"意象属于乾隆时期，因此断定该部分再现的意象是几只瓷盘的杂糅[①]。经过对乾隆时期瓷盘的探究，本书发现此诗是对一只乾隆粉彩九桃盘的语言再现，见图6.5。

图6.5 乾隆粉彩九桃盘[②]

[①] QIAN Zhaoming. The modernist response to Chinese art: Pound, Moore, Stevens[M]. Charlattesville: University of Virginia Press, 2003: 117.
[②] 该图为私人藏家所摄。

盘上绘制的油桃跟新兴的粉彩颜料分外相配，呈现出柔和的粉色、黄色与绿色。从图样中可见，九桃盘上的油桃"像间隔生长可能／两两排在一起的毛桃——九颗桃儿"（lines 1-3）的九颗油桃"光溜溜地挂在绿色、蓝色、蓝绿相间／月牙形的细长叶子里"（lines 9-11），其中四对"镶嵌在半月形叶里的桃／朝太阳生长／红晕点点／似那粉红的蔷薇／由那漫不经心的画笔／在那蜂蜡灰底上画出用于商家装订"（lines 12-17），且桃树的树干呈现出"灌木花棕"色（line 37）。摩尔对瓷盘栩栩如生的描述是判断再现对象的明证，该诗再现的正是这个乾隆粉彩九桃盘。

其次，对于桃的起源在学界也是争论不休。刻画了瓷盘的外在形象之后，摩尔俨然像个生物学家探讨桃的地理分布与起源："意大利的／桃子核，波斯的李子，伊斯法罕／荒墙边的油桃，／作为野生水果／源于中国。是野生的吗？／严谨的康多尔不会这样认为"（lines 21-26）。在《栽培植物的起源》（*Origin of Cultivated Plants*）一书中，康多尔（Alphonse De Candolle）谨慎地提出桃子有可能起源于中国。而依据考古证据与文献记载，野生桃树确实起源于中国。1973年，考古学家在浙江省余姚城一个新石器时代遗址村——河姆渡遗址村出土了野生桃核，可以追溯到公元前六七千年[①]。此外，中国提及桃子的文学作品比"欧洲的要早1 000多年"[②]，这个作品是指《诗经》"国风"中《桃夭》一诗。该诗通过歌颂灿烂的桃花、饱满个大的桃果以及浓密成荫的桃叶赞美出嫁新娘的美丽贤德，预示婚姻家庭的和谐美满。

最后，也是最重要的一点，为何盘子上绘制九颗油桃？很多摩尔研

---

① 陈文华. 中国农业考古图录[M]. 南昌：江西科学技术出版社，1994: 99-100.
② LAYNE D R, BASSI A. The peach: botany, production and uses[M]. [S.l.]: CAB International, 2008: xiii.

第六章 "称奇的情谊":摩尔的艺格敷词艺术

究者对此避而不谈。其实,摩尔精通中国文化,十分了解桃子与九在中国文化中的象征意义。她在诗中写道:"那种'玉'桃,鲜红鲜红/虽无法起死回生,/倘若及时吃下却能延年益寿"(lines 19-20),《九油桃》意象"光洁无瑕""寓意非凡"(lines 27-28)。据《神农本草经》记载:"玉桃,服之长生不死。若不得早服之,临死日服之,其尸毕天地不朽。"因此,桃子在中国具有永生与长寿之意。加上《西游记》中孙悟空大闹蟠桃园的故事使得蟠桃更具神秘性,其象征意义得到深化与加强。摩尔除了知道桃子具有"不朽"的象征意义,她也知道数字9寓意非凡。在中国,汉字九是一个表意字,其外形看上去跟龙很像,故有尊贵之意;作为个位数字中最大的数字,9寓意结束与开端;9同"久"同音,也寓意长久。中国数朝皇帝都钟爱9这个数字,其所穿华服称之为九龙袍、所辖之地称之为九州,甚至建筑(例如紫禁城)中无不充满9的玄机。自然,乾隆皇帝也不例外。九和桃组合成一个意象,多福与吉祥之意得到加强与延展。摩尔深谙此道,客观本真地再现了九油桃不朽、长寿、富庶与尊贵等各种寓意。

在该诗的后部分,麒麟意象与其隐喻的精神品格引起了西方批评界的关注,诸多批评家对此见仁见智。由于文化的时空差异、中西艺术理念的隔阂,评论家对麒麟意象的解读存在着各种偏离甚至错误。依据尾注,可知麒麟的特征:"鹿身、独角、牛尾、马蹄、黄肚和五色发"(CP 266),但诗文中的描述却与此有些出入。鉴于此,评论家们纷纷推测,认为麒麟是"中国神话中的独特怪兽,西方人无法对此做出细察"[①],或

---

① BAZIN V. "Just looking" at the everyday: Marianne Moore's exotic modernism[J]. Modernist cultures, 2006, 2(1): 58-69.

者只是对"中国想象力的模仿"[①]。但据本书考察,诗中麒麟的原型很可能是一只乾隆粉彩麒麟瓶,见图6.6。

图6.6 乾隆粉彩麒麟瓶[②]

理由有二。其一,这只瓷瓶的瓶颈处绘有桃子,瓶身处绘着一只抬头看向桃子的麒麟。麒麟与油桃这两个迥异的意象同时出现在一个瓷瓶上,这使摩尔困惑不已。于是乎,摩尔通过外在的观察,将笔下的麒麟变成了"爱吃油桃"的怪兽,尽管这一点并不能从古书上得到印证。其二,摩尔对麒麟精细入微的描述跟瓷瓶上的麒麟不谋而合:"外形似马,长尾,或秃尾,一身寻常肉桂褐色鸵鸟毛,有羚羊蹄,无角。"可见,诗中麒麟的形象确实是摩尔真实观看下再现的结果。

在这部分的开端,摩尔将"荒野精神"与麒麟意象并置,指出"中国人'懂得/荒野精神'与爱吃油桃的麒麟"(lines 39-41)。这两者究竟

---

① QIAN Zhaoming. The modernist response to Chinese art: Pound, Moore, Stevens[M]. Charlattesville: University of Virginia Press, 2003: 120.
② 该图为私人藏家所摄,也可见于网络。

第六章 "称奇的情谊":摩尔的艺格敷词艺术

有何内在关联?评论家对此众说纷纭。史代米强调,"荒野是美国最显著的地理特征",这一诗行是"美国遗产"的体现[①];巴赞也认为中国艺术品是"神秘的、完全不可转译"[②],"荒野精神"是"西方想象的产品,旨在界定跟西方相对的东方"[③]。然而,事实并非如此。于中国艺术家而言,精神为意象之源,意象皆为精神意象。熟谙中国艺术的摩尔自然不会对此视而不见,罗森巴赫博物馆与图书馆的藏书可证明这一点。该馆收藏了摩尔生前所阅的中国典籍译本,如《道德经》《诗经》《论语》等。其中《诗经·国风》中一首关于麒麟的诗——《麟之趾》无疑给她留下了鲜活的印象,因为她在该处作了密密麻麻的批注。麒麟在该诗中深蕴象征意义,是一个具有荒野特性与荒野品质的动物意象,它所呈现的亘古不变的荒野精神把高贵的品质与君子融合成一个气象峥嵘、清高脱俗的意境,突显了人性与自然的结合,正如陆玑在《毛诗草木鸟兽虫鱼疏》中的注疏,麒麟"鹿身,牛尾,马足,黄色,圆蹄,一角,角端有肉,音中钟吕,行中规矩。王者至仁则出"[④]。麒麟把孔子提倡的人伦道德与生态道德有机地结合在一起,体现了自在、永恒与生机的荒野之趣,精妙地诠释出孔子超拔的生态理念"仁爱万物"的观点,而这正是摩尔毕生所追求的荒野精神的体现。摩尔在1965年大彻大悟,慨叹"很多智慧

---

① STAMY C. Marianne Moore and China: orientalism and a writing of America[M]. Cambridge: Oxford University Press, 1999: 36.
② BAZIN V. "Just looking" at the everyday: Marianne Moore's exotic modernism[J]. Modernist cultures, 2006, 2(1): 58-69.
③ 同① 65.
④ [吴] 陆玑.毛诗草木鸟兽虫鱼疏 [M].北京:商务印书馆,2013.

都浓缩在孔子的著作中"[①]。以麒麟隐喻"荒野精神",暗示了摩尔认同并吸纳了孔子的仁爱万物、万物比德的生态思想。这一点除了在该诗中体现之外,摩尔以自然为主题的诗几乎彰显了以谦卑和敬畏之心融入自然,感受自然的博大、玄妙与永恒。可以说,孔子朴素的生态伦理观间接地促进了摩尔在生态书写中逐渐摈弃西方传统的"主客二分"思维方式,并向"整体主义"思维方式转变。

一言以蔽之,《九油桃》再现的乾隆粉彩九桃盘与乾隆粉彩麒麟瓶栩栩如生、呼之欲出,但摩尔并非简单地停留在表象的描述,而是旨在通过调停客观事实与诗人/观者的主观世界,传达出乾隆粉彩九桃盘与乾隆粉彩麒麟瓶内蕴的精神品质,这不仅是语言艺术再现视觉艺术的可行路径,而且是诗人驶向异国文化的可行路径之一。

总之,摩尔在上述两首诗中用诗的语言形式描绘视觉艺术品,实现了视觉艺术向听觉艺术的转换。诗人隐退在视觉艺术对象之后,让寂静无声的艺术品发声,推进了这一艺术转换的完成。再者,这两首诗也向读者揭示了一个道理:生命是有限的,无须流连沉迷,人应当超越物质自然,到艺术与理性的殿堂中寻找永恒的精神存在。

第三节 化美为媚:静止流淌运动的想象

关于美和媚的区别,莱辛在《拉奥孔》中有很精辟的见解:

    诗想在描绘物体美时能和艺术争胜,还可用另外一种方法,那就

[①] STAMY C. Marianne Moore and China: orientalism and a writing of America[M]. Cambridge: Oxford University Press, 1999: 41.

第六章 "称奇的情谊":摩尔的艺格敷词艺术

是化美为媚。媚就是在动态中的美,因此,媚由诗人去写,要比画家去写较适宜。画家只能暗示动态,而事实上他所画的人物都是不动的。因此,媚落到画家手里,就变成一种装腔作势。但是在诗里,媚却保持住它的本色,它是一种稍纵即逝而却令人百看不厌的美。它是飘忽不定的。因为我们回忆一种动态,比起回忆一种单纯的形状或颜色,一般要容易得多,也生动得多,所以在这一点上,媚比起美来,所产生的效果更强烈。①

简言之,美是静态的,媚是动态的。相较画家而言,诗人通过诗歌艺术和想象更容易实现艺术品的由静入动、化美为媚。基于细读摩尔的艺格敷词诗作,本节主要探讨语言艺术转换视觉艺术的诗性再现范式特征之二:化美为媚,静止流淌运动的想象。

《海洋独角兽与陆地独角兽》是此类诗歌中最具代表性的一首。该诗发表于1924年,有别于传统艺格敷词利用一个叙述视角操控形象的做法。此诗不是以一个视觉艺术品为依托,而是一首再现多个艺术品的艺格敷词作品。通过再现伊丽莎白时期的地图(Elizabeth maps)、达·芬奇的画作《圣杰罗姆在野外》、伊丽莎白女王礼服上的刺绣、十五世纪的克伦尼装饰毯(Cluny tapestries)(lines 39-43)以及大都会博物馆"狩猎独角兽"(Hunt of the Unicorn)壁毯系列,摩尔着重探讨4种异域动物——独角兽、独角鲸、海狮与陆地狮之间的关系。当然,从整体而言,摩尔再现的主要对象有两个,一为《海图》(Carta marina),二为《味觉》(Taste)壁毯。

诗歌伊始,海洋独角兽的形象便跃入眼帘:

---

① 莱辛.拉奥孔[M].朱光潜,译.北京:人民文学出版社,2009:219-220.

他们都有各自的狮子天敌——
"强大的独角兽流传下来数不清的传说"——
他们就是制图师们在1539年
所描绘的那群动物,
它们以桀骜不驯的
方式存在
白色的长龙骨翻滚展现
散藏在茂密的杂草丛中,
而那些海蛇
在海洋泡沫中缠绕,它们的外形"扰乱了航海者"。

with their respective lions—
　"mighty monoceroses with immeasured tales"—
these are those very animals
described by the cartographers of 1539,
defiantly revolving
in such a way that
the long keel of white exhibited in tumbling,
disperses giant weeds
and those sea snakes whose forms, looped in the foam, "disquiet shippers."

（CP 77）

在西方四千年文明史中,独角兽比起任何一种现实或虚构的动物都更广泛地渗入人类思想与艺术的发展演变中,常被制图师们绘制在航海图上。根据1539年这个日期判断,它极有可能是指瑞典地图绘制师、历史学家奥劳斯·马格努斯（Olaus Magnus, 1490—1558）绘制的《海图》（Carta Marina, 1539）,见图6.7。

第六章 "称奇的情谊"：摩尔的艺格敷词艺术

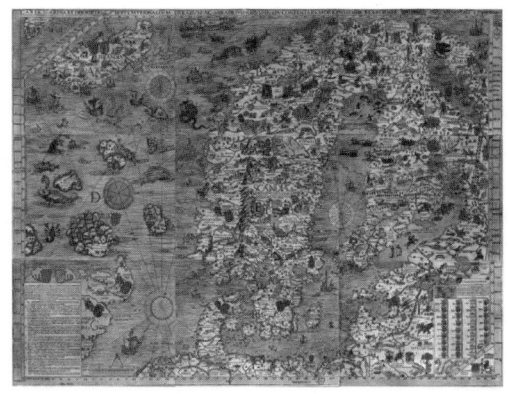

图6.7 《海图》①

马格努斯是瑞典历史学家、人文学者和地理学家。他在图中绘制了广袤的斯堪的纳维亚土地与丰富多样的海洋动物，从图中可见骇浪中翻腾的船只、巨大的红色海蛇，图的左边可见一只海洋独角兽探出角来，还有满嘴大牙、面如恶狼的巨鲸以及海龙卷等。但是，考虑诗中制图师（cartographers）一词为复数形式，这促使读者考虑多个擅长绘制各类动物的地图绘制师。这个复数形式跟该诗的结尾"独角兽与一张古老天体图上像马的怪物"（an equine monster of an old celestial map）形成呼应。虽无法确认，但这个暗示可能指德国地图绘制师与天文学家彼得·亚壁（Peter Apian）绘制的飞马天体图。该地图绘制于1536年，并在《海图》的后一年再版。在人类发展史中，地图是知识的载体与智慧的结晶，不仅具有科学研究的功能，还具有广泛的文化教育功能。换言之，地图具

---

① 该图是瑞典教士奥劳斯·马格努斯在1539年绘制的地图《海图》，它是一幅记录斯堪的纳维亚的地图，也是现存的最早与最壮观的地图，图上绘有北欧奇特的民族、怪异的生物及北欧各国的分布。参见网址：https://cn.bing.com/images/search?q=Carta+marina%ef%bc%8c1539&FORM=HDRSC2，2018-06-24。

有隐喻功能，它在不同的"画境"中，展现出不同的意蕴，反映出各个历史时期人们的观点、信仰以及当时的大事件。后人盛赞《海图》是"了解北欧与大西洋东北区域自然史的一个重大贡献"[①]。于摩尔而言，《海图》更是一件诗性的、弥足珍贵的艺术品，图上所体现的艺术与科学结合的时代探索精神，启发她进一步探讨事实与虚构，科学与传统，人类与自然三对关系的性质。制图师马格努斯对待自然的态度与方式和摩尔颇为相似，因为两者均擅长再现陌生、异域的动物，以此揭示世界的多样性，同时教诲世人善待自然。但与地图上被物化的视觉对象不同，摩尔再现出的海洋动物逼真、鲜活，它们不再缄默地活在地图上，而是和人类一样"互助互爱"共生共荣。

本书认为，摩尔使用四重联结，反驳新世界探险者贪婪、掠夺性的观看。那么，何谓四重联结？四重联结是指将四类大相径庭的动物："一束光的怪兽"（the one-beam'd beast）的陆地独角兽、被称为"强大麒麟"（mighty monoceroses）的海洋独角兽、陆地狮子还有海狮（sea lions）诗意地四重结合，共生在一个不可思议的世界：那些"本质上完全相对"（by nature much opposed）的动物交织在"称奇的情谊"（strange fraternity）与"和谐"（unanimity）（lines 22，37，24）中："海洋狮与陆地狮，海洋独角兽与陆地独角兽，/它们间有称奇的情谊；/这些狮子猖獗却谦恭，/驯服又妥协，就像厄尔多尔的长尾熊——/狮子站立斜靠织锦屏障/那是一片森林：独角兽也是如此，蹲伏后腿，相互对视"（This is a strange fraternity—these sea lions and land lions,/land unicorns and sea unicorns:/the lion civilly rampant,/tame and concessive like the long-tailed

---

① WALLIS H M, ROBINSON A H. Cartographical innovations[M]. [S.l.]: Map Collector Publications, 1987: 160.

第六章 "称奇的情谊":摩尔的艺格敷词艺术

bear of Ecuador-/ the lion standing up against this screen of woven air / which is the forest: / the unicorn also, on its hind legs in reciprocity)(CP 78)。为了突出动物间"称奇的情谊"(strange fraternity),摩尔在诗行中增加了海蛇、白熊、帝王企、长尾巴的厄瓜多尔熊、马、狗、火蜥蜴以及蛇等各类动物。科斯特洛指出,海洋独角兽与陆地独角兽、独角兽与相伴而居的狮子共同"再现了一种理想的、动态的互惠关系"[①]。这种关系是人类与他者相处时可借鉴的模式。

在这首诗的创作过程中,摩尔发现,不仅"本质上完全相对"的动物可以互惠共生。其实,语言与形象、诗人与艺术家两对关系更是如此,能形成互惠交换(reciprocal exchange)的可能:"不同动物的四重结合使你诧异,/刺绣上/'精致的花环'也能包容各种差异——/荆棘,'桃香木枝,月桂枝',/'蜘蛛网,树结,桑葚'/还有青金石、石榴和孔雀石——"(You have remarked this fourfold combination of strange animals, / upon embroideries / enwrought with "polished garlands" of agreeing difference—/ thorns, "myrtle rods, and shafts of bay," / "cobwebs, and knotts, and mulberries" / of lapis lazuli and pomegranate and malachite—)(CP 78)。

该诗出版两年之后,摩尔写信感谢门罗·惠勒(Monroe Wheeler)从巴黎寄给她的一块绘有克吕尼博物馆(Musée de Cluny)的手绢,提及"参观克吕尼博物馆是我们在巴黎之行最大的快乐,它也是我们去得最多的地方"(SL 228)。克吕尼博物馆坐落于法国巴黎,它被称为"中世纪博物馆",收藏了大量中世纪的史前古器物和手工艺品,尤以精美的壁毯而闻名,最知名的莫过于深藏寓意的《淑女与独角兽》(The Lady

---

[①] COSTELLO B. Marianne Moore: imaginary possessions[M]. Cambridge: Harvard University Press, 1981: 154.

and the Unicorn)壁毯，这组珍贵的壁毯在欧洲被视为"中世纪最伟大的艺术品"，是镇馆之宝。这套壁毯犹如连环画一般，一共有6幅，依次序分别为《味觉》(Taste)、《视觉》(Sight)、《触觉》(Touch)、《味觉》(Smell)、《听觉》(Sound)与《我唯一的欲望》(A Mon Seul Desir)。每幅画的中央都有一位女子、一只狮子和一只独角兽，六幅壁毯色彩明艳，画中女子姿态优雅动人、服饰华美。根据诗文判断，摩尔再现的是第3幅壁毯《味觉》，如图6.8所示。

图6.8 《淑女与独角兽·味觉》[①]

在图6.8中，从上至下五分之四的面积为红色，底部五分之一处呈棕红色，两色中间是以蓝色金边与红色、棕红色相隔的椭圆形状的"岛屿"，狮子和独角兽各执一方，狮子在左侧，独角兽在右侧，淑女的眼

---

① 该图是中世纪一组6幅壁毯《淑女与独角兽》中的第3幅《淑女与独角兽·味觉》。法国著名作家、时任法国历史文物总监的梅里于1841年在布萨克（Boussac）城堡发现了这组壁毯，现藏于巴黎克吕尼博物馆。参见网址：https://cn.bing.com/images/search?q=The+Lady+and+the+Unicorn&FORM=HDRSC2，2018-06-24。

第六章 "称奇的情谊"：摩尔的艺格敷词艺术

睛瞥向右手上的一只鹦鹉，并在仆人为她端上的糖果盘里取甜点，一只小犬跟随她移动，她下裙摆上的一只小猴正吃着莓果和糖果。这幅壁毯将对味觉和饮食的依恋场面与意义予以突出。该壁毯是六福壁毯中唯一一幅狮子与独角兽靠后腿而立的作品，在其他几幅壁毯中，狮子或为躺卧，或为坐立，或为行走。因此，可推断诗中再现的是壁毯《味觉》，当然摩尔意不在动物的姿态，而在纹章学。

这种模式在处理独角兽意象中得到加强，"不可能捕捉到活的"（impossible to take alive）（line 66），唯有少女（virgin）才能驯服他。这种阐发在中世纪文学与早期现代文学作品中屡见不鲜，不过观者/诗人常把少女与独角兽的关系刻画成性与暴力的关系。然而在该诗中，少女成为观者/探险者眼中的理想类型，表现出摩尔"观看"的去性别化品质。少女"和它一样温和——/野性十足又温柔：" '犄角高耸的'独角兽急切地靠近；/这位陌生敌人的容貌使它痴迷，/它把野性的头颅温柔地倚靠/在地图上，在'她大腿上'"（the unicorn "with pavon high," approaches eagerly;/ until engrossed by what appears of this strange enemy, / upon the map, "upon her lap," / its "mild wild head doth lie."）（CP 79）。

摩尔在《坟墓》一诗中指出："处于事物的中心是人的本性，然而你不可能站在它的中心。"（CP 49）那么，怎样才能在"观看"时不会陷入"站入事物中心"（stand in the middle of a thing）的人类本性，这也正是该诗要表达的核心理念。尽管该诗展现出一个开放式的结尾，独角兽具有自由的可能，但诗中所用之词仍为驯服（tame），这就提出了一个最棘手的问题：温文尔雅的少女怎样使独角兽避免文明人傲慢的"观看"？显然，摩尔在向女性与男性提出警告：征服欲与占有欲不仅仅是男人掠夺新世界的独有特征，诗歌中的他者也包括女性。例如，驯服独角兽并把它带入文明世界的人是伊丽莎白女王,她乐意花费上百万英镑,只为获得一只海洋独角兽的角,这说明女性的观看同样具有掠夺性与压迫性。少女影射出行使权力的另外一种方式。因此,摩尔在诗歌中展示出一个至关重要的艺格敷词伦理问题:观看与记录观看的过程如何避免把背景跟自我纠缠在一起?这个问题值得深思与警醒。

诗歌《滚木球》除了展示了何谓精确之外(见本书第三章),它同样也是一首化美为媚的艺格敷词力作。该诗以投掷板球开端,前八行围绕一个体育事件展开,描述的方式如同描述一幅画作,可以看作是一个现实事件的语言画作(a verbal painting)。现实在诗人眼中足以成为艺术,因为诗人在用语言对此翻译与转化之时,不需要把它凝固成一个静止的再现:"绿茵地上/有铁梨木球和乳白色标杆,/埋入地里的柱子呈野鸭形状,/木球快速地滚动——"(Bowls/on the green/with lignum vitae balls and ivory markers,/the pins planted in wild duck formation,/and quickly dispersed—)(CP 59)。

诗题《滚木球》也是诗歌的第一行,全诗仅仅只有两个句号,以及多个逗号与破折号,这一行文特征给读者留下一个印象:诗中的言说者似乎想通过快速急迫的语言努力来完成对这一体育事件的再现。在转换过程中,作者仍不忘对诗歌的语言进行思索,提炼出写作中的语言与观点容易过时的观点。她因而强调:"放弃玛蒂尔达时代一直讨论的/对一切粗野漠不关心的政策,/我打算买一本现代英语词源字典/这样我可能会理解它的内涵"(Renouncing a policy of boorish indifference/to everything that has been said since the days of Matilda,/I shall purchase an etymological dictionary of modern English/that I may understand what is written)(CP 59)。但是,语言的价值随着时代的更迭

第六章 "称奇的情谊"：摩尔的艺格敷词艺术

而呈现变化，它会在"'月初出现/在人们有时间购买它之前消失/除非采取适当措施，'再三去迎合——"（which will "appear the first day of the month/and disappear before one has had time to buy it/unless one takes proper precaution," /and make an effort to please—）(CP 59)。语言不能被当作静态的事物去阅读，因为这样的阅读只会看到"书信中的一个横截面"（as a cross-section of one's correspondence would seem to imply），类似于只考虑中国雕花漆器中的一层漆，无法直抵语言的本质。

《光滑盘曲的紫薇》（Smooth Gnarled Crape Myrtle）也是化美为媚的典型例子之一。它描绘了一个自然场景：三只绿色小鸟、一只红色小鸟，一些蛾子、小虫子以及萤火虫共处一个空间的场景。与瓷天鹅的静止不同，这些鸟在诗中赋予了更活跃的存在：

> 一只颈部草绿的
> 黄铜绿鸟，光滑如一枚坚果
> 在斜枝上跳跃，中国
> 花卉艺术的复制品——有条不紊的细致
> 在叶子笔直树枝粉蓝的—红酒残渣
> 几何的金字塔型
> 和圆形；这是一对鸟中
> 的一只。还有一只是红雀
> 斧状羽冠鲜红直立，
> 　站在两只鸟儿中间的树枝上，
> 压弯了独特的花束；
>
> A brass-green bird with grass-
> green throat smooth as a nut springs from

> twig to twig askew, copying the
>   Chinese flower piece—businesslike atom
>   in the stiff-leafed tree's blue-
>   pink dregs-of-wine pyramids
>   of mathematic
>   circularity; one of a
>   pair. A redbird with a hatchet
>   crest lights straight, on a twig
>   between the two, bending the
>   peculiar
>   bouquet down;（CP 103）

在叙述中,这些鸟作为角色被引入,诗中用了一连串动作动词如"spring""lights straight"和"bending",笔直和弯曲指示它们沿树枝的运动状态。这些鸟生动而色彩明亮,充满了活力。直到第三节,这个错觉被打破,读者方才知道诗人描述的并非自然场景。图像下方的铭文告诉读者它其实来自一个装饰性盖子:"它是一件艺术品,看,/在鸽蛋纸盒上,有狂热/手迹的空间,像鸟爪/在风信子蓝的/盖子下写着——/'加入友谊,由爱加冕'"(It was artifice, saw, / on a patch-box pigeon-egg, room for/ fervent script, and wrote as with a bird's claw/under the pair on the/ hyacinth-blue lid— "joined in/ friendship, crowned by love")（CP 103）。在这几行诗之后,诗的基调发生了变化,变得更加阴郁、深思熟虑。随着生活和现实的幻觉的破裂,人们意识到这些鸟被困在了它们的形象中。而诗中那只"通常是一对"的红鸟,则被判为永恒的孤独:"一只朱红色的鸟/从人群中飞来,知道人们/不理解它/旅途的意义——这只鸟

/开始朗诵而不是吟唱：'若没孤独，/我会更感寂寥，/那么我宁愿孤独'"（A Rosalindless/redbird comes where people are, knowing they/have not made a point of/being where he is—this bird/which says not sings, "Without/loneliness I should be more/ lonely, so I keep it"）（CP 104）。显然，诗人在这首诗中模糊了现实与技巧之间的界限。读者可以感受到画中鸟被人格化的孤独，这一点尤其从鸟吟唱日本诗人哀戚的诗句中可见。画中鸟吟唱诗人诗句的例子，既是艺术模仿生活，更是艺术模仿艺术。同样的情况也适用于被描绘成"复制中国花卉"的绿鸟形象："一只颈部草绿色/黄铜绿的鸟光滑如一枚坚果/在斜枝上跳跃，/像中国花卉那样细小精致/在笔直的树上，/粉绿的如同红酒残渣，/几何的金字塔形/和圆形"（A brass-green bird with grass-/green throat smooth as a nut springs from/twig to twig askew, copying the/Chinese flower piece—businesslike atom/in the stiff-leafed tree's blue-/pink dregs-of-wine pyramids/of mathematic/circularity）（CP 103）。就好像是鸟儿而不是艺术家，把自己画在这幅画里。摩尔模仿文艺复兴时期诗人与戏剧家洛奇（Thomas Lodge）的田园艺术，在末尾处引用："而我们双手紧握盟誓：'和平带来/丰年；智慧/带来和平'"（And what of/our clasped hands that swear, "By Peace/Plenty; as/by Wisdom Peace"）（CP 104）。可见，艺术与自然绝非对立关系，而是相互依存、相互发展的关系。

在《穿山甲和其他诗》（*Pangolin and Other Verse*，1936）这部诗集出版时，乔治·普兰克（George Plank）有幸为该诗集绘制插图。普兰克配图之一见图6.9。

配图是对一首艺格敷词诗视觉上的再解读，这使问题变得更加复杂。这个过程可看作是艺术之间完整的、动态的循环。怀特（Heather

Cass White）在论文《意味深长的颤抖》（A-Quiver with Significance）中指出："普兰克在插图中与摩尔进行了密切的磋商。"① 对此图的探讨无疑会让读者更好地了解此诗的主题。从图6.9中可知，方形的插图中有一只鸟栖息在弯曲树枝的末端，末端下面是花束。方形的底部可见两只手，分别用现代和老式的袖口装饰，相握的手中间加入一个大的感叹号，一束光穿过左边的现代之手，插图的其余部分（除了鸟和植物呈白色）都出现在阴影中。怀特解释："白色表明，拼接的两只手在插图中可能不是人们最初认为的一样仁慈，因为阴影中的手颜色尚不清楚。"②

图6.9 《光滑盘曲的紫薇》配图之一 ③

值得指出的是，整首诗围绕艺术展开，但在第三节最后一行却真正地离开了艺术大厦，发出"艺术是不幸的"的感慨。诗人为何突兀地发出此般感慨？本书认为，这主要归于两个方面的原因：一方面，诗人为艺术的最终的静态形式（艺术是不幸的）而哀叹，但另一方面，诗人通过语言化艺术之静美为媚，称赞其美的永恒性。就像这首诗用悲伤的叹

---

① White H C. A-Quiver with Significance, Marianne Moore 1932–1936[M]. [S.l.]: ELS Editions, 2008: 127.
② 同①.
③ 该图为乔治·普兰克依据摩尔的诗歌《光滑盘曲的紫薇》所作的插图。参见网址：www.moore123.com. 2018-06-24。

第六章 "称奇的情谊":摩尔的艺格敷词艺术

息来否定它的问题一样,读者有责任在视觉与语言的共同维度上重新考虑与艺术相关的问题。

如果说摩尔在《没有天鹅如此高贵》《海洋独角兽与陆地独角兽》等诗中通过转换视觉艺术,别出心裁地探讨了何谓永恒,在诗艺上追求永恒的愿望,回答了语言艺术与其他艺术之间的关系等问题,那么《仁慈战胜嫉妒》则考察了语言艺术再现其他艺术的原则。

《仁慈战胜忌妒》是一首以一幅伯勒尔(Burrell)收藏在格拉斯哥艺术画廊和博物馆中的法兰斯壁毯为对象的艺格敷词佳作。该诗开门见山地用副标题指出,它是"十五世纪晚期的壁毯,佛兰德人或法国人所织,藏于伯勒尔艺术馆,格拉斯哥美术馆与博物馆"(Late-fifteenth-century tapestry, Flemish or French, in the Burrell Coliectzon,/Glasgow Art Gallery and Museum)(CP 216),言明了作品名称、日期、原产国与博物馆的收藏标签。该壁毯以繁复的图案、精美的构图闻名,见图6.10。

图6.10 《仁慈战胜忌妒》[①]

[①] 该图为大约于1468—1500年间创作的壁毯《仁慈战胜忌妒》,现藏于格拉斯哥艺术画廊和博物馆,由伯勒尔收藏。参见网址:https://cn.bing.com/images/search?q=Charity+Overcoming+Envy++tapestry&FORM=HDRSC2,2018-06-24。

在诗歌开始，言说者充当了讲解员的角色，"你愿意聆听一个 /（描绘在壁毯之上）的故事吗？"（Have you time for a story, depicted in tapestry?）（CP 216）实际上，言说者并未给观者介绍该艺术品的历史、价值或启示，而是讲述了一个家常故事。这个故事的言说者是谁，是诗人 / 观者吗？正欲寻觅答案，言说者便已不见了踪影，艺术品中的角色发出了真正的声音，可见，诗人并未充当这一件艺术品的代言人。

那么，这是一个什么样的故事？它既不是关于传统美德打败邪恶的故事，也不是讲述壁毯上碑文所记载的神秘故事。这个故事简述如下：嫉妒心生下的忧伤的山羊朝大象走来，它的快乐来自邪恶，大象依靠仁慈打败了这种邪恶。人格化了的嫉妒"抬头看向大象"（look up at the elephant），大象上坐着仁慈。嫉妒像一位艺格敷词诗人那般不停地说、不停地求饶，试图通过甜言蜜语掌控局势，证明某种力量，或者保全自己："'噢 仁慈，请怜悯我，神！／噢 无情的命运，／我会落得怎样的结果，／悬在头上的仁慈——博爱之剑虽在鞘中，但伤 / 害了我？血渍把我的脸颊玷污。我难受。'／他身着锁链胸甲，齐膝钢衣，/ 反复大喊，"我难受"（"O Charity, pity me, Deity— / o pitiless Destiny, / what will become of me, / maimed by Charity—Caritas-sword unsheathed / over me yet? Blood stains my cheek. I am hurt." / In chest armor over chain mail, a steel shirt / to the knee, he repeats, "I am hurt."）（CP 216）。作为传统凝视对象的"仁慈"是沉默的，一言不发。当然，正是这个沉默的女性具备力量，是她而不是嫉妒拥有力量之剑。这是意象的复仇，就是米歇尔所指的男性观者的恐惧。可见，在这个故事中，虽然"仁慈"手握权力之剑，处于优势位置，但她既没行动也没说话。摩尔采用了两个艺格敷词最常用的手段，即赋予"仁慈"沉默的女性形象与语言的力量，通过拟声法使"仁慈"发声，

第六章 "称奇的情谊":摩尔的艺格敷词艺术

通过叙述把她从冻结的、包孕的时刻解放出来。

沉默值得信赖,被动的女性形象因此具有了力量。在创作这首诗时,摩尔在笔记中记载:"仁慈存在一个问题——如何保存自己,如何学到耐心,控制欲来自内心"。这也是摩尔的问题。摩尔认识到如果仁慈发出声音与动作很可能会转化嫉妒的控制欲与占有欲。因此,人格化的"仁慈"语言克制,富有机智与耐心。沉默的"仁慈"主动选择克制,而不是被迫而为,因为"仁慈"的沉默远比声音振聋发聩。

最后一句"戈尔迪之结无须斩断"(The Gordian knot need not be cut)该怎样理解?"戈尔迪之结"源自古希腊的一个传说。相传公元前4世纪小亚细亚地区的一个国王戈尔迪把一辆牛车的车辕和车轭用一根绳子系了起来,打了一个找不到结头的死结,并声称谁能打开这个结就可以称王亚洲。这个结并不是被巧手解开的,而是直到公元前3世纪,亚历山大大帝(Alexander the Great,BC 356—323)大举远征东方时,为鼓舞士气,他利剑一挥就把这个死结劈成两半。因此,"戈尔迪之结"用来指"难以解决的问题",而"斩断戈尔迪之结"(cut the Gordian knot)便指干脆利落地解决复杂的问题,有快刀斩乱麻之意。此处,"戈尔迪之结"属于隐喻用法,寓指语言艺术与视觉艺术之结。摩尔认为,这个结无须斩断,这恰恰说明两者是既有疆界又牢牢纠缠在一起的"称奇"关系。

毋庸置疑,"诗画"关系认知总是在造型艺术与语言艺术相互借鉴、相互砥砺、相互促进中得到显现与印证。正因为西方文艺界对诗画关系的矛盾态度和争夺高低的争辩,一些现代派艺术家便致力探寻超越这种传统的方式,其中尤以摩尔为代表,具体表现为摩尔通过观看视觉艺术,在诗歌创作中拥抱视觉艺术,消解诗歌艺术的线性时间,并建构开放的空间，从而使诗歌艺术与视觉艺术达成互惠关系。这一章不仅回答了诗歌需要视觉艺术元素，诗歌与视觉艺术的交互关系，而且也回答了诗歌与视觉艺术如何转换的问题，两者之间可以互识、互释、互证、互补，由此得到某些启示和启发。

一言以蔽之，摩尔在文体层面深入探索艺格敷词，创造了饱含思想和精神、充满生命质感和本真、富有创造力和想象力的新型艺格敷词体，展现了艺术与现实的双重真实，极大地丰富和拓展了艺格敷词写作的思想内涵和表现空间，对当代诗歌发展具有一定启发意义。

第七章

"我只在图画里见到过"：摩尔的画韵抽象艺术

> 任何东西都可以作画：一根管子、一张邮票、一小块油布、啤酒沫、彩纸、报纸都行。[①]
>
> ——沃纳·霍夫曼（Werner Hoffman）
>
> 对我来说，旧皮鞋以及一切的物与颜料都属于同一意义的材料。[②]
>
> ——劳森伯格

[①] 霍夫曼.现代艺术的激变[M].薛华，译.桂林：广西师范大学出版社，2002：102.
[②] 阿波利奈尔.立体主义画家[M].薛华，译.桂林：广西师范大学出版社，2002：127.

摩尔不但擅长运用艺格敷词体进行创作，而且熟稔各种视觉艺术技法，因而诗作透露出画韵之美，展示了诗歌艺术的现代性与后现代性品格。摩尔批评家科斯特洛指出，摩尔"在一个被表征的环境里写作"[1]，"写的几乎每一首诗都涉及图片或艺术作品"[2]，她的支配性感觉是视觉。如若从科斯特洛这个角度而言，摩尔的每首诗与视觉艺术都有千丝万缕的联系。从第一章文献综述中可知，除科斯特洛之外，学者琳达·里维尔、伊丽莎白·乔伊斯、埃伦·利维以及伊丽莎白·伯格曼·卢瓦佐也从不同角度探讨了摩尔与某类艺术品、摩尔与艺术家或艺术流派之间的关系。本章以前人的研究为基础，重点探讨摩尔诗歌中画韵技法的运用。

摩尔在创作中采用素材的方式或为借鉴艺术家，或有异曲同工之妙，在以各种艺术手法表现主题时，主要包含但不限于对立体主义拼贴手法、达达主义的摄影蒙太奇手法、超现实主义约瑟夫·康奈尔的盒子艺术等手法的借鉴，并巧妙地把画韵技巧移植于诗歌创作中，用文字创造出具有强大视觉冲击力与异质性特征的诗，从而传达作者对现代社会文化的反思与批判。也正因如此，摩尔的诗歌摆脱了传统桎梏，体现了独特的诗学价值。

第一节 "杂志的书页"：立体主义拼贴

摩尔诗歌中最具辨识度的画韵技法之一就是拼贴。摩尔的拼贴诗创

---

[1] COSTELLO B. Marianne Moore: imaginary possessions[M]. Cambridge: Harvard University Press, 1981: 6.

[2] 同[1]192.

作既源于诗歌革新的需要，同时也是现代社会的艺术反映。20世纪西方美术流派众多，艺术家注重探索新的艺术表现形式，反传统、重个性。立体主义便是应时代而生的艺术流派之一。立体主义的开山鼻祖毕加索主张从多个视点观察事物，擅长用几何形式绘画，在二维平面中展现同一物体的立体画面。那么，摩尔的拼贴跟立体主义的拼贴有何不同？其拼贴技法创新性体现在哪里？如何通过拼贴手段构建和呈现其诗学理念？

拼贴技法大约在1912年产生于立体主义画派。该画派为了追求绘画的"真实性"，开始吸收大众文化的一些因素，借以实现其思想表述或政治诉求。法国艺术家勃拉克（Goerges Barqer，1882—1963）与西班牙的毕加索是立体主义画派的主要开拓者。一般认为，毕加索《带藤椅的静物》（Still Life with Chair Caning）是第一幅完整的拼贴作品，该画以一块揩油布作为画作背景，并在布的表面印上逼真的藤椅。毕加索创造性地将日常材料在画作上展示的这种尝试，逐渐发展成为多视点展现艺术的形式。在现代主义的绘画语境中，再现的真实与对绘画平面性的确认是通过拼贴这种颠覆性的手段得以实现的。拼贴将现成品转化为创作材料，打破了以颜料为核心的传统材料体系。在文学方面，拼贴意指"用诸如典故、引用和源自其他文本的片段等形成一部文学作品的部分或全部的写作技巧"[①]。

摩尔不仅对视觉艺术中的拼贴加以改造使之适宜诗歌艺术，而且形成了独特的后现代拼贴风格。摩尔的拼贴技巧可以归为记录式拼贴（documentary collage）范畴，体现在两个方面：一为剪贴簿中的拼贴；二为诗歌作品中的拼贴，目的是实现本质的知觉与本真的认识。

---

① CHRIS B. The Oxford dictionary of literary terms[M]. Oxford: Oxford University Press, 2008: 249.

首先，本书将探讨第一个方面，剪贴簿中的拼贴。在《一块形而上的水晶》(A Crystal for the Metaphysical)一文中，穆里尔·鲁凯赛(Muriel Rukeyser)在评价摩尔诗集《告诉我，告诉我》时，深度思考了摩尔诗歌的拼贴策略：

> 信任世间材料——文字材料——的诗人，其内在的愿望驱使她选择性地使用这些材料，但就是否保持材料自身的声音，立刻成为迎面而来的问题。如何做到材料为己所用又使材料在起源上游走？认为所有材料都属于艺术家，这个传统的观点在某种意义上是对的。这个观点实际上就是，艺术家并不想占有世界，而是想利用世界。它包含生活中爱恨的全部范畴。①

鲁凯赛给出了一个开放的定义，强调了现代诗歌中引用的重要性。概括地说，引用是现代诗人（包括她自己）创作法宝之一。鲁凯赛在另一篇文章对引用进行剖析："诗歌创作中所使用的素材引发的问题包含几个方面。在某种程度上，这个问题与我们在学校所受的训练有关，它又类似于电影编辑如何使库存影片资料有序地形成一个整体；它甚至又是一个如何顺畅拼接的技术问题。"②

现代拼贴诗的批判历史并不久远。一般认为，它生发于视觉先锋艺术。玛乔瑞·帕洛夫(Marjorie Perloff)指出："拼贴，也许是先锋派艺术家核心的艺术发明，在作品中直接引入真实的碎片，从而迫使读者或观者思考先在的信息或材料与由嫁接而成的新的艺术创作之间的相互

---

① BRINKMAN B. Scrapping modernism: Marianne Moore and the making of the modern collage poem[J]. Modernism/Modernity, 2011, 18(1): 43-66.
② 同①44.

第七章 "我只在图画里见到过":摩尔的画韵抽象艺术

作用。"① 这种联系有助于理解诗歌的引用。"引用"不同于历史悠久的诗歌典故,因为它不仅使用在历史长河中衍生出来的观念,而且会把这些观念的原文照录下来,构成诗歌的"肌理"②。视觉先锋派艺术的拼贴技术成为语言艺术家颠覆传统与权威的不二选择,他们像视觉艺术家那样,把真实世界带入诗歌领域,并将之装裱,悬挂于墙上。帕洛夫在具体界定诗歌中的拼贴时,似乎遇到了问题,"根据定义,拼贴是个视觉或空间概念,但它又很快被语言艺术吸收……或许正是因为语言与视觉相对,我们才必须隐喻地理解拼贴(字词与短语实际上不会贴在或粘在一起)"③。帕洛夫否认语言的空间维度,把诗歌与语言独有的物质历史割裂,并认为诗歌中的拼贴是视觉艺术的影子,诗歌中的拼贴是一个毫无发言权的二手发明。她的这一观点影响了一批摩尔研究者。邦尼·卡斯特罗指出诗歌中拼贴这一"模型是现成的"④;伊丽莎白·乔伊斯在对摩尔从纽约军械库艺术展上剪下来的文章粘贴在早期剪贴簿中这件事进行评价时,也引用帕洛夫的观点来论证:

> 这些文章通过引用多个评论家的评论或介绍对展览构成半拼贴式的回应。摩尔通过收集与立体派画家有关的文章,以及对这些文章的重塑、裁剪、重新排列和改变,显示了对拼贴浓烈的兴趣。这次展出并没有拼贴画,因为毕加索才在1912年完成他的第一幅拼贴画《藤椅

---

① PERLOFF M. The futurist moment: Avant-Garde, Avant Guerre, and the language of rupture[M]. Chicago: University of Chicago Press, 1986: xviii.

② DIEPEVEEN L. Changing voices: the modern quoting poem[M]. Ann Arbor: University of Michigan Press, 2.

③ 同①72.

④ COSTELLO B. Marianne Moore: imaginary possessions[M]. Cambridge: Harvard University Press, 1981: 54.

上的静物》,那时策展人已经确定了展品,但摩尔发展拼贴技术的动力还在于立体画派。该画派对她的影响不仅体现在她的剪贴簿中,还体现在经典诗歌《婚姻》和《章鱼》中。①

当然,先锋画派对摩尔诗歌的影响是巨大的。而且,对摩尔来说,乔伊斯是为数不多的、把其剪贴簿与诗歌生产联系起来考证的学者之一。本书认为,摩尔的剪贴簿提供了一种认识拼贴的新方法,它质疑了拼贴是由先锋派艺术主导的这一观点,而且突出了帕洛夫所不愿承认的语言的物质维度。认识到这一点,对读者理解摩尔的拼贴诗和普遍理解现代诗歌有着重要的意义。

虽然许多现代派诗人,如卡明斯、克莱恩、威廉姆斯、艾米·洛尼尔、H.D.等都有保留剪贴簿并用于诗歌的做法,但摩尔最具自觉意识,她是认识到剪贴簿影响诗歌创作的少数诗人之一。摩尔在一封写给兄长的信中,直接指明材料的重要性:"我在突击写诗。如果一些材料在早餐之前没有具体化,我就把装剪贴簿的盒子踢飞到加利福尼亚。"(SL 87)

摩尔为她纪实拼贴诗所收藏的材料深邃而兼收并蓄。诗人有责任选择相关材料并对材料做出是否适合入诗的裁决,但摩尔却不受诗歌材料的限制。她收集各类材料,从商业到棒球可谓包罗万象,甚至商业促销手册在摩尔诗歌中也享受到经典文学作品的待遇。当然,因为复杂的措辞与句法,摩尔的记录式拼贴技巧也给读者带来了一定的阅读困难。这种复杂性主要归因于这些材料往往超越时间与空间的维度,让读者力不从心。

---

① JOYCE E W. Cultural critique and abstraction: Marianne Moore and the avant-garde[M]. Lewisburg: Bucknell University Press, 1998: 65.

第七章 "我只在图画里见到过":摩尔的画韵抽象艺术

摩尔在1909年到1914年保存下来两个剪贴簿,威利斯称它揭示了摩尔"从上大学到在小杂志上露脸这段时间隐秘的生活"[①]。剪贴簿现存在罗森巴赫博物馆与图书馆。读者从剪贴簿中不仅可管窥摩尔在这一段时期的生活状况,而且能捕捉到摩尔文学意识与诗歌拼贴风格的衍变。

摩尔的剪贴簿中既有图像也有文字。图像涉及画作、照片、广告图片、新闻图片、漫画图片等,表现对象包括政治活动、艺术品、景观、动物、植物等。同一页面的文字与图像,看似具有随机性,实际上存在主题相关性、对象的联系性或同处某个意义场。总之,剪贴簿上的剪报代表各种各样的话语形式,包括笑话、诗歌、插图、照片、新闻和散文,为整个组合的复杂意义做出贡献。

以剪贴簿中的两页为例说明。首先来看第一本剪贴簿的第96页,如图7.1所示。

图7.1 第一本剪贴簿第96页 [②]

从图7.1可知,这一页的拼贴材料如下:左边是一篇介绍生物蝌蚪的

---

① WILLS P C. Marianne Moore: vision into verse[R]. Philadelphia: Rosenbach Museum and Library, 1987: 7.
② BRINKMAN B. Scrapping modernism: Marianne Moore and the making of the modern collage poem[J]. Modernism/Modernity, 2011, 18(1): 43-46.

文章，标题为"靠喂养的矮子和巨人"（Pigmes and Giants by feeding）；右边的上部分是一首标题为"水族馆"（At the Aquarium）的诗，为美国知名作家与评论家马科斯·伊斯特曼（Max Eastman, 1883—1969）所写。伊斯特曼的诗作下面是一个名为"咨询"的社论卡通，意在讽刺巴尔干战争；卡通下面为一篇标题为"惠特曼围攻欧洲"（Whitman's Siege of Europe）的文章。

这些要素间有怎样的逻辑关系、意义关联？它们要反映什么？蝌蚪剪报与"水族馆"的剪报比较好理解，它们显然从分类学的角度通过"水"的隐喻联系在一起，因为鱼和蝌蚪都可归类为水生物。那么，"水族馆"这首诗与社论卡通又有何关联？诗歌与卡通之间看似难以建立关联，但一旦读者想到伊斯特曼的激进立场或许就能领会其中的联系。卡通下面是一篇关于"惠特曼对欧洲围攻的意见"的文章。"围攻"一词说明，美学革命是奥斯曼革命的必然结果，这是巴尔干战争的关键因素。这篇文章与蝌蚪并列突出了惠特曼成为矮子诗人中的巨人。他是一个有文化影响力的人物、一个巨人、一个征服者、一个劳动者、一个流浪者。整张剪报并没有简化为一个单一的概念，而是涉及社会和自然的界线、伟大的个人和群众的意志之间的关系等等，可谓内涵丰富。这种组合表面散漫，其实有着着意的精巧安排，并在事件中刻画了一种富有意味的场景，展现出事件和场景本身所蕴含的意义和诗意。

又如，来自第二本剪贴簿第63页的图7.2。

摩尔在第二个剪贴簿第63页组合了一个探讨"爱尔兰分裂问题"的页面。这是一个特别适合在剪贴簿中显示的主题，形式模仿冲突的内容和不同剪辑的并列有助于从比较全面与客观的角度看待这个问题。"爱尔兰问题"不能简化为一个单一的想法，视觉感极强的剪报拼贴鼓励读

第七章 "我只在图画里见到过":摩尔的画韵抽象艺术

者对所代表的社会语境中的冲突重新进行审视。

图7.2 第二本剪贴簿第63页 ①

摩尔将两帧图片并排放置,把书页从中间分开。左边的一帧是《爱尔兰集市上的场景》,赞扬了牢记历史,悼念阵亡兄弟的传统的爱尔兰农民。第二帧是名为"爱尔兰的戈雅"的自画像,赞美有能力和感性的艺术家创作出像"爱尔兰博览会上的场景"这样的作品。从思想和艺术两个方面看,戈雅都称得上爱国"先驱者",他反对封建制度,同情劳动人民,在艺术创造上具有独特风格。这两帧横向并列的图显示出艺术家需要普遍地代表人和外在世界。因此,摩尔引用了莎士比亚的《以牙还牙》(*Measure for Measure*,1623)回应上面的图片:

> But man, proud man,
>
> Drest in a little brief authority,
>
> Most ignorant of what he's most assured,
>
> His glassy essence, like an angry ape,
>
> Plays such fantastic tricks before high heaven
>
> As make the angels weep.

---

① BRINKMAN B. Scrapping modernism: Marianne Moore and the making of the modern collage poem[J]. Modernism/Modernity, 2011, 18(1): 56.

战争的戏剧性以及诗人再现历史事件的重要性不言而喻。

在这些剪报的上方,一个男人与鲨鱼摔跤的图片覆盖了页面的三分之一。这张图的表面意思与爱尔兰的传统以及政治分裂等问题无关,但它却带有隐喻意义。这张图片通过暴力斗争连接了原本分裂的页面,就像暴力斗争把一个分裂的爱尔兰连接起来一样。虽然在某种程度上,鲨鱼可能会被人格化,就像蝌蚪和鱼在前一个例子中的作用一样,但它仍保留着作为蛮力生物的优势地位。由此,读者不难判断出鲨鱼与英国的类比联系。

这两个关于摩尔全页组合的例子证明,图像与文本结合在一起可以获得新的意义,同时鼓励读者与社会的方方面面发生联系。这些剪报采用了多种形式,有各样来源,把复杂的政治层面、历史层面以及艺术层面的材料组合起来,从而产生比部分更大的陈述意涵。此外,从这两页组合,本书大致可归纳出图像与文字的关系,即图像与文字交织,难分主次,相邻或部分叠合的图文,彼此间偶有直接的说明或解释关联,甚至存在一种互动或"对话关系",而且这些图像与文字在上下文语境中,体现了情绪、氛围或主题的关联性,从而形成了参证互见之类的关系。

不仅如此,摩尔在创作早期就有几首以剪贴簿作为诗歌题材的诗,包括:《剪刀剪出的洞在工具包中无聊》(Holes Bored in a Workbag by the Scissors)、《关于老鼠》(Apropos of Mice)、《杂志的书页》(Leaves of a Magazine,1909)等。

下面探讨第一首诗《剪刀剪出的洞在工具包中无聊》,全诗简短:"溪边一个整洁、圆圆的孔/那是林鼠干的;/可谓精湛、勤奋、多谋:/然而/这也表明,不利的,舒缓的/外部/生境,迫使我们编织无用的/空洞"(A NEAT, round hole in the bank of the creek/Means a rat;/That is to say craft, industry, resourcefulness: / While / These indicate the unfortunate, meek / Habitat / Of surgery thrust home to fabricate useless / Voids）(BMM 370)。诗题中的剪刀，像挖洞的爪子和手术中的手术刀，成为制造工具。"编织"（fabricate）一词在整首诗中起到提纲挈领的作用，寓意不凡，不仅指涉纺织物本身，还蕴含文本之意。实质上，林鼠编织栖息空间与诗人努力构建一方超越日常语言与物质的空间有异曲同工之妙，加上"老鼠"是摩尔小时候家人给她的昵称，这也反映出摩尔以老鼠作为自我写照的必然性。

第二首《关于老鼠》的主题仍为老鼠。诗歌伊始，言说者发出恳求："来吧，老鼠，和我一起吃；/ 你应该偶尔地——/ 如果你要评价老鼠的真正价值——/ 请体现宽容。/ 干酪与猪皮 / 存放于我屋中——它们爱吃的美味食物 / 倘若它们不来，你会帮我吗？够 / 吗，多样化吗？"（Come in, Rat, and eat with me; / One must occasionally— / If one would rate the rat at his true worth— / Practice catholicity. / Cheesepairings and a porkrind / Stock my house—good of their kind / But were they not, you would oblige me? Is / Plenty, multiplicity?）(BMM 370)。诗中言说者邀请老鼠进入自己整洁的空间，鼓励它寻找不同的食物来源，这不恰恰就是摩尔在诗歌中追求不同素材从而达到审美创新吗？该诗与前一首《剪刀剪出的洞在工具包中无聊》指明了利用素材的重要性，以及对待素材要"包容"（catholicity）的态度，也印证了摩尔在早期另一首诗歌《勤奋之于魔力正如前进之于飞翔》（Diligence Is to Magic as Progress Is to Flight）中的美学观点："审美过程……给它们冠以诗意的必需品——而不是古玩。"[1]

---

[1] SCHULZE R G. The degenerate muse: American nature, modernist poetry, and the problem of cultural hygiene[M]. New York: Oxford University Press, 2013: 64.

《杂志的书页》一诗更是直接承认材料的拼贴是一种创作行为。该诗简短：

> 他们敞开心扉，面向
> 基德船长站立的地方，他别着脸，
> 交叠双臂，结实如橡木，
> 裹着的松垮的腰带和猩红的
> 斗篷，在微风
> 中作响，划过枯萎起伏的海面。
> 在他对面的书页上，
> 刀子指向一首诗
> 那是赞美他
> 有趣的朦胧诗句，——一片破烂的阴影；
> 一片模糊、起皱的阴影，
> 爱慕之手常常在图片
> 与远古时代
> 海盗的韵脚上施加压力。

> They open of their own will to the place
> Where Captain Kidd stands with averted face
> And folded arms, as solid as an oak,
> His loosely knotted sash and scarlet cloak
> Encircling him, and flapping in the breeze
> That lines the withered, undulating seas.
> Upon the page across from him, a frame
> Of knives lie point to point about the name
> Of a dim verse fantastically made
> In praise of him, —a ragged block of shade;

第七章 "我只在图画里见到过"：摩尔的画韵抽象艺术

> A block of shade, with blurs and puckers where
> Admiring hands have often brought to bear
> Their pressure on the picture and the rhyme
> Of buccaneering in the olden time. (BMM 347)

如诗题所言，该诗的材料很容易辨别，它们剪自一本杂志的不同页面，然后"贴"于一堂，再现了威廉·基德船长多样的形象。正因为该诗把历史上再现威廉·基德船长的材料并置在一起，整首诗歌看起来像是一件"现成品"（a made thing）。当然，这是一个散发艺术美的现成品。

摩尔制作剪贴簿的习惯与对剪贴的独特认识直接体现在摩尔的诗歌创作中。摩尔诗歌作品中的拼贴可以归纳为引语式拼贴，或者也可称之为记录式拼贴。她在诗歌创作中拒绝陈旧的、女性气质的诗歌，相反，她在诗歌主题上强调客观、公正，在形式上擅长使用记录式拼贴，把外部材料直接引用到诗歌中。引语是摩尔观察、辨别世界的新路径，具有三个方面的特征。首先，引语拼贴消弭了空间，打破了具体的时空界限。摩尔将不同时空的引语拼贴到同一首诗中，使作品不受时空的限制，构建出"永恒现在"这一时空体。其次，摩尔使用引语拼贴论证观点。这类诗歌可看作是证词。每一条引语就是一条证据，对某种可能的结果或情况进行观察，不同的引语汇聚在一起构成做出决定的基础。最后，使用引语便于使某一个激烈争论的主题呈现支持与反对的争论性观点，而摩尔可以避免把自己与诗歌的言说者，或者某个具体观点等同起来。不同的声音获得发言权，传递出多样的理念，因为一个决定的做出需要综合考虑所有可能的选择。此处以摩尔的长诗《婚姻》为例加以说明。

在《婚姻》中，摩尔把自己从表达婚姻激进观点的责任中解放出来，让诗歌中的引语代替她发言，这样，她就可以自由地表达己见而不用拿名誉冒险。作为一位女诗人,这个迂回的技巧使得摩尔不像某些人因宽松的道德观或激进的观点而受到非议,其诗歌在婚姻和宗教主题中,展现了超出其时代的社会规范。

摩尔创造《婚姻》这首诗的手法,就如同立体派画家创作一幅拼贴画一样,将不同角度、异质的素材拼贴在一个文本中,形成一个有机整体。《婚姻》是摩尔最具代表性的一首拼贴长诗,使用记录式拼贴手法充当形式上的证据,为诗歌寻找一个弥合事实与真理差距的位置。摩尔利用文本材料展现了对待婚姻主题的各种不同的观点,错综复杂的句法与分析的语调允许她隐藏自己激进的言论。有时,出于美学的考虑,摩尔会对一些材料做出适当的修改。与弥尔顿的《失乐园》(*Paradise Lost*)不同,摩尔的亚当与夏娃既存在于伊甸园的神秘时间中,又存在历史的不特定时间中。该诗以分析的方式开场,使用了法律与商业范畴的语言:

这间机构,	This institution,
也许可说是企业	perhaps one should say enterprise
出于尊重	out of respect for which
有人说我们无须改变	one says one need not change one's mind
对某事的一贯信任,	about a thing one has believed in,
要求公开承诺	requiring public promises
我们的意愿	of one's intention
履行私隐的义务:	to fulfill a private obligation:
我好奇亚当和夏娃	I wonder what Adam and Eve
此时作何想法,	think of it by this time,
这淬火镀金的钢	this fire-gilt steel
发出金色的光辉;	alive with goldenness;
是怎样的闪亮啊——	how bright it shows —

第七章 "我只在图画里见到过":摩尔的画韵抽象艺术

"这循环的传统与骗局, 很多人为此犯下过错," 任凭所有精妙的诡计 也难以避免!	"of circular traditions and impostures, committing many spoils," requiring all one's criminal ingenuity to avoid!(CP 62)

其中,摩尔在注释中指出标注引号的诗行"这循环的传统与骗局,/很多人为此犯下过错"引自圣弗兰西斯(St. Francis),来自《大英百科全书》(*Encyclopedia Brittanica*)中关于圣人的一篇文章,原文的看法并非针对婚姻,而是针对知识。"循环的传统"(circular traditions)在诗中被转化成圆形结构,象征无限与永不终结的联结。摩尔承担观察这个圆的工作,同时也承担考察现代诗歌的责任。诗里多处包含圆形或接近于圆形的形式:"振动的铙钹"(the vibrating cymbal, line 75),"潜在的苹果"(the "potent apple", line 146),"蓝眼睛的黑豹"(the eyes of the blue and basalt panthers, lines 164-165),"代替婚戒的蝴蝶"(the butterfly substituting for a wedding ring, lines 224-227),"包容的循环"(the cycloid inclusiveness, line 267),"蛋——简单的胜利"(the egg—a triumph of simplicity, lines 269-270)等。互相重叠的圆形模式在诗歌的拼贴技巧中凸显。摩尔使用显微镜般的分析方法,旨在判断婚姻这个机构(this institution)在现代环境中处于何种境况。"任凭所有精妙的诡计/也难以避免",婚姻这一机构是人类发展中必要的存在,这一诗行反映出社会、宗教、法律等支持、执行婚姻的正当与合法。

与其他拼贴诗人不同,摩尔鲜少攀附引语的权威。换言之,就摩尔而言,引语的价值在于内容的意蕴,而不在于由谁所说。摩尔并不会选择特定的作家,也不会刻意引用公众熟知的观点。这个拼贴技巧使摩尔始终聚焦在探讨的主题上,诗歌的展开依赖于理性观察的过程。

因为该诗主要由引语组成，很难评判其基调。因此，有关该诗支持还是反对婚姻的观点引起了批判性的辩论。文本与注释一同编织一张引语之网，这使得读者很难捕捉到作者的个人看法。例如，一个引人启发的故事："这种圣彼得式忠诚的典范 / '友好地离开她丈夫 / 只因为受够了他'"（This model of petrine fidelity / who "leaves her peaceful husband / only because she has seen enough of him"）（CP 69）。后面紧跟着这样的诗行："雄辩家提醒你，/ '我受你指挥。' / '与爱相关的一切都很神秘；/ 研究这门科学 / 非一日之为，"（that orator reminding you, / "I am yours to command." / "Everything to do with love is mystery; / it is more than a day's work / to investigate this science"）（CP 69）。以上第一个引语引自"西蒙娜·普吉（Simone Puget）1914年6月刊载在《英语评论》标题为'时尚的变化'（Change of Fashion）的一则文章：她们离开家庭重新生活，漂亮的玩偶进步了。舍弃和睦丈夫的唯一原因是她们受够了他"（CP 272）。第二条引语并未标注，第三条引语来自《拉封丹寓言集》（*The Fables of La Fontaine*）中的"爱与富勒"（Love and Folley）（CP 272）。摩尔取材广泛，这些引文表明婚姻中性别力量的平衡并不如表面所见，"与爱相关的一切都很神秘；/ 研究这门科学 / 非一日之为"。"神秘"与"科学"的分离使得对爱与婚姻的观点变得更复杂。科学对无知读者来说可能意味着神秘。在爱的神秘中，神秘等同于真理、未知、永恒与恒定。比起作者直接给出答案，这些拼贴的引语更能引导读者得出对婚姻的个人之见。

该诗以模棱两可的论述结尾，回归最初设定的圆形意象：

你会发现，这是罕见的——	One sees that it is rare —
牢牢抓住对立面	that striking grasp of opposites
彼此辩驳，不是联盟，	opposed each to the other, not to unity,

第七章 "我只在图画里见到过":摩尔的画韵抽象艺术

在循环的包罗万象中	which in cycloid inclusiveness
挫败了哥伦布	has dwarfed the demonstration
带蛋的航行——	of Columbus with the egg —
一次易得的胜利——	a triumph of simplicity —
……	…
丹尼尔·韦伯斯特古板的	the statesmanship
治国艺术	of an archaic Daniel Webster
坚持把性情纯朴	persists to their simplicity of temper
看作事物的本质:	as the essence of the matter:
"自由与结合	"Liberty and union
此刻与永恒";	now and forever;"
书摆在写字台上;	the Book on the writing-table;
手插在胸前口袋中。	the hand in the breast-pocket.(CP 70)

"自由与结合 / 此刻与永恒"引自政客丹尼尔·韦伯斯特(Daniel Webster)的言论。这条引语指出理想婚姻的结局是责任与自由、亲密与距离的完美结合。韦伯斯特的这个言论本是为支持《逃亡奴隶法》而发的政治宣言,原本的语境是指不管环境如何变化要始终保持统一。这个宣言意义重大,它延迟了美国内战的爆发,维护了南方与北方的统一。韦伯斯特的这个言论可概括出三层统一:婚姻的统一,国家的统一,农奴主和奴隶的统一。摩尔引用这句话旨在说明成功的结合需要参与者极大的妥协。

在《婚姻》中,引语拼贴意味着不同类别、不同时空的观点交织并置,甚至是处于水火不容的状态。摩尔这样安排恰恰就是为了表现古往今来有关婚姻的无法化解的矛盾状态。总之,摩尔试图以理性的方式,从宏大的历史叙事维度探讨婚姻这个主题。她用这种独特的、非个人化的视角把各个时空维度的材料进行解构与联结，从而使读者在更为深入、宽阔的历史语境当中去领悟与解读婚姻的多元化、多义性、多重性。摩尔借用立体主义的拼贴技法，将纷繁复杂的引语组织在一起，从而达到增强内容丰厚性的目的，更提升了诗歌的张力与感染力。

把看似"非关联的意象"（dissociated image）并置产生必然的联系，这是摩尔拼贴诗歌的一个主要标志。摩尔这样做的目的是使读者在直觉上感知熟悉物的不同，反对意象构成传统意义上的与时间、地点或逻辑生发的共有关系。总之，拼贴不仅仅是艺术家表达个人诉求的主要手段之一，在摩尔诗中业已成为一种求真的思考方式。摩尔重视拼贴技法所产生的意义，拓展了它的深度和广度，赋予了它新的意蕴。摩尔的这些拼贴诗呈现给读者的是碎片与碎片之间和谐或不和谐的声音与图景，令读者很难从中捕捉到确切的文本意义，似乎完全背离了现实主义创作传统，但这种背离恰恰显示了另一个维度的真实，其不仅揭示文学创作的人为虚构性，更指向当今的社会现实和时代需求，触及读者的灵魂深处。因此，其创作在本质上又悖论性地体现了另类的真实。

第二节 "我闯进来了"：摄影蒙太奇

"象"在摩尔的诗中起到举足轻重的作用，常以想象或者隐喻的形式存在，在潜移默化中影响其创作手法。摄影在摩尔诗歌中的介入便是一例。摄影术是形成摩尔别具一格的观察方式与认知方式的因素之一，并在感知、记忆、审美等层面上成为摩尔诗歌文本的参照，这促使读者以全新的视角重新审视诗歌、文学性以及诗歌语言的界限。

第七章 "我只在图画里见到过":摩尔的画韵抽象艺术

首先,摩尔本人很喜欢拍照,乔治·普拉特·莱恩斯(George Platt Lynes,1907—1955)的作品形塑了她作为诗人与公众名人的形象。1935年,莱恩斯拍了一张摩尔坐在椅子上的照片,只见光影明暗交错,摩尔有一半的脸隐没在阴影中。摩尔欣赏莱恩斯为她安排的造型与姿势,将此照片用作《诗歌全集》的封页,足见摩尔对该照片的喜欢,见图7.3。

图7.3 摩尔写真1[①]

随着摩尔诗名渐隆,莱恩斯多次为摩尔拍摄照片,最典型的莫过于摩尔招牌式的三角帽、披肩形象,见图7.4。

摩尔对莱恩斯的拍照技术称赞有加。在一次悼念莱恩斯的芭蕾主题图片展上,摩尔称赞他"善于捕捉光线",并认为他"对她的艺术知识做出了贡献;不仅是艺术,还有艺术作为行为的知识"(CPMM 655)。可以说,莱恩斯在20年中为摩尔拍摄的照片树立了大众心中摩尔"野性又得体"(wild decorum)的形象。

其次,摩尔诗歌中的一些创作手法,如对细节的关注、强调再现方式的客观性等,在一定程度上,与摩尔以摄影作为描写参照物有一定关

[①] 该图为摄影师乔治·普拉特·莱恩斯于1935年为摩尔拍摄的照片。参见网址:https://cn.bing.com/images/search?q=Mariane+Moore&FORM=HDRSC2,2018-06-24。

联,因为关注细节、逼真描写与相机的特写操作、放大功能十分类似,具有明显的反传统特质。传统绘画与文学强调细节的甄别与选择,只有对表现主题有意义的细节才能被保留。但到了摩尔这里,先决性的筛选环节被省略,正如相机在拍摄瞬间无法选择进入镜头的事物,所有细节都无一例外地得到完整呈现。

图7.4 摩尔写真2[①]

实质上,摩尔诗歌中的意象起到了视觉技术中感知能力的作用。艾略特在《诗选》序言中指出,摩尔的诗"使我们看见不太寻常的视觉模式,具有高能显微镜的魅力"(CRMM 106)。玛丽·波罗芙(Marie Borroff)把摩尔的诗描述为"超现实主义的文字照片(surreal word photograph),区别于眼睛记录的有选择性和部分聚焦的图像"[②]。韦基·格

---

① 该图同为摄影师乔治·普拉特·莱恩斯于1953年为摩尔拍摄的照片。参见网址:https://cn.bing.com/images/search?q=Mariane+Moore&FORM=HDRSC2,2018-06-24。

② BORROFF M. Language and the poet: verbal artistry in Frost, Steven, and Moore[M]. Chicago: Chicago University Press, 1979: 113.

第七章 "我只在图画里见到过":摩尔的画韵抽象艺术

雷厄姆(Vicki Graham)把摩尔的音节形式比作卡尔·布罗德费尔特(Karl Bloddfeldt)拍摄的植物特写镜头,揭示出一个"几近神秘的对称的自然世界"[①]。摄影术之于摩尔不仅在于精确模式的吸引力,更在于把摄影与表达结合起来的方式具有实验的品质。摩尔观看摄影师作品就像观看一幅幅引人入胜的艺术品,"热烈的准确性"(impassioned accuracy)是其诗所追求的情感与技巧。

在卡斯特罗的专著《摩尔:想象的拥有》中,书名"想象的拥有"化用自《我买画的时候》中的诗行"想象的拥有者"(the imaginary possessor),意指言说者通过欣赏艺术品从而想象地拥有了艺术品。卡斯特罗选择"想象的拥有"作为著述的书名,如其所述来自于苏珊·桑塔格(Sussan Sontag)的《论摄影术》(*On Photography*,1977)。在考察摩尔《弗吉尼亚不列颠》(Virginia Britannica)一诗时,卡斯特罗指出:"摩尔的诗歌满足苏珊·桑塔格对摄影的定义,把摄影定义为我们对确定空间的想象拥有。摄影像感觉知识与感觉权利一样把自我与世界形成某种特定的联系。"[②] 桑塔格提出的"想象的拥有"的行为中,"想象"具有两层含义:一是拥有的形式不真实;二是关注物的再现,使物免受游客的接触之害。当然,与桑塔格"想象的拥有"暗含统治与操控的关系不同,摩尔把"想象的拥有"当作发现物自身活跃的场所与价值的洞察力行为。

最后,使用照片取代第一手素材是摩尔的创作特色之一,这与阿

[①] GRAHAM V. The power of the visible: Marianne Moore and the mimetic faculty[J]. Sagetrieb, 1993, 12(2): 40-52.

[②] COSTELLO B. Marianne Moore: imaginary possessions[M]. Cambridge: Harvard University Press, 1981: 103.

尔弗雷德·史蒂格利兹给摩尔带来的影响分不开。摩尔在大学期间开始接触史蒂格利兹。在1909年给母亲的一封信中，摩尔详细讲述了她与摄影师保罗·哈维兰（Paul Haviland）相遇的场景。从信中可知，当时哈维兰是一位外景艺术家，与史蒂格利兹一同在靠近第五林荫道的33号街的工作室工作，摩尔还获赠了一本史蒂格利兹主编的《摄影技法》复印本（SL 45）。此外，摩尔的一位比较文学与艺术史老师佐治亚娜·哥达德·金（Georgianna Goddard King）具有前沿意识，跟摩尔提及她在"格特鲁德·斯泰因家中看到毕加索与其他法国先锋派艺术家的作品时，就认定他们的作品具有较大的价值"[①]。金还提及摄影师史蒂格利兹，摩尔由此开始接触史蒂格利兹的摄影作品。

莱维尔在《玛丽安·摩尔与视觉艺术：棱镜的颜色》的著述中指出，"摩尔的写作与史蒂格利兹倡导的纪实摄影（straight photography）在伦理与审美方面有着诸多相似。"[②] 具体而言，史蒂格利兹不畏传统，被公认为"美国现代主义发展中最重要的人物"[③]；史蒂格利兹极具个性，认为摄影要独立，要立足自身特质，大胆地表达个人情感与精神意蕴；史蒂格利兹看重艺术自我表达的原创性与真诚，也看重作品传递出的强烈情感与活力，并认为艺术创作过程是高贵的，艺术本身揭示出艺术家的正直品格，而且注重艺术家的个性化风格，拒绝按流派或运动标识作品。

---

① STAPLETON L. Marianne Moore: the poet's advance[M]. Princeton: Princeton University Press, 1978: 6.

② LEAVELL L. Marianne and Moore and the visual arts: prismatic colour[M]. Baton Rouge: Louisiana State University Press, 1995: 112.

③ BROWN M W. American painting from the Armory Show to the depression[M]. Princeton: Princeton University Press, 1995: 39.

第七章 "我只在图画里见到过":摩尔的画韵抽象艺术

这些品格正是摩尔自身已具备或追求的。

史蒂格利兹对美国现代艺术贡献卓著,在推进欧美先锋派艺术发展中起到了先驱作用,被誉为美国"现代摄影艺术之父"。史蒂格利兹1903年创办并主持《摄影评论》(*Camera Review*)与《摄影作品》两部刊物;为了推动"摄影分离运动"(Photo-Secession Movement),史蒂格利兹于1905年开办了"291画廊"。该画廊位于纽约第五大街,史蒂格利兹最初是为了给"摄影分离派"(photo-secession group)提供一个聚会场所,之后,"291画廊"逐渐成为美国现代艺术家共同体艺术展出与聚会的主要场所。史蒂格利兹在聚会中充当家长的角色,既创造畅所欲言探讨实验艺术的氛围,又不忘鼓励与指引现代派艺术新人。

史蒂格利兹渐渐被欧洲艺术的活力吸引,开始把精力逐渐转移到对现代派绘画艺术与雕塑等的展览上。各类异彩纷呈的美术形式在这里都得到尊重与肯定,由此,该画廊成为年轻一代艺术家的理想殿堂:罗丹(Rodin)的作品与马蒂斯(Henri Matisse)的水彩画、油画于1903年首次在"291画廊"展出;1904年,该画廊相继举办了美国画家马斯登·哈特利(Marsden Hartley)、约翰·马林(John Marin)以及艾尔弗雷德·毛瑞尔(Alfred Maurer)的个人画展,而且还首次展出了图卢兹-劳特累克(Toulouse-Lautrec)的石版画;1910年,"291画廊"除了再次展出罗丹与马蒂斯的作品外,还首次展出了亨利·卢梭(Henri Rousseau)的作品。同年,该画廊还举办了以"美国年轻一代画家"为主题的画展。

1911年,史蒂格利兹千方百计地把现代派艺术带入公众视野,这一年展出了毕加索新立体主义风格的画作,还展出了塞尚具有争议性的作品。1912年,该画廊举办了阿瑟·达夫(Arthur Dove)与阿瑟·毕杰·卡尔斯(Arthur B. Carles)的个人画展等。之后,史蒂格利兹仍然为有才华的艺术家提供展出机会，这些艺术家包括：查尔斯·邓肯（Charles Duncan）、斯坦顿·麦克唐纳德-赖（Stanton MacDonald-Wright）、伊利·纳德尔曼（Elie Nadelman）、乔治娅·奥吉弗（Georgia O'Keeffe）、塞维里尼（Gino Severini）、保罗·斯特兰德（Paul Strand）等。有必要指出的是，这些展出均是在名噪一时的1913年军械库艺术展之前进行的。

与史蒂格利兹相识成为摩尔进军纽约艺术圈的一个重要契机。如上所述，摩尔在1909年就开始直接接触《摄影杂志》，1911年参观过"291画廊"，但摩尔在纽约文学/艺术场所的正式登场应该是1915年12月的那次参观。在那次观展中，摩尔把注意力集中在同时代艺术家的作品上（SL 93）。

摩尔在两封家信中细致地描写了"291画廊"，在第一封中写道："周三上午，我去了'291画廊'，参观了史蒂格利兹的摄影作品。史蒂格利兹先生十分友好，而且邀请我下次参观暗房……画廊有哈特利（Hartley）、皮卡比亚（Picabias）、毕加索等人的一些画作……他说下次会带我参观一些别的作品。"（SL 103）

摩尔与史蒂格利兹相谈甚欢，两人结下了深厚的友谊。两天之后，摩尔再次参观了该画廊。虽然史蒂格利兹并未给她展示新的作品，但他送给摩尔一本《摄影作品》供她剪贴与阅读。摩尔特别喜欢该杂志，在家信中写道：

> 我又去了291……我认为，《摄影作品》中霍吉·科农（Hodge Kirnon）的作品"开电梯的人"（黑人）是最好的作品之一。这里面还有凯尔富特先生的作品与史蒂格利兹先生本人的作品……我告诉史蒂格利兹先生，在克瑞姆伯格先生家看过他与凯尔富特的作品。（SL 108）

第七章 "我只在图画里见到过":摩尔的画韵抽象艺术

摩尔在这里遇到了约翰·巴雷特·凯尔富特(John Barrett Kerfoot),并就一些艺术观点进行切磋:

"《他者》是一本实验杂志,你提起它说明你是个十分开明的人。你不会常常谈论杂志,是吗?""从不",他说,"除了《生活》杂志,从未注意过别的杂志。我对诗歌不感兴趣。这是我第一次从杂志中了解一些。"我说:"当然其中有一些是垃圾,但是令我开心的是,作者可能会主动承认他的诗可能是垃圾。""哦,对的,必须要了解这点,他们能够承认这点,非常必要。"……我告诉他,我欣赏他对萧伯纳的评论;我们讨论了"haunting"这个词,史蒂格利兹与凯尔富特都认为"haunting"并不是好艺术的特征,反而是劣质艺术的特点(SL 109)。

摩尔对这一切充满激情与新奇,把观展的经过事无巨细地记录下来,并创作出《在鲸鱼里逗留》一诗,抒发了此次旅行的感悟,全诗如下:

试图用剑挑开上锁的门,用线
　穿过针眼,栽下绿荫倒垂
　的树;被一个不透明的生物吞下,大海爱他
更胜于爱你,爱尔兰——

你曾居住的地方,什么都匮乏。
　女巫迫使你
　用稻草纺出金线,也听到男人们在说:
　"一种与我们直接相对的女性气质

压迫她做这些事。受制于
遗传的盲目与天生的
懦弱,她将变得明智被迫屈服。
受经验所驱使,她必将回来;

水会找到适合的水位";

你笑了。"流水远远低于

水平面。"你早就明白,只有道路遇阻时,

水才会自动向上升腾。

Trying to open locked doors with a sword, threading

the points of needles, planting shade trees

upside down; swallowed by the opaqueness of one whom the seas

love better than they love you, Ireland—

you have lived and lived on every kind of shortage.

You have been compelled by hags to spin

gold thread from straw and have heard men say:

"There is a feminine temperament in direct contrast to ours

which makes her do these things. Circumscribed by a

heritage of blindness and native

incompetence, she will become wise and will be forced to give in.

Compelled by experience, she will turn back;

water seeks its own level";

and you have smiled. "Water in motion is far

from level." You have seen it, when obstacles happened to bar

the path, rise automatically.(CP 90)

这首简短含蓄的诗是摩尔早期的代表作之一,它探寻了摩尔自身写作的渊源与困境。其一,摩尔在诗中言明其爱尔兰身份,并把其纽约之旅与爱尔兰复活节起义隐秘地联系在一起,既表达了她成为一名诗人的坚定决心,又表明了她对爱尔兰的认同态度。其二,摩尔在诗中指出生

第七章 "我只在图画里见到过":摩尔的画韵抽象艺术

活的匮乏,并列举了几件无法完成之事,如用稻草纺金线等。她指出"鲸鱼"这个别处是一个深不可测的场域,既暗指爱尔兰现实处境的险恶,也揭示了摩尔在成长为一名成功诗人道路上的阻挠。其三,摩尔以水遇障碍物,会自动升腾绕过障碍物这一事实鼓励自己与爱尔兰,在与现实的对抗中,只要保持着内在的坚韧与柔软,最终就会找到出路与方向。依据家信,摩尔创作《在鲸鱼里逗留》这首踌躇满志的诗的直接的冲动并不是指大都会艺术博物馆的朝圣之旅,也不是指令她流连忘返的弗里克美术收藏馆(Frick Collection),而是指第五大道291史蒂格利兹画廊(SL 103-112)。

由此,照片成为摩尔弥补无法躬身经验的可行路径之一,在其写作中起到了举足轻重的作用。摩尔在作为一名先锋派艺术家新手时,就特别看重这种体验,并开始思考通过照片革新创作媒介,从现代艺术形式中汲取灵感。虽然摩尔不是唯一一位使用照片作为诗歌素材的现代派诗人,但她使用摄影蒙太奇的手法高超。

术语"montage"来自法语动词"monter"(组装之意),它被用来解释20世纪初发展起来的一系列创造性举措。在摄影领域,"摄影蒙太奇是指将不同来源的(新的或旧的)底片和照片分开,并在与它们最初的应用都不相关的情况下进行重新组装"[1]。

摩尔在短诗《一张脸庞》中明确使用"拍摄"(photograph)一词。摩尔在评价《美国新诗:1945—1960》(*The New American Poetry: 1945-1960*)中盛赞杰克·斯派塞(Jack Spicer)具有"萤火虫闪现的洞察力,像干爽的闪电:诗歌,几乎像照相机一样盲目/只在眼前活了一秒钟。

---

[1] DIANAT F. The study on history of photomontage and the efficiency of art schools on it[J]. Journal of history, Culture & art research, 2017, 6(4): 176-191.

咔嚓"（CPMM 536）。摩尔把斯宾塞的诗歌解读为把抒情时刻缩短为一个镜头瞬间的"咔嚓"（click），这也是其作品的特征之一。

这首小诗分两个诗节，且长短不一。言说者在上半部分仔细端详了镜中的脸，下半部分对镜中的脸展开回忆。摩尔用"拍摄的脸庞"（face photographed）作为自我反射（self-reflection）的方式，有意识地把照片当作有机物，契合了巴特镜子前的忧郁意识："出生时发出银穗，风光片刻，然后老去。"[①] 一张张照片，或者是一张张脸庞就是一个个镜像闪现，"与其说我看见图像，不如说是我根据图像来看或随着图像来看"[②]。这正是摩尔采用的一种叙事策略，通过对照片中脸庞的组装搁置表象，冷静地呈现出记忆中的情节，抵达心灵的真实，"那必是最美的回忆"。

另一首诗《山茶花》也是使用照片作为素材的经典之作，它展示了摩尔把二维空间中机械复制的图像转化为诗歌空间的能力。第三章探讨了此诗对"真实"的思考，此处探讨其摄影蒙太奇的艺术。据附注记载，摩尔援引了两张照片作为素材：一张为《叼着葡萄的老鼠》（Mouse with a grape），由摄影师斯宾塞·阿特金森（Spencer R. Atkinson）出品，刊载在《国家地理杂志》（National Geographic Magazine）；另外一张是《铁丝笼》，由摄影师艾德堡的阿尔文·沃曼（Alvin E. Worman of Attleboro）拍摄"（CP 264）。以第一张照片为例。第一张照片中老鼠的形象为："远处那只右前爪抓着/葡萄，嘴里叼着幼崽/的老鼠，难道不像/挂在脖子上的西班牙羊毛饰品吗？"（Does yonder mouse with a/grape in its hand and it child/in its mouth not portray/the Spanish fleece suspended by the neck?)（CP 16）。如图7.5所示为《金羊毛饰品》。

---

① BARTHES R. Roland Barthes Por Roland Barthes[M]. [S.l.]: Points, 2010: 93.
② 梅洛-庞蒂. 眼与心[M]. 杨大春, 译. 北京：商务印书馆, 2007: 40.

第七章 "我只在图画里见到过":摩尔的画韵抽象艺术

此处提及的"西班牙羊毛饰品"是指象征金羊毛骑士团(Orden del Toisón de Oro)秩序的金羊毛勋章。它是一个金色的绵羊羊毛垂饰,以28枚燧石链悬挂于项圈上,正面刻有骑士团的格言:"辛劳必得回报"(Pretium Laborum Non Vile),反面刻有菲利普三世的格言:"不从他人"(Non Aliud)。摩尔在诗中把叼着幼鼠的老鼠与"金羊毛"纹章的垂饰并置,用意有二:其一,老鼠意象不再卑微,它具备了骑士精神;其二,惠灵顿公爵作为英国与爱尔兰的英雄,其英雄形象也是摩尔一直所敬仰的。

图7.5 《金羊毛饰品》[①]

作者以"远处的老鼠"称呼杂志上的照片,立刻产生了空间上的亲密感。"大拇指汤姆"(Tom Thumb)为老鼠的第二种形象:"大拇指/汤姆,候补骑兵军官,骑上意大利高地/的田鼠,看着/遮掩了日光的葡萄,向周围/猛冲"(Tom/Thumb, the cavalry cadet, on his Italian upland/meadow-mouse, from looking at the grapes beneath/the interrupted light from them, and/dashing round)(CP 17)。尽管该诗的沉思对象是山茶花的培植与酒的酿制,但提及的两张照片在某种程度上从空间关系的想象与视角扩大了主题。把《国家地理杂志》上的老鼠照片与"大拇指汤姆"

[①] 该图可参见网址:www.moore123.com,2018-06-24。

的形象剪贴与组合在一起,不仅产生了较强的视觉冲击效果,而且使得叙事的张力在不同的时间与空间中突显,老鼠这卑微的形象在读者想象的阅读中跌宕起伏,使读者觉得它可能会完成照片主题无法完成的事。

《青虫》(Blue Bug, 1966)也是使用照片作为题材的力作之一。此诗采用副标题直接点明诗歌是"观罗沃斯·威廉姆斯的'青虫与七匹马驹'有感,照片由托马斯·麦卡沃伊为《体育图报》拍摄"(Upon seeing Dr. Raworth Williams' Blue Bug with Seven Other Ponies, Photographed by Thomas McAvoy: Sports Illustrated)(CP 218)。麦卡沃伊拍摄的照片如图7.6所示。

图7.6 《体育图报》上的照片 ①

一本体育杂志上的一张普通照片虽然比不上济慈的希腊古瓮那般具有艺术价值,但《青虫》作为一首艺格敷词诗的超越之处主要体现在摄

---

① 该图为托马斯·麦卡沃伊所摄,为1961年11月13日《运动画报》上文章《不要为医生而停》(Don't Pull Up for Doc)的配图。参见:GREGORY E. Marianne Moore's "Blue Bug": a dialogic ode on celebrity, race, gender, and age[J]. Modernism/Modernity, 2015, 22(4): 759-786.

影蒙太奇手法上。

该诗前几行从描写照片扩展到照片出现的书页，指出小马掩藏在"精美印刷品"（fine print）描绘的故事中："在这个相机镜头中，/你隐藏在精美的印刷里/（左侧是八匹马驹），/你似乎觉察到/一只识别的眼，/灵巧的虫子"［In this camera shot, / from that fine print in which you hide / (eight-pony portrait from the side), / you seem to recognize / a recognizing eye, / limber Bug］（CP 218）。这种图像的重新构造改变了小马的状况，强调重新认识通常被省略或被压抑的"虫子"形象。第四行指出"你"是"一只识别的眼"（a recognizing eye）。那么这只眼究竟指代什么？这只"识别的眼"可能指威廉姆斯医生的眼睛，照片里有他最喜欢的青虫；也可能是摄影师麦卡沃伊的眼睛，又或者是照相机的机械之眼；当然也有可能是小马直接看向诗人及读者的眼睛。

这是一个双向的过程，观者成为诗歌的一部分："我不知你因何得名/也不想查究。/还有什么比这更令人讨厌/虫子说，'我闯进来了'，便/闯了进来。/我是这样猜的，我想"（I don't know how you got your name / and don't like to inquire. / Nothing more punitive than the pest / who says, "I'm trespassing," and / does it just the same. / I've guessed, I think）（CP 218）。图像的重塑使得小马运动起来，再通过特写镜头，观者就能看到小马（青虫）隐藏在书页的某处，青虫就这样闯了进来，闯入到新的照片中："青虫老兄像亚瑟·米歇尔/的蜻蜓之舞，/忽地飞向左，/忽地飞向右；腾空飞回，/像用三指在/十三根丝弦上/独奏出的荡气回肠的中国古典乐曲"（bug brother to an Arthur / Mitchell dragonfly, / speeding to left, / speeding to right; reversible, / like turns in an ancient Chinese / melody, a thirteen / twisted silk-string three-finger solo）（CP 218）。

摩尔通过蜻蜓之舞将亚瑟·米歇尔（Authur Mitchell，1934—2018）和马球赛上的马匹联系在一起。米歇尔是一名非裔美国舞蹈演员和编舞家，她创办了第一家非裔美国古典芭蕾舞团——哈莱姆舞剧院（Dance Theatre of Harlem）。"米歇尔在芭蕾舞剧《仲夏夜之梦》（*A Midsummer Night's Dream*）中担任精灵帕克这个角色"（CP 296），在剧中跳精灵之舞，把帕克这个亦真亦幻的角色演绎得生动深刻。这种快速转动的技巧是小马被称为青虫的一个原因。不仅如此，摩尔将这两位运动员与她自己的诗歌实验联系起来，展示小马和舞者在页面上的飞挪腾移："那儿有，《黄河图》——/精确的长卷/你的版本/跟那马球相像。/再说一次：/转动，我转动，/在马球上，一个支点"（There they are, Yellow River—/scroll accuracies/of your version/of something similar-polo. /Restating it:/pelo, I turn,/on polos, a pivot）（CP 218）。马球，从一个转动进入另外一个转动，从一个地方滑入另外一个地方，从一门艺术进入另外一门艺术。以上引文中出现的两个中国艺术形式，都与"转动"（turn）有关。其中卷轴《黄河图》本身就是蕴涵"翻滚"之意，勾勒出黄河的蜿蜒逶迤与波澜壮阔，更是"转动"的生动体现。诗人把明清《黄河卷轴图》（Yellow River Scrolls）绘制景观细节的准确性与马球运动组接在一起，强调了马球运动的精确性。摩尔在诗行中使用了"turn"的希腊语"pelo"，发音与"polo"相似，意指"成为或运动，或存在于舞蹈以及与变化有关的过程中"[①]。

除了马球运动，摩尔认为绘画艺术也体现了"转动"的意蕴。奥迪隆·雷东（Odilon Redon，1840—1916）的作品便是如此："假如更详细点儿，/想起了雷东，/关于眼睛的思索，/至于旋转——多少与消遣

[①] LIDDELL, SCOTT. Greek-English lexicon[D]. Oxford: Oxford University, 1975: 618.

第七章 "我只在图画里见到过":摩尔的画韵抽象艺术

有关——/消遣就是工作,/肌肉的驾驭,/也是心智的驾驭"[If a little elaborate, / Redon (Odilon) brought it to mind, / his thought of the eye, / of revolving-combined somehow with pastime—/ pastime that is work, / muscular docility, / also mentality](CP 218)。此处,摩尔把运动精神与奥迪隆·雷东的版画《致爱伦·坡:眼睛与气球》(To Edgar Poe: The Eye Like a Strange Balloon Mounts Toward Infinity)联系起来,见图7.7。

图7.7 《致爱伦·坡:眼睛与气球》[①]

雷东生于波尔多,是法国19世纪末象征主义画派的领军人物,尤以版画闻名于世。此画源于雷东青年时期对爱伦·坡著作的喜爱,再加上雷东与生俱来的忧郁与冥想气质,呈现出典型的象征主义特征。雷东一

---

① 该图为法国象征主义画家奥迪隆·雷东于1882年所绘的版画《致爱伦·坡:眼睛与气球》,尺寸为25.9厘米×19.4厘米,为彼得·H.德奇的藏品,现藏于现代艺术博物馆。参见网址:https://cn.bing.com/images/search?q=To+Edgar+Poe%3a+The+Eye+Like+a+Strange+Balloon+Mounts+Toward+Infinity&FORM=HDRSC2. 2018-06-24。

生都在追求自我真实的道路上摸索,主张"把形式作为思想的外衣,并试图打开玄秘世界的'魔幻之窗',画面柔和绚丽,怪异中含有诗意"[①]。这一节提及雷东以漂浮的眼睛为主题的画作《致爱伦·坡:眼睛与气球》,彰显出"旋转"(turn)主旨。读者可以看到,无助的眼睛替代了在当时充当政府与人们的交流工具的热气球,在雷东梦幻般的作品表象之下,展现了有关生命源起、存在状态等精神层面问题的思考。

不仅如此,摩尔还把这种意象与亚裔德籍杂技演员的杂耍进行组接。杂耍表演于1962年在阿米奇演出。摩尔在起居室通过电视转播就能看到每周一次的欧洲马戏表演。摩尔通过诗歌表示了对杂技人员身体运动、思想运动与材料运动的高度欣赏。杂技表演者李小谭通过旋转与静止的运动展示出肌肉与思想的合二为一。在诗歌的结尾处,摩尔与李小谭似乎也合二为一,组织诗歌的动态过程与结束时的灵巧与收放自如与李小谭的表演有异曲同工之妙。

《青虫》通过把分切的数个镜头艺术地、有机地组接起来,使镜头与镜头之间产生连贯、对比、联想等联系,表达了言说者三个方面的思想。其一,突破了对运动员"四肢发达,头脑简单"的成见,传递出运动是身体与精神合一的思想。其二,《青虫》基于一个共同特征——"转",提到了中国不同领域、不同时空的三种艺术门类,分别是唐代音乐、明清绘画以及当代杂技表演,表达了摩尔对中国的观察是从文化艺术展开,打破了传统的东方主义凝视方式。其三,突破了《青虫》意象在传统意义上的局限,把"青虫"、"马"、《黄河图》、《致爱伦·坡:眼睛与气球》等镜头中的意象与人的意象"李小谭"组接在一起,表达了摩尔生态整体论的存在观。

---

① 迟柯.西方美术理论文选[M].南京:江苏教育出版社,2005:456.

摩尔在诗歌中使用的摄影蒙太奇手法是考察意象进入历史主题或特定主题的手段与路径之一，可看作是对传统艺格敷词的超越，其具有两方面的意义。一方面，摩尔从大众期刊中选取照片作为题材，彰显了个性，且有助于获得身份认同。另一方面，照片对于摩尔而言不仅仅是作为精准的隐喻，摄影蒙太奇的运用也表明了诗歌生成的另一种可能模式。它在改变诗歌常规的结构与观看方式的同时，也增强了诗歌的画面感与视觉张力，使藏匿在客观的图像里的言说者得以进行自由化的主观阐述。正如摩尔所言，"对于热衷于追求事实的人，有时候镜头似乎比其他媒介更有优势"（CPMM 543）。

第三节 "内在幸福造就的艺术"：盒子艺术

除了受到立体主义拼贴与达达主义的摄影蒙太奇手法的影响外，超现实主义画派也给摩尔的诗歌注入了张力与创造力，尤其康奈尔的盒子艺术给摩尔在第二次世界大战期间创作诗歌带来较大影响。

摩尔与康奈尔友情醇厚，关注彼此的艺术成就。虽然他俩谋面较晚，直到1943年才得以见面，但两人早已互生敬仰之情，来往信函便是明证。康奈尔在与摩尔的第一次通信中，提及"他早些时候在《特写》（Close-Up）杂志上拜读过摩尔的文章"；摩尔在1943年写给康奈尔的信中，赞扬"康奈尔在《观察》上发表的作品《水晶笼》（The Crystal Cage）匠心独运"[1]。1936年，摩尔参观了现代艺术博物馆（Museum of Modern Art）举

---

[1] FALCETTA J-R. Poet descending a staircase: literary modernism's engagement with avant-garde visual art[D]. Mansfield: University of Connecticut, 2007: 41.

办的"精彩艺术,达达与超现实主义"为主题的画展,而且在曼哈顿的莱维画廊(Julien Levy Gallery)参观了康奈尔的个展[①]。摩尔与康奈尔之间的通信从20世纪40年代起从未间断。

康奈尔与摩尔在艺术创作上相互借鉴与融合、双向影响,在创作上有诸多相似。首先,摩尔与康奈尔的作品都由"掠夺"(foraging)来的素材构成,体现了审美意识层面的高度契合。康奈尔的艺术既不讲求技艺之雕琢,也不会刻意经营层次和结构发出的弦外之音。在他的世界里,最平常无奇的日常物品,经过恣意的组合排列,通过修复破碎的回忆,最终也能成就长篇史诗。康奈尔将现成品(found object)包括贝壳、岩石、玩具、照片、磨损的旧照片等构成的三维拼贴作品吸引了摩尔。从上文分析可知,摩尔诗作中意象的并置受到过立体主义与达达主义的熏陶,因此,摩尔关注康奈尔的现成品组装艺术这一点就不足为奇了。摩尔诗作中的现成品包括报纸、杂志、书籍、画作等各类文学素材与非文学素材。

其次,收集是摩尔与康奈尔的共同爱好。摩尔创建了罗森巴赫博物馆与图书馆,康奈尔则创建了收集旧物品的光荣之家。很多人不愿意多看一眼的旧品废物,在康奈尔看来就是时代的证据、回忆的线索。康奈尔最具代表性的作品是盒子艺术。康奈尔的盒子分成"日光盒"与"月光盒"。"月光盒"采用深蓝色,"日光盒"采用白色与黄色。作品中的现成品包罗万象,常常重复出现,如钟表弹簧、木球、玻璃、大理石、陶管、立方体、金属环、羽毛、彩色沙子、浮木的碎片、贝壳、镜子、旧报纸的碎片、海报、节目单、活页乐谱、版画、邮票、圆柱体、小瓶子。

---

① FALCETTA J-R. Poet descending a staircase: literary modernism's engagement with avant-garde visual art[D]. Mansfield: University of Connecticut, 2007: 42.

第七章 "我只在图画里见到过":摩尔的画韵抽象艺术

再次,康奈尔重视美学和事物之间的"随机关联"(free association),这也是摩尔所推崇的"自由联想"。对康奈尔与摩尔来说,普普通通的日常材料都可成为超现实意象从而被赋予独特内涵,物的意义存在于意象之间的随机关联。不仅如此,摩尔的诗歌作品与康奈尔的艺术作品都呈现伦理秩序,生发出浓厚的伦理意识。

最后,俩人在生活上也有诸多相似。摩尔与康奈尔隶属相同的先锋派艺术社群,共同的熟人包括杜尚、泰勒、福特(Charles Henri Ford)、莫瑟韦尔、毕晓普等。不仅如此,俩人的生活境况也相似:俩人终生未婚,都是从曼哈顿搬至布鲁克林,且都与母亲共同生活。

本节将探讨摩尔对康奈尔盒子艺术的创用,以《民族环境》一诗为例。《民族环境》是一首用语言艺术解释跳跃时空秩序的一个典型例子。该诗创作于超现实主义艺术萌蘖时期,在1922年刊发于《日晷》杂志。很难说这首诗是否受到康奈尔艺术的影响,但是它却体现了康奈尔艺术中的一些特征。摩尔与康奈尔一样,并没有像一般的超现实主义艺术家一样在作品中挖掘自己的无意识,而是强调意象塑造的方法,体现了"有真实蟾蜍的想象花园"。

摩尔在《民族环境》这首诗中使用超现实主义的空间并置手法,阐述了6种不同的环境,也可说是6个不同的空间,这些空间宛如康奈尔盒子艺术中的6个格子,既相互独立,又能融合在一起,传递出"一方水土养一方人"(place, in part, makes the person)的观点。无疑,《民族环境》可看作是康奈尔的"记忆盒子",这个盒子盛装的是自然世界、往昔世界、摩尔所处时代的世界,甚至想象的世界。实质上,摩尔在超越时间与空间的想象维度探讨现实世界。

《民族环境》第1格盛装的是一个艰苦的场景。摩尔是驾驭语言的高手，具有使形式适合场所内容的能力。在第一个环境的描述中，摩尔用严苛的诗行描述了这个环境："他们回答大家的提问，/一张交易桌靠墙；/在这安排的枯骨中，/你的'天生机敏'被压缩，并非释放；/你的风格不会在简朴中丧失"（They answer one's questions, / a deal table compact with the wall; / in this dried bone of arrangement / one's "natural promptness" is compressed, not crowded out; / one's style is not lost in such simplicity）（CP 55）。诗行有序而简单，与所描述的房间样貌毫无差别。诗行中的双关词 "deal" 与 "compact" 表明，这个地方能满足一切询问的需求，传递出自足感，产生秩序意识。

《民族环境》第2格盛放的环境并非如此。这个环境年代久远："宫廷家具，如此老式，又老又新；/塞弗勒瓷器和壁炉前的狗——/尖耳青铜兽，像过时的哈巴狗；/你要是对糟糕的家具有偏好，/这里并非你的选择"（The palace furniture, so old-fashioned, so old-fashionable; / Sevres china and the fireplace dogs—/ bronze dromios with pointed ears, as obsolete as pugs; / one has one's preferences in the matter of bad furniture, / and this is not one's choice）（CP 55）。从这段诗行可以看出，这个房间的环境无法由人控制，无法体现人物的内心状态。

《民族环境》第3格所盛的物关乎生存，是一个忙碌的生存空间。"墓地"（necropolis）一词滋生出严酷感：

> 坚不可摧的巨大墓地
> 由可拆卸单元组合的亚曼-埃尔贝家具；
> 钢、橡木、玻璃，穷理查德出版物
> 包含公众效率的秘密
> 印在如此单薄的纸张上，"一千四百二十页才一英寸厚，"

第七章 "我只在图画里见到过":摩尔的画韵抽象艺术

感叹,说,你浪费我的时间,就是夺走我的用品;
The vast indestructible necropolis
of composite Yawman-Erbe separable units;
the steel, the oak, the glass, the Poor Richard publications
containing the public secrets of efficiency
on paper so thin that "one thousand four hundred and twenty
pages make one inch,"
exclaiming, so to speak, when you take my time, you take
something I had meant to use;(CP 55)

诗行中提到的亚曼-埃尔贝(Yawman-Erbe)公司成立于19世纪90年代,由菲利普·H.亚曼(Philip H. Yawman)和古斯塔夫·埃尔贝(Gustav Erbe)共同创立,它为美国企业、图书馆和其他机构开发了办公系统,它基于文件归档方法制造了从索引卡到文件抽屉,再到蓝图箱的全套文件归纳用品。这套归纳方法于1915年在巴拿马太平洋博览会(the Panama-Pacific Exposition)上获得办公系统领域的金牌。之后,吉尔曼等人还撰写了一本手册《现代归档和如何归档:办公系统教科书》(*Modern Filing and How to File: A Textbook on Office Systems*)。摩尔之所以在书写这个忙碌的、高效率的环境时,特别提到这家公司,这是因为这不仅是摩尔的个人记忆(从第五章可知摩尔大学毕业后曾做过相关工作,对该系统可能具有亲身体验),而且这是一个时代快速发展的见证。

《民族环境》第4格呈现的空间是一个杂糅的空间。这个空间是一个包容的空间,既有现代之物,也有古代之物;既有本土之物,也有异域之物;既有自然之物,也有人工之物:

被水杉遮蔽的高速公路，嵌在二十英尺深的杜鹃花丛中，
孔雀，手工锻造的大门，古老的波斯天鹅绒，
象牙地上用淡黑色勾勒出的玫瑰，
雪松铁一般尖尖的阴影，
中国的雕花玻璃器皿，古老的沃特福德玻璃器皿，博学的女士；
园林景观扭曲成永恒；

the highway hid by fir-trees in rhododendron twenty feet deep,
the peacocks, hand-forged gates, old Persian velvet,
roses outlined in pale black on an ivory ground,
the pierced iron shadows of the cedars,
Chinese carved glass, old Waterford, lettered ladies;
landscape gardening twisted into permanence;（CP 56）

可以说，这个环境多样的元素超越时空并置在一起，保存了东方与西方，古代与现代等各个方面的文化，对唤起人类共有的记忆具有普遍意义。

该诗呈现的第5个环境是宏大的景观，有关美国西部的记忆像一帧帧画徐徐展开。如：

珊瑚礁上的青须公之塔，
在罗盘的每个点上合拢的神奇捕鼠夹，
如同凝固的海浪作势欲扑的湛蓝海湾，
一尘不染，生命如一片柠檬叶，
一张坚韧透明的绿色羊皮纸，
深红，古铜，中国式朱红
烧旺了砖石艺术，翠蓝映衬着时钟；

第七章 "我只在图画里见到过":摩尔的画韵抽象艺术

Bluebeard's Tower above the coral reefs,

the magic mouse-trap closing on all points of the compass,

capping like petrified surf the furious azure of the bay,

where there is no dust, and life is like n lemon leaf,

a green piece of tough translucent parchment,

where the crimson, the copper, and the Chinese vermilion of the poincianas

set fire to the masonry and turquoise blues refute the clock; (CP 57)

根据诗歌的注释,可知这个环境主要围绕处女岛(Virgin Islands)、圣托马斯(St. Thomas)塔展开。诗行中色彩纷繁:湛蓝、绿色、深红、铜色、朱红、黑色、蓝色、黄褐色、玛瑙色、淡紫色、紫色等陆离斑驳。摩尔通过这些颜色雕刻出引人入胜的场景。

接下来,诗歌的言说者对以上的环境做出总结:"背景不必有存在的样态,/而对其施加X光似的强烈好奇,外观会缩回去;/干扰性的表情边缘只是突出物上的一个污点,/它既不能上也不能下"(a setting must not have the air of being one, /yet with X-ray-like inquisitive intensity upon it, the surfaces go back; /the interfering fringes of expression are but a stain on what stands out, / there is neither up nor down to it)(CP 57)。

如果说该诗的三分之二称得上是对人们与环境的案例说明,那么剩下的三分之一则是超现实的想象,这个想象的环境构成了该诗的第6个环境:

我们看见外在与基本的结构——

军中的上尉,厨师,木匠,

刀匠,赌徒,外科医生和兵器制造者,

宝石匠,织工,手套商,小提琴手和民谣歌手,

教堂的司事，黑布的印染者，马夫和扫烟囱的人，

皇后，伯爵夫人，女士，帝王，旅行者和水手，

公爵，王子和绅士们，

各就其位——

在营地，铁匠铺和战场，

传统，礼拜堂和衣柜，

书斋，沙漠，火车站，精神病院和发动机制造地，

商店，监狱，砖厂和教堂的祭坛——

又干净又体面的庄严之地，

城堡，宫殿，餐厅，剧院和帝国接待室。

we see the exterior and the fundamental structure—

captains of armies, cooks, carpenters,

cutlers, gamesters, surgeons and armorers,

lapidaries, silkmen, glovers, fiddlers and ballad-singers,

sextons of churches, dyers of black cloth, hostlers and chimney-sweeps,

queens, countesses, ladies, emperors, travelers and mariners,

dukes, princes and gentlemen,

in their respective places—

camps, forges and battlefields,

conventions, oratories and wardrobes,

dens, deserts, railway stations, asylums and places where engines are made,

shops, prisons, brickyards and altars of churches—

in magnificent places clean and decent,

castles, palaces, dining halls, theaters and imperial audience chambers.

（CP 57）

摩尔在这个空间向各种可能的存在致意，提出了一个囊括了各式各

第七章　"我只在图画里见到过"：摩尔的画韵抽象艺术

样职业、社会状态、建筑样式等的虚拟的生活纲要。这些环境变成了外部世界的一部分，也成为不同时空中的一个个片段，大量的人名、地名、物名让人目不暇接、眼花缭乱，彰显了美国从独立到后工业社会的多元化特征。

总而言之，摩尔在《民族环境》中用当下的语言艺术解释了往昔的历史与记忆。这些不同的环境并置在一起，看似漫不经心，其实并不缺失内在逻辑，它们相互贯通，共同构成了美国民族环境的发展历程。可以说，摩尔的这个盒子艺术装置品保存了美国文化与美国人日渐模糊的共同记忆，从而使摩尔的个人艺术与人类历史发展的历程与记忆发生关联。摩尔成功地使康奈尔盒子艺术的有限空间在文字里得到无限蔓延。与康奈尔一样，摩尔的探索目光并非停留在梦境，而是专注于外界的现实生活。摩尔借用并吸收了超现实主义意象并置的方法——"自由联合"，选取了6个不同的环境进行随机组合，摒弃了其"无意识"的精神内核，形成了一种新鲜的意象并置，然后通过想象扩展了关联。本节还将以《一架瑞典马车》为例阐释摩尔对康奈尔绘画技艺的吸收与创用。

《一架瑞典马车》于1944年最先发表于《民族》(The Nation)杂志，数月之后被收进《然而》(Nevertheless)诗集。康奈尔从杂志上一读到这首诗就称赞不已，指出摩尔"诗歌技艺产生的超验感是我创作所需的。摩尔的诗使我更容易欣赏我最近获得的文艺复兴时期的一件旧瑞典组合建筑的木头的芳香与它的坚固"[1]。康奈尔之所以读摩尔的这首诗有如觅得知音之感，是因为摩尔的诗像极了康奈尔的"忧郁的盒子"(Shadow Box)，这主要体现在以下几个方面。

---

[1] CAWS M A. Joseph Cornell's theatre of the mind[M]. [S.l.]: Thames and Hudson, 1993: 113.

第一，摩尔在这首诗中展示了"超验的技艺"，方法与康奈尔制作盒子相仿。它包含四个材料，其中有三个是印刷材料：一个关于瑞士风景，一个关于民间艺术，一个关于一名叫贡特·哈格（Gunder Hagg）的跑步运动员，第四个材料就是能够触摸的瑞典马车。摩尔早在1931年在布鲁克林博物馆看到过这架马车，"布鲁克林的一切／总使我产生如家的感觉"（At all events there is in Brooklyn／something that makes me feel at home）（CP 131），然而，马车在13年之后被博物馆卖掉。摩尔诗中的一切皆由记忆引发，马车的外在轮廓恒久地留在了诗歌中。跟康奈尔一样，摩尔有意详细地观察与记载了过去时光里所发生的事。通过筛选，她增加了各种各样的文本、物与意象，把它们安排在诗行中。

第二，这首诗所展示的对称、节奏、平衡与运动等秩序原理高度借鉴了康奈尔的装置技术。全诗共有十二节，每一诗节由五行诗组成，第一行诗包含行内韵 their 与 air。第二行与第三行压尾韵，第四行通常不押韵却包含一对头韵，第五行与第一行押韵。跨行连续是此诗的一个显著特征，甚至存在诗节与诗节间，这种手法成为推动诗歌发展的动力。

第三，康奈尔的盒子是盛装回忆碎片的唯一容器，回忆在盒子里被优雅地装裱起来，如同人们运用诗歌来记载历史一样。此诗可看作是一个珠宝盒，通过一辆马车像变戏法似的变出了瑞典的本真之美，这是一架"把艺术变成内在幸福的乡村马车"（this country cart／that inner happiness made art）（CP 131）。对言说者而言，马车没有与自然失去联结。马车的各种属性如"天鹅制动器，装饰有两栖动物马蹄蟹／可旋转的／轴承"（swan-／dart brake, and swirling crustacean-／tailed equine amphibious creatures／that garnish the axletree）（CP 131），为诗歌从马车到瑞典的转换铺平了道路。同样，马车想象的拥有者把她与北欧的风景联系起来。"她／像雪白的鹭浅浅地弯着腰，／银灰色的瞳仁，顺直的头发"（And how beautiful, she／with the natural stoop of the／snowy egret, gray-eyed and straight-haired）（CP 131）。这位理想的女士，跟马车一样，成为这片大地的起源。"她／那两股松木般茂密的秀发，沉稳、清澈／坚定的眼神，在松针小道／上如小鹿般飞奔的步伐；那就是瑞典"（The split／pine fair hair, steady gannet-clear／eyes and the pine-needled-path deer-／swift step; that is Sweden）（CP 131-32）。瑞典是一片"自由之地"，其政治环境与自然环境十分和谐与民主。可见，各种珍贵的回忆都盛放在这个珠宝盒中。

第四，《一架瑞典马车》像康奈尔的盒子艺术一样充满了对社会现实的批判性思考，表达了反战的观点。摩尔对战争深恶痛绝，指出"为什么金钱和生活不花在追求美上，而是用在战争和压迫知识分子上。书本和军火。你会发现，武装分子的大脑里装的是匕首"[①]。经历了两次世界大战的摩尔对于战争的看法在诗歌中表现得淋漓尽致，其主要体现在两本诗集中，一本是《何谓岁月》，另一本是《然而》。《一架瑞典马车》是《然而》诗集中较具代表性的一首。这首诗并未写战争的直接体验，诗中，摩尔直接称赞瑞典在第二次世界大战中的政策。第二次世界大战期间，瑞典实行军事中立，没有裹挟进炮火的战场，避免了本国人们的生灵涂炭，"白色长袜在深色鞋中／翩翩起舞！丹麦庇护的犹太人！"（The deft white-stockinged dance in thick-soled／shoes! Denmark's sanctuaried Jews!）（CP 132）。恰如史蒂文斯在"反对过去的偏见"（The Prejudice Against the Past）中所言，"这架瑞典马车可看作'灵魂的一部

---

① 斯图尔特．诗与感觉的命运 [M]．史惠风，译．上海：上海外语教育出版社，2013：236.

分'"①。

总之，摩尔从视觉艺术中汲取了诗艺发展和更新的内在动力，视觉艺术之于诗人，不只是可借用的题材和主题，更是可资借鉴的观看和塑造事物的方式。摩尔诗歌中画韵抽象技艺的使用进一步打破了诗歌艺术与视觉艺术之间的壁垒，实现了诗歌在表现维度上的丰富与完善。它是理解西方现代视觉文化建构路径的一个典范，反映了视觉艺术如绘画、摄影等视觉表征形式如何在个体中形成独特的体验和革新的观念。可以说，摩尔的画韵抽象艺术是对西方视觉现代性的基本呈现。

---

① SCHULZE R G. The degenerate muse: American nature, modernist poetry, and the problem of cultural hygiene[M]. New York: Oxford University Press, 2013: 169.

第八章

"可见之物的力量是不可见的"：摩尔视觉诗学的伦理意蕴

> 因此：无论它属于何种类别，
> 它必须"用刺穿一切的注视照亮事物的生命"；
> 必须承认造就它的精神力量。
> ——摩尔，《我买画的时候》（CP 48）

摩尔的视觉诗学重视一切事物的"力量"。摩尔认为，无论何种类别的物都要体现精神显现，必须"照亮事物的生命"，呈现力量。摩尔在1919年给庞德的信中坦言："比起作家，画家与雕刻家能提供更多呈现力量的例子，这一点使我惊讶。"（SL 120）因此，她在实际创作中，秉持"可见之物的力量是不可见的"宗旨，使语言像艺术家的画笔般呈现力量，伦理意蕴充沛。

"可见与不可见"是艺术家面临的一个永恒命题。众所周知，通过"看"呈现出的"可见"非常有限，而摩尔用语言弥补了这一缺陷。摩尔视觉诗学中的"看"不仅呈现了视觉文化表象的东西，也表现出她的深层思考、感悟及判断，即通过语言延展与转化"可见之物"中的"不可见"之处，拨开"可见"之物所蕴含的更深层次的东西，即伦理内涵，展现出无边际的探索力。可以说，这种"看"具有形而上的品质，超越了"看"的本身，从而使得"不可见"之物得以可见。

第一节 "筑起了她薄薄的玻璃壳"：
内在伦理之源泉

摩尔诗歌中最常见的可见之物具有"盔甲"（armor）特征。摩尔利用超强的想象力在诗中自由地构造"盔甲"，而"盔甲"又为其内心沉思提供表达的庇护。兰德尔·贾雷尔是第一个关注摩尔"盔甲"主题的评论家，他在评论文章《卑微的动物》（The Humble Animal）和《她的盾牌》（Her Shield）对此有详细的论述。他指出摩尔很多诗歌"关乎盔

第八章 "可见之物的力量是不可见的":摩尔视觉诗学的伦理意蕴

甲,武器,保护,藏身之处"①。杰弗里·哈特曼(Geoffrey Hartman)也是摩尔"盔甲"主题的早期评论者,他指出摩尔诗歌中反复出现的"盔甲"意象"是一种谦虚品德,即自我抵制自身,强烈地主张自我,反对贪婪的教条"②。当代评论家班尼特·奎因(Bernetta Quinn)在《艺术家即盔甲动物:玛丽安·摩尔与兰德尔·贾雷尔》(*The Artist as Armored Animal: Marianne Moore, Randall Jarrell*)中指出,摩尔"为了激发读者的兴趣,其诗歌担当了全副盔甲的猎物"③。不难看出,"盔甲"主题成为摩尔诗歌中最显著的主题。本节将借助概念隐喻理论,通过分析关于"盔甲"的隐喻及其各类不同隐喻的工作机制,探讨"盔甲"隐喻如何成为摩尔视觉诗学内在伦理的源泉。本书之所以从隐喻的角度展开对摩尔视觉诗学内在伦理的探讨,一方面是因为米歇尔在《文学中的空间形式:走向一种普遍理论》(Spatial Form in Literature: Towards a General Theory)一文中运用多个空间视觉隐喻(spatial-visual metaphors)④阐述语言艺术与视觉艺术的关系,获得学界认可;另一方面,摩尔的"盔甲"主题包含动物、植物以及人等,它们都属于视觉意象范畴。

概念隐喻理论由乔治·莱考夫(George Lakoff)和马克·约翰逊(Mark Johnson)共同提出,是认知语言学的一个重要组成部分。莱考夫和约翰逊指出:"隐喻渗透于日常生活,不仅渗透在语言中,而且渗透

---

① JARRELL R. Poetry and the age[M]. [S.l.]: Faber and Faber, 1955: 199.
② HARTMAN G. Easy pieces[M]. New York: Columbia University Press, 1985: iii.
③ WHISENHUNT E A. "It is a privilege to see so much confusion": Marianne Moore and revision[D]. Tuscaloosa: The University of Alabama, 2009: 23.
④ MITCHELL W J T. Spatial form in literature: towards a general theory[J]. Critical inquiry, 1980, 6(3): 539-567.

在思维和行动中。"① 可见，隐喻具有范畴性、普遍性，它不仅涉及修辞问题，更是一种思维方式。在摩尔的诗学中，"盔甲"隐喻是一个抽象复杂的概念，其"盔甲"概念的隐喻系统主要包括两大类型，即"盔甲是生物体的有机组成部分"和"盔甲是力量"。两大隐喻又包括5个子隐喻，下文将对这5个子隐喻逐一进行分析。

"盔甲是生物体的有机组成部分"这个概念隐喻包含3个子隐喻。

其一，盔甲是生物的壳。"盔甲是生物的壳"体现在贝壳意象上。摩尔对贝壳类生物的内在特征受到外部特性影响这一方面颇感兴趣。因此，她诗中带壳的动物因具备谦逊和克制的品格而受到赞赏，这也是摩尔在写作和个人生活中都珍视的品质。这一点在《纸鹦鹉螺》(The Paper Nautilus)、《致一只蜗牛》等诗中得到充分体现。以《纸鹦鹉螺》一诗为例说明。该诗围绕一种水下雌性软体动物展开，共5节，是一首具有形式美的音节诗。

首先，此诗回应了螺壳为何成为纸鹦鹉螺的盔甲这一问题。这主要体现在两方面。一方面，海洋生物纸鹦鹉螺所造的脆薄的壳并非为了自身利益。诗中，摩尔采取并置手法，将纸鹦鹉螺造壳的习性与权威人士、作家进行类比："当局的希望 / 全由雇佣兵影响？ / 作家们深陷 / 茶会的声誉与往返的 / 舒适？可不会为了这些 / 纸鹦鹉螺 / 筑起了她薄薄的玻璃壳"(For authorities whose hopes / are shaped by mercenaries? / Writers entrapped by / teatime fame and by / commuter' comforts? Not for these / the paper nautilus / constructs her thin glass shell) (CP 121)。这三者之间看似不存在任何关联，但实质上，三者的生存均离不开带来安全感的壳或房

---

① LAKOFF G, JOHNSON M. Metaphors we live by[M]. Chicago: Chicago University Press, 1980: 3.

第八章 "可见之物的力量是不可见的": 摩尔视觉诗学的伦理意蕴

间。但不同之处在于,当局与作家是为了满足利己的欲望,而纸鹦鹉螺却恰恰相反,在这种看似随意却巧妙的并置中,纸鹦鹉螺高贵的品质呼之欲出。

另一方面,纸鹦鹉螺的壳虽薄如玻璃,却是纸鹦鹉螺物种得以延续的盔甲。摩尔采用白描的手法对螺壳进行描述,"这是一个易逝的希望的纪念品,外壳/灰白色/内表面的边缘/光亮如海波,这位警觉的/创造者守护着它/日日夜夜"(Giving her perishable / souvenir of hope, a dull / white outside and smooth- / edged inner surface / glossy as the sea, the watchful / maker of it guards it / day and night)(CP 121)。第一行"易逝的希望"(perishable hope)采用了矛盾修饰法,"易逝的"修饰"希望"构成了矛盾或者悖论的关系,这既强调了螺壳如玻璃易碎的质地,也暗示了螺壳承载着希望。螺壳的构造颇具特色,左右对称,沿一个平面作背腹旋转,呈螺旋形,且外表光滑,呈灰白色,后方间杂着许多橙红色的波纹状。不仅如此,螺壳由两层物质组成,外层是磁质层,内层是富有光泽的珍珠层。摩尔用大海比喻螺壳的光滑,用意何在?一是强调纸鹦鹉螺的栖息地所依托环境的严酷性;二是烘托螺壳在大海的孕育与磨砺中,具备了大海般宽阔的包容性,或者说母性的气息。

其次,它又如何体现伦理意涵,即纸鹦鹉螺的母性气息与其螺壳之间有什么关联?既然螺壳又薄又易碎,那它为何能成为坚硬的盔甲?理解这一点有必要先了解纸鹦鹉螺这种动物的习性:纸鹦鹉螺"她几乎/不进食,直到蛋孵化出来。/八方都在她八臂的/覆盖下,因为她,可以说是/一只魔鬼/鱼,她玻璃摇篮中的货物/被藏住,而不会被碾碎"(she scarcely / eats until the eggs are hatched. / Buried eight-fold in her eight / arms, for she is in / a sense a devil- / fish, her glass ram's horn-cradled freight /

is hid but is not crushed）（CP 121）。纸鹦鹉螺是海洋软体动物，居住在一个薄如纸张的圆锥形壳里。它作为章鱼的近亲，同章鱼一样有八只手臂、两行吸盘。母爱在这些诗行的描述中一点点地呈现出来，浓烈且脆弱。雌性"魔鬼鱼"待在壳内，夜以继日地保持警惕，甚至忍饥挨饿，这既突出了纸鹦鹉螺的辛劳与隐忍，又暗示危险无处不在。由此，作为"玻璃摇篮"的螺壳首当其冲地成为防御危险的盔甲，在保全幼儿与抵御外来攻击的脆弱性之间构成微妙的平衡关系。

虽然螺壳是雌性纸鹦鹉螺的盔甲，但幼儿孵出后，为了不妨碍幼儿的成长，螺壳必须被抛弃，否则："像赫拉克勒斯，被一只／效忠于水头蛇的蟹咬住，／阻碍他取得成功"（as Hercules, bitten／by a crab loyal to the hydra, ／was hindered to succeed）（CP 122）。蟹为何会妨碍赫拉克勒斯取得成功？要回答这个问题，首先要了解赫拉克勒斯勇斗九头蛇的故事：希腊神话中的英雄赫拉克勒斯勇武有力，一共完成了12件伟绩。第二件伟绩就是杀除九头蛇怪许德拉（Hydra）。许德拉因其第九个头死后可重生，因此横行霸道，无所顾忌。在赫拉克勒斯与许德拉搏斗过程中，大螃蟹助阵许德拉，紧紧地咬住了赫拉克勒斯，赫拉克勒斯情急之下拔起大树打死了螃蟹，同时获得了取胜的灵感。他点燃大树，烧死了新长出的蛇头，又将那个不死的蛇头，埋在地下，压上大石块，从而战胜了九头蛇怪。从故事中可知，螃蟹既是妨碍赫拉克勒斯取得胜利的一块绊脚石，但同时又是启发他战胜九头蛇怪的灵感。显然，这是一个悖论。纸鹦鹉螺的壳之于壳里的蛋也形成一个悖论，但是母爱最终会化解一切："它们似乎懂得，爱／是唯一的堡垒／其坚固足以信赖"（as if they knew love／is the only fortress／strong enough to trust to）（CP 122）。换言之，只有爱才能调和保护束缚与自由之间的平衡；爱是相互成就，纸鹦鹉螺

第八章 "可见之物的力量是不可见的":摩尔视觉诗学的伦理意蕴

壳是对母亲生命的纪念。

这种场景也体现在《智慧的鸟》(Bird-Witted)中,当三只幼嘲鸟受到一只花斑猫的威胁时,母鸟俯冲而下,"发动一场致命的战斗 / 用刺刀似的嘴 / 有力的翅膀 / 把理智而 / 谨慎的猫 / 杀个半死"(wages deadly combat, / and half kills / with bayonet beak and / cruel wings, the / intellectual cautious- / ly creeping cat)(CP 106)。综上所述,"盔甲是纸鹦鹉螺的壳"这个隐喻歌颂了母爱的坚韧与隐忍,揭示了母爱的盔甲为物种传承保驾护航的伦理意涵。

其二,盔甲是玫瑰刺。在某种程度上,摩尔诗歌中的鸟类、植物与动物在反抗掠夺者时都"披上了盔甲"(armored),而且受鳞片、长钉、荆棘等保护的生物总能优雅地、体面地保持自我。例如,在《致一只获奖的鸟》中,鸟的爪子成为它存在的焦点与骄傲的资本:"骄傲与你相配,趾高气扬,巨大的鸟。/ 没有谷场使你看起来荒诞;/ 你那黄铜色的爪子坚定得足以战胜挫败"(Pride sits you well, so strut, colossal bird. / No barnyard makes you look absurd; / your brazen claws are staunch against defeat)(CP 29)。此处以《玫瑰而已》说明这个隐喻。

本书的第一章通过比较《玫瑰而已》与《海玫瑰》两首诗,探讨了摩尔的诗歌与意象派诗歌之间的联系与区别。《玫瑰而已》还具有一个引人注目的特征,即"刺是玫瑰最迷人的部分"。通过细腻观察玫瑰的形状与特征,摩尔表达了一个观点:刺作为玫瑰的盔甲,提供的不仅是外在的保护与反抗"掠夺之手"的证据,它也是成为玫瑰的必然因素:"你 / 无法使我们 / 相信,你是令人愉悦的自然之 / 物。然而玫瑰,你的不凡, / 并非因为花瓣是不可或缺的 / 超凡之物。要是你,少了刺 / 就是一个疑问,一个纯粹的 / 怪物。"摩尔对玫瑰花轻描淡写,却对玫瑰刺不

· 337 ·

吝笔墨。玫瑰"要是你,少了刺/就是一个疑问",此处写出了玫瑰刺的"神",一方面说明玫瑰刺成就了玫瑰的美;另一方面也突显了玫瑰刺的寓意,它既是玫瑰花的第一道防护屏障,也警示人们在欣赏美的时候不要妄图逾越安全距离。

简言之,在"盔甲就是玫瑰刺"这个隐喻中,摩尔与其说在写玫瑰刺,不如说在写自己。摩尔是一朵带刺的玫瑰,一生用锐利的刺为盔甲,既保护外在的纯朴,又捍卫着内在的尊严,展示了不流俗、去雕饰的高贵品格。

其三,盔甲是穿山甲的鳞。从写就《纸鹦鹉螺》一诗之后,摩尔的"盔甲"主题从水生生物转移到陆地动物。其中,有鳞的食蚁兽穿山甲成为极具代表性的盔甲动物之一。怀特比较了《穿山甲》与《纸鹦鹉螺》两首诗的异同,指出:

> 《穿山甲》与《纸鹦鹉螺》两首诗成对出现,体现出摩尔20世纪30年代与20世纪40年代诗歌风格的差异。前十年见证了她作为一名诗人的独立与创新;后者引发了摩尔诗歌很大变化的一系列挣扎……两诗差异显著,表明诗人在智识与情感上有较大的转变:当雄性穿山甲在丛林里偷偷地游荡,强壮地养活自己时,雌性鹦鹉螺几乎不吃不喝地在孵蛋。《穿山甲》以一个在耀眼的阳光下汲取勇气的男性形象结尾;《纸鹦鹉螺》以一个手臂像摇篮的母性生物结尾。[①]

怀特的论述包含如下信息:摩尔20世纪30年代与20世纪40年代的诗风虽各具形态,但总体而言,其"盔甲"主题得到延展,体现了隐喻的

---

① WHITE H C. A-Quiver with significance: Marianne Moore 1932–1936[M]. [S.l.]: ELS Editions, 2008: xxi-xxii.

第八章 "可见之物的力量是不可见的": 摩尔视觉诗学的伦理意蕴

普遍性、概念性与思维性等特征。《纸鹦鹉螺》凸显了母爱的深切,那么《穿山甲》又包含什么样的伦理意蕴?

诗人用礼赞的口吻,以近距离的特写镜头呈现穿山甲:"又一种盔甲动物——鳞甲/交叠,规整如圆锥形的云杉,在尾部/形成连续的/同心圆!近似于有头、腿和装备了坚韧砂囊的蓟"(Another armored animal—scale/lapping scale with spruce-cone regularity until they/form the uninterrupted central/tail-row! This near artichoke with head and legs and grit-equipped gizzard)(CP 117)。可以说,这是一个生活模仿艺术的例子。摩尔诗性的眼睛类似于一个摄影镜头,利用摄影术中的特写镜头放大考察穿山甲的外在特征:穿山甲是名副其实的另一种盔甲动物,头部呈圆锥状、背部隆起、腹部平坦、四肢粗短、尾长,其壳由厚厚的类似于板状的鳞片或瓦片组成,鳞片延伸到耳朵、鼻子和眼睛等身体各处。它受到威胁时:"有时把自己滚成一个球,/能抵抗任何外力的侵犯;它没有细瘦的脖子,尾巴/可以紧紧蜷起,以整洁的头为中心,一直盘绕到脚"(rolls himself into a ball that has/power to defy all effort to unroll it; strongly intailed, neat/head for core, on neck not breaking off, with curled-in feet)(CP 117)。穿山甲的鳞片是其生存的保证。受到惊吓时,穿山甲会把整个身体蜷成由甲片裹着的一个球状,鳞次栉比,极富质感。可见,摩尔对穿山甲的鳞片盔甲进行了如显微镜般的细察。

摩尔赞赏穿山甲的鳞片盔甲,那么,它蕴含的伦理意蕴是什么?本书认为,此诗表达的伦理观不是披上盔甲,而是如何适应与接受所生存的环境。一方面,此诗指出自然劳作的成果本身就是伟大的艺术品。穿山甲在月光下劳作的场景自在与本真,它"忍受/穿越陌生之地疲惫又孤独的夜间旅行,/太阳升起前返回;迈步月色下,/尤其借助月光,它用/外边缘的手承受重量,腾出爪子/进行挖掘"(who endures/ exhausting solitary trips through unfamiliar ground at night,/ returning before sunrise; stepping in the moonlight,/ on the moonlight peculiarly, that the outside/ edges of his hands may bear the weight and save the claws/ for digging)(CP 117)。穿山甲是夜行性动物,它通常将长长的爪子折叠在掌中,靠前掌的外侧支撑着,慢慢地挪动四肢,疲惫又孤独地在夜间旅行。诗行强调了穿山甲的手和爪子既能创造艺术,又能承受重量和担当挖掘工具,揭示了自然的劳作同样可以创作出伟大艺术品的真理。

另一方面,即便穿山甲的工艺略显机械,但也是实用的,具有自然与艺术的双重美感。穿山甲自然机械化的身体行动起来完美无缺:"海船/是第一类机械。穿山甲,也是如此。/ 用四条腿,沉默地滑行,堪称精确的典范;/ 有时它按照人特有的姿势,用后腿直行"(A sailboat/ was the first machine. Pangolins, made/ for moving quietly also, are models of exactness,/ on four legs; on hind feet plantigrade,/ with certain postures of a man)(CP 119)。可见,穿山甲的盔甲既是其生存的屏障,也是大自然艺术杰作的体现。

同为自然物的人,他们是如何对待生活与适应环境的?"太阳与星空下,男人/ 努力使生活更加甜蜜,却忽视另一半值得拥有鲜花,/ 应该明智选择发挥力气的方式"(Beneath sun and moon, man slaving/ to make his life more sweet, leaves half the flowers worth having,/ needing to choose wisely how to use his strength)(CP 119)。摩尔不是以人类文化的角度衡量动物的行为,而是通过明喻把人放在自然世界中与动物进行类比,"造纸如黄蜂;货物/ 搬运工如蚂蚁;在溪流上方的/ 绝壁上结出/ 长长的蛛网;搏斗时,装备/ 如穿山甲"(a paper-maker like the wasp; a tractor of foodstuffs, / like the ant; spidering a length / of web from bluffs / above a stream; in fighting, mechanicked / like the pangolin)(CP 119)。人类既像这些动物，又与它们不同，物种间具有交叉点的明喻把人类和非人类的紧密联系突显出来。这种反转的拟人化在动物和人类艺术家形象之间建立了相似的形象，打破了人类中心主义的等级观。在主题从穿山甲进化到人的过程中，穿山甲的鳞片被贴在了人类身上。人的外壳是"俗气或刻板的 / 赤裸的，人，自我，我们称为人的存在，世界的 / 书写者，一个黑暗的怪兽 / '厌恶他可憎的同类'"(Bedizened or stark / naked, man, the self, the being we call human, writing- / master to this world, griffons a dark / "Like does not like that is obnoxious")(CP 119)。人与穿山甲的并置反衬出人的傲慢与笨拙。不管怎样，人终归还是保持幽默感，"幽默消除了一些困扰，节省了时间"。也许，摩尔沉溺于一种近乎邪恶的自我批评，因为她是一个最好的"写作大师"的例子。诗人继续戏谑的嘲讽，通过指出人类自我欺骗的悖论："无一物使他害怕"。然而，他继续"畏缩向前"。与穿山甲依赖盔甲生存不同，人类"穿着毛料衣服，厚重的鞋子"看起来啼笑皆非。穿山甲喜欢在黑夜中猎食，而人类"因黑夜来临而受挫"。人类害怕黑夜，一定程度上是人类强加的衡量自我与穿山甲距离的一个尺度，象征人类与孕育他的世界之间疏远的关系。在成为"人，自我，称之为人的存在"时，人类失去了归属感，而这是穿山甲像拥有鳞片一样天生所具有的。

诗人为什么离题描述人的盔甲？本书认为，摩尔采取离题的叙述法是为了从侧面凸出穿山甲盔甲的伦理内涵，旨在让读者更好地理解穿山甲在自然、艺术和精神世界中所处的位置。该诗无意在穿山甲与人之间做出选择，而是在人与自然中做出选择："太阳和月亮，白天和黑夜，人与动物／都有各自的光芒／即便人穷尽恶劣手段也不能／遮挡；每一样物都有卓越之处！"（Sun and moon and day and night and man and beast／each with a splendor／which man in all his vileness cann't／set aside; each with an excellence!）（CP 118）把人从卑劣中救赎的路径是唤起人类感知恩典的能力，恩典不应该与中世纪雕刻精美的教堂中流淌出的仪式、音乐相混淆，恩典也不是"善良行为"的同义词，它也明显不是"罪孽的救药"，恩典在于认同每一样物的光辉。

《穿山甲》以自发的祷告结束，由称之为人的动物在顿悟与升华的罕见时刻说出："太阳将再次升起！／新的一天到来；新的新的新的／阳光进入我的心灵，并安抚我的灵魂"（Again the sun!／anew each day; and new and new and new,／that comes into and steadies my soul）（CP 119）。祷告中，恩典被当作太阳、灵魂与人类必不可或缺的新鲜来源。穿山甲是一种能够接受恩典的动物，此处通过用人类与穿山甲进行类比的方式，以复杂的视野考察了人类体验的各个阶段：从卑鄙到懦弱，再到神圣的顿悟。一言以蔽之，穿山甲的盔甲体现出自然、诗学和神学三个维度的特征，给人类以启迪，揭示了人的盔甲在于内心引导思想的能力以及通过内省接近自然的能力。

摩尔对意象的撷取看似微小不经意，却蕴含着丰富的伦理意蕴。如果说"盔甲是生物体的有机组成部分"这一概念隐喻进一步深化了人类真、善、美的积极情感，那么"盔甲是力量"这个包含2个子隐喻的概念隐喻则揭示了盔甲所产生的力量。

以上分析的诗歌，主题都有真正的壳。摩尔还在主题并非带壳物的诗中对"盔甲"这一主题进行了哲理层面的探讨。这些诗歌包括《然而》、《他的盾》（His Shield, 1944）、《盔甲削弱的谦虚》（Armor's

第八章 "可见之物的力量是不可见的":摩尔视觉诗学的伦理意蕴

Undermining Modesty,1950)等。这两种方式都将防御手段与人的品质联系起来。以《然而》与《他的盾》为例探讨"盔甲是力量"这个概念隐喻。

其一,盔甲是韧性。《然而》是一首与众不同的诗。摩尔以植物为例考察了盔甲主题,处理手法与《玫瑰而已》相同,但此诗颂扬的坚韧盔甲比玫瑰刺更微妙、更难判断,它歌颂了每种植物必然经历的循环生长过程,着重关注种子、根与树液在生长过程中的作用。"韧性"是植物组成成分中最突出的品质,主要体现在两方面。一方面,"韧性"是自然之物的物理表达。冷霜也许会毁坏幼芽与叶子,但是它:"无法/伤害它的根;在凝霜的土里它们/继续生长。那儿曾有一/株仙人果的/叶子被粘在带刺的铁丝网上,/它的一条根倒垂/扎入两英尺深的土中;/如同曼德拉草中生出的胡萝卜/或有时像一只公羊/生的角"(can't/harm the roots; they still grow/in frozen ground. Once where/there was a prickly-pear-/leaf clinging to barbed wire,/a root shot down to grow/in earth two feet below;/as carrots form mandrakes/or a ram's-horn root some-/times)(CP 125)。植物动态的生长过程跟树液与植物的奋力生长不可分离,因为树液是决心与坚韧的物理表达。诗歌以结果实的时刻结束,这也是坚韧这一伦理品质被清晰阐明的时刻。

另一方面,"韧性"是诗歌的本质特征,它也是植物的本质特征,两者在成长中均会受到称颂。坚韧的理念自然地生发于诗歌,就如最后的诗行中樱桃熟了那般自然。"坚韧"不是强加给诗歌的一般道德观。因此,该诗不仅描述了胡萝卜的有机生长过程,而且采用有机的方法揭示了诗歌生成的意义:"柔弱能战胜/强大,强大则战胜/本身。尚存/的是坚韧!/汁液流过纤细的脉络/红了樱桃!"(The weak overcomes its / menace, the strong over- / comes itself. What is there / like fortitude! What sap / went through that little thread / to make the cherry red!)（CP 126）全诗几乎以俳句的方式展现了物与物之间的微妙联系,树液、樱桃与坚韧三者之间几乎不存在疆界,已然杂糅一体。

其二,盔甲是谦卑之盾。《他的盾》诗性地沉思了"盔甲"的内涵。诗题中提到的"他"是指以和平方式统治国家的基督徒国王约翰长老（Presbyter John）。约翰长老是中世纪欧洲流行不衰的传说人物,其传说盛行于欧洲十字军东征期间,"在某种意义上,约翰长老引领了虔诚的基督教徒发现了未知的世界。从13世纪的柏朗嘉宾、马可波罗到14世纪的亨利王子和15世纪的哥伦布等欧洲人的探险活动无一不是受到约翰长老传说的召唤"[①]。那么,约翰长老之盾到底是什么?它体现了何种伦理意涵?

《他的盾》在开篇便呈现各种盔甲动物:"尖头猪或脊骨猪 /（刃猪被误称为豪猪）边缘凸出, / 针鼹鼠和棘皮动物陷入苦恼——/ 尖尖的刺皮保护大衣,带刺的猪或豪猪, / 角状长鼻子犀牛—— / 每样都是打仗的皮囊"［The pin-swin or spine-swine / (the edgehog miscalled hedgehog) with all his edges out, / echidna and echinoderm in distressed- / pin-cushion thorn-fur coats, the spiny pig or porcupine, / the rhino with horned snout—/ everything is battle-dressed]（CP 144）。约翰长老拒绝这些显而易见的盔甲,相反,他选择"谦卑"为盾。

"谦卑"之盾由哪些元素构成? "谦卑"之盾又具备什么样的力量? 约翰长老"不惧 / 火焰,也不畏水淹。他的 / 国家不可征服、热情而不自负, / 黄金遍地,不足为奇; / 不存贪婪,未有谄媚。虽然网球

[①] 姬庆红. 中世纪西方对东方认知的历史演变 [J]. 贵州社会科学, 2013, 279（3）: 150-115.

第八章 "可见之物的力量是不可见的"：摩尔视觉诗学的伦理意蕴

大小的/红宝石汇聚成溪,/仿佛大山流出了鲜血,/不可扑灭的/火蜥蜴塑造了自己,除了长老。他的盾/是谦卑"(he can withstand/fire and won't drown. In his/unconquerable country of unpompous gusto,/gold was so common none considered it; greed/and flattery were unknown. Though rubies large as tennis/balls conjoined in streams so/that the mountain seemed to bleed,/the inextinguishable/salamander styled himself but presbyter. His shield/was his humility)(CP 144)。从诗文判断,"谦卑"之盾的构成元素多样,包括勇敢、热情、富足、公正等品质。为了更好地理解这些品质,本书认为有必要对约翰长老做出全面的认识。

关于约翰长老的最早记载见于德国莱辛主教奥托(Otto)于1145年发表的《编年史》(*Chronicle*),记载最为详尽的见于"约翰长老之信",其中有这样的描述："我,普雷斯特·约翰……在财富、德行和一切上天赋予的创造力方面都是世上所罕见的。在我们的领土内可以见到大象、骆驼和各种珍禽奇兽,蜂蜜在我们的地上流淌,牛奶溢满于各个角落。"[①] 此外,虚构作品《曼德维尔游记》(*The Travels of Sir John Mandeville*)也有对约翰长老的描述,如"这位祭祀王约翰拥有辽阔的疆土,界内多宏伟之都城,繁荣之集市,相互迥别之巨岛"[②];又如"这位祭祀王约翰信奉基督,其国中大部分民众亦是如此。然而,他们并未照搬我们全部的戒律条规。他们笃信圣父、圣子和圣灵。他们为人真挚,以诚相待。他们不屑于藏奸使诈,也不齿于坑蒙拐骗"[③];再如"祭祀王

---

① 徐晓光,高峥. 世界文化之谜[M]. 北京:文化艺术出版社,1987:83.
② 曼德维尔. 曼德维尔游记[M]. 郭泽民,葛桂录,译. 上海:上海书店出版社,2010:110.
③ 同②112.

约翰的土地上物产丰富,有各种各样的宝石,奇大无比,被用以做成盘子、碟子和杯子诸等器皿"[①]。结合诗文与记载可知,这位中世纪的国王约翰王富甲一方却不骄奢淫靡,位高权重却不颐指气使,不喜华贵长袍,谦卑又热情。约翰长老:"他揭示了一 / 套准则,比 / 盔甲更安全:你们要 / 保持放弃的力量;那便是自由。成为恐龙——/ 他有脑壳,硬毛,或蝾螈毛,有比刺猬满布的钢 / 更坚硬的铁与标枪似的着装,但他 / 乏味"(he revealed / a formula safer than / an armorer's: the power of relinquishing / what one would keep; that is freedom. Become dinosaur- / skulled, quilled or salamander-wooled, more irons hod / and javelin-dressed than a hedgehog battalion of steel, but be / dull. Don't be envied or / armed with a measuring-rod)(CP 145)。约翰长老提供了一套准则,保持放弃的力量比盔甲更安全。这个原则通过恐龙意象得到加强。从诗行的描述可以判断,这类恐龙大致属于鸟臀目恐龙,四足站立、食草以及装备有不同的盔甲是这类恐龙的共同特征,如角龙亚目恐龙颈部有头盾,颅骨上长有很长的角;甲龙亚目恐龙身披带刺的盔甲,尾巴末端长有一个骨质球体;剑龙科恐龙背上竖着三角形的板,尾巴末端有刺;肿头龙亚目恐龙脑袋上顶着一个"钢盔",能抵抗重击等。尽管这些恐龙身披坚硬的铠甲,但"他乏味"。可见,最强的盔甲不再是盔甲本身。

总之,摩尔揭示"盔甲"主题的方法自成一家,其"盔甲"以各种各样的形式呈现,有时是动物的壳,有时是与壳有相似功用的人造盔甲或盾牌,例如,前面提到的《致一只蜗牛》中的蜗牛是软体动物,穿山甲是鳞甲类动物,鹦鹉螺则是头足类动物,约翰长老则是高级动物人类

[①] 曼德维尔.曼德维尔游记[M].郭泽民,葛桂录,译.上海:上海书店出版社,2010:110.

第八章 "可见之物的力量是不可见的":摩尔视觉诗学的伦理意蕴

等。这些"盔甲"隐喻由始源域投射到目标域的特征都极具力量,考察了摩尔在精神家园之路上求索爱、平等与谦卑等伦理品质,揭示了其创作的内在伦理的源泉。

第二节 "解释了兄弟情谊":观看伦理之价值

上节通过"盔甲"隐喻阐释了摩尔内在伦理的源泉,本节从水晶多重反射原理探讨摩尔诗歌观看伦理价值的具体体现。艺术家和哲学家对艺术的反映能力的构想随着时间的推移而演变,19世纪和20世纪发生了2次重要的变化。首先,本书认为第一个主要的变化是"镜"与"灯"的构想。19世纪的浪漫主义理论家艾布拉姆斯(Abrams,1912—2015)在《镜与灯:浪漫主义文论及批评传统》(*The Mirror and the Lamp, Romantic Theory and Critical tradition*,1953)通过分析华兹华斯、雪莱和拜伦等主要英国诗人的作品,得出了19世纪见证了艺术观念从艺术家对艺术的被动反映向艺术家对世界积极反思的转变的结论。其中,艾布拉姆斯援用"镜子"隐喻概括了古典主义批评这种模仿和"真实"反映有限的客观世界的特点;他用"灯"的隐喻分析了浪漫主义者通过"碎片化的视觉感知,想象性地构建内心图景的方式"[①]。

其次,本书认为第二个主要的变化是"水晶"的构想。批评家弗雷德里克·布尔维克(Frederick Burwick)对此有独到的见解。布尔维克认为,西方文学中的浪漫主义时期明显不是模仿和反映的终结,而是自我反射的一个转折点,由个人主义引入新镜子视角,使诗人认为外部世界是由艺术家反映出来的,而不是直接通过文字进行复制的。他写道:

---

① 林晓筱.碎镜与孤灯:浪漫主义诗学的视觉构成[M].求索,2014(12):139-143.

"反射促使我们思考视觉体验的内在和外在方面。通常,它们也揭示了模拟描述和诗歌创作之间可能的联系。"[1] 在布尔维克的观点中,现代派个人主义在这段时期的兴起并没有否定艺术的反映,而是扩大了它的范围,包括艺术家自己的内心体验。反射不再是从物到图像到文字的模拟运动,而是从物到形象、到诗人、到文字的非线性运动。

图像学家米歇尔对此也有一番高论。米歇尔在专著《图像学:形象、文本与意识形态》(*Iconology: Image, Text, Ideology*)中暗指了知觉的转变,"独特的现代主义强调形象类似于晶体结构,一种由诗歌产生的智力和情感能量的动态模式"[2]。米歇尔认为,语词意象达到了现代主义的升华,因为诗人和作家把整个文本看作形象或"文字符号"(verbal icon),而不是"图像相似性或印象,可以说是某种隐喻空间的同步结构"[3]。根据这一描述,现代主义的形象为适应创作的多种来源反映在许多方向上。影响和构成图像的多元材料可以用"水晶"象征,它本身能反射与包含多个方向和角度的光和图像。

当然,因为"水晶"的非直接、非线性的反射模式满足了艺术家对反模仿、多元化的表达方式的渴望,而且"水晶"的比喻也不局限于建筑与文学,因此,艺术概念从镜子完美反映世界的事物(柏拉图理想的模仿),到浪漫主义对镜子的个体解读,读者不妨考虑现代主义反映的形象是一个包围了最初物体千变万化的水晶结构。

作为20世纪现代派诗人的摩尔,在继承浪漫主义诗学传统的基础之

---

[1] BURWICK F. Mimesis and its romantic reflections[M]. Philadelphia: Pennsylvania State University Press, 2001: 141.

[2] Mitchell W J T. Iconology: image, text, ideology[M]. Chicago: University of Chicago Press, 1986: 25.

[3] 同[2].

第八章 "可见之物的力量是不可见的":摩尔视觉诗学的伦理意蕴

上,又有所创见。"水晶"(crystal)是摩尔视觉诗学中带有视觉隐喻的关键词,摩尔不是用一面镜子或一盏灯映照世界,而是用"水晶"映照主题,以此凸显其诗学主张。本节将探讨摩尔诗歌中内在和外在的反射能力,以及将他者——物作为主体的能力。

摩尔之所以使用"水晶"作为反射技巧,一方面是因为它能捕捉到摩尔诗歌多元的反思特征。摩尔有几首诗提及水晶隐喻。例如,《四座石英钟》就是其中一首。该诗体现了"水晶"意象的反射功能。诗题"Four Quartz Crystal Clocks"就有鲜明的"水晶"字眼的提示。石英晶体具有微妙性和不稳定特性,其波动的特征与语言具有一定的相似性,因为水晶的反射能力既危险又不可预测,由此语言也需要淬炼。

另一方面,"水晶"意象不仅能反映表象,更能揭示隐藏的心理现实,所以摩尔才不断地用它来挖掘人类真实的心灵,表达对罪与恶、善与恶的反思。在《英雄》中,摩尔写道:"他外出不是/看风景而是看岩石/水晶——称奇的埃尔·格列柯/充满内在的光——不再贪求/放下的一切"(CP 9)。作为一个充满隐喻与象征意味的意象,"水晶"意象极大地拓展了文本的内涵,同时也或多或少地增添了诗歌的神秘与审美魅力。摩尔研究专家科斯特洛指出,摩尔诗学中"角度多样的水晶令人满意,因为这些角度能够将内心与外在反映出来"[①]。换言之,在摩尔的作品中,"水晶"象征物、形象、诗人和文字之间的非线性转换,在任何一点上,一个元素可能会被另一个元素突出。

摩尔的许多诗歌形成了自我和他者之间的双面反射。摩尔不仅借助"水晶"意象表达文化道德寓意,而且借助"水晶"意象探索人类的基本

---

① COSTELLO B. Marianne Moore: imaginary possessions[M]. Cambridge: Harvard University Press, 1981: 206.

问题，如自我与他者、自我认同与自我意识建构等问题，从而突显其诗歌的伦理批判力量。"水晶"意象承载了伦理学上自我反省的意义，成为心灵框架的隐喻。具言之，摩尔的诗歌在语言上吸收了主题——物的内容。在某种程度上，其主题不仅仅是再现的内容，也是再现的行为，它们或讽刺，或通过节奏、声音、意象或隐喻，试图再现物的特征，这些物作为合适的主体（并非客体）加入这个世界。这样，摩尔的诗就会面临现象学局限的问题，并考虑他者（即使是无生命的物）作为主体的问题。

摩尔的诗歌包括各种各样的物，如人造的无生命之物，自然物等。自然物对摩尔来说意义尤其重大，软体动物、哺乳动物、昆虫、鸟类等非人类动物经常被她视为写作主题。理由一方面是摩尔认为动物生活的本真状态不应受到人类的干涉，它们生活的自然状态不受人类语言的限制；另一方面是动物不存在入侵诗人的危险。因此，摩尔直言："我为什么对动物与运动员感兴趣？因为他们是艺术的主题，同时也是艺术的范本。各自做好本职工作。"[①]

摩尔之所以一直以来把动物作为诗歌主题，是因为她试图颠覆人类和非人类之间笛卡尔式的两分法，将动物诗歌融入现代传统，用动物的隐喻象征性地建构人类身份。然而，尽管是隐喻，摩尔诗歌的自我反射本质却超越了简单的人类身份重构，实际上是对语言构建动物身份的质疑，促使我们思考如何通过文字书写动物的存在。后人文主义作家沃尔夫（Cary Wolfe）指出："我们必须看到的不仅是我们能看到的，还有我们看不到的。这也需要见证。如果不是他者，又由谁来看。"[②]

---

① MOORE M. A Marianne Moore reader[M]. [S.l.]: Viking Press, 1961: xvi.

② RASCH W, WOLFE C. Observing complexity: systems theory and postmodernity [J]. 2000, 19(4): 158-167.

第八章 "可见之物的力量是不可见的":摩尔视觉诗学的伦理意蕴

摩尔在诗里赋予物主体地位,主要原因是她追求真诚写作的结果,以及对他者的真诚。在这一点上,摩尔诗歌的"水晶"本质是必不可少的,因为它使摩尔的自我和写作的行为被反映到诗歌中,从而展示出主题物与自我的平等关系。概言之,摩尔的诗歌有多重反射能力,创造了诗人与物、自我与他者之间的亲密关系。

一方面,摩尔诗歌的多重反射能力体现在对自我与客体的认识上。以《一只变色龙》为例。该诗由摩尔早期创作,1916年发表于《自我主义者》杂志上,原标题为《你就像在彩虹脚下梦想寻金的现实产物》。该诗颇为成熟地处理了主体与客体之间的关系:

隐藏在八月葡萄藤的树叶与果实里
　身体
　　缠绕
　　　在修剪与打磨过的根茎上,
　　　　你这变色龙。
　　　　　火焰交叠
　　　你是一颗硕大如
黑暗之王的
　　绿宝石,
　　　而它却无法像你那样折断光谱觅得食物。

Hid by the august foliage and fruit of the grapevine
　Twine
　　your anatomy
　　　round the pruned and polished stern,
　　　　Chameleon.
　　　　　Fire laid upon

>   an emerald as long as
>   the Dark King's massy
>   one,
> could not snap the spectrum up for food as you have done.（BMM 53）

通读全诗，此诗的高超技艺体现在尾韵和头韵等形式与内容完美的结合，变色龙模仿葡萄藤波动起伏的能力激发了诗人在书页左边留下相似的起伏空间。在该诗中，主体与客体之间并非从属关系，而是转化成双重客体的平等关系。这主要体现在以下两点。一是言说者"我"充分尊重客体"变色龙"的本然特质。如诗歌最后一行提及的"光谱"旨在提醒读者关注变色龙的色彩拟态特征，从科学的层面认识变色龙。一般认为，爬行动物变色龙善于通过皮肤里色素细胞的扩展和收缩，随时改变身体颜色，以适应外部环境的变化，但新的研究却提出，它不是靠色素细胞变色，而是靠调节皮肤表面的纳米晶体，通过改变光的折射而变色。摩尔关注到了这一点，这再次表明摩尔具备生物学家的科学精神。二是客体从实用与被剥削的境况中解放出来。变色龙的"成品性"（madness）特征明显。词语"修剪与打磨"（pruned and polished）中的"打磨"一词昭示了再现物很有可能是一件艺术品，这种艺格敷词的冲动既使得模仿转化成自我指涉，又拉开了诗人与浪漫主义那些怀旧的自然诗歌的距离。此刻，主体与客体的关系转化成双重客体的关系，客体从实用与被剥削的境况中解放出来。

从第二章可知，浪漫派诗人对摩尔影响颇深。摩尔的这种观点可能受到济慈的"变色龙诗人"（chameleon poet）诗歌理论的影响。济慈提出：

> 没有了自我——他什么都不是，又什么都是——他没有个性——他喜欢光明，也喜欢黑暗；他总是兴致勃勃地生活着，无论丑或美，

第八章 "可见之物的力量是不可见的"：摩尔视觉诗学的伦理意蕴

高贵或低贱，富有或贫困，卑鄙或高尚……令高尚哲学家震惊的事情，却令变色龙诗人心情愉悦……诗人是世上最无诗意的事物；因为他没有身份。①

济慈在引文中阐释了"变色龙诗人"的观点：诗人应以"无自我"的心态展示纷繁复杂、包罗万象的现实世界，而且极为准确、形象地揭示了诗人无自我的本质，即诗人隐匿自我，消融个性，将自我渗透于客体之中，从而实现物我同一的化境。与济慈一样，摩尔将诗人比作变色龙，要求诗人像变色龙那样适应多变的现实世界，从而映现林林总总、色泽各异的世间万物；在这一过程中，诗人消融个性，将自我渗透于客体之中，感受客体的心绪，参与客体的活动，体验客体的命运，从而实现物我同一。可见，主体与客体在摩尔的诗歌中并非二元对立关系，而是相生相成的关系。

另一方面，摩尔诗歌的多重反射能力体现在物与物、人与动物之间的关系上。美国评论家布鲁姆曾经评价摩尔的诗歌为"自然生物的想象"②，但她想象动物的方式与众不同，她打破常规主体占主导地位的视觉性建构方式。摩尔也参与了传统的观看方式，如动物园、博物馆以及动物纪录片等，把动物看成商品与景观。这些观看方式使她敏锐地意识到视觉性对自然世界形塑的重要性。摩尔的诗性想象与视觉艺术有着密不可分的关系，它们是摩尔质疑观看伦理的路径之一。

摩尔描写动物时语调温和、友善、有爱。贾雷尔指出，摩尔对自然和动物世界的描述是简单的、仁慈的，并没有捕捉到动物世界的"非道

---

① KEATS J. Selected poems and letters of John Keats[M]. Edited by Robert Gittings. [S.l.]: Heinmann, 1966: 87.

② BLOOM H. Marianne Moore: modern critical views[M]. [S.l.]: Chelsea House, 1987: 19.

德性"(amorality)。"摩尔小姐只寄明信片给善良的动物。因为人类的世界充满邪恶,她已经把动物王国,也就是非道德的领域,变成了一个美好的王国;那些奇妙的动物比中世纪任何动物都要精确得多。"[1]贾雷尔的评价并不全对,摩尔再现动物的标准并不是道德与"非道德",而是从科学的、客观的角度展现动物最自然的状态与本真的一面。下面以《彼得》为例说明摩尔诗歌中物与物的关系。

《彼得》揭示了猫的本能掠夺行为:

至于总是冒犯的性格,
　带爪子的动物应该有机会使用它们。
像鳗鱼一样把躯干延伸到尾巴不是偶然。
飞跃,拉长,劈开空气,去盗取,去追逐。
告诉母鸡:飞过栅栏,朝相反的方向
　在你的捣乱下——这就是生活;
偷懒只不过是不诚实罢了。

As for the disposition invariably to affront,
an animal with claws should have an opportunity to use them.
The eel-like extension of trunk into tail is not an accident.
To leap, to lengthen out, divide the air, to purloin, to pursue.
To tell the hen: fly over the fence, go in the wrong way
in your perturbation—this is life;
to do less would be nothing but dishonesty. (CP 43)

该诗采用白描的手法刻画猫的外在特征与习性,自然且逼真。但当涉及猫的掠夺行为时,除了无伤大雅的恶作剧,读者看不到任何暴力的

---

[1] JARRELL R. Poetry and the age[M]. [S.l.]: Faber and Faber, 1955: 178-179.

第八章 "可见之物的力量是不可见的"：摩尔视觉诗学的伦理意蕴

潜在可能性：诗行里的母鸡并没有受到彼得的攻击，而是被要求飞走。这一点如贾雷尔所言，摩尔诗中的动物是理想化的。她对动物道德的理想主义观点可能在一定程度上源于她对人类虐待动物行为的不满，因为她指出"野蛮和残酷是错误的术语，人类才野蛮"（CPMM 375）。

此外，探讨人与动物的关系是摩尔诗歌显著主题之一。在19世纪30年代，摩尔表现出对动物纪录片的钟爱，由此引发了她对观看动物方式的伦理层面的思考。这些诗歌对凝视的方式提出了批判与质疑，旨在建构一种能触的观看方式，突显人类与非人类他者之间的距离与相关性。换言之，摩尔的诗歌探讨了动物景观以及视觉性所揭示的人类与非人类自然的关系。摩尔通过挪用20世纪30年代动物纪录片与旅游片中权威的凝视概念构建了一种触觉地、视觉性处理动物诗歌中的异域性、相关性与移情性等问题。以两首大象为主题的诗歌为例说明。

《黑土地》（Black Earth，1918）是其中一首。诗中，大象以第一人称发言。此诗是为数不多动物担当言说者角色的诗歌。摩尔借助大象之口发问："又黑/又漂亮，我的背上/充满了权力史。权力？什么是/强大的，什么不是？"（Black / but beautiful, my back / is full of the history of power. Of power? What / is powerful and what is not?）（BMM 88）大象提出了一个关乎生存的问题。黑土地、"黑色的身体"与"权力"等表述很难不让人联想到肤色问题。尤其是诗行"此刻我呼吸/此刻我淹没"（Now I breathe and now I am submerged）（BMM 87），无不暗指"征服"（subjection）之意。庞德在读过这首诗后，认为摩尔可能是"埃塞俄比亚奥赛罗黑色人种的后裔（a jet black ethiopian othello-hued）"[①]，并在信

[①] MILLER C. Marianne Moore: questions of authority[M]. Cambridge: Harvard University Press, 1995: 133.

中向摩尔求证。摩尔明确回应:"与您的印象不同,我祖籍爱尔兰裔,肤色白皙,满头红发"(SL 122)。

该诗的灵感来自一尊称之为梅兰克森(Melanchthon)的小型大象雕塑。"梅兰克森"这个名字大有来头。其一,它是一位德高望重的知识分子菲利普·梅兰克森(Philip Melanchthon,1497—1560)的名字。梅兰克森既是博才多学的学者,又是奠基基督新教的首要人物之一。其二,梅兰克森在希腊语中意为黑土地。那么,大象与基督教,大象与黑土地有何关联?关于前者,尚无可考证据。关于后者,有学者指出,大象是"大地的坚实支柱,用巨大的头支撑着大地,而有引起联想的名字,如摩诃钵特摩(Mahāpadma,意为大森林)"①。可见,"梅兰克森"这个名字寓意深刻,与土地有着直接的关联。

摩尔希望通过语言欣赏大象复杂的意识,唤起人们的共情,呼吁人类关注数量日渐减少的大象。当然,摩尔对大象的同情不是直接为大象代言,而是由读者与大象共同担当起对存在不满自我诘问的结果:"每一个我之于/每一个我,/有些烦躁的语言/对自己设置界限"(The I of each is to the I of each, / a kind of fretful speech / which set a limit on itself)(BMM 88)。大象的人格化是对人类猎取象牙负疚情感的反映。在20世纪初,狩猎现象极其普遍。摩尔在诗中意欲引发读者对大象的同情与保护。但是,摩尔在诗中很少直接提及大象外在的苦难,只是间接隐射大象的皮肤被"无法阻止的经验/切成/棋盘"(cut into checkers by rut / upon rut of unpreventablbe experience)(BMM 87),以及相当绝望的评论,"我的灵魂从不会/被木制的矛/刺入"(My soul shall never be cut into by

---

① 德洛特.大象:世界的支柱 [M]. 蔡鸿滨,译.上海:上海书店出版社,2000: 44.

第八章 "可见之物的力量是不可见的"：摩尔视觉诗学的伦理意蕴

a wooden spear）（BMM 88）。

大象根植于亚洲的宗教信仰，具有沉思的品质。它关注内在、尝试理解内在的本质，并通过质疑自身存在的价值，激发读者重新思考判断事物价值的欲望。大象平静地冥想：

> 然而，毕竟
> 感知力量的壮举无法解释；
> 我保持警惕；外在的平衡，它
> 有一个培育充分的
> 中心——我们知道
> 所在——在自豪里，然而精神的平衡，它的中心又在哪里？
> 我的耳朵比起风的声音更
> 敏感。

> Nevertheless, I
> Perceive feats of strength to be inexplicable after
> all; and I am on my guard; external poise, it
>
> has its centre
> well nurtured—we know
> where—in pride, but spiritual poise, it has its centre where?
> My ears are sensitized to more than the sound of
>
> the wind.（BMM 89）

摩尔并非把大象与其硕大的身体与力量联系起来，而是看到了大象的平静与稳重。大象的"精神的平衡"不是驻扎在其身体里，而是以非物质化的形式存在，就好比"我的耳朵比起风的声音更敏感"。总之，摩尔在诗歌中表达了对大象的尊重。在她所处的时期，马戏曾一度流行。她曾在散文中写道："鲁莽与专制不能教导我们什么；动物不应被带离它们本身的环境，而到舞台上表演以满足人类糟糕的欲望。"（CPMM 220）摩尔对这种表演的态度是复杂的，她无法完全谴责这种行为，因为马戏把现代派审美与伦理部分地结合在一起，为欣赏人与动物的相似性提供了非说教的方式。可以说，摩尔对马戏表演又爱又恨，也许正是这种矛盾的心态促使摩尔在《诗歌全集》中决定不收录《黑土地》一诗。

本书认为，此诗的主要观点不是探讨常见的动物虐待问题，也不是通过动物控诉人类，因为在摩尔看来，表达动物痛苦的诉说是另外一种形式的控制。因此，诗人意在带领读者通过远距离而真实地观看大象，从而激发读者产生共情，进而生出尊重与平等的观念。

除《黑土地》之外，《大象》也是一首阐发观看伦理之道的杰作。该诗首次刊发于《然而》杂志，得灵感于摩尔曾经看过的一部有关锡兰（Ceylon）佛教仪式的纪录片。该纪录片记载了大象在斯里兰卡一个佛教仪式上运输佛牙的事件。一些评论家认为此诗的主题为东方宗教，而本书认为象征东方宗教态度的大象才是主旨所在，它告诉读者或观者一个道理：对任何一种动物外在价值的投射其实来自它的本真与本然状态。

大象的梵文为"gaja hastin"，"hastin"含有"拥有一只手"之意，它"既指大象鼻子的灵巧性，又指大象源自梵天之手的创生传说"。[①] 英文"Elephant"源于希伯来文"Aleph"，意为"公牛"或"牛"。从大象的词源可知：一方面，大象身形如牛，憨态可掬；另一方面，大象颇具灵性，与古代宗教，尤其与佛教有着神秘的关联。佛教诞生地古印度为

[①] 木仕华. 纳西东巴教神路图中的33首大象源流考[J]. 西藏民族大学学报，2017(5)：91-96.

第八章 "可见之物的力量是不可见的"：摩尔视觉诗学的伦理意蕴

产象之国，自古就有驯象、崇象的传统，大象还是佛教普贤菩萨、金刚萨埵菩萨、帝释天等众多佛菩萨的坐骑。不仅如此，香象菩萨和大圣欢喜天都是以大象为原型创造的菩萨形象。在我国唐代及以前的历史时期，佛教往往被称为"象教"，文献中就有以下记载："沙门佛事皆俱东，象教弥增矣"①；又如"象教东流，化行南国"②；再如"正法既没，象教陵夷"③。可见，大象是摩尔阐述观看伦理之道的典型例子。

首先，该诗指出大象是力量与温柔这组矛盾的统一体。诗歌开端以生动活泼的方式描述大象，该诗用"鼠灰色"（mouse-gray）与"紫藤"（wistaria）等词形容两头大象打斗的场景，并用较为笨拙的语言表达了对动物力量的尊敬："相持不下直到鼻间螺旋成／僵局——堤坝般的壮观"（fights itself to a spiraled inter-nosed / deadlock of dyke—enforced massiveness）（CP 128）。两头大象鼻子相互缠绕、无法动弹，这不是打斗与侵略行为，而是大象之间相互娱乐的方式，展示了动物的本性。

其次，该诗指出大象具有自立自足的品质。在诗中，大象被描述为"牙齿骑士"，保护"牙齿圣地"（templars of the Tooth）免受侵扰。这一点，东西方文化相通。我国有文记载，"至于象，可以贡，可以战"④。大象在生产劳作之余，在军事冲突中充当前锋破敌之角色，我国可考记载如："天启间，安效良叛，攻马龙，调景东士兵统象兵逆战，一象奋勇

---

① ［北齐］魏收. 魏书 卷114：释老志 [M]. 北京：中华书局，1974：3032.
② ［清］严可均. 全梁文 卷17：梁元帝（三）·内典碑铭集林序 [M]. 北京：商务印书馆，1999：194.
③ ［梁］萧统，编. ［唐］李善，注. 文选：碑文下·王简栖头陀寺碑文一首 [M]. 北京：中华书局，1977：812.
④ 参见天启《滇志》卷三《地理志·物产·元江府》，第119页。

冲阵，士兵乘之，大破蛮兵。象归营，犹气勃勃始毙，箭镞满身。巡抚王佐立碑建坊，葬之马龙北关外，表曰忠勇义象。此事著于《黔书》及《滇志》。"① 可见，大象被誉为"牙齿骑士"名不虚传。

再次，该诗本然再现了大象与人和谐相处的温馨场景。饲象人睡在鼻子卷曲搁在石头上的大象背上，"睡得像一只六腿蛙般香甜"(mahout, asleep like a lifeless six-foot frog) (CP 128)。困倦的饲象人在睡梦中毫无防御，一点儿也不害怕这只巨大的动物。不仅如此，诗人开始把饲象人想象成大象的同类，"雕刻了深邃的皱纹，浮雕宽耳，/ 无敌獠牙，靠魔力毛发取得安全！"(incised with hard wrinkles, embossed with wide ears, / invincibly tusked, made safe by magic hairs!) (CP 128) 摩尔意识到其想象走得太远，她指责自己做出了这种无法证明、难以企及的类比："仿佛，仿佛，这全是假设"(As if, as if, it is all ifs) (CP 128)。尽管诗人知道这一切真实，尽量以现实的方式看待饲象人，力图做到身临其境，但却无法如愿，她对这种和谐感觉不安。因此，她再次回到"仿佛"："他们属于魔幻的杰作"(magic's masterpiece is theirs) (CP 128)。

最后，该诗展示了大象克制的品质。虽然摩尔知道大象力气巨大，也会碾碎同样值得尊重的小昆虫的生命。因为摩尔在其翻译的作品《拉封丹寓言》中委婉地指出，大象确实会压碎个头比它们小的动物②。如今的大象温和且驯服，诗人在诗中强调大象从自然侵略性的象征已转化成克制的象征。在诗中，领头的白色大象引起了摩尔的注意："尽管白色 / 是崇拜与哀悼之色，然而他 / 并没有盲目崇拜，他聪慧 / 不会为生

---

① [清] 檀萃，辑. 宋文熙、李东平，校注. 滇海虞衡志 [M]. 昆明：云南人民出版社，1990：147.

② MOORE M. The arctic ox. [S.l.]: Faber and Faber, 1964: 187-188.

第八章 "可见之物的力量是不可见的":摩尔视觉诗学的伦理意蕴

活囚徒哀伤,而是与之和解"(Though white is/the color of worship and of mourning, he/is not here to worship and he is too wise/to mourn—a life prisoner but reconciled)(CP 129)。佛经中,白象代表降生。在唐代人眼中,大象具有灵性,"释氏书言,象七九柱地六牙。牙生理,必因雷声。"象牙所生理纹可与雷声相互感应①。六牙白象被誉为"菩萨无漏六神通"②,即大象的六颗牙齿代表六种神通。

大象与它所处的环境协调与和解。它也许会抵制被驯化,但它接受现有的境况,力图与之和解:"佛牙庇佑,温顺的野兽们/如同佛牙寺庇佑街道,看/那背上安着垫子的白象,/垫子上盛放着佛牙的盒子"(Blessed by Buddha's Tooth, the obedient beasts/themselves as toothed temples blessing the street, see/the white elephant carry the cushion that/carries the casket that carries the Tooth)(CP 129)。大象是先知(knowers),懂得大地上生命的意义,这是本质意义上的知识。它们"唤起了情感/它们跟人类是同盟"。动物的这种行为与人类一流的品质相当,"苦难造就勇士;/可教性使他成为哲学家"(Hardship makes the soldier; then teachableness/makes him the philosopher)(CP 129)。摩尔一直仰慕大象的温顺、可教性品质,以及大象能够接受经验的必然性并从中获得智慧。大象的坚韧与忍耐是摩尔诗歌世界里重要的品质,虽然坚韧是由不可思议的苦难造就。大象获得了精神宁静的生活:"正如失败未曾改变苏格拉底的内心平和一样,/大象设法保持平静"(As loss could not ever alter Socrates'/tranquillity, equanimity's contrived by the elephant)(CP 129)。大象与哲学家苏格拉底并置用意有二:其一,暗指动物具备人类

---

① 段成式.酉阳杂俎[M].北京:中华书局,1981:158.
② 大正新修大藏经第46卷[M].台北:佛陀教育基金会出版部,1990:14.

一样高贵的品质；其二，彰显大象的沉思与冥想具有哲学上的意义，能给予人类启迪与教化。这种宁静也使大象对人类侵犯者采取温和的举止成为可能，"解释了兄弟情谊/在动物与人类侵犯者间"（expounds the brotherhood / of creatures to man the encroacher）（CP 129）。

  诗歌的最后两行比较了西方对待东方的现实与精神的态度："骑虎势必难下/而在象背上安睡，那是休憩"（Who rides on a tiger can never dismount; / asleep on an elephant, that is repose）。用理性术语尝试理解生活就像骑在一头虎上，陷入无尽无果的研究中，因为生活的意义无法用理性的术语界定，只有接受人类理解力的局限性才能在象背上休憩。可见，大象对摩尔而言，是存在本体论的象征、神秘存在的象征、宗教的象征与形而上现实的象征。人类无法理解这种现实，只能相信它，也只有这样才能在生活中获得安静与祥和。

  总之，摩尔的观看体现出两种功用：一是诗人与其所观察的物之间产生了一个平等交流的空间，形成了鲜活的、生动的物的生存场景；二是诗人在"看"中突破了单一的形象，揭示出诗人的精神旨趣与道德担当，传递出更丰厚的人文关怀。诗人将物作为素材加以美学的运用，这并不会耗尽世上的物，反而通过美学的创造性活动增加了物的价值。因此，艺术和诗歌是物安全的港湾，各种有生命的物和非生命的物可以聚集在这个空间中，并获得喘息，从而把人类从野心和贪婪的罪恶中拯救出来。

第三节 "谦卑是一种美德"：生态伦理之道

《玛丽安·摩尔诗歌全集》收录诗作125篇，译作5篇，共130篇，其中有35篇直接以动植物名称为诗题（译作除外），涉及"自然与文化"主题的诗歌数量多达110首。步入摩尔的诗歌殿堂，如同徜徉于自然之中，动植物意象鲜活生动。例如，摩尔在《尖顶作业工》中展现了意趣盎然的植物世界。《跳鼠》中则呈现出一个物种多样的动物世界："黑斑羚和花斑羚，/脚掌粗硬，/脖颈朝后/埋入泥土，像蛇那样/准备进攻的/野鸵鸟群，还有鹤，/猫鼬，鹳，倭水牛，尼罗河鹅"（lines 10-11）；即便在像《纽约》这样看似与自然无关的诗歌，全诗24行中也竟有8行刻画自然之物，如狐狸、鹿、鹰、水獭、美洲狮和狗等。可见，自然是摩尔创作之源，把握其诗作中流淌出的生态美学思想是理解其人其诗的一把金钥匙。

西方学者对其"自然与文化"主题研究的成果丰硕，但主要聚焦于其诗歌中自然与西方文化之间的关联，较少关注东方文化，尤其是中国文化对其自然诗歌创作的影响。事实上，摩尔的自然书写彰显出一种"保守的东方哲学视角，即谦卑地接受自然和进程的统一"[①]。因此，本节以其诗作中展现的自然与中国道家文化的关联为向度，从生态批评的角度探讨其诗中蕴含的道家美学思想，其主要体现在摩尔诗歌中融合了道家文化生态意义上的"谦卑"思想。"谦卑"（humility）是摩尔"自然

[①] SCHULZE R G. The degenerate muse: American nature, modernist poetry, and the problem of cultural hygiene[M]. New York: Oxford University Press, 2013: 16.

与文化"这一主题生态诗中最为引人注目的品质之一。对于摩尔而言，作品中最具说服力的品质是《谦卑、专注与热情》（CPMM 420）。摩尔毕生以一种"谦卑"的伦理态度言说人与大地之间的关系。从词源上考察，"humility"一词本身与大地有着不言而喻的关系。该词在《牛津英语辞典》（Oxford English Dictionary）中被定义为"卑微的品质或者对自己持一种谦卑的看法；温顺、低下、卑微：是骄傲或者傲慢的反义词"。其词根可以从意指"低、轻、小、卑贱"的古法语词"humble"，追溯到拉丁语词根"humus"，意指"地面，大地"（ground, earth）。显然，"humility"一词本身与自然关系紧密。西方学者关注到了摩尔诗作中"谦卑"内涵在生态批评中的作用，认为其生态诗学是一种"谦卑的生态诗学"，"给自然界的每种物质提供了伦理身份"[1]，倡导"他者也很重要——对于摩尔来说是一种伦理责任"[2]。这些评述虽从表面上认识到了摩尔"谦卑"思想具有的部分伦理品质，却并未深入探究这种"谦卑"伦理品质产生的根源。摩尔诗作中表现的"谦卑"具有一种生态况味的伦理态度与美学意蕴，具体而言，是指任何一种存在物与整体发生关联时，能够认识到自身存在的渺小，同时能够认识到整体如果缺少了渺小存在物是无法成为整体的。摩尔的整体观是与中国文化交互的结果，其"谦卑"思想融合了东方哲学的观点，"中国道家美学打开了其视野，让她走出了西方蔑视动物题材的阴影"[3]，也使她从认识论上突破了西方基

---

[1] WEINSTEIN J A. Marianne Moore's ecopoetic architectonics[J]. ISLE, 2010, 17(2): 373-338.

[2] LEADER J. Certain Axioms and rivaling scriptures: Marianne Moore, Reinhold Niebuhr, and the ethics of engagement[J]. Twentieth Century Literature, 2005, 51(3): 316-340.

[3] 钱兆明，卢巧丹. 摩尔诗歌与中国美学思想之渊源[J]. 外国文学研究，2010（3）：10-17.

第八章 "可见之物的力量是不可见的":摩尔视觉诗学的伦理意蕴

督教传统中人与自然的二元对立的思想。

摩尔一生痴迷中国文化,也毫不掩饰其对中国的迷恋。她在跟友人的通信中坦言"中国是个具有魔力的地方",她"前世是中国人"(SL 281, 313)。摩尔并未到过中国,但她通过文本想象与艺术观摩之旅邀游于中国文化海洋之中,广博地吸纳中国绘画、诗歌与哲学艺术之精华,从而开辟出独具一格的诗风。

摩尔对道家文化的衷情在其创作之初便显露无遗。第四章业已言明,引领摩尔步入中国古代哲学殿堂的人是东方学家乔治·巴顿教授。据《玛丽安·摩尔:文学生平》一书记载,她于1908年选修了一门《东方史》课程,当时主讲教授是对东方儒、道、佛三教均有所研究的巴顿,所用教材正是巴顿教授的专著《世界宗教史》(*The Religions of the World*, 1917);1909年春,摩尔参加了由巴顿教授组织的费城宾夕法尼亚大学博物馆参展活动,参观了珍宝馆中的中国展品,多个展品给她留下了不可磨灭的印象,这在她的诗中可得到印证。如果说巴顿教授为摩尔打开了一扇通往东方文明的窗,那么博物馆观展则为摩尔与中国文化进行对话、交流洞开了大门。摩尔通过艺术品了解中国,"有关中国铜器,中国艺术理论,关于中国碑文与复印品的博物馆公告,以及有关中国瓷器、玉、陶器、扇子与雕塑等画廊目录与拍卖目录等均是摩尔图书馆财产的重要组成部分"[①]。据学者钱兆明考证,1911年,摩尔在伦敦大英博物馆参观了"一百多幅宋元明清山水画、花鸟画和走兽画";1923年春,摩尔多次参观纽约大都市艺术博物馆举办的一个大型中国画展等。这些展览中的艺术品,尤其是绘画艺术品中显露出的珍爱一花、一草、一木,

---

① STAMY C. Marianne Moore and China: orientalism and a writing of America[M]. Cambridge: Oxford University Press, 1999: 136.

平等对待小动物的"谦卑"思想不仅为摩尔的诗歌创作提供了中国独有的动植物素材,而且使得以道家哲学为基础的生态美学思想在摩尔的诗歌创作中扎根与生长。

摩尔诗歌中融入中国道家美学元素除了是个人因素使然之外,更是历史现代性与审美现代性合力作用的产物。为了革故鼎新,寻找认知世界与秩序的新方式,借力"他山之石"成为美国现代派大师走出欧洲传统的新路径。20世纪初,现代化传媒产业的兴起使现代派艺术家这一理想得以实现。在传媒业的推波助澜下,中国传统文化中的经典作品和艺术作品大量传入英美等国,一股研究中国文化的热潮在西方蓬勃发展。作为现代派新诗开拓者之一的摩尔敏锐地捕捉到了这一趋势,跟其诗友庞德、威廉姆斯以及史蒂文斯一起,在创新诗歌中取材中国元素,汲取中国文化、哲学的养分,她"曾读过老子与孔子的著作,跟两位思想家相关的知识遍及她读书笔记的始末,也散见于她的创作中",而且现存摩尔资料的罗森巴赫博物馆与图书馆收录有韦特·宾纳(Witter Bynner)的译著复印本"《老子的生命之道》(*The Way of Life According to Lao Tzu*, 1944),书上尚有摩尔大量的笔记"[1]。摩尔与中国文化,尤其是道家文化的交互,拓宽了其视野,促发其产生新的文学观念。因此,摩尔在探讨"自然与文化"主题时,在潜移默化中融入中国古代道家哲学思想也就不足为奇了。

从以上简述中可知,摩尔与道家文化之间的深厚关系非比寻常。之所以是道家美学吸引摩尔,主要是因为道家的美学思想不仅激发了摩尔的创作灵感、传达了摩尔生态诗的旨趣,而且契合了其生态层面的精神

---

[1] STAMY C. Marianne Moore and China: orientalism and a writing of America[M]. Cambridge: Oxford University Press, 1999: 192.

第八章 "可见之物的力量是不可见的":摩尔视觉诗学的伦理意蕴

追求,为其生态整体观提供了美学参照,并促使她有勇气颠覆西方传统生态美学观中人与自然对立的两分法,在作品中描摹出一个个具有独立个性、本真的动植物意象,展现出道家生态意义上的"谦卑"之美,即"合一"之美、"贵柔"之美与"克制"之美。

(1)"合一"之美。摩尔主张以摈弃"自我主义"(egotism)的谦卑融入自然世界,达到"合一"的审美境界。她在《告诉我,告诉我》一诗的开篇曾发出呐喊"告诉我,告诉我/何处会有我的庇护所/躲避自我中心(egocentricity)"(CP 231)。而"躲避自我中心"正是其追求与自然和谐的主要路径。摩尔曾经指出:"中国艺术的精髓在于刻画凝练;它唤起的不可见精神品质能使自然保持一种和谐的神秘。而且人可以通过摈弃妨碍融入自然的'自我主义'(egotism)参与到这种神秘中。"祛除自然的精神品质,利用科学认知和完全操控自然,是人类中心主义者的惯用伎俩。摩尔在这里指出中国艺术是摆脱这种伎俩的一剂救赎良方。在《玛丽安·摩尔读本》(*A Marianne Moore Reader*)的序言中,摩尔更加明确地表示:"作为一种生命方式的道,意指周而复始的合一(oneness);而自我主义,相当于佛教的'无明'(ignorance),是尘烦(tedious)的。"① 显然,诗人已经意识到只有通过扫除"自我主义",人与自然方有可能共生共存。此外,1958年10月,诗人在美国加州米尔斯学院作了一篇题为《尘烦与合一》(*Tedium and Integrity*)的演讲,摩尔演讲中的"integrity"就是指称老子的宇宙整体观即"合一"的思想。②

---

① STAMY C. Marianne Moore and China: orientalism and a writing of America[M]. Cambridge: Oxford University Press, 1999: 150.
② 钱兆明,卢巧丹. 苏美美的《绘画之道》与摩尔诗歌的新突破[J]. 外国文学评论,2011(3): 216-224.

可见,"合一"的整体观深入摩尔之心。换言之,摩尔主张摈弃"自我主义",以此突破西方根深蒂固的二元对立认识论,并以谦卑的态度融入自然世界,力求与自然达到"合一"的审美境界。

《他"嚼食硬铁"》(He "Digesteth Harde Yron")(CP 99-100)就是一个传达"合一"思想的好例子。诗人在起首诗节中这样描写:"虽然曾栖居/在马达加斯加的隆鸟或大鹏,/还有恐鸟俱以灭绝,/不过骆驼麻雀,/因大小相仿,与之产生关联——色诺芬/曾见这大麻雀在溪边散步——过去与现在/均是正义的象征"(Although the aepyornis/or roc that lived in Madagascar, and/the moa are extinct,/the camel-sparrow, linked/with them in size—the large sparrow/Xenophon saw walking by a stream—was and is/a symbol of justice)(CP 99)。在这段描写中,诗人将古希腊历史学家兼作家色诺芬(Xenophon,前430—前355)与物象"骆驼-麻雀"(即鸵鸟)并置,同在溪边漫步,运动的时间在空间里静止,于无形中构成一种张力,形成了两者皆为正义象征的关联。接着,诗人以如生物学家般严谨的态度观察这类鸟:"这种鸟以母亲的专注/看守孩子——/六个礼拜以来的每个日夜/一直在孵蛋——他的腿/是唯一的防御武器。/比马跑得更快;脚爪坚硬如蹄;哪怕豹子也不怀疑这点"(This bird watches his chicks with/a maternal concentration—and he's/been mothering the eggs/at night six weeks—his legs/their only weapon of defense./He is swifter than a horse; he has a foot hard/as a hoof; the leopard/is not more suspicious)(CP 99)。诗人以第三人称"他"来指代一只善于行走与奔跑的雄性鸵鸟,不自觉地弱化了人的主体性存在,使得叙述更加客观与真实,敞显出"人法地,地法天,天法道,道法自然"(《道德经》第二十五章)的哲学思辨思想。天、地、人统一于"道"的宇宙意识是

第八章 "可见之物的力量是不可见的"：摩尔视觉诗学的伦理意蕴

摩尔艺术境界别开生面的内核所在。"他"夜夜尽心尽责守护孩子，正如同人类对孩子的爱一样。此刻，鸵鸟不再是一个简单的意象，而是一个象征母爱的隐喻，映射出"道"追问人与动物之间本性相通的品质。

然而，人类"自我主义"的积习难改，"怎能，/把以羽毛、孵蛋、年轻为傲的他，/当成骑兽，尊贵的人/如同演员藏在鸵鸟皮下，右手/摇晃脖子，像是只活的/左手从袋子散落粮食，这些鸵鸟/可能被诱捕杀死！"（How / could he, prized for plumes and eggs and young, / used even as a riding-beast, respect men / hiding actor-like in ostrich skins, with the right hand / making the neck move as if alive / and from a bag the left hand strewing grain, that ostriches / might be decoyed and killed!)（CP 99）这里的描写与老子的思想，形成了一种对应和深化。老子有言："有物混成，先天地生，寂兮寥兮，独立而不改，周行而不殆，可以为天下母。"（《道德经》第二十五章）老子认为，道为天下母，宇宙间的万事万物皆由道衍生而来，其关系应是互敬互爱，并非相互戕害。"鸵鸟/可能被诱捕杀死"表达了诗人对动物的高度关切，动物不应是人类的玩偶，它们也有生命意志，具有生命神性的光辉。对鸵鸟蛋的描写尤其表现出诗人的深层思考：

（1）露出的蛋，虔诚的，/像丽达孕育出/卡斯特尔和坡勒克斯的蛋，/是一个鸵鸟蛋。(The egg piously shown / as Leda's very own / from which Castor and Pollux hatched, / was an ostrich egg.)（CP 99）

（2）六百个鸵鸟头摆/宴席上，还有鸵鸟——羽毛—镶齿的帐篷/沙漠的矛，珠宝——/华丽又丑陋的蛋壳/高脚酒杯，八对鸵鸟/肩并肩，呈现出一种/常被表面主义者渴望的戏剧化意义。(Six hundred ostrich-brains served / at one banquet, the ostrich-plume-tipped tent / and desert spear, jewel— / gorgeous ugly egg-shell / goblets, eight pairs of ostriches / in harness, dramatize a meaning / always missed by the externalist）（CP 100）。

（3）可见之物的力量 / 是不可见的（The power of the visible / is the invisible）（CP 100）。

在这三段引文中，诗人把鸵鸟蛋与丽达的金蛋并置，以此来影射鸵鸟蛋的命运。金蛋孕育的生命波鲁克斯与卡斯托尔成了人类尊重、景仰的星宿，而鸵鸟蛋孕育出的生命却上了餐桌，引以为傲的羽毛被拔下镶在帐篷上，蛋壳被做成高脚酒杯，诗行间无不流露出摩尔对人类暴殄天物的谴责。此处的"正义"与现实之间的冲突引发人们重新思考，反省人类与动物的关系。"可见之物的力量 / 是不可见的"，这两行诗是诗眼，是文心，体现出老子提倡的对立统一观："天下皆知美之为美，斯恶矣；皆知善之为善，斯不善矣，故有无相生，难易相成，长短相形，高下相倾，音声相和，前后相随，恒也。"（《道德经》第二章）宇宙间矛盾是普遍存在的，矛盾双方都以其对立面作为自己存在的前提，处于统一体中，如美丑、善恶、高下、前后皆是如此。人类有必要"认识到自身与花鸟虫草的亲属关系，对每一个生命充满敬畏，赋予每种生命一个合理的存在价值"[①]，而不是充当自然的代言者、利用者和裁决者。

诗人在结尾处写道："漠视已被吞噬掉的 / 众鸟，这只警觉、巨大 / 翼小，能疾驰的鸟除外。/ 这只幸存的叛逆 / 就是麻雀 - 骆驼"（unsolicitude having swallowed up / all giant birds but an alert gargantuan / little-winged, magnificently speedy running-bird. / This one remaining rebel / is the sparrow-camel）（CP 100）。昔日的"骆驼 - 麻雀"，而今的"麻雀 - 骆驼"，揭示

---

① BINYON L. The flight of the dragon[M]. [S.l.]: John Murray, 1911: 26.

第八章 "可见之物的力量是不可见的":摩尔视觉诗学的伦理意蕴

出动物生命的存在价值在既不是显示人的高贵,为人所用,也不是与人类互不相干,而是这两种生命共同栖息于自然,迫害之剑指向任何一种生命群落,另外一种也无法独善其身。总之,此诗通过客观、科学地表述鸵鸟自然进化的历程,既鞭挞了人类对动物杀戮的自我主义,又传递出"物种不论尊贵,生存权都应平等"的观点,即作为存在物之一的人不是自然的主宰,万事万物共同的存在和演化才能构成一个自生、自成、自律、自足的整体世界。因此,该诗彰显出道家"合一"的生态审美情怀。

(2)"贵柔"之美。摩尔的诗除了展现"合一"的生态审美情怀之外,她还在诗中直白地表达过老子的"贵柔"思想。她在《然而》一诗中直接指出:"柔弱能战胜/强大,强大则战胜/本身"(The weak overcomes its/menace, the strong over-/comes itself)(CP 125)。这与《道德经》第三十六章中"柔弱胜刚强"的思想高度契合,所谓"贵柔",并非倡导消极懦弱,执守弱势,而是倡导谦下的态度,是"谦卑"美学意蕴的体现,也是与"自我主义"相对的谦卑与恭敬。此外,强大处下,柔弱处上,昭示出一种修身养性的实践美学,对解决环境问题是大有裨益的。

道家"贵柔"的生态美学绝妙地体现在摩尔《跳鼠》(CP 10-15)一诗中。第五章探讨了《跳鼠》一诗是如何展现博物馆的生境群展览方法的,本书将进一步探讨它所蕴含的思想与美学意蕴。《跳鼠》得灵感于《我所知的奇特动物》。书中跳鼠体型细小,依靠细如柴棒、修长的后腿奔跑,前肢已经退化成小手(CP 263)。老鼠入诗不足为奇,但是在东西方文学传统中,老鼠总以邪恶、让人厌恶的形象存在于文化印记中。而摩尔笔下的跳鼠虽然柔弱、身材细小,却生气灵动、坚忍刚强、诗意地栖居在浩瀚无垠的撒哈拉沙漠中。

该诗由两部分构成:"奢靡"(Too Much)与"富足"(Abundance)。第一部分讲述穷奢极侈的埃及皇室在生活上对自然的占有与摧残。一开始,诗人把两个重要的概念——自然与权力并置,强烈抨击权力对自然的掠夺、占有和扭曲。诗人在诗中如是写道:"罗马有 / 一位艺术家,自由民, / 设计出一座果形物——松果 / 也像杉果——是座多孔的喷泉。"(A Roman had an / artist, a freedman, / contrive a cone—pine cone / or fir cone—with holes for a fountain.)(CP 10)艺术家缺乏对自然之物的观察,从自然撷取物体作为创作的主题,却无视自然物的品质,故其设计出的作品在形状上模糊难辨,渗透出对自然之物的轻蔑与不真诚。紧接着,诗人更直接鞭挞人类在文化的进程中对自然的掠夺:"圈养鳄鱼, / 而且,迫使狒狒 / 踏上长颈鹿的脖子去摘果子, / 他们命令奴隶用绳子拴住 / 河马 / 放出有斑点的狗猫 / 去追踪羚羊,迪克羚羊,野山羊; / 有时利用幼鹰。他们把一切占为己有"(Kept crocodiles and put / baboons on the necks of giraffes to pick / fruit, and used serpent magic. / They had their men tie / Hippopotami / and bring out dappled dogcats / to course antelopes, dikdik, and ibex; / or used small eagles. They looked on as theirs)(CP 10)。类似的诗行不胜枚举。在这一部分,诗人从文化、历史的维度鞭挞了人类对自然的无情掠夺,痛斥了人类对自然施加权力与暴力的人类中心主义。庆幸的是,小小的跳鼠逃离了人类对它的滥用。它虽然生活在"各类生命似乎都会放弃的领域,但是它却活了下来"[①]。跳鼠在"没有水,没有棕榈树,也没有象牙床"的地方惬意欢快地生活,"谁也无法成为他 / 一无所有却

---

① DITMARS R L. Strange animals I have known[M]. [S.l.]: Harcourt, Brace, and Company, 1931: 274.

第八章 "可见之物的力量是不可见的":摩尔视觉诗学的伦理意蕴

又富足"(CP 12)。在这里,稍微娇气点的动物很难生存,而跳鼠显示出顽强的生命,以其矫健的身姿与野性的英雄气质抵抗着沙漠与绝望。

在第二部分"富足"中,摩尔倾注笔墨于这种小小的非洲沙漠鼠。相对于强势的人类而言,这些沙漠鼠看起来微不足道。然而,在荒芜凋敝、环境恶劣、人类无法生存的沙漠中,这些弱小动物自足惬意地生活场景无不昭示出其强大的生命力。诗人向读者展现了一种以弱胜强的生命姿态,表达其对弱小生命的尊重以及对万物的谦卑之感。跳鼠映射出的谦卑思想并不意味着"卑下"或"卑微",而是一种不卑不亢的姿态,体现了摩尔"对动物令人惊叹的不屈尊的情感"[①]。"不屈尊"亦即平等的态度,正是"道"之核心所在。摩尔懂得"弱之胜强,柔之胜刚,天下莫不知,莫能行"(《道德经》第七十八章)的精髓,"能知","能行",将老子的"柔弱"美学臻达极致。跳鼠虽弱小、微不足道,但在其笔下生气勃发,刚强自立。诗中这样描写跳鼠:"跳跃的音乐性与几何性:跳五步或跳七步,/跳跃的两种长度,/酷似贝都因长笛吹奏出的/起伏音符,它不再收集/可旋转的小调味瓶上的残物,以袋鼠/的速度留下蕨类种子的足迹"(By fifths and sevenths,/in leaps of two lengths,/like the uneven notes/of the Bedouin flute, it stops its gleaning/on little wheel castors, and makes fern-seed/footprints with kangaroo speed)(CP 14-15)。跳鼠那野性的跳跃动作激发出一种自然之美、崇高之美。此刻,跳鼠不再卑微,而是以柔弱中带有刚强的姿态栖居在自身的客观环境中。

具体而言,该诗拒绝把跳鼠看成人类道德的讽喻式的解读,而是让读者看到跳鼠的刚毅与适应性超越了人类的能力。自然万物的生长如这

---

① BISHOP E. Poems, prose, and letters[D]. [S.l.]: The Library of America, 2008: 685.

跳鼠一般遵循自然规律，自生自长，有其自在性；诗中折射出的"贵柔"思想并非倡导弱小与懦弱的品质，而是指如跳鼠一般坚韧、自足的品质。换言之，"贵柔"的存在是一种内敛的、谦卑的存在，是对客观环境的一种自我观察与自我适应。

（3）"克制"之美。"贵柔"思想的实现有赖于"克制"品格的修养。在处理"人与自然"主题时，摩尔把克制视为客观、公正的修身原则，并认为中国龙意象具有"克制的力量"，是"道"精神的化身[①]。摩尔的这一观点主要是受华裔画家施美美的代表作《绘画之道》的影响，龙"具有与道家所说的'无为'（表面无为，实质有为）相关的品质，那就是'含而不露'"[②]。摩尔将"含而不露"理解为克制，其诗篇《哦，化作一条龙》（O to Be a Dragon）对此有淋漓尽致的阐释。诗中：

> 倘若我，像所罗门，……
> 可以许下愿望——
> 我的愿望是……哦，化作一条龙，
> 宇宙王者的象征——既可小如
> 蚕虫，又大能遮天；有时隐形入渊。
> "真实的现象！

> If I, like Solomon, ...
> could have my wish—
> my wish ... O to be a dragon,

---

① STAMY C. Marianne Moore and China: orientalism and a writing of America[M]. Cambridge: Oxford University Press, 1999: 150.
② 钱兆明，卢巧丹. 苏美美的《绘画之道》与摩尔诗歌的新突破. 外国文学评论，2011，（3）：216-24（p.220）.

第八章 "可见之物的力量是不可见的":摩尔视觉诗学的伦理意蕴

a symbol of the power of Heaven—of silkworm
size or immense; at times invisible.
Felicitous phenomenon!(CP 177)

龙既能上天入地,亦可渺小如蚕。摩尔认为龙无为而为、无形而有形的品质正是克制之美的体现。这种思想自然而然会映射在她对待自然的情感上:她提倡诗歌修养品德的功用,在与自然相处时,重视以修德的方式促进自我克制,主张"最深沉的情感总是流露在沉默里 / 不是沉默,而是克制"(CP 91)。申言之,克制具体体现在道家的无为与寡欲两个方面。

一方面,摩尔的一首短诗《一只水母》(A Jellyfish)把道家哲学的这种克制品格具象化,体现出无为之美:

忽隐,忽现,	Visible, invisible,
一种波动的魅力	a fluctuating charm
一块琥珀色的紫水晶	an amber-tinctured amethyst
栖息于此,你的手臂	inhabits it, your arm
靠近,它展开	approaches and it opens
然后合拢;你本想	and it closes; you had meant
抓住它,它战栗;	to catch it and it quivers;
你放弃本有的意图。	you abandon your intent.(CP 180)

首行隐(invisible)与现(visible)传达出道家的对立统一美学观。一只琥珀紫的水母在水中畅游,时而露出水面,时而隐没水中,产生一种"波动的美",一切自然,依其本性而为。作为想象中的观者,你"伸手靠近",而畅游的水母本色依旧,开开合合;水母战栗,你似乎和它融为一体一起"战栗",达到主体与客体的自然交融。最后,主体放弃

了最终的意图,达到"去主体"的境界,展现给读者的画卷和谐且静谧。诗中的水母不单单是水母本身,具有指代一切生物的意味,"你"也不单纯是"你",而是指整个人类,画面展现人、生物与大海三者间的和谐共存。可以说,该诗客体水母与龙一样是"道"的精神投射,"克制"主题则通过主体的"显"与"隐"得到深化。"对动物没有身体的接触与占有,只进行纯粹的观察,这是一种崇高。"[①] 这种崇高体现出对生命的尊重,万物依自然而为,从而实现生态之"无为"美。

另一方面,"克制"美体现在道家的寡欲上。以《北极牛(或羊)》(The Arctic Ox or Goat)(CP 193-94)为例。该诗得灵感于约翰·蒂尔(John J. Teal)在1958年3月发表于《大西洋月刊》(*Atlantic Monthly*)上的一篇题为《北极的金羊毛》(Golden Fleece of the Arctic)的文章。在诗歌的开篇,摩尔就提出一个人对待自然应有良知的观点:"要穿上北极狐毛衣 / 你就得杀死它。穿 / 麝牛毛衣——北极牛的皮下毛——/ 拉下来像毛线衣;/ 你的外套,温暖;你的良知,心安。"人类与生物相互依存,是共生的关系,不应该为了一己之利而捕杀生物,可以以一种更生态、更和谐的方式做到既温暖又心安,即采用麝牛羊绒取暖。而且"一头麝牛能长出六磅 / 绒毛;用作开司米的公羊, / 羊绒仅有三盎司——那是全部的——羊绒"。在不伤害麝牛的前提下,麝牛羊绒的产量远远超出北极狐。诗中,麝牛是人格化、理想化的人,它有与众不同的特点:"没有自我中心味 / 而且拥有智慧。"麝牛"没有自我中心味",映射出"道"的寡欲精神。在诗歌的结尾,诗人义正词严地指出:"倘若我们不善待 / 那些动物的绒毛,/ 我想我们冻僵也是活该。"任何生物都有自己的权利,

---

① MALAMUD R. Poetic animals and animal souls[M]. [S.l.]: Palgrave, 2003: 109.

第八章　"可见之物的力量是不可见的"：摩尔视觉诗学的伦理意蕴

人类在利用生物的价值时应该持克制的谦卑之心，需持"道常无名，朴；见素抱朴，少私寡欲"（《道德经》第二十八章）的道德观，有必要从以己推物的谦卑立场看待人与生物的关系。

摩尔创作诗歌早于环境运动数十年，有些观点却与环境运动惊人地相似，如鄙视人类的贪婪掠夺，鞭挞人类中心主义，倡导自然的多样性，谦卑地对待自然等，这与她借鉴中国道家生态智慧是分不开的，"她在作品中'道为西用'的大胆尝试，为美国现代主义诗歌又谱写了辉煌的一章"[①]。

摩尔凭借其敏锐的洞察力，以生物学家的严谨，将道家的生态智慧之"谦卑"美学融入对自然的观察中，再现了自然界一个个本真的意象，为全球化的生态危机提供了一条打破二元对立藩篱的、积极有效的、美学层面上的探索路径，为人类提供了一种具有生态意义的修身思索：其一，语言与想象可以调停人类与自然之间的矛盾，倡导培养人类的生态整体观意识；其二，人与自然并非主客二分关系，其强弱态势也并非定势，倡导在两者间建立一种健康的、可持续的、共生共荣的伦理关系；其三，人类对自然应持谦卑的"克制"态度，自然物的价值不应依附于人类的用途。一言以蔽之，摩尔的这种摒弃自我主义、尊重非人类有机体在其环境中的主体身份、在语言与想象中欣赏有机体本然美的"谦卑"美学观，具有反思人类中心主义的现实意义，为解决生态问题提供了一种以"道"济天下的修身原则。

总之，摩尔的视觉诗学在强调形式之美的同时，也坚持诗歌的形式终归要服务于作品，体现作品所蕴含的人文精神与伦理意蕴。摩尔通过

---

① 钱兆明，卢巧丹."道"为西用：摩尔和施美美的合作尝试[J]. 英美文学研究论丛，2013（1）：198-210.

"盔甲"隐喻向读者展示了伦理的内在源泉,通过"水晶"的反射原理体现了观看伦理之价值,最终达至"谦卑"的伦理美学。"谦卑"是一种生态人格,反映了摩尔对现代资本工业文明的反生态一面的批判和对于生态文明及其生态人格的期望和赞美。探讨物与人在自然界中的位置,其实就是生态间性的视角,摩尔的动物诗就是进行一种生态间性的审美关照,发现在以人与自然关系为根源、为基础的条件下,自然生态、社会生态、文化生态、精神生态之间的生态间性的相互联系、相互作用的多重形态的关系性存在。可以说,摩尔的视觉诗学是主客契合的情思哲学,通过语言的思,跨过"可见"之物,从而抵达"不可见"之处。

结 论

20世纪的现代主义不仅"是一种国际潮流,而且是一种跨学科的现象"[1]。纵观20世纪美国文学史,从早期的庞德到当代的奥哈拉(Frank O'Hara),众多诗人都与同时代的艺术家有着密切的联系,他们的诗歌创作在某种程度上都受到过艺术的熏陶。

摩尔生活和创作的年代正是现代主义文艺思潮推陈出新、海纳百川的年代。摩尔不仅创作了数十部脍炙人口的诗集,还撰写了大量的书评和随笔,留下了数量可观的书信。尽管她没有构建完整的理论体系,但她有关文学创作的精辟见解散见于诗歌、书评、随笔与书信之中,建构了摩尔的视觉诗学,形成了一种跨学科现象。

摩尔是一位用语言作画的诗人,她一生沉醉于艺术世界。当摩尔被霍尔问及诗歌是否给其生活带来翻天覆地的变化时,摩尔对此明确否认:"从来没有!我感兴趣的是画画。记得有人在毕业时问我有何打算,我当时的回答是当画家。"[2] 摩尔在1924年出版的第一部诗集就直接命名为《观察》,且该诗集中的几乎每一首诗,甚至包括1915年到1971年的每一首诗都明确地提及视觉意象这一概念。摩尔是一位"描述性诗人"(descriptive poet)(CRMM 62),她不是抽象疏离地描述世界,而是饱含情感与爱意地观察世界。摩尔认为,诗人应该用"X射线般的强度探索"(x-ray like inquisitive intensity)(CP 56)世界,用一双"被照亮的眼睛"(illumined eye)(CP 173)观察世界。可见,视觉艺术不仅是摩尔创作的源泉与主题,也是她观看世界的方式。

---

[1] MARTIN T. Marianne Moore, subversive modernist[M]. Austin: University of Texas Press, 1986: x.

[2] HALL D. The art of poetry: Marianne Moore[J]. The Paris review interviews, 1969(2): 20-45.

结　论

摩尔还是一位游走于语言艺术与视觉艺术之间的评论家，其评论家的身份也促进了摩尔对语言艺术与视觉艺术的认知。在创作中，摩尔把词语语言提高到艺术语言的地位，在语言表达和视觉艺术之间建立了一种默契。1945年，摩尔在给抽象表达主义者（abstract expressionist）罗伯特·莫瑟韦尔（Robert Motherwell）的信中写道："你画作中的紫色、深红色、橙黄色是我一生所追求的东西。"（SL 231）1958年，摩尔在评价帕克（Robert Andrew Parker）的文章时，把帕克的作品比喻成"造型写作"（plastic writing），指出"他的每幅作品都是一幅极具个性化的书法"（CPMM 48）。这些评价同样适用于摩尔的诗歌创作。摩尔的每首诗几乎都可看作一幅画、一件雕塑或一幢建筑，其作品构建了一个真实又富于想象的世界、一个用语言描绘出的颇具造型美感的世界、一个具有道德家图景与关怀的世界。

诗人兼评论家的摩尔凭借其敏锐的观察和充盈的想象，将一本本诗集打造成一座座文字博物馆，抑或"由语言构成的艺术画廊"[①]。走入摩尔的诗歌，就是走入物的殿堂——既有在沙漠里跳跃的老鼠，也有在典礼上担任司仪的大象；既有艺术家的引人入胜的大作，也有友人送的普通小物件等——她给读者展现了一个物象纷呈的世界。这些物超以象外，得其圜中，都带着时间的特质，过去、现在、未来在文字博物馆这一空间展台中成为共时性的存在，表达了摩尔对人生、对自然的深层思考。

由此，探求文学艺术与视觉艺术之间的关联性无疑是摩尔作品当中恒定的主题。在探讨这一主题时，摩尔力求真实，从追求细节真实入手，辅以丰富的想象力，形成了别具一格的视觉诗学，它的真实与想象并蓄

[①] HEFFERNAN J A W. Museum of words: the poetics of Ekphrasis from Homer to Ashbery[M]. Chicago: Chicago University Press, 1993: 8.

的特质体现在以下三个方面。

其一,真实是想象的基础,摩尔在作品中对物或艺术品的真实再现是摩尔展开合理想象的起点。摩尔在《论诗》中指出,诗的素材"一方面原汁原味",另一方面"真真实实",方能激起读者展开想象的兴趣,作者才有可能开辟一方的真实。正因如此,"百科全书似的文章远远没有摩尔诗歌那般的令人信服"[1],因为诗人使用事实语料有助于创造出独具特色的个人化表达方式,而被历史与科学证实的事实具有唤起读者兴趣与关注的本能力量。

其二,合情的想象是再现诗歌之真的前提。摩尔认为"想象比精确更精确",想象是源于对生活的观察、理解和再创造;摩尔认为艺术作品是"有真实蟾蜍的想象花园",合情的想象好比"真实蟾蜍"之于"花园",不能单纯表达个体的幻想,必须符合个体之外的现实世界,这样才能实现诗歌的艺术之真。具体包括两方面:一方面,摩尔将语言的功能发挥到极致,赋予语言未曾有过的视觉性和物质性,使现实和想象之间呈现出辩证的动态性;另一方面,摩尔的诗作并非线性铺陈,而是意新语工,尊重物与生命的价值,道前人所未道的真。

其三,没有想象就不会有真正的艺术家。摩尔在诗文中真实再现了物的情感与精神,体现了想象的深度。摩尔在状物的时候,擅长从感性的视觉层面上升到理性的观念层面,这不仅是诗人生存和观察生活以及思考存在的此在,而且同时蕴含着欧美现代社会特有的社会风貌,记录了欧美在现代派运动中的社会变迁,显示出现代派艺术家群体在社会变迁过程中的心理轨迹。

---

[1] STEVENS W. The necessary angel: essays on reality and the imagination[M]. [S.l.]: Vintage, 1965: 94.

结　论

可见，摩尔的创作力求最大限度的真实，同时又靠非凡的想象支撑起了她非同一般的诗歌大厦，真实与想象这一组看似矛盾的概念在其诗学里达到了统一，如此而取得的艺术效果引人入胜、启人深思。正如奥登所言，"摩尔小姐的创造是一个可供将来所有英语诗人掠夺的宝藏，我本人已经从中窃取了许多"[①]。本书具体围绕摩尔视觉诗学的生成语境、诗歌观、诗人观、观物之所、诗体创新、画韵艺术以及诗歌彰显的力量等方面展开分析，得出以下几点结论：

（1）以诗歌创作著称的摩尔凭借博大精深的学识以及对文学艺术与生俱来的感悟力使其诗歌与文论作品蕴藏十分丰富与精深的诗学思想，摩尔称得上是一位出色的诗学家。摩尔诗歌与散文中丰赡的视觉诗学思想是当今文学创作非常宝贵的财富，我们在当下遇到的许多诗学问题和诗学困惑（如诗学中的语言问题，诗学与现代性的关联等等）都可以从摩尔的视觉诗学中得到启示。与此同时，摩尔的视觉诗学为后现代诗学的发展和建构树立了楷模，指明了方向。

（2）摩尔的视觉诗学结合了形而上和形而下策略，是一个比较完整的结构，触及了诗歌创作的深层美学建构，超越了语言文化的界限。语言艺术与视觉艺术不可能存在彻底解决争端的统一性理论，只有让语词和图像展开深入、自由的对话，使语言艺术与视觉艺术从静态的秩序演变为一种更加动态的相互交流的状态，两门艺术才能相互影响、渗透与创生。摩尔的视觉诗学呈现了视觉化语境中现代派文艺发展的别样图景，进一步体现了语言与视觉之间互渗的胶着关系。

（3）摩尔的视觉诗学的本质是视觉艺术与诗学思想、美学与伦理

---

① AUDEN W H. The complete works of W. H. Auden: Prose, Volume II: 1939-1948[M]. Edited by Edward Mendelson. Princeton: Princeton University Press, 2002: 227.

学的融合，其主要体现在真实与想象这组悖论上。这组悖论可谓摩尔美学的基本概念，它像一根绵长的线贯穿摩尔错综复杂的思想迷宫，成为一种形而上的必需，意味着想象与真实相遇触电的时刻。其中，精确与观察为之服务的真实是摩尔的美学基石，它既指客观的、无可辩驳的科学真实，又指艺术中流淌出的主观、情感的真实，它只有通过悖论才能成为可能，因为悖论既保证了真实又扩大了美学视野。当然，摩尔从不会为悖论而悖论，悖论也不会降格为一种纯粹的语言技巧。

（4）摩尔的视觉诗学研究具有一种知识学形态，起到了现代性语境中学科范式研究的一种典型例证的效果。摩尔的视觉诗学研究是文学内部研究与文学外部研究的一种综合集成，该研究产生的是一种范式的变换，即如何理解文学，如何理解文学中的艺术，如何理解文学、艺术和其他相关学科所引起的一种学科共振，达到一种高度，即范式转型。光靠一种学科内知识的积累与方法论的积累很难完成。其范式的本质就是"现代性"，即现代性的启示是由一个变量引起无数变量相互之间的一种滚动。用多学科、多层次、多维度去审视摩尔视觉诗学的建构，这种范式不仅揭示了文学内在肌理的变化，也揭示了跟文学相关的其他人文学科在人类知识集成、在现代主义语境中所达到的一个新高度。

（5）摩尔通过视觉诗学重构了自我与他者的关系。作为一名女艺术家，摩尔在视觉诗学中展现出高度的自觉性，超越了性别的局限。摩尔通过对自我与他者关系的重建，不断超越传统的女性视角，自觉地消除女性艺术家的性别局限性，在创作中以特有的视觉感知方式对现实世界进行客观、理性的再现与批判，彰显了具有超越个人情感的"去我"精神内涵，充满了哲思与人文关切，呈现克制、深刻、细腻与穿透性的力度表达。也正因如此，摩尔在英美文学史上的伟大光环并没有被同时代的男性巨擘所遮蔽。不仅如此,摩尔在处理自我与物的关系时,物不是被凝视的对象,而是言说的主体,自我与物是共在的主体,体现了主体间性。

(6)摩尔立足于意象,把意象的触角从视觉艺术向前延伸至自然,有可能走向生态—视觉诗学。摩尔诗歌中的抽象的理念总是根植于具体的、形象的、生动的形象,她擅长用万物做诗语,在历史的、文化的以及广博的自然中驰骋、纵横开阖。经本书仔细梳理,摩尔在1967年出版的《摩尔诗歌全集》中直接以动植物名称为诗题的有35篇(译作除外),涉及文化与自然主题的则多达110首。这些庞杂的动植物意象大多来自《伦敦新闻画报》与《国家地理杂志》等图册,其中一些诗作不乏对山水画、动物肖像画的转换或改写,从某种意义上传递出一种对人与非人类关系的沉思与启示,尝试对以下两个问题做出回应,即:如何在现代经验与技艺中面对自然意象?如何在知觉与想象中面对自然世界?由此,本书认为生态批评与视觉诗学在摩尔诗歌中有结合的可能性,有可能走向生态—视觉诗学。

摩尔在诗歌王国中用语言文字缔造了与视觉艺术作品相媲美的视觉效果和美学意义,在同视觉艺术的参照和对话中创造出真实与想象并蓄的视觉诗学思想,它可见、可触、可悟,集美学气质、艺术丰韵与人文关怀为一体,超越了西方诗学的有限空间,它不仅属于现代主义文学与艺术的伟大遗产,同时也是后现代主义艺术的显著表征,对后现代主义诗体的开创有着启示的意义。我们不妨记住摩尔留下的隽语:"没有一件辉煌的艺术品会随着时间的流逝而黯然失色,真正活过的人亦不会死去。"(CPMM 190)我们也有理由相信,摩尔与她灼灼其华的诗学思想定会永不磨灭。